EDIÇÕES BESTBOLSO

Razão e sensibilidade

Jane Austen (1775-1817) nasceu no vilarejo de Steventon, na área rural da Inglaterra. A sétima dos oito filhos do reverendo George Austen, dirigente da paróquia local, a escritora cursou a maior parte de seus estudos em casa e nunca se afastou da família. Curiosamente, apesar de suas heroínas românticas estarem sempre às voltas com o casamento, Jane Austen não se casou. A obra da autora reúne seis romances completos: *Razão e sensibilidade* (1811), *Orgulho e preconceito* (1813), *Mansfield Park* (1814), *Emma* (1816), *A abadia de Northanger* e *Persuasão* – os dois últimos publicados postumamente, em 1818. Todos eles marcados pelo primoroso estilo de Austen: a precisão da linguagem, o humor e a aguda percepção para tratar do cotidiano da sociedade inglesa da virada do século XVIII para o XIX. A profunda compreensão do mundo feminino e o domínio da forma e da ironia fizeram dela uma das mais notáveis e influentes romancistas de sua época.

Jane Austen

Razão e sensibilidade

Tradução de
THEREZINHA MONTEIRO DEUTSCH

Prefácio de
JULIA ROMEU

6ª edição

EDIÇÕES
BestBolso

RIO DE JANEIRO – 2016

CIP-BRASIL. CATALOGAÇÃO NA FONTE
SINDICATO NACIONAL DOS EDITORES DE LIVROS, RJ

A95a
6ª ed.

Austen, Jane, 1775-1817
Razão e sensibilidade / Jane Austen; tradução de Therezinha Monteiro Deutsch, prefácio de Julia Romeu. – 6ª ed. – Rio de Janeiro: BestBolso, 2016.

Tradução de: Sense and Sensibility
ISBN 978-85-7799-267-6

1. Romance inglês. I. Monteiro, Therezinha. II. Romeu, Julia. II. Título.

11-1006

CDD: 823
CDU: 821.111-3

Razão e sensibilidade, de autoria de Jane Austen.
Título número 232 das Edições BestBolso.
Sexta edição impressa em julho de 2016.
Texto revisado conforme o Acordo Ortográfico da Língua Portuguesa.

Título original inglês:
SENSE AND SENSIBILITY

www.edicoesbestbolso.com.br

Design de capa: Carolina Vaz sobre pintura intitulada "The Empress Eugenie Surrounded by her Ladies in Waiting", de Franz Xavier Winterhalter.

Impresso no Brasil

ISBN 978-85-7799-267-6

Prefácio à edição de bolso

Cérebro e coração

Razão e sensibilidade conta a história de duas irmãs com personalidades muito diferentes: Elinor, a mais velha, é descrita no primeiro capítulo como uma pessoa "de sentimentos fortes", que, no entanto, "sabia como controlá-los"; Marianne, que tem apenas dezessete anos quando o livro começa, é "tudo, menos prudente", incapaz de domar suas emoções, tanto na alegria quanto na tristeza. Elinor é "razão", Marianne é "sensibilidade", e Jane Austen usa ambas para mostrar os perigos de ser franco demais numa sociedade essencialmente hipócrita, em que há muito mais mérito em esconder que em mostrar.

Elinor e Marianne recebem apenas uma pequena herança do pai, o que diminui bastante suas possibilidades de fazer um bom casamento. Elinor se apaixona por Edward e sente que ele também a ama, mas sabe que a família do rapaz dá muita importância ao dinheiro. Racional o suficiente para saber que sua situação financeira talvez impeça a união, a jovem acha mais sensato não se expor e não deixa que ninguém perceba o que há em seu coração.

Marianne, ao contrário, ao se encantar pelo fascinante Willoughby, não faz a menor questão de esconder sua atração, acreditando que fazer isso seria indigno do amor que tem por ele. Os dois passam o tempo todo juntos, rindo, brincando e dançando, sem, no entanto, anunciar oficialmente seu noivado. Isso preocupa a sempre cautelosa Elinor, que teme que sua irmã possa sofrer consequências por seu descaso pelas convenções da época, segundo as quais um casal só pode se comportar como tal se seu compromisso estiver lavrado.

Quando Willoughby mostra ser menos digno de confiança do que parecia a princípio, Marianne mergulha na mais cava depressão. Como para ela os sentimentos só valem se forem intensos, sofrer violentamente por seu coração partido é uma questão de honra e, em dado momento do livro, ela chega a quase gritar de tanta agonia. Enquanto isso, Elinor também sofre por Edward, mas sempre no mais absoluto silêncio.

Através desse contraste, Jane Austen constrói sua narrativa. Ao longo de todo o livro, defende Elinor e condena Marianne, dando uma lição ao leitor: a de que é melhor usar a razão para temperar a sensibilidade, sem deixar que nossas paixões nos dominem. Neste livro, a "razão" (que de fato é a melhor tradução para o "*sense*" do título original) significa não apenas a habilidade de domar as próprias emoções, como também a capacidade de aceitar qualquer perda com estoicismo, ambas personificadas em Elinor, que nada revela nem nunca reclama.

Para o leitor moderno, essa preocupação talvez possa parecer um pouco exagerada. Mas ela era particularmente importante para as mulheres da sociedade inglesa do início do século XIX, pois qualquer passo em falso poderia condená-las ao exílio social pelo restante de seus dias. *Razão e sensibilidade* oferece exemplos de meninas que colocaram seus corações nas mãos dos homens errados e mandaram a prudência às favas, sofrendo com isso toda sorte de consequências terríveis. Já com os homens que as enganaram, pouco ou nada acontece: era-se bem mais indulgente com o sexo masculino.

A discrição fazia-se tão presente no cotidiano que, em uma passagem do livro, a personagem de Lady Middleton, para quem as regras de convívio são mais importantes que qualquer outra coisa, fica chocada pelo simples fato de alguém mencionar em público uma gravidez. Outro acontecimento quase incompreensível para o leitor atual é a relutância de Elinor em perguntar a Marianne se ela está mesmo noiva de Willoughby. Ainda que as duas sejam muito próximas e Elinor esteja fervendo de curiosidade, ela teme ofender Marianne e, com isso, o mistério estende-se por páginas e páginas.

Embora Jane Austen deixe claro que Elinor é o exemplo a ser seguido, seus personagens são realistas demais para serem inteiramente bons ou ruins. Marianne é ingênua e um pouco egoísta, mas também inteligente, franca e amorosa, e tão adorável que não conseguimos deixar de torcer por ela. Para muitos analistas da obra de Austen, isso talvez indique que a própria autora no fundo discordava do pensamento vigente em sua época, e tenha deixado isso transparecer em sua construção de Marianne. Até Elinor perde o controle em uma ocasião, e é justamente aí que simpatizamos mais com ela. Afinal, razão demais nunca rendeu um bom romance.

Jane Austen começou a escrever *Razão e sensibilidade* em 1795, aos vinte anos, na forma de um romance epistolar. Mais tarde viria a mudar o formato do livro, que acabou sendo o primeiro publicado por ela, numa edição paga de seu próprio bolso em 1811. O sucesso foi tanto que Austen conseguiu um editor para seu próximo lançamento: *Orgulho e preconceito* – que recebeu um título parecido justamente para deixar claro para o público que a autora era a mesma. O romance é um dos mais populares de Austen e já foi adaptado diversas vezes para o cinema e para a televisão.

Julia Romeu
Tradutora, jornalista e autora teatral.

1

A família dos Dashwood estava havia muito tempo em Sussex. A propriedade deles era grande e a residência situava-se em Norland Park, no centro de suas terras, onde por muitas gerações viveram de maneira tão respeitável que tinham conquistado um bom conceito em toda a vizinhança. O proprietário anterior era um solteirão que viveu até idade bem avançada e que teve em sua irmã uma dedicada companheira e governanta durante muitos e muitos anos. Mas a morte dela, que aconteceu dez anos antes da dele, acarretou uma grande alteração na casa: para preencher o vazio deixado pela irmã, o velho cavalheiro convidou para morar com ele a família de seu sobrinho, o Sr. Henry Dashwood, herdeiro legal da propriedade de Norland e para quem de fato pretendia deixar a casa como legado. Em companhia do sobrinho, sua mulher e as filhas do casal, os dias do velho cavalheiro foram passando confortavelmente, e o apego que se estabeleceu entre eles foi crescendo. A constante atenção aos seus desejos por parte do Sr. e da Sra. Dashwood, que agiam não por mero interesse, mas por possuírem corações bondosos, ofereceu ao idoso senhor o mais sólido conforto que alguém com sua idade poderia receber, e a alegria das jovens acrescentou encanto à sua existência.

O Sr. Henry Dashwood tinha um filho de seu primeiro casamento e três filhas da atual esposa. O filho, um inflexível e respeitável jovem, contava com sólido amparo na herança deixada por sua mãe, uma enorme fortuna da qual recebera a metade quando alcançara a maioridade. Essa fortuna aumentara muito pelo casamento, que ocorrera pouco depois. Portanto, receber Norland como herança não era tão importante para ele quanto seria para suas irmãs, uma vez que as posses delas eram pequenas, sem contar com o que poderiam ter caso seu pai herdasse a propriedade. A mãe delas nada possuía e o pai tinha apenas setecentas libras à disposição. A fortuna da primeira esposa fora destinada a passar diretamente para o filho, tendo o marido apenas direito ao usufruto.

O velho cavalheiro morreu; e o testamento, ao ser lido, causou decepções e alegrias, como geralmente ocorre nesses casos. Ele não foi injusto nem mal-agradecido; deixou a propriedade ao sobrinho, porém o fez em termos que anulou metade do valor da herança. O Sr. Dashwood queria herdar a propriedade mais para a segurança da mulher e das filhas do que por sua própria causa ou do filho. A propriedade ficou assegurada sim, só que para seu filho e seu neto de quatro anos, de um modo que não lhe oferecia nenhuma possibilidade de deixá-la como herança para as quatro mulheres que lhe eram caras e nem lhe dava o direito de vender parte da excelente madeira que suas terras produziam para entregar o dinheiro a elas. A propriedade inteira e sua produção, qualquer que fosse, encontrava-se vinculada em benefício do neto do Sr. Dashwood, que, durante ocasionais visitas feitas a Norland em companhia do pai e da mãe, ganhara a afeição do idoso tio. Não é tarefa difícil para uma criança encantadora, de dois ou três anos; o modo de falar engraçado, a audácia e o encantamento de ter o mundo inteiro a descobrir, as travessuras marotas, deliciosas, e a enorme tendência a fazer barulho sobrepuseram-se ao valor de todas as atenções que o velho proprietário havia recebido durante anos da sobrinha e das filhas dela. No entanto, ele procurou não ser injusto e deixou mil libras para cada uma.

Em princípio, a decepção do Sr. Dashwood foi enorme; mas seu temperamento era alegre e corajoso, tinha a razoável esperança de viver ainda por muitos anos e, econômico como era, de ter tempo para trabalhar e ganhar algum dinheiro a fim de aumentar o dote das filhas. Mas a sorte, que tardara tanto a chegar para ele, durou apenas um ano, tempo esse que sobreviveu ao tio. Tudo que restou à viúva e às filhas perfazia dez mil libras, incluindo o que elas haviam recebido de herança.

O filho do Sr. Dashwood foi chamado com urgência assim que ficou evidente a iminência do apagar-se de sua vida e ele recomendou-lhe, com todo o ímpeto e calor que o estado terminal lhe permitia, que cuidasse da madrasta e das meias-irmãs.

O Sr. John Dashwood não alimentava fortes sentimentos por essa parte da família, mas, sentindo-se tocado por um pedido de tal natureza em um momento tão solene, prometeu fazer tudo que estivesse ao seu alcance para ampará-las. Diante da promessa, o pai entregou-se sem resistência ao inevitável, e o Sr. John Dashwood teve tempo de verificar prudentemente o que estava ao seu alcance fazer para ajudar as quatro mulheres.

Ele não era uma pessoa ruim, a não ser que se considere ruim um homem de coração um tanto duro, de natureza um tanto egoísta. Mas era, de modo geral, respeitável, uma vez que cumpria com seus deveres normais de maneira irrepreensível. Caso houvesse se casado com uma mulher agradável, com certeza teria se tornando ainda mais respeitável do que era – poderia até mesmo ter se transformado também em um homem agradável, já que se casara muito jovem e muito apaixonado pela esposa. No entanto, a Sra. John Dashwood era uma acentuada caricatura do marido, com uma mentalidade ainda mais mesquinha e egoísta.

Ao fazer a promessa para o pai, ele se determinara a aumentar a herança das irmãs, que no momento era de mil libras para cada uma. De fato, pretendia ser imparcial nesse ponto. A perspectiva de um acréscimo de quatro mil libras por ano na sua renda, além do que recebia da metade da fortuna deixada pela mãe, aquecia-lhe o coração e o fazia sentir-se capaz de ser generoso. Sim, daria as três mil libras para elas: seria um gesto liberal e muito bonito! Devia ser o suficiente para que ficassem bem. Três mil libras!... Poderia recuperar essa soma considerável com poucos inconvenientes, apenas economizando. Ele pensou nisso naquele dia, depois nos dias que se seguiram, e não se arrependeu.

Nem bem encerrou-se o funeral de Henry Dashwood, a Sra. John Dashwood chegou com o filho e os empregados, sem dar o menor aviso à madrasta do marido. Ninguém contestava o direito dela de ir para Norland, pois a casa passara a ser de seu marido no momento em que o pai dele falecera, mas a grosseria dessa atitude era enorme e, para uma mulher na situação da Sra. Dashwood, fragilizada pelo momento, deve ter sido altamente desagradável. Esta senhora tinha tão perfeito senso de honra e era de uma generosidade tão romântica que uma ofensa de tal espécie feita ou recebida por qualquer pessoa causava-lhe um incontrolável desgosto. A Sra. John Dashwood jamais fora benquista pela família do marido, contudo, até aquele momento, ela ainda não tivera oportunidade para demonstrar-lhes o pouco-caso que poderia fazer do bem-estar e conforto dos demais, dependendo da ocasião.

A Sra. Dashwood foi atingida de modo tão profundo por essa atitude rude e sentiu tal desprezo pela nora, por causa de seu modo mal-educado de agir, que teria saído da casa no momento em que ela entrara se sua filha mais velha não a convencesse a pensar com cuidado antes de ir embora. Pelo bem das filhas, as quais amava com ternura, a senhora decidiu ficar e evitar uma ruptura com o irmão delas.

Elinor, a filha mais velha cujo conselho fora tão acertado, tinha um poder de compreensão e uma firmeza de julgamento que a haviam tornado, apesar de ter apenas dezenove anos, conselheira da mãe e a qualificavam para contrabalançar, em proveito de todas, a impulsividade da Sra. Dashwood, que comumente a levava a cometer imprudências. A Srta. Dashwood tinha excelente coração – era afetuosa e de sentimentos fortes, mas sabia como controlá-los. Esta era uma sabedoria que a sua mãe ainda estava por adquirir e que nenhuma de suas duas irmãs se mostrava interessada em aprender.

As habilidades de Marianne eram, em alguns aspectos, quase iguais às de Elinor. Era sensível e inteligente, mas descontrolada: suas tristezas e suas alegrias eram intensas e sem a menor moderação; generosa, amável e atenciosa, ela era tudo, menos prudente. A semelhança entre Marianne e a mãe era impressionante.

Elinor via com grande consternação o excesso de sensibilidade da irmã, porém a Sra. Dashwood valorizava e estimulava esse traço de caráter. As três uniam as forças na violência da aflição que viviam. A agonia de um desgosto, que a princípio se abatera sobre elas, era agora renovada por vontade própria, alimentada, até recriada uma vez, outra e mais outra.

Assim, entregaram-se inteiramente à tristeza, procurando aumentar a infelicidade com qualquer elemento que servisse a tal propósito e determinaram-se a não admitir nenhuma espécie de consolo no futuro. Elinor também se afligiu com a situação, porém se mantinha disposta a lutar e a dar ânimo a si mesma. Conseguiu comunicar-se com o irmão, foi capaz de receber a cunhada quando ela chegou à propriedade e de tratá-la com a devida atenção; soube fazer com que a mãe agisse da mesma forma e encorajou a irmã a mostrar-se educada.

Margaret, a irmã mais nova, era uma menina saudável e bem-humorada; mas como já absorvera uma boa quantidade do romantismo de Marianne, sem possuir o mesmo bom-senso, aos treze anos não prometia igualar-se às irmãs em um período mais adiantado de sua vida.

2

A Sra. John Dashwood atribuiu-se o título de Sra. de Norland relegando a sogra e as cunhadas à condição de hóspedes. Assim sendo, as quatro eram tratadas pela anfitriã com tranquila civilidade e por seu marido com toda a bondade que ele era capaz de sentir por qualquer pessoa que não fosse ele próprio, sua mulher e o filho. Até mesmo as encorajava, com alguma sinceridade, a considerar Norland sua casa. Como não havia nenhuma outra escolha além de permanecer ali até ter possibilidade de mudar-se com as filhas para uma casa nos arredores, a Sra. Dashwood aceitou o convite.

Permanecer em um lugar onde tudo lhe recordava os bons momentos do passado combinava perfeitamente com seu modo de ser. Em momentos de alegria, ninguém poderia ficar mais alegre que ela ou ter, em grande intensidade, aquela otimista predisposição para a expectativa da felicidade, que é a própria felicidade. Mas na tristeza, ela também se deixava levar pela imaginação para muito além do consolo, do mesmo modo que na alegria deixava-se levar para além da discrição.

A Sra. John Dashwood não aprovou, de modo algum, o que o marido pretendia fazer pelas irmãs. Tirar três mil libras da herança do seu pequeno e querido filho seria empobrecê-lo da maneira mais cruel e terrível. Implorou que ele pensasse bem no que iria fazer. Como poderia roubar tão alta soma de seu filho, seu único filho? E, uma vez que as Srta. Dashwood eram parentes apenas por meia consanguinidade – o que a Sra. John Dashwood não considerava parentesco algum –, como se atreviam a exigir tanto dinheiro da generosidade dele? Era de conhecimento geral que nem sequer deveria haver afeição entre os filhos de um homem nascidos em diferentes casamentos; então, por que ele teria de se arruinar e arruinar o pobrezinho do Harry jogando fora todo aquele dinheiro por causa de três meias-irmãs?

– Porque o último pedido de meu pai – respondeu o marido – foi que eu amparasse sua viúva e suas filhas.

– Ele não sabia o que estava dizendo! Posso apostar dez contra um que ele estava fora de si naquele momento. Se estivesse em seu juízo perfeito, jamais pensaria em pedir a você para dar aos outros metade da fortuna do seu próprio filho.

– Ele não estipulou soma alguma, minha querida Fanny. Apenas me pediu, em termos gerais, que as amparasse e tornasse a situação delas mais confortável do que ele poderia tornar. Talvez tivesse sido melhor se deixasse tudo por minha conta; afinal, dificilmente ele poderia pensar que eu as negligenciaria. De qualquer modo, fiz a promessa e ela tem de ser cumprida. Algo deve ser feito por elas, mesmo que deixem Norland para ir morar em outra casa.

– Bem, então vamos fazer *algo* por elas; mas esse *algo* não precisa ser três mil libras. Lembre-se – acrescentou ela – de que quando o dinheiro vai embora, não pode mais voltar. Suas irmãs irão se casar e o dinheiro irá embora para sempre. Se ele pudesse ser recuperado pelo nosso pobre menininho...

– Com certeza – concordou o marido, muito sério –, isso faria uma grande diferença. Pode chegar o momento em que Harry lamente que tão grande quantia tenha sido tirada dele. Se ele vier a ter uma família numerosa, por exemplo, esse di nheiro será muito conveniente.

– Com certeza será.

– Então, quem sabe é melhor para todos que essa soma seja reduzida à metade. Quinhentas libras significaria um aumento prodigioso na fortuna delas!

– Oh, é mais do que muito bom! Que irmão neste mundo daria metade disso às irmãs, mesmo que fossem irmãs *verdadeiras*? E, neste caso, são apenas meias-irmãs, mas você tem um coração tão generoso!

– Não quero fazer nada mesquinho – replicou ele. – Nessas ocasiões, é melhor pecar por excesso que por avareza.

Ninguém, afinal, poderá pensar que não fiz o suficiente por minhas irmãs e mesmo elas dificilmente poderiam esperar que eu fizesse mais.

– Não é o caso de saber o que *elas* esperam – ponderou a senhora –, não temos que pensar nas expectativas delas. A questão é o que você pode lhes dar.

– De fato... E creio que posso dar quinhentas libras para cada uma. De qualquer maneira, mesmo que eu nada dê a elas, quando a mãe morrer, cada uma irá receber mais de três mil libras... É uma fortuna considerável para qualquer moça.

– Claro que é! Aliás, parece-me que elas não podem querer mais que isso. Vão ter dez mil libras divididas entre as três. Caso venham a casar-se, muito bem; se não, poderão levar uma vida bastante confortável com os juros desse montante.

– É verdade. Portanto, não sei se deveria, diante de tudo isso, fazer algo pela mãe delas enquanto ela for viva... Dar-lhe uma espécie de anuidade, quero dizer. Isso seria tão bom para minhas irmãs quanto para a mãe. Cem libras por ano as faria sentir-se bastante confortáveis.

No entanto, a esposa hesitou em aprovar esse plano.

– Sem dúvida nenhuma – ponderou ela –, é melhor do que dar quinhentas libras de uma vez. Mas, se a Sra. Dashwood viver mais quinze anos, nós ficaremos muito prejudicados.

– Quinze anos! Minha querida Fanny, a vida dela não vai se estender nem pela metade desse tempo!

– É claro que não. Mas se você observar, bem verá que as pessoas vivem para sempre quando recebem uma anuidade. Ela é muito robusta, saudável e mal chegou aos quarenta. Uma anuidade é algo muito sério: repete-se a cada ano e não há modo de livrar-se dela. Você não pensou direito no que vai fazer. Tenho uma longa experiência com problemas de anuidades, pois minha mãe ficou amarrada ao pagamento de três anuidades a antigos empregados aposentados por velhice, exigidas pelo testamento de meu pai, e é impressionante quanto isso a prejudicou. Era preciso pagar essas anuidades em duas vezes, todos os anos; havia também a grande dificuldade de entregar-lhes as anuidades. De vez em quando corria a notícia de que um deles havia morrido, depois não era verdade... Minha mãe ficou doente com essa incerteza. Seus rendimentos não eram dela, dizia, com essas perpétuas despesas. E isso aconteceu por falta de previsão de meu pai, porque, se assim não fosse, o dinheiro estaria todo à disposição de minha mãe, sem nenhum tipo de restrição. Tal experiência me causou uma aversão profunda a anuidades e não pretendo ser obrigada a fazer pagamentos anuais a ninguém no mundo.

– De fato, é uma circunstância muito desagradável – concordou o Sr. Dashwood – ter esse tipo de diminuição anual nos rendimentos. A riqueza de uma pessoa, como sua mãe diz muito justamente, passa a não ser *dela*. Estar obrigado ao pagamento regular da determinada soma, sobre a renda de cada dia, não é coisa que se possa querer: tira toda a independência da pessoa.

– De fato, é isso mesmo. E no fim não se recebe agradecimento algum. Eles sentem-se seguros achando que você não faz mais que a sua obrigação, o que não os faz sentir a menor gratidão. Se eu fosse você, pensaria com a maior prudência no que quer que resolva fazer e não me comprometeria a dar-lhes soma alguma anualmente. Se assim fizer, poderá ter pela frente um número inconveniente de anos com a obrigação de arcar com o prejuízo de cem ou mesmo de cinquenta libras.

– Creio que você tem razão, meu amor. É melhor que não haja nenhuma anuidade. Qualquer quantia que eu dê a elas de vez em quando será uma ajuda melhor do que um subsídio anual, porque, caso se sintam seguras com um alto recebimento, poderão vir a exagerar seu estilo de vida e não ficarão nem mesmo meio xelim mais ricas a cada ano. Realmente, esta deve ser a melhor solução: cinquenta libras de vez em quando serão suficientes para evitar que se aflijam por dinheiro e irão, acredito, cumprir, em um sentido amplo, a promessa que fiz a meu pai.

– Pode ficar certo que sim. Aliás, para dizer a verdade, tenho a convicção de que seu pai não esperava, de maneira alguma, que você lhes desse dinheiro. O amparo a que ele se referiu, atrevo-me a dizer, deve significar apenas atitudes razoáveis que possam ser esperadas de você. Por exemplo, procurar uma pequena e confortável casa para elas, ajudá-las na mudança para lá e enviar-lhes presentes de caça, pesca e produtos da estação de vez em quando. Aposto a minha vida que ele não se referia a nada mais que isso. Na verdade, seria muito estranho se o fizesse. Considere, meu caro Sr. Dashwood, o exagerado conforto em que sua madrasta e meias-irmãs iriam viver com os juros de sete mil libras, além das mil que pertencem a cada uma das moças, que rendem cinquenta libras por ano a cada uma! É claro, irão pagar uma pensão para a mãe por cuidar delas. No total, terão quinhentas libras por ano, e o que quatro mulheres podem querer mais do que isso? Elas levam um tipo de vida tão frugal! Seus gastos domésticos serão muito baixos, pois não têm carruagens, cavalos e dificilmente virão a ter criadagem; não receberão visitas e, portanto, não arcarão com nenhum tipo de despesa! Pense apenas na vida confortável que vão levar! Quinhentas libras por ano! Tenho certeza de que sou incapaz de imaginar como irão gastar metade desse dinheiro; portanto, é um absurdo você pensar em dar-lhes mais. Ao contrário, o lógico seria que elas dessem dinheiro a *você*!

– Realmente – disse o Sr. Dashwood –, creio que você tem absoluta razão. Certamente, quando pediu que eu cuidasse delas, meu pai se referia ao que você acaba de me dizer. Agora compreendo isso com clareza e vou cumprir minha obrigação valendo-me dos atos de assistência e bondade que você sugeriu. Quando minha madrasta mudar-se para outra casa, vou empenhar esforços para ajudá-la a acomodar-se da melhor maneira possível. Então, poderei pensar em dar-lhe algum pequeno presente, móveis...

– Evidente que sim – retornou a Sr. Dashwood. – Entretanto, é preciso considerar *uma* coisa. Quando seu pai e sua mãe mudaram-se para Norland, lembre-se, os móveis de Stanhill foram vendidos, e toda a porcelana, prataria, roupas de cama e mesa vieram para cá e ficaram com a sua madrasta. A casa já estava provida de todos os móveis quando ela entrou aqui.

– Eis aí uma observação muito acertada, sem dúvida. Uma herança valiosa, é indiscutível. Um pouco dessa prataria seria um bem-vindo acréscimo à que temos.

– Sim. E o aparelho de café de porcelana chinesa fica duas vezes mais bonito se usado nesta casa. Ele é lindo demais, na minha opinião, para qualquer casa em que *elas* possam ir morar. No entanto, paciência. Seu pai pensou apenas *nelas*. Deste modo, vejo-me obrigada a dizer isto: você não deve nenhuma gratidão especial nem atenção alguma aos desejos dele, pois sabemos perfeitamente que, se ele pudesse, teria deixado tudo no mundo para *elas*.

Esse argumento era irresistível e alterou as intenções de John Dashwood, fosse qual fosse a decisão que pensava tomar antes. Afinal, ele resolveu que seria desnecessário, do modo mais absoluto, se não altamente indecoroso, tomar em relação à viúva e às filhas de seu pai mais do que as atitudes que um bom vizinho tomaria, como sua esposa o fizera notar.

3

A Sra. Dashwood permaneceu em Norland por vários meses, sem nenhuma inclinação para mudar-se dali, até que um simples olhar para aqueles lugares tão conhecidos foi aumentando a profunda emoção que vinha sentindo até então. Quando começou a recobrar o ânimo e tornou-se capaz de outras atividades além de fortalecer a aflição sentida pelas recordações melancólicas, ela tornou-se impaciente por ir embora e demonstrou-se infatigável na busca de uma acomodação adequada nas proximidades de Norland, uma vez que lhe era impossível viver longe dessas amadas paragens. Como não conseguia aceitar situações que não correspondessem às suas noções de conforto e bem-estar, aceitava a prudência da filha mais velha, cujo julgamento severo recusou várias casas muito acima das possibilidades delas que a mãe, no entanto, teria aprovado.

Antes de morrer, o marido informara a Sra. Dashwood da solene promessa que o filho fizera em relação a elas e que o confortara nas suas últimas reflexões terrenas. Ela não duvidou da sinceridade dessa promessa, do mesmo modo que seu marido não duvidara, e considerou-a com satisfação, ainda que pessoalmente ponderasse que uma provisão muito menor do que sete mil libras seria mais que suficiente para sustentá-las. Para o bem do irmão de suas filhas e de seu próprio coração, regozijou-se e censurou-se por ter sido injusta ao julgá-lo incapaz de ser generoso. O comportamento atencioso do Sr. John em relação a ela e às irmãs convenceram-na de que ele se preocupava com o bem-estar delas e, durante muito tempo, a Sra. Dashwood confiou com firmeza em suas boas intenções.

O desdém que havia sentido pela nora desde o instante em que a encontrara pela primeira vez fora aumentando muito com o aprofundar do conhecimento do caráter dela, o que lhe foi proporcionado por meio ano de convivência sob o mesmo teto. Talvez, apesar de toda consideração, da polidez ou afeição maternal que se esforçava por demonstrar em relação a ela, as duas senhoras provavelmente achassem difícil acreditar que já moravam juntas havia tanto tempo e essa situação iria prolongar-se caso não houvesse ocorrido um incidente especial que diminuiu a possibilidade, segundo a Sra. Dashwood, da permanência de suas filhas em Norland.

Esta circunstância foi ocasionada pelo crescente apego entre sua filha mais velha e o irmão da Sra. John Dashwood, um jovem e agradável cavalheiro que haviam conhecido assim que a irmã se estabelecera em Norland e que desde então passava boa parte do tempo lá.

Algumas mães teriam encorajado essa intimidade por motivos de interesse, pois Edward Ferrars era o filho mais velho de um homem que morrera muito rico; outras a teriam restringido por motivos de prudência, pois, a não ser por uma soma insignificante, o total da fortuna dele dependia do testamento da mãe. Mas a Sra. Dashwood não se deixava influenciar, na verdade, por nenhuma das duas considerações. Era suficiente para ela que ele fosse um cavalheiro gentil, que amasse sua filha e que Elinor retribuísse esse afeto. Era contrário ao seu modo de pensar crer que uma diferença de bens tinha poder bastante para separar qualquer casal que se sentisse atraído pela semelhança de sentimentos e era-lhe impossível conceber que os méritos de Elinor não fossem reconhecidos por qualquer pessoa que a conhecesse.

Edward Ferrars não tinha a recomendação da boa opinião e nem de elogios de pessoas importantes. Não era bonito e só depois de conhecê-lo melhor podia-se apreciá-lo e gostar dele por suas boas maneiras. Ele próprio não era capaz de fazer justiça a si mesmo; mas, tão logo conseguisse dominar a timidez, seu modo de agir demonstrava que tinha um coração aberto e afetuoso, que era inteligente e possuía uma educação que lhe garantira um sólido desenvolvimento. Mas não apresentava a menor habilidade nem disposição para corresponder aos desejos tanto de sua mãe quanto de sua irmã, que sonhavam vê-lo tornar-se notável e importante por... nem mesmo elas sabiam por quê. Queriam que ele tivesse destaque no mundo, de um jeito ou de outro. A mãe gostaria que ele se interessasse por política, que ingressasse no Parlamento ou, pelo menos, que se ligasse a algum dos grandes homens do momento. A Sra. John Dashwood desejava a mesma coisa, porém, no meio-tempo, se algumas dessas bênçãos superiores não pudessem ser recebidas, sua ambição se aplacaria um pouco se visse o irmão dirigindo uma caleche. Mas Edward não dava importância para grandes homens ou caleches. Toda sua aspiração centrava-se em conforto doméstico e em uma vida particular tranquila. Felizmente, ele tinha um irmão mais novo que era bastante promissor.

Edward já passara várias semanas em Norland antes de chamar a atenção da Sra. Dashwood, uma vez que, ainda nessa época, ela se achava imersa em uma aflição tão grande que a impedia de perceber o que a rodeava. Reparara apenas que era um cavalheiro calmo, discreto e gostara dele por isso. O Sr. Ferrars não perturbava a infelicidade que preenchia a sua mente e a sua alma insistindo em conversas fúteis. Foi levada a observá-lo melhor e avaliá-lo por uma consideração que Elinor fez um dia sobre a diferença que havia entre ele e a irmã. Esse contraste tornou-se o maior mérito dele aos olhos da mãe de Elinor.

– Basta dizer que o Sr. Ferrars é diferente de Fanny – disse ela –, o que implica qualidades agradáveis, e já gosto dele por isso.

– Creio que a senhora vai gostar mais ainda dele – afirmou Elinor – quando o conhecer melhor.

– Gostar dele! – replicou a mãe, com um sorriso. – Não consigo ter sentimentos de aprovação inferiores ao amor.

– Pode estimá-lo.

– Até agora não descobri qual é a diferença entre estima e amor.

Daí por diante a Sra. Dashwood passou a se esforçar para conhecê-lo melhor. Suas atitudes tornaram-se amigáveis e logo baniram a reserva a respeito de Edward Ferrars. Rapidamente compreendeu todos os méritos do rapaz; talvez a admiração de Elinor em relação a ele tenham-na ajudado a compreendê-los. Mas, na verdade, sentiu-se de fato segura do valor dele quando soube que o coração de Edward era cálido e seu caráter, meigo; então, não o desmereceu nem mesmo aquela tranquilidade de maneiras que ia de encontro a todas as suas ideias estabelecidas de como um jovem cavalheiro deveria ser.

No momento em que percebeu o mínimo sinal de amor na atitude dele em relação a Elinor, considerou o relacionamento deles como certo; assim que aconteceu, olhou muito além e viu o casamento como o mais imediato evento a seguir.

– Em poucos meses, minha querida Marianne – disse ela –, é provável que Elinor esteja amparada para a vida toda. Vamos sentir sua falta, mas *ela* será feliz.

– Oh, mamãe! Como faremos sem ela?

– Meu amor, não será exatamente uma separação. Vamos morar a poucos quilômetros dela e nos veremos em todos os dias das nossas vidas. Vocês ganharão um irmão, um verdadeiro e afeiçoado irmão. Tenho no mais alto apreço os sentimentos de Edward. Mas você ficou triste, Marianne; reprova a escolha da sua irmã?

– Talvez – confessou Marianne – eu tenha recebido essa notícia com alguma surpresa. Edward é muito amável e eu penso nele com ternura. No entanto... ele não é o tipo do jovem... Há algo que lhe falta... Sua aparência não é impressionante; ele não tem aquele encanto que eu esperava no homem destinado a ligar-se seriamente a minha irmã. Falta em seus olhos todo aquele espírito, aquele fogo que ao mesmo tempo revela virtude e inteligência. E, além de tudo isso, tenho medo, mamãe, de que ele não tenha bom gosto. A música parece exercer pouca atração sobre Edward e, embora ele admire muito os desenhos de Elinor, não se trata de uma pessoa que possa entender seu valor. É evidente que, na verdade, ele não entende nada do assunto, apesar da constante atenção que lhe dá enquanto ela desenha. Edward a admira como quem ama, não como um *connaisseur*. Para me satisfazer, essas qualidades precisam estar juntas. Eu não poderia ser feliz com um homem cujo gosto não coincidisse com o meu em todos os pontos; ele precisará compartilhar os meus sentimentos; os mesmos livros e as mesmas músicas deverão encantar a nós dois. Oh, mamãe, como foi sem vida a leitura que Edward fez para nós na noite passada! Sinto muito por minha irmã. Mesmo que ela tenha se aborrecido com tanta austeridade, não deu demonstrações de notá-la. Mas eu mal podia ficar quieta em minha cadeira. Ouvir aquelas lindas frases que sempre me deixam transtornada de emoção ditas com tão impenetrável calma, com tão assustadora indiferença!...

– Certamente ele aprecia mais uma prosa simples e elegante. Pensei nisso, também, naquele momento. Vocês *deveriam* sugerir-lhe Cowper.

– Não, mamãe! E se ele não se animar nem mesmo com Cowper? Mas devemos reconhecer que há gostos diferentes. Elinor não reage da mesma maneira que eu e, portanto, na certa ela irá passar por cima disso e ser feliz com ele. Mas o meu coração se partiria se eu o amasse e o ouvisse ler com tão pouca emoção. Mamãe, quanto mais conheço o mundo, mais me convenço de que nunca encontrarei um homem a quem possa de fato amar. Eu sou tão exigente! Ele deveria ter todas as virtudes de Edward, porém a personalidade e as atitudes teriam de ornamentar sua bondade com todos os demais e possíveis encantos.

– Lembre-se, meu amor, de que você não tem sequer dezessete anos. Ainda é cedo para desistir de encontrar a felicidade. Por que você teria de ter menos sorte que sua mãe? Que apenas em um aspecto, minha Marianne, o seu destino seja diferente do meu!

4

– É uma pena, Elinor – disse Marianne –, que Edward não goste de desenho.

– Edward não gosta de desenho? – surpreendeu-se Elinor. – Por que você acha isso? Ele não desenha, é verdade, mas sente grande prazer em admirar o trabalho dos outros e garanto que não lhe falta bom gosto natural, apesar de não ter muitas oportunidades para demonstrá-lo. Se tivesse tido possibilidade de aprender, penso que desenharia muito bem. Acontece que ele não confia no próprio julgamento a respeito dessa arte a tal ponto que sempre se recusa a dar opinião sobre qualquer quadro, mas possui um bom gosto profundo e natural que dirige perfeitamente sua avaliação.

Marianne ficou com medo de ofendê-la e não tocou mais no assunto; no entanto, o tipo de apreciação que Elinor garantia existir em Edward com tanto fervor ficava muito distante daquele arrebatador entusiasmo que, na opinião de Marianne, só podia ser denominado bom gosto. Todavia, ainda que risse por dentro, admirava a irmã pela cega parcialidade em relação a Edward, que a induzia ao engano.

– Espero, Marianne – continuou Elinor –, que você não o considere destituído de bom gosto. Até mesmo acredito que posso ter certeza de que não o faz, uma vez que seu comportamento com Edward é perfeitamente cordial e, se fosse essa a sua opinião, sei que você não conseguiria ser gentil com ele.

Marianne ficou sem saber o que dizer. Não queria magoar os sentimentos da irmã de maneira alguma, contudo, achava impossível afirmar algo que não pensava de fato. Deste modo, replicou:

– Não se ofenda, Elinor, se minha opinião a respeito dos méritos de Edward não é igual à sua. Eu não tive muitas oportunidades para avaliar as mínimas propensões da mente dele, suas inclinações e gostos, como você teve. Porém, tenho a mais alta opinião sobre a bondade e a inteligência dele e o considero digno e amável sob todos os pontos de vista.

– Não tenho a menor dúvida – observou Elinor, com um sorriso – de que os mais queridos amigos de Edward só poderiam ficar satisfeitos com um elogio como esse. Não vejo como você poderia ter se expressado de maneira mais calorosa.

Marianne regozijou-se por ter agradado à irmã com tanta facilidade.

– Penso que a inteligência e a bondade dele – prosseguiu Elinor – não podem ser colocadas em dúvida por quem veja Edward suficientemente para ter com ele uma conversa sem reservas. A alta qualidade de sua inteligência e de seus princípios só pode ser escondida pela timidez que por vezes o induz ao silêncio. Você o conhece o bastante para fazer justiça ao seu elevado valor. Mas, devido às circunstâncias, é bem possível que conheça menos que eu as suas mínimas propensões, como você as chamou. Temos passado muito tempo juntos, enquanto você tem se dedicado à mamãe com grande afeto e de um modo quase exclusivo. Assim, tive a possibilidade de conhecê-lo bem, de estudar seus sentimentos, de ouvir suas opiniões sobre literatura e avaliar seu gosto. E aventuro-me a afirmar que, no conjunto, Edward tem um intelecto muito bem-formado, aprecia livros enormemente, tem uma imaginação muito viva, um senso de observação justo e correto, um gosto refinado e puro. As muitas aptidões que ele possui enriquecem seus conhecimentos, seu caráter e sua personalidade em todos os aspectos. À primeira vista ele não impressiona e é muito difícil afirmar que é bonito, apesar de ser possível perceber a expressão de extraordinária bondade em seus olhos e a suavidade no seu modo de agir. Agora eu já o conheço tão bem que o considero de fato bonito, ou quase. O que você me diz, Marianne?

– Que logo irei achá-lo bonito, Elinor, se é que já não acho. Se você me diz que devo amá-lo como a um irmão, não posso ver nenhuma imperfeição no rosto nem no coração dele.

Elinor sobressaltou-se diante de tal declaração e ficou constrangida com o entusiasmo que deixara transparecer ao falar de Edward, só então percebendo que possuía uma opinião muito elevada sobre ele. Esperava que esse sentimento fosse recíproco, porém precisava ter mais certeza disso para poder dizer a Marianne que considerava a ligação deles agradável. Sabia que para Marianne e sua mãe, o que imaginavam em um momento tornava-se certeza no momento seguinte, que, para elas, querer era ter esperança, e ter esperança era conseguir. Tentou explicar a verdadeira situação para a irmã:

– Não quero negar que o tenho em alto conceito... em alta estima, que gosto dele.

A essa altura Marianne explodiu, indignada:

– Você o estima! Gosta dele! Insensível Elinor! Oh, pior do que insensível! Envergonhada de ser justamente o oposto. Use essas palavras outra vez e sairei desta sala no mesmo instante.

Elinor não pôde deixar de rir.

– Desculpe-me – disse ela – e acredite que não pretendia ofendê-la falando com tanta tranquilidade dos meus sentimentos íntimos. Acredite que eles são mais fortes do que eu declarei e acredite que, em suma, estão à altura dos méritos de Edward e da suspeita... ou seja, da esperança de que a afeição dele por mim poderá ser garantida sem imprudência ou loucura. Mas você *não* deve acreditar em mais do que isto. Nem eu mesma estou segura quanto à consideração dele por mim. Há momentos em que a validade de sua estima parece-me duvidosa; mesmo que os sentimentos dele sejam totalmente conhecidos, você não pode imaginar minha determinação em evitar qualquer encorajamento da minha própria parcialidade, ao acreditar ou esperar que sejam mais profundos do que de fato são. No fundo do meu coração sinto uma pequena... uma dúvida quase inexistente da preferência de Edward. Contudo, há outros pontos a serem considerados, além de sua inclinação. Ele está muito longe de ser independente. Não podemos saber como a mãe dele de fato é; mas, se nos basearmos nas ocasionais menções de Fanny sobre as atitudes e opiniões dela, não poderemos nem sequer esperar que seja amigável. Muito me engano se Edward não estiver sabendo que encontrará enorme dificuldade em seu caminho, caso queira se casar com uma mulher que não tenha grandes posses ou elevado nível social.

Marianne estava atônita por descobrir quanto a imaginação dela e da mãe havia ultrapassado a verdade.

– Então, você ainda não está de fato comprometida com ele – constatou. – Acredito que, com certeza, isso vai acabar acontecendo. Entretanto, existem duas vantagens nessa demora: eu não a perderei tão cedo e Edward terá mais tempo e oportunidade para desenvolver o gosto pelas suas preferências favoritas, pois isto é absolutamente necessário para a futura felicidade de vocês. Oh! Se a sua genialidade em desenhar, Elinor, o estimulasse a também fazê-lo, seria maravilhoso!

Elinor tinha dito à irmã o que ela pensava de verdade. Parecia não considerar a própria parcialidade no julgamento de Edward tão monstruosa quanto Marianne considerava. Às vezes, ele mergulhava em tal desânimo que, se não fosse demonstração de indiferença, devia ser indício de algo pouco auspicioso. A inquietação de Elinor não seria maior caso ele tivesse alguma dúvida em relação a ela; pelo menos, julgava que isso não lhe causaria uma tristeza maior que aquela que o dominava na maior parte do tempo. Um motivo mais razoável para essa tristeza poderia residir na situação dependente em que Edward se encontrava e que o proibia de ser indulgente para com as próprias afeições. Ela sabia que a mãe dele, naquele momento, não agiria de maneira a tornar o ambiente agradável para o filho, nem a dar-lhe a segurança necessária para formar seu próprio lar, a não ser que Edward atendesse a todas as altas aspirações dela. Estando a par disto, era impossível para Elinor sentir-se à vontade ao falar nesse assunto. Encontrava-se longe de encaixar-se nas aspirações e exigências da mãe de Edward, por mais que sua mãe e sua irmã tivessem certeza de que as preenchia todas. Não. Quanto mais eles ficavam juntos, mais dúvidas surgiam sobre a natureza dos sentimentos dele a seu respeito; às vezes, por dolorosos minutos, ela acreditava que tudo não passava de simples amizade.

Mas, fossem quais fossem de fato os limites, eles foram percebidos pela irmã de Edward, que os considerou amplos o bastante para deixá-la preocupada e, ao mesmo tempo (o que era ainda mais comum), torná-la rude. Então, Fanny aproveitou a primeira ocasião que teve, ao ver-se sozinha com a sogra, e lhe falou de maneira tão expressiva sobre as altas aspirações do irmão, sobre a determinação da Sra. Ferrars de que seus dois filhos se casassem bem e do perigo que ameaçava qualquer jovem mulher que tentasse *seduzi-los*, que a Sra. Dashwood não pôde fingir não saber de nada, nem fazer de conta que se mantinha calma. Deu-lhe uma resposta que demonstrou seu mal-estar e saiu no mesmo instante da sala, decidindo que, fossem quais fossem os inconvenientes ou despesas causados por uma mudança imediata, sua amada Elinor não seria exposta mais uma vez a tais insinuações.

Encontrava-se nesse estado de espírito quando o carteiro entregou-lhe uma correspondência com uma proposta que chegava no momento certo. Era o oferecimento de uma pequena casa em Devonshire, em condições muito fáceis e que pertencia a um parente dela, cavalheiro de posses e importância. A carta era do próprio cavalheiro e fora escrita com verdadeiro espírito de amigável entendimento. Ele ficara sabendo que ela precisava mudar-se e, ainda que a casa que lhe oferecia fosse apenas uma casa de campo, assegurava que poderia fazer todas as modificações que considerasse necessárias, caso a proposta lhe agradasse. Depois de dar informações pormenorizadas sobre a casa e o jardim, quase a intimou que fosse com as filhas a Barton Park, onde ele residia, para que pudessem julgar de perto o Chalé Barton, pois as duas residências localizavam-se na mesma paróquia e, com alguma alteração, a que oferecia poderia tornar-se confortável para elas. De fato, ele parecia ansioso por acomodá-las, e a carta estava escrita em estilo tão amigável que seria impossível deixar de aceitar a oferta do primo, principalmente no momento em que a Sra. Dashwood sofria com a atitude fria e indiferente de seus parentes mais próximos. A situação de Barton em um condado tão distante de Sussex, como Devonshire, até poucas horas antes teria sido motivo suficiente para anular qualquer vantagem que apresentasse sobre o lugar onde morava. Mas, agora, sua localização era o detalhe que mais o tornava atraente. Ir embora das proximidades de Norland não mais era um mal; ao contrário, era uma condição desejável, era uma bênção diante da possibilidade de continuar como hóspede de sua nora; mudar-se para bem longe daquele amado lugar seria menos doloroso que morar ali ou visitá-lo enquanto aquela mulher fosse a dona.

No mesmo instante escreveu para Sir John Middleton expressando seu agradecimento por tanta bondade e aceitando a proposta dele; em seguida, apressou-se a mostrar ambas as cartas para suas filhas, a fim de assegurar-se da aprovação delas antes de enviar a resposta.

Elinor sempre achara mais prudente que fossem morar a alguma distância de Norland do que ficar por perto dos conhecidos. A este respeito, portanto, nada tinha a opor à intenção da mãe de se mudar para Devonshire. Além disso, a casa, como Sir John a descrevia, era de nível simples e o aluguel tão razoável que se tornava impossível basear qualquer objeção nesse ponto; por outro lado, uma vez que não havia nenhum indício da realização dos seus sonhos, ainda que morar longe de Norland não fosse atraente para ela, Elinor nada fez para dissuadir a mãe de enviar a carta de aceitação.

5

Assim que despachou a resposta, a Sra. Dashwood deu a si mesma a satisfação de anunciar ao enteado e à sua esposa que já havia encontrado uma casa e que, assim que ela estivesse em condições, iria poupá-los do incômodo de tê-la como hóspede. Eles a escutaram surpresos. A Sra. John Dashwood nada disse, mas seu marido desejou, educadamente, que essa casa não ficasse longe de Norland, e ela teve a alegria de responder que iria mudar-se para Devonshire. Ao ouvir isso, Edward voltou-se para a Sra. Dashwood e, com a voz cheia de espanto e tristeza que não precisavam de explicação, repetiu:

– Devonshire! A senhora vai, de fato, mudar-se para lá? Fica tão longe daqui! Em que parte do condado?

A Sra. Dashwood explicou onde ficava a casa: a pouco mais de seis quilômetros ao norte de Exeter.

– É apenas um chalé – continuou ela –, mas espero receber muitos dos meus amigos lá. Pode-se acrescentar facilmente um ou dois quartos e, se meus amigos não tiverem dificuldade de viajar para tão longe a fim de me ver, tenho certeza de que também não terei nenhuma em acomodá-los.

Concluiu com um amável convite para que o Sr. e a Sra. John Dashwood a visitassem em Barton e o convite para Edward foi feito com um afeto ainda maior. Embora a última conversa com a nora a tivesse feito resolver que permaneceria em Norland apenas o tempo que fosse absolutamente necessário, não havia na atitude dela a menor intenção de ir ao encontro dos desejos da dona da propriedade. Não pretendia separar Edward e Elinor de maneira alguma e, com aquele caloroso convite ao irmão da Sra. John Dashwood, quis demonstrar a ela que não dava a menor importância à sua desaprovação ao casamento deles.

O Sr. John Dashwood disse à madrasta uma porção de vezes quanto sentia por ela ter arranjado uma casa tão distante de Norland, assim como por recusar sua ajuda na mudança. De fato, ele sentia uma profunda contrariedade porque essa resolução tornara impraticável qualquer esforço de sua parte para cumprir a promessa feita ao pai. Os pertences delas foram mandados por barco, consistindo em roupas de cama, mesa e banho, prataria, porcelanas, livros e um bonito piano que pertencia a Marianne. A Sra. John Dashwood viu a mudança ir embora com um suspiro e não pôde deixar de pensar com despeito em como era possível a Sra. Dashwood ter coisas tão lindas quando o rendimento dela era tão insignificante em comparação ao seu.

A Sra. Dashwood alugou a casa por um ano; achava-se completamente mobiliada e pronta para ser ocupada. Não surgiu dificuldade alguma de ambos os lados para fazer o acordo. Antes de partir rumo ao oeste, ela teria de esperar apenas o tempo necessário para dispor do mínimo que ainda possuía em Norland e para determinar o que era preciso para o uso imediato da casa, o que foi resolvido de forma muito rápida, uma vez que ela era extremamente ágil ao lidar com os próprios interesses.

Os cavalos deixados por seu marido haviam sido vendidos logo após sua morte e, naquelas circunstâncias, oferecera-se a ocasião de dispor também da carruagem, que ela concordara em vender graças aos conselhos sábios da filha mais velha. Assim agira, então, para satisfazer a vontade das filhas, pois, se fosse apenas por seu desejo, teria ficado com a carruagem. No entanto, a prudência de Elinor prevalecera.

Os domínios da Sra. Dashwood seriam tão restritos que ela podia limitar a criadagem a três pessoas: duas criadas e um homem, que escolheram rapidamente entre os que haviam trabalhado para elas em Norland.

Esse homem e uma das criadas foram enviados de imediato para Devonshire, a fim de preparar a casa para a chegada da família, pois, não conhecendo Lady Middleton, a Sra. Dashwood preferia ir diretamente para o chalé, em vez de se hospedar em Barton Park; confiava tanto na descrição que Sir John havia feito da casa que não considerava necessário vê-la antes de instalar-se em definitivo.

A pressa de ir embora de Norland não foi abalada, principalmente por causa da evidente satisfação de sua nora com a mudança; uma satisfação que se sobrepôs à frágil tentativa de disfarce, quando fez uma fria sugestão de que adiasse a partida. Aquele era o momento apropriado para que o enteado tomasse alguma atitude para cumprir a promessa feita ao pai.

Uma vez que as negligenciara desde que se estabelecera na propriedade, a retirada delas da casa que fora seu lar era a oportunidade, talvez derradeira, para cumpri-la. Contudo, a Sra. Dashwood já começara a perder o resto de esperança de que John Dashwood o fizesse, e a se convencer, graças aos discursos que ele fazia todos os dias, de que o seu amparo se restringiria àqueles seis meses que elas haviam permanecido em Norland. E, coisa que nenhum homem de importância deste mundo exporia aos outros, ele vivia dizendo que as despesas com a manutenção da casa cresciam cada dia mais e, comentando as perpétuas perdas causadas a sua bolsa, de tal maneira que se tinha a impressão de que era o Sr. Dashwood quem precisava que lhe dessem dinheiro, e não que se encontrasse em condições de dá-lo a quem quer que fosse.

Poucas semanas depois da chegada da primeira carta de Sir John Middleton, tudo estava resolvido sobre o futuro delas, de maneira que a Sra. Dashwood e as filhas podiam iniciar a viagem.

Muitas foram as lágrimas derramadas por elas no último adeus ao lugar que tanto amavam.

– Querida, querida Norland – lamentava-se Marianne, enquanto vagueava sozinha pela casa, na última noite que iriam passar ali –, quando deixarei de ter saudade de você? Quando vou aprender a me sentir em casa em outro lugar? Oh, casinha feliz, se soubesse o quanto sofro ao pensar que talvez nunca mais voltarei a vê-la! E vocês, minhas amigas árvores! Mesmo assim, vocês continuarão as mesmas. Nenhuma de suas folhas irá cair porque vamos embora, nenhum galho deixará de movimentar-se só porque não poderemos mais vê-lo! Não. Vocês continuarão as mesmas, inconscientes da felicidade ou da tristeza que nos causam, insensíveis à mudança das pessoas que descansarão sob sua sombra! Mas quem será capaz de gostar de vocês como nós gostamos?

6

A primeira parte da viagem deu-se em um clima de profunda melancolia, o que a impediu de ser menos que tediosa e desagradável. Mas, à medida que se aproximavam do destino, um crescente interesse pelo aspecto do condado onde iriam morar sobrepujou o abatimento delas e, quando chegaram ao vale Barton, a paisagem as alegrou. Era um lugar bonito, fértil, rico em árvores e pastagens. Depois de percorrer mais de dois quilômetros pelo campo, chegaram à casa que seria seu lar dali por diante. Um pequeno jardim verde a rodeava e entrava-se nesse jardinzinho por um velho e pequeno portão.

O Chalé Barton, apesar de pequeno, era confortável e compacto como moradia; mas, como casa de campo, era imperfeito, pois sua forma era simétrica e a cobertura exterior, de telhas; os postigos das janelas não eram pintados de verde, não havia muros ou paredes cobertos de madressilva. Um estreito caminho ao lado da casa levava diretamente ao jardim dos fundos. À entrada, de um lado e do outro havia uma sala com cerca de cinco metros quadrados cada; além delas, localizavam-se os aposentos da criadagem e a escada. Em cima, quatro quartos e dois sótãos completavam a casa. Não fora construída havia muitos anos e encontrava-se em bom estado. Em comparação com Norland, era pobre e pequena, sem dúvida, mas as lágrimas provocadas pelas lembranças secaram assim que as quatro mulheres entraram. Suas almas aqueceram-se diante da alegria que os criados demonstraram com sua chegada e cada qual resolveu mostrar-se feliz para não entristecer as demais. Era início de setembro, o tempo estava firme e ver o lugar pela primeira vez com a vantagem de um dia tão bonito deu-lhes a boa impressão de que se tratava de uma atitude premeditada, com o propósito de conseguir a aprovação delas.

A localização do chalé era boa. Altas colinas elevavam-se logo atrás dele, assim como dos lados, a uma distância não muito grande; algumas eram cobertas por vegetação rasteira, outras por árvores, e outras, ainda, eram cultivadas. O vilarejo de Barton ficava ao pé de uma dessas colinas e se descortinava às janelas do chalé como uma linda paisagem. O horizonte em frente apresentava-se muito mais amplo, pois via-se o vale inteiro, que se perdia ao longe. As colinas que rodeavam a casa limitavam o vale nessa direção, porém ele se prolongava, com outro nome e outro formato, entre duas das colinas mais escarpadas.

De maneira geral, a Sra. Dashwood ficou satisfeita com o tamanho dos móveis e da casa; o estilo de vida que haviam levado até então teria de passar por algumas alterações e o chalé precisaria de mudanças, mas isso não era problema porque ela adorava reformar e aperfeiçoar; desta vez tinha dinheiro suficiente para fazer tudo que quisesse a fim de acrescentar mais elegância aos vários cômodos.

– Quanto à casa em si, na verdade – disse ela –, é pequena demais para a nossa família, mas por enquanto vamos dar um jeito para nos acomodarmos o melhor possível, assim mesmo como ela está, porque o ano já vai avançado demais para reformas. Talvez na primavera, se eu tiver dinheiro bastante como me atrevo a acreditar que terei, pensaremos em construir. Estas duas salas são ambas pequenas demais para festas e para acolher nossos amigos, que espero receber frequentemente. Estou imaginando utilizar parte de uma delas para ampliar a outra e deixar o que sobrar como hall de entrada. Poderemos, então, construir uma outra sala e um quarto com sótão em cima dela. Aí, sim, teremos um pequeno, mas confortável chalé. Gostaria que a escada fosse mais bonita. No entanto, não se pode querer tudo... De qualquer modo, creio que não será difícil alargá-la. Vou ver quanto poderei dispor na primavera e planejaremos a reforma de acordo com o que pudermos gastar.

Todavia, embora essas alterações pudessem ser feitas com as economias de um rendimento de quinhentas libras ao ano por uma mulher que jamais economizara na vida, elas eram ajuizadas o bastante para, no momento, se contentarem com a casa como estava. Cada qual ocupou-se em arrumar suas coisas dispondo livros e outros objetos de maneira a transformá-la em um lar. Ao piano de Marianne foi destinado um lugar privilegiado; os quadros de Elinor foram pendurados nas paredes da sala de estar.

Dedicavam-se a essas ocupações quando, na manhã seguinte, foram interrompidas pela chegada de seu senhorio, que queria dar-lhes as boas-vindas a Barton e oferecer-lhes acomodação na residência dele enquanto a delas não estivesse em ordem.

Sir John Middleton era um homem com cerca de quarenta anos, de aparência agradável. Já visitara os Dashwood em Stanhill, mas isso acontecera havia anos demais para que as jovens primas se lembrassem dele. Tinha natureza bem-humorada e suas maneiras eram tão amigáveis quanto o estilo de sua carta. A chegada delas parecia dar-lhe verdadeira satisfação e era com a maior solicitude que se preocupava com seu conforto. Falou sobre um antigo e profundo desejo de manter relações estreitas com a família e insistiu cordialmente que fossem jantar em Barton Park todos os dias, até que o chalé estivesse definitivamente organizado. Apesar da insistência dele beirar os limites da incivilidade, não podiam ofender-se.

A bondade de Sir Middleton não ficou apenas em palavras; uma hora depois de ele ter ido embora, uma enorme cesta cheia de verduras e frutas chegou de Barton Park, seguida ao fim do dia por outra, com carne de caça. Além disso, ele insistiu em levar as cartas delas para o correio e trazer-lhes as que chegassem, rogando-lhes que não o impedissem de ter o prazer de mandar-lhes o jornal todos os dias.

Lady Middleton havia lhes mandado um gentil recado por ele, declarando sua intenção de receber a Sra. Dashwood assim que ela achasse que podia ir visitá-la sem inconvenientes; tendo recebido como resposta um convite igualmente polido, a lady foi apresentada a elas no dia seguinte.

Naturalmente, estavam ansiosas por conhecer a pessoa de quem dependeria boa parte do seu conforto em Barton, e a elegância de sua figura mostrou-se de acordo com as expectativas. Lady Middleton não tinha mais de vinte e seis ou vinte e sete anos; seu rosto era lindo, o corpo esguio e bem-feito, o porte gracioso. Suas maneiras tinham toda a delicadeza que faltava às do marido, mas seriam melhores se tivessem um pouco da franqueza e da simpatia dele. A visita da lady foi longa o bastante para esfriar um pouco o primeiro impulso de admiração porque, apesar de perfeitamente bem-educada, ela era reservada, fria e nada tinha a falar além das perguntas e observações sociais mais comuns.

Contudo, não foi preciso nenhum esforço para manter a conversa, pois Sir John falava bastante e Lady Middleton havia tido a precaução de levar seu filho mais velho, um belo menino de uns seis anos. Quando o assunto morria, sempre havia um recurso ao qual as senhoras podiam agarrar-se, indagando o nome dele, sua idade, elogiando-lhe a beleza e fazendo-lhes perguntas que, na maioria das vezes, eram respondidas pela mãe, porque o menino manteve-se o tempo todo agarrado a ela, de cabeça baixa; a lady demonstrou profunda surpresa com tal comportamento, admirando-se muito pelo fato de o filho estar se demonstrando tão tímido quando costumava correr desabaladamente e fazer muita algazarra em casa. Em toda visita formal, uma criança tem o papel de fornecer assunto de conversa. No presente caso, levou apenas dez minutos para que determinassem se o pequeno era parecido com a mãe ou com o pai e em que detalhes era semelhante a um ou ao outro; é claro que a opinião de todas elas diferiu e cada qual ficou muito perplexa com a opinião das outras.

Logo haveria mais uma oportunidade para as Dashwood debaterem detalhes sobre as demais crianças, pois Sir John não deixou o chalé sem arrancar delas a promessa de jantarem em Barton Park no dia seguinte.

7

Barton Park ficava a cerca de oitocentos metros do chalé. A Sra. Dashwood e as filhas haviam passado perto da casa ao atravessar o vale na chegada, mas ela se encontrava fora de seu campo de visão pela projeção de uma colina. A casa era grande, bonita, e os Middleton viviam em um estilo de hospitalidade e elegância do mesmo nível. A primeira, para satisfação própria de Sir John; a segunda, para a de sua lady. Era difícil que não houvesse amigos hospedados na casa, e eles recebiam mais visitas que qualquer outra família dos arredores. O que, aliás, era necessário para a felicidade de ambos; por mais que fossem diferentes por temperamento e personalidade, eles se pareciam muito na necessidade de ter contato com gente de talento e bom gosto que partilhasse suas preferências, desligados como eram dos ditames da sociedade à qual acompanhavam com passo muito lento. Sir John era esportista, Lady Middleton era mãe. Ele caçava e atirava, ela dedicava-se aos filhos e estes eram seus maiores interesses na vida. A lady tinha a vantagem de poder mimar os filhos durante o ano inteiro, enquanto as ocupações independentes de Sir John só eram possíveis durante metade desse tempo. No entanto, compromissos contínuos em casa e com os vizinhos supriam as diferenças da natureza e da educação, mantinham o bom humor do cavalheiro e davam oportunidade à esposa para demonstrar sua fina educação.

Lady Middleton cuidava pessoalmente da elegância da mesa, da administração doméstica, e este tipo de vaidade era seu maior prazer em todas as festas que organizava. No entanto, a satisfação de Sir John no contato social era muito mais ampla e verdadeira: ele adorava reunir o maior número de jovens que sua casa podia abrigar, e o barulho que eles faziam era o que mais o agradava. Era querido pelos jovens da vizinhança; todos os verões organizava festas em que se comia presunto e frango ao ar livre; no decorrer dos invernos seus bailes fechados eram numerosos o bastante para satisfazer à ansiedade de todos os rapazes e moças que sofressem da insaciável animação dos quinze anos.

A chegada de uma nova família no condado era sempre motivo de alegria para ele; por isso estava encantado, sob todos os pontos de vista, com as inquilinas que ocupavam seu chalé em Barton. As Srtas. Dashwood eram jovens, bonitas e simples. Isto era o suficiente para que tivesse boa opinião sobre elas, pois ser simples era tudo que uma moça precisava para ter uma personalidade tão atraente quanto uma aparência bonita. O natural espírito amigável das jovens fez com que ele ficasse contente por ter-lhes alugado a casa, apesar de a situação delas ter se tornado inferior, comparada com a vida que levavam antes. Ter ajudado às primas proporcionava um grande prazer ao seu coração e ao abrigar uma família de mulheres em seu chalé, ele sentia a satisfação negada ao esportista; pois os esportistas, ainda que estimem muito os companheiros do mesmo sexo, igualmente esportistas, nem sempre têm o gosto de visitar-se.

A Sra. Dashwood e as filhas foram recebidas à porta da mansão por Sir John, que lhes deu as boas-vindas a Barton Park com profunda sinceridade e, enquanto as levava para a sala de estar, revelou-lhes a preocupação que o incomodava desde o dia anterior: não pudera convidar nenhum jovem simpático para fazer-lhes companhia. Iriam conhecer, explicou, apenas um cavalheiro contemporâneo dele; um grande amigo que estava hospedado em sua casa e que, porém, nada tinha de jovem nem de alegre. Esperava que lhes perdoassem a pequenez dessa reunião e podia garantir-lhes que isso não aconteceria de novo. Consultara várias famílias naquela manhã, na esperança de aumentar o número de convidados, mas era tempo de luar e todos estavam cheios de compromissos. Felizmente, a mãe de Lady Middleton havia chegado a Barton na última hora; era uma senhora muito agradável e esperava que as jovens senhoritas não achassem tudo tão aborrecido quanto ele temia. Contudo, as jovens senhoritas, assim como a mãe delas, estavam perfeitamente satisfeitas por encontrarem apenas dois desconhecidos no jantar e não desejavam nada mais que isso.

A Sra. Jennings, mãe de Lady Middleton, era uma bem-humorada, simpática e gorda senhora de meia-idade que falava sem parar, parecia muito feliz e tinha atitudes um tanto vulgares. Era cheia de anedotas, de risos e antes do jantar já havia feito uma porção de observações picantes a respeito de amantes e de maridos e já havia expressado o desejo de que elas não tivessem deixado seus corações em Sussex, deixando as moças coradas ao ouvirem isso, tivessem ou não deixado corações para trás. Marianne sentiu-se embaraçada por causa da irmã e observou-a com tanta ansiedade para ver como ela reagia a esses ataques que Elinor ficou constrangida mais pela aflição da irmã do que pelas brincadeiras vulgares da Sra. Jennings.

O coronel Brandon, amigo de Sir John, parecia, por suas maneiras, tão pouco à vontade com o amigo quanto Lady Middleton como sua esposa ou a Sra. Jennings como mãe de Lady Middleton. Era silencioso e sério, porém não tinha aparência desagradável apesar de, na opinião de Marianne e de Margaret, ser um completo velho solteirão, uma vez que já havia passado para o "lado errado", com seus trinta e cinco anos. Seu rosto não era bonito, mas sua natureza era claramente sensível e seus modos, muito cavalheirescos.

Não havia nada nos participantes da reunião que os recomendasse para ser companhia das jovens Dashwood, mas a fria insipidez de Lady Middleton repelia as pessoas de maneira tão forte que, em comparação com ela, a seriedade do coronel Brandon, a ruidosa alegria de Sir John e até mesmo as atitudes vulgares de sua sogra eram interessantes. Apenas depois do jantar, Lady Middleton pareceu despertar da letargia que lhe era natural para demonstrar alguma vida com a entrada de seus quatro barulhentos filhos, que saltavam em cima dela e puxavam-lhe as roupas, impedindo todo e qualquer tipo de conversa que não girasse em torno deles.

Nessa noite, como alguém comentou que Marianne estudara música, ela foi convidada a tocar. O piano foi aberto, todos se prepararam para se encantarem e Marianne, que cantava muito bem, foi solicitada a tocar e cantar as músicas que Lady Middleton havia trazido para aquela casa ao se casar e cujas partituras permaneciam na mesma posição desde então, pois a anfitriã celebrara o casamento abandonando a música; no entanto, de acordo com as afirmativas de sua mãe, ela tocava muito bem e, segundo a própria lady, gostava muito de tocar.

A performance de Marianne foi aplaudida com entusiasmo. Sir John expressava sua admiração em altos brados cada vez que uma canção terminava e conversava em voz bem alta durante a execução de cada uma. Lady Middleton o repreendia a todo instante, comentando não entender como a atenção de alguém podia desligar-se da música por um momento que fosse, e pedia a Marianne que cantasse determinada canção quando ela acabara de cantá-la. Apenas o coronel Brandon ouvia atento o tempo todo, sem demonstrações exageradas, e oferecia a Marianne o alto elogio da atenção, fazendo com que ela o respeitasse em meio aos outros, que evidenciavam uma vergonhosa falta de bom gosto. O prazer que ele demonstrava ao ouvir música, ainda que não fosse aquele êxtase encantado que pertencia apenas a ela, tornava-se precioso em contraste com a horrível insensibilidade dos outros, e Marianne era razoável o bastante para reconhecer que um homem com trinta e cinco anos podia ainda ter sentimentos profundos e admirar coisas lindas a ponto de se emocionar. Ela sentia-se perfeitamente disposta a fazer toda concessão que o senso de humanidade conferia à idade avançada do coronel.

8

A Sra. Jennings era uma viúva com grandes posses. Possuía apenas duas filhas e vivera para ver ambas respeitavelmente casadas; agora, nada mais tinha a fazer a não ser casar todo o resto do mundo. Desempenhava esta importante missão com zelo e empenho profundos, realizando-a da melhor maneira que suas habilidades permitiam, e não perdia chance de arquitetar casamentos entre os jovens que conhecia. Era de uma rapidez impressionante para descobrir afinidades e levava a vantagem de provocar rubores e vaidades em muitas jovens damas ao insinuar o poder que elas tinham sobre determinados jovens cavalheiros. Logo depois de sua chegada a Barton, este tipo de discernimento habilitou-a a determinar sem a menor sombra de dúvida que o coronel Brandon estava apaixonado por Marianne Dashwood. Na noite em que os dois haviam se conhecido, desconfiara desse fato ao observar a maneira embevecida com que ele ouvia a moça cantar e tivera absoluta certeza de que acertara quando o convite dos Middleton fora retribuído por um jantar no chalé, ocasião em que a haviam ouvido cantar outra vez. Tinha que ser. Estava absolutamente convencida disso. Seria um excelente casamento, pois *ele* era rico e *ela* era linda. Desde que o encontrara pela primeira vez, logo depois de ter conhecido Sir John, a Sra. Jennings vivera ansiosa por ver o coronel Brandon bem-casado. Além disso, estava sempre ansiosa por arranjar um bom marido para cada moça bonita que conhecia.

A imediata vantagem que tinha com esses arranjos era considerável, pois forneciam-lhe uma quantidade infinita de anedotas sobre os casais que unia. Em Barton Park, ela sondara o coronel e, no chalé, Marianne. Para esta última, as insinuações que fizera haviam sido indiferentes por completo, ao menos pelo que pudera perceber; para o primeiro, em princípio haviam sido incompreensíveis e depois, quando sua intenção foi compreendida, ela percebeu que o coronel não sabia se devia rir de tal absurdo ou censurar a impertinência dela. Então, considerara a reação dele resultado de uma insensibilidade própria da idade avançada e da triste vida de solteirão.

A Sra. Dashwood, que não podia deixar de perceber que a imaginação de sua jovem filha via como excepcionalmente velho um homem que tinha apenas cinco anos menos que a mãe dela, aventurou-se a defender a Sra. Jennings de ser classificada de ridícula por ter tido essa ideia, considerando-se as idades díspares.

– Afinal de contas, mamãe, a senhora não pode negar o absurdo da intenção dela, apesar de reconhecermos que não é mal-intencionada. Com certeza, o coronel Brandon é mais moço que a Sra. Jennings, mas é velho o bastante para ser *meu* pai, e, se ainda fosse animado a ponto de se apaixonar, dificilmente sobreviveria a uma emoção dessa espécie. É uma ideia tão ridícula! Quando um homem estará a salvo das suas brincadeiras, a não ser no momento em que a idade e a doença o protejam dela?

– Doença! – interferiu Elinor. – Chama o coronel Brandon de doente? Não me é difícil compreender que, para você, a idade dele pareça muito mais avançada que para minha mãe, porém é obrigada a admitir que ele faz pleno uso de suas pernas e braços!

– Não o escutou se queixando de reumatismo? Não é esta a doença mais comum do fim da vida?

– Minha filha querida – disse a mãe delas, rindo –, neste caso você deve viver em terror contínuo com a *minha* decadência e com certeza acha um milagre a minha vida ter se prolongado até a idade de quarenta anos.

– Mamãe, não está sendo justa comigo. Sei muitíssimo bem que o coronel Brandon não é velho o bastante para que seus amigos vivam apreensivos com a possibilidade de perdê-lo devido ao curso natural da vida. Ele pode viver vinte anos mais. Porém, trinta e cinco não é idade para se casar.

– Talvez – considerou Elinor – trinta e cinco e dezessete anos não combinem para casamento entre si. Mas, se houvesse alguma chance de uma mulher estar solteira aos vinte e sete anos, não acredito que o coronel, com seus trinta e cinco, fizesse qualquer objeção a casar-se com *ela*.

– Uma mulher com vinte e sete anos – afirmou Marianne, depois de pensar por um momento – jamais pode ter esperança de inspirar afeto. Se sua casa for desconfortável e sua fortuna pequena, suponho que deva se submeter a desempenhar as funções de enfermeira do marido a fim de garantir a manutenção e segurança de sua vida como esposa. Casar-se com uma mulher nestas condições nada teria de impróprio, mas seria um pacto de conveniência e o mundo ficaria satisfeito. Aos meus olhos, no entanto, este não seria um casamento, de maneira alguma. Para mim, significaria apenas um contrato comercial em que cada qual se beneficiaria à custa do outro.

– Seria impossível, eu sei – replicou Elinor –, convencer você de que uma mulher de vinte e sete anos pode sentir por um homem de trinta e cinco algo muito parecido com amor e que isso o torna um companheiro desejável para ela. Mas devo me opor a que você relegue o coronel Brandon e sua esposa ao confinamento constante em um quarto de doente, apenas porque ele se queixou ontem, um dia realmente muito frio e úmido, de uma pontada reumática em um dos ombros.

– Ele também falou em colete de flanela – retrucou Marianne – e, para mim, coletes de flanela estão ligados de maneira indissolúvel a dores, cãibras, reumatismos e toda espécie de doenças que podem afligir os velhos e fracos.

– Se ele estivesse com uma febre violenta, você não o desprezaria a metade do que despreza. Confesse, Marianne! Será que se interessa pelos rostos vermelhos e quentes, olhos brilhantes e pulsação rápida de uma pessoa febril?

Assim que acabou de falar, Elinor saiu da sala.

– Mamãe – disse então Marianne –, ando com uma preocupação a respeito de doença que não posso partilhar com ninguém a não ser com a senhora. Tenho certeza de que Edward Ferrars não está bem. Chegamos aqui há quinze dias e ele não apareceu. Nada, a não ser uma séria indisposição poderia explicar essa ausência. O que mais o reteria em Norland?

– Você achava que ele viria logo? – indagou a Sra. Dashwood.

– *Eu* não. Ao contrário, se cheguei a sentir alguma ansiedade a esse respeito, foi quando me lembrei de que ele demonstrou falta de entusiasmo e de boa vontade ao aceitar meu convite para vir a Barton. Será que Elinor ainda espera que ele venha?

– Não falei com ela a esse respeito, mas creio ser evidente que espera.

– Pois acho que você está enganada, porque ontem, quando conversava com Elinor sobre colocar um guarda-fogo novo no quarto de hóspedes, ela respondeu que não havia pressa em fazê-lo porque esse quarto não será usado tão cedo.

– Esquisito! O que será que isso significa? O comportamento deles um com o outro era mais do que claro! Mas como foi frio e distante o último adeus deles! Como era lânguida a conversa entre os dois na última noite em que estiveram juntos! Na atitude de Edward não havia a menor diferença quando se dirigia a mim ou a Elinor: expressou os bons votos de um afetuoso irmão para nós duas. Tentei deixá-los sozinhos duas vezes, de propósito, no decorrer da última manhã que passamos lá, e em ambas ele apressou-se a sair da sala comigo. E Elinor não chorou como eu ao deixar Norland e Edward. Mesmo agora, o autocontrole dela é constante. Em que momento demonstrou-se triste ou melancólica? Alguma vez tentou ficar sozinha, demonstrou estar cansada ou descontente com os que a rodeiam?

9

As Dashwood já se achavam instaladas em Barton com razoável conforto. Tinham-se familiarizado com a casa e o jardim, assim como com todos os objetos que as rodeavam, e as ocupações normais que haviam conferido a Norland a metade do encanto que lhe atribuíam voltaram a fazer parte de seus dias, oferecendo-lhes aqui maior satisfação do que lhes oferecia lá depois da perda do pai. Sir John Middleton, que as visitara todos os dias durante a primeira quinzena, e que nunca tinha percebido até então que uma casa exigia tantos cuidados, não pudera esconder seu espanto por encontrá-las sempre ocupadas.

Não recebiam muitas visitas, a não ser as de Barton Park, pois, apesar das preleções de Sir John de que deveriam ter maior relacionamento com os vizinhos e de repetir várias vezes que sua carruagem encontrava-se à disposição delas, o espírito independente da Sra. Dashwood sobrepujava o desejo de integrar as filhas na sociedade, então recusava-se resolutamente a visitar qualquer família que morasse a uma distância maior que um passeio a pé. Havia poucas nessas condições e a maioria das casas da região encontrava-se fora de seu alcance. A cerca de dois quilômetros do chalé, ao longo do estreito e sinuoso vale de Allenham, que se seguia ao de Barton, como já foi dito, as moças haviam descoberto, em um dos primeiros passeios, uma antiga e respeitável mansão que despertara a sua imaginação e as fizera querer conhecê-la melhor porque lembrava um pouco a casa de Norland. Ao se informar, ficaram sabendo que a proprietária, uma idosa senhora de ótimo caráter, encontrava-se, infelizmente, muito enferma para dar atenção ao mundo e nunca saía de casa.

O condado inteiro oferecia-lhes passeios lindos. As altas colinas que as convidavam, de quase todas as janelas do chalé, a respirar o delicioso ar de seus topos, eram uma agradável alternativa quando a sujeira dos vales mais abaixo as impeliam a procurar as belezas superiores.

Foi para uma dessas colinas que Marianne e Margaret, em uma memorável manhã, dirigiram seus passos, atraídas pelo sol parcial em um céu chuvoso; não suportavam mais o confinamento a que as haviam obrigado dois dias inteiros de chuva. O tempo não se mostrava tentador o bastante para fazer com que as outras duas largassem uma seu pincel, a outra seu livro, apesar da afirmativa de Marianne de que o dia iria ficar bonito, que todas as nuvens ameaçadoras seriam levadas para longe de suas colinas. Então, as duas moças saíram sozinhas.

Subiam a encosta alegremente, regozijando-se a cada nesga azul que surgia no céu. Enquanto sentiam no rosto as reanimadoras rajadas de um vento de sudoeste, lamentaram o medo que impedira a mãe e Elinor de partilhar com elas tão deliciosas sensações.

– Existe no mundo felicidade maior que esta? – perguntou Marianne. – Margaret, vamos passear por aqui pelo menos por duas horas!

Margaret concordou e as duas continuaram a caminhar contra o vento, resistindo à força dele, rindo deliciadas por cerca de vinte minutos quando, de repente, as nuvens reuniram-se sobre suas cabeças e despejaram a chuva bem em seus rostos. Surpreendidas e chateadas, viram-se obrigadas, muito contra a vontade, a voltar, pois não havia refúgio mais próximo que a casa delas. No entanto, restou-lhes um consolo ao qual a exigência do momento conferiu ainda maior intensidade: bastaria descer a encosta da colina correndo com a maior velocidade possível para chegar imediatamente ao portão do jardim de sua casa.

Assim fizeram. Marianne estava bastante à frente quando um passo em falso a fez cair e Margaret, incapaz de deter seu próprio movimento na descida para ajudá-la, continuou correndo sem querer e chegou lá embaixo sã e salva.

Um cavalheiro que carregava uma espingarda, com dois *pointers* saltando ao seu redor, passava pela colina a poucos metros de Marianne quando o incidente ocorreu. Ele largou a arma no chão e correu para socorrê-la. Ela já se erguera, mas torcera um tornozelo na queda e mal conseguia ficar de pé. O cavalheiro ofereceu-lhe ajuda e, percebendo que a modéstia dela a faria recusar o que a situação exigia, sem perguntas a ergueu nos braços imediatamente, carregando-a colina abaixo. Entrou no jardim do chalé pelo portão que Margaret deixara aberto e levou-a diretamente para dentro de casa, onde a irmã mais nova acabara de chegar, e só a largou depois de tê-la acomodado em uma cadeira na sala de visitas.

Elinor e a mãe puseram-se de pé, sobressaltadas, quando o cavalheiro entrou. Enquanto seus olhos mantinham-se fixos nele, com evidente contentamento e uma secreta admiração despertada por sua aparência, ele desculpou-se pela intrusão e explicou o motivo de maneira tão franca e simpática que sua pessoa, que era de uma beleza fora do comum, recebeu encantos adicionais provenientes da voz e da expressão. Se ele fosse velho, feio e vulgar, a gratidão e bondade da Sra. Dashwood teriam sido as mesmas, garantidas por qualquer ato de proteção à filha; mas a influência da juventude, da beleza e da elegância adicionou interesse à ação que tocava seus sentimentos.

Ela agradeceu-lhe muitas e muitas vezes; depois, com a doçura que fazia parte de seu caráter, convidou-o a sentar-se. Mas o cavalheiro recusou: estava sujo e molhado. Diante disso, a Sra. Dashwood pediu-lhe que dissesse a quem devia sua gratidão. Seu nome, respondeu ele, era Willoughby e morava em Allenham, portanto esperava que ela lhe concedesse a honra de voltar ali no dia seguinte, a fim de saber como estava a Srta. Dashwood. A honra foi-lhe concedida sem a menor hesitação e ele partiu, desaparecendo na cortina cinzenta de uma forte chuva, o que fez com que se tornasse ainda mais interessante.

Sua beleza varonil e as raras maneiras refinadas tornaram-se instantaneamente alvo da admiração geral; as brincadeiras com Marianne, que a galanteria dele despertara, eram suavizadas pela impressão particular causada pela sua beleza exterior. Marianne fora a que menos vira do cavalheiro, pois a confusão que fizera seu rosto corar quando ele a erguera nos braços roubara-lhe a coragem de fitá-lo quando já se encontravam dentro de casa. Mas havia visto o bastante dele para participar da admiração das outras com a energia que sempre fazia parte da sua personalidade. A aparência e o jeito do cavalheiro eram sem tirar nem pôr os mesmos do herói da história favorita criada por sua fantasia, e, ao carregá-la no colo até dentro de casa, sem a menor formalidade prévia, demonstrara uma rapidez de pensamento e de ação que o recomendava de modo muito particular. Tudo que se referia ao Sr. Willoughby era interessante. Seu nome soava bem e ele morava na mansão preferida de Margaret, que não tardou a chegar à conclusão de que um paletó de caça era a mais elegante entre todas as roupas masculinas. A imaginação dela fez-se mais ativa, as divagações mais agradáveis e a dor do tornozelo torcido foi esquecida.

Sir John foi visitá-las naquele mesmo dia, assim que o tempo melhorou um pouco e lhe permitiu sair de casa. Depois que ele ouviu o relato sobre o acidente de Marianne, foi-lhe perguntado ansiosamente se conhecia algum cavalheiro chamado Willoughby, de Allenham.

– Willoughby? – trovejou sir John. – O quê? Ele está no condado? Que boa notícia! Vou cavalgar até lá amanhã e convidá-lo para jantar na quinta-feira.

– Então, o senhor o conhece? – perguntou a Sra. Dashwood.

– Se o conheço? Claro que sim. Ele vem aqui todos os anos.

– E que tipo de jovem ele é?

– É o melhor companheiro que conheci em minha vida, asseguro-lhe. Um atirador muito decente e não há cavaleiro mais audacioso do que ele na Inglaterra.

– Isto é tudo que tem a dizer sobre ele? – reclamou Marianne, indignada. – Quais são suas maneiras em um ambiente mais íntimo? Quais seus desígnios, seus talentos e seu caráter?

Sir John ficou aturdido e disse:

– Por minha alma, não sei muito dele a respeito disso. Mas é um bom companheiro, é bem-humorado e tem a mais linda cadela negra *pointer* que já vi. Ela o acompanhava hoje de manhã?

Marianne achava-se tão impossibilitada de satisfazer a curiosidade de Sir Middleton sobre a cor da *pointer* do Sr. Willoughby, quanto ele de descrever-lhe os detalhes do caráter do jovem cavalheiro.

– Quem é esse senhor? – indagou Elinor. – De onde veio? A casa de Allenham é dele?

Sobre esses temas Sir John pôde demonstrar algum conhecimento e contou-lhes que o Sr. Willoughby não tinha propriedades no condado, que costumava vir ali apenas para visitar a velha Lady de Allenham Court, de quem era parente e de quem herdaria as posses. Acrescentou:

– Sim, sim, vale a pena atraí-lo, eu garanto, Srta. Dashwood. Ele possui uma pequena e bela propriedade em Somersetshire, aliás. Se eu fosse a senhorita, não o deixaria para a minha jovem irmã, apesar dos tombos dela colina abaixo. A Srta. Marianne não pode querer todos os homens para si. Brandon ficará com ciúme se ela não tomar cuidado.

– Não acredito – ponderou a Sra. Dashwood, com um bem-humorado sorriso – que o Sr. Willoughby venha a ser incomodado pelas tentativas de alguma de *minhas* filhas com o que o senhor chama de *atraí-lo*. Não foi com essa finalidade que as criei e eduquei. Os homens estão em segurança conosco, por mais ricos que sejam. Todavia, fico contente em saber, pelo que o senhor disse, que é um jovem cavalheiro respeitável e que não existe motivo para recusar a sua companhia.

– Para mim, ele é o melhor companheiro que já existiu – repetiu Sir John. – Lembro-me de que no Natal passado, em ocasião de um pequeno baile no parque, ele dançou das oito horas da noite até as quatro da manhã, sem sentar-se nem uma vez sequer.

– Ele fez isso mesmo? – indagou Marianne com os olhos cintilantes. – E com elegância, com espírito?

– Sim. E estava de pé às oito da manhã, pronto para cavalgar até o campo de caça.

– É assim que eu gosto, é assim que um jovem cavalheiro deve ser. Sejam quais forem seus objetivos, ele não pode ir atrás deles com moderação, deve conquistá-los sem que o cansaço o atrapalhe nem por um momento sequer.

– Sim, sim, sim... Estou vendo o que vai acontecer – observou Sir John. – Estou vendo o que vai acontecer... A senhorita está de olho nele agora, sem nem pensar no pobre Brandon.

– Essa é uma expressão que não aprecio nem um pouco, Sir John – replicou Marianne, com intensidade. – Detesto toda frase feita que insinua astúcia e "estar de olho" em um homem, "fazer uma conquista" é a mais odiosa de todas. Soam grosseiras e mesquinhas. Mesmo que tenham parecido espirituosas no momento em que foram criadas, o passar do tempo destruiu há muito sua ingenuidade.

Sir John não compreendeu bem essa repreensão, mas riu com a espontaneidade com que sempre ria e respondeu:

– Sim. Atrevo-me a dizer que a senhorita vai fazer muitas conquistas, de um jeito ou de outro. Pobre Brandon! De qualquer maneira, ele já está apaixonado e é mais indicado para a senhorita ficar de olho nele, apesar de essas quedas colina abaixo e dos tornozelos torcidos.

10

Conforme a expectativa de Marianne e de Margaret, mais com elegância do que exatidão, Willoughby apresentou-se no chalé bem cedo na manhã seguinte, a fim verificar se a moça ficara bem. Foi recebido pela Sra. Dashwood com algo mais que polidez: com o apreço que fora despertado pelas informações de Sir John e pela gratidão que ela sentia. Tudo que se passou durante a visita fez por demonstrar a ele a sensibilidade, a elegância, a afeição mútua e o conforto doméstico da família na qual aquele incidente o introduzira. Quanto aos encantos pessoais das damas, não precisaria de uma segunda visita para convencer-se deles.

A Srta. Dashwood tinha compleição delicada, feições agradáveis e uma silhueta notavelmente bem-feita. Porém, Marianne era mais bonita. Suas formas, ainda que não tão perfeitas quanto às da irmã, se tornavam mais atraentes graças a um pouco mais de peso. O rosto dela era tão adorável que, quando em uma dessas distribuições comuns de elogios bem-educados diziam que era bonita, a verdade via-se menos violentamente ultrajada do que normalmente acontece. Sua pele era amorenada, porém tinha uma transparência e uma textura de rara perfeição; seus traços eram todos bem-feitos; o sorriso, doce e atraente; nos olhos, que eram muito escuros, havia uma vida, um brilho e um ímpeto que dificilmente deixavam de ser notados com admiração. A expressão desses olhos fora escondida de Willoughby devido ao embaraço exposto neles graças à lembrança do socorro. Todavia, passado esse primeiro momento, quando ela recuperou a coragem – o que aconteceu assim que percebeu que à aparência de cavalheiro perfeitamente bem-educado ele unia franqueza e vivacidade, e, acima de tudo, quando declarou que era apaixonado por música e dança –, Marianne endereçou-lhe um olhar de aprovação tão profundo que garantiu para si a sua atenção em todas as demais conversas durante a visita.

Foi necessário apenas mencionar seus divertimentos preferidos para levá-la a falar. Ela não conseguia ficar em silêncio quando se tocava nesses temas e não houve mais vestígios de timidez ou reserva na conversa deles. Logo descobriram que o gosto pela dança e pela música era mútuo, o que fez com que nascesse uma conformidade geral de julgamento em tudo que se relacionasse a essas diversões. Encorajada por isso a examinar mais profundamente as opiniões do Sr. Willoughby, Marianne perguntou-lhe sobre livros; foram pronunciados os nomes de seus autores favoritos e ela discorreu sobre eles com entusiasmo tão arrebatador que um homem de vinte e cinco anos teria de ser o mais insensível do mundo para não se convencer da excelência de tais trabalhos, mesmo que antes não lhes desse atenção. Os gostos eram de tal maneira parecidos que chegava a ser chocante. Os mesmos livros, os mesmos trechos eram idolatrados por ambos – ou se aparecesse alguma diferença, se surgisse alguma objeção, estas não resistiriam por muito tempo diante da força dos argumentos de Marianne e do brilho de seus olhos. Ele concordou com todas as afirmações dela, partilhou todos os seus entusiasmos e, muito antes de a visita terminar, conversavam com a familiaridade de velhos conhecidos.

– Bem, Marianne – disse Elinor, assim que ele as deixou –, para apenas *uma* manhã, acho que você se saiu muito bem. Conseguiu averiguar a opinião do Sr. Willoughby em quase todos os pontos importantes. Sabe o que ele pensa de Cowper e de Scott, tem certeza de que ele avalia as belezas desses autores como merecem e obteve a constatação de que ele admira o Papa não mais do que é apropriado. Mas quanto tempo o relacionamento de vocês vai aguentar a essa exposição e análise tão rápidas de cada tema de conversa? Logo terão esgotado todos os tópicos favoritos de cada um. Então, o encontro seguinte bastará para expor as opiniões dele sobre belezas pictóricas, sobre segundos casamentos e vocês não terão mais nada para conversar.

– Elinor – reagiu Marianne –, isso é verdade? E justo? Será que minhas ideias são tão pequeninas? Mas entendo o que você quer dizer. Fiquei muito à vontade, muito feliz, fui franca até o exagero. Fui contra todas as mais simples noções do decoro; fui honesta, límpida e sincera, quando deveria ter sido reservada, sem vida, estúpida e decepcionante... Eu deveria ter comentado apenas sobre o tempo e a condição das estradas. Se tivesse falado somente uma vez a cada dez minutos, não estaria sendo repreendida.

– Meu amor – interferiu a mãe –, não deve zangar-se com Elinor. Ela estava brincando. Eu seria a primeira a chamar a sua atenção, caso fosse capaz de duvidar do encanto de sua conversa com nosso novo amigo.

Marianne acalmou-se no mesmo instante.

Willoughby, por sua vez, deu todas as provas de ter gostado de conhecê-las, e demonstrou evidente desejo de aprofundar esse conhecimento. Voltou a visitá-las todos os dias. No início, a desculpa era de querer informar-se sobre a melhora de Marianne; mas o encorajamento da recepção, que a cada dia se tornava mais calorosa, tornou essa desculpa desnecessária antes que ficasse impossível continuar a usá-la diante da perfeita recuperação da jovem. Ela ficou confinada em casa por alguns dias, porém jamais qualquer outro confinamento foi tão pouco cansativo. Willoughby era um jovem com grandes qualidades, boa imaginação, espírito animado e maneiras abertas, afetuosas. Parecia ter sido feito exatamente para cativar o coração da nova amiga, pois a tudo isto ele juntava não só uma encantadora personalidade, como também uma alma sensível que fora despertada e incentivada pela alma da própria Marianne e que o tornava digno da afeição dela acima de qualquer outra pessoa.

O convívio deles foi-se tornando aos poucos o maior prazer da moça. Liam, conversavam, cantavam juntos; o talento musical de Willoughby era considerável e ele lia com a sensibilidade e a emoção que, infelizmente, faltava a Edward.

Na opinião da Sra. Dashwood, bem como na de Marianne, o jovem cavalheiro não apresentava defeitos. Elinor nada via nele a censurar, a não ser a propensão de dizer tudo que pensava, em qualquer ocasião e sem dar importância às pessoas ou circunstâncias, no que se parecia demais com sua irmã e o que deliciava Marianne. Formando e emitindo rapidamente opiniões sobre os outros, sacrificando a cortesia geral pelo prazer de demonstrar que suas atenções fixavam-se naquela que parecia ser o objeto de sua afeição e deslizando com demasiada facilidade para a falta de decoro, Willoughby apresentava uma ausência de cuidado que Elinor não podia aprovar, apesar de tudo que ele e sua irmã poderiam dizer para justificá-lo.

Marianne começava a perceber que havia sido tolo e desnecessário o medo que a dominara aos quase dezessete anos de jamais encontrar o homem capaz de satisfazer a seus ideais de perfeição. Enquanto sua imaginação criava aquela imagem ideal em momentos infelizes e em períodos um pouco menos sombrios, Willoughby estava ali à espera de unir-se a ela. E as atitudes dele demonstravam que seus desejos a esse respeito eram tão determinados quanto seus talentos eram fortes.

Na mente da Sra. Dashwood não surgira nenhuma ideia especulativa a respeito de união entre o jovem cavalheiro e Marianne, e menos ainda sob uma perspectiva de riqueza; no entanto, antes que se passasse uma semana começara a ter esperança e a desejar esse casamento. Secretamente, congratulava-se por ter sido agraciada com dois genros como Edward e Willoughby.

A inclinação do coronel Brandon por Marianne, que tão cedo fora percebida pelos amigos dele, começara a ser notada por Elinor no momento em que a atenção desses amigos foi desviada dele para focalizar-se em seu rival mais afortunado. A zombaria de que fora alvo antes que surgisse qualquer intenção de apoio para ele desapareceu quando seus sentimentos começaram a demonstrar o ridículo da situação despertado pela sensibilidade. Elinor foi obrigada, ainda que contra a vontade, a reconhecer que as inclinações que a Sra. Jennings atribuíra ao coronel, para sua própria satisfação, existiam mesmo, eram provocadas por sua irmã e que, se uma semelhança geral entre ela e Willoughby poderia favorecer a afeição pelo jovem cavalheiro, uma igualmente forte oposição de caracteres não seria obstáculo em relação ao coronel Brandon. Mas ele a preocupava: o que se poderia esperar de um homem silencioso, de trinta e cinco anos, que tinha como rival um homem cheio de vida, de vinte e cinco? Mesmo que não conseguisse vê-lo triunfante, Elinor desejava de coração vê-lo indiferente. Gostava do coronel e, apesar de sua seriedade e reserva, considerava-o interessante. Suas maneiras, embora graves, eram ternas, e sua reserva parecia ser mais o resultado de opressão da alma do que proveniente de um temperamento naturalmente sombrio. Sir John mencionara sofrimentos no passado, decepções, que justificariam a certeza de que Brandon tinha de ser um homem sem sorte, e ela o considerava com respeito e compaixão.

Talvez sentisse pena do coronel e o estimasse ainda mais porque era menosprezado por Willoughby e por Marianne que, cheia de preconceitos contra ele por não ser alegre e jovem, parecia decidida a subestimar seus méritos.

– Brandon é o tipo de homem – disse Willoughby um dia, quando comentavam a respeito dele – de quem todos falam bem, mas com quem ninguém se importa; que todos se encantam de encontrar, mas que ninguém se lembra de chamar.

– É exatamente o que penso dele – concordou Marianne.

– Mas não se divirtam com isso – interferiu Elinor –, pois seriam injustos. Ele é muito estimado por todas as famílias de Barton Park. Eu mesma jamais o encontro sem fazer o possível para conversar com ele.

– Com certeza – comentou Willoughby –, é um privilégio dele ser considerado pela *senhorita*, mas, quanto à estima que receberia dos outros, é um fracasso vergonhoso. Quem se submeteria à indignidade de ser aprovado por mulheres como Lady Middleton e a Sra. Jennings, quando tal aprovação pode provocar a indiferença de todos os demais?

– Entretanto, talvez os insultos vindos de pessoas como o senhor e Marianne possam contrabalançar as atitudes de Lady Middleton e da mãe dela. Se o apreço delas significa censura, a censura de vocês pode ser apreço, pois essas senhoras não são mais sem discernimento que vocês são preconceituosos e injustos.

– A senhorita pode ser muito insolente em defesa do seu protegido...

– O meu protegido, como o senhor o chama, é um homem sensível, e sensibilidade sempre foi uma atração para mim. Sim, Marianne, isso existe mesmo em um homem entre os trinta e os quarenta anos. O coronel Brandon já viu uma boa parte do mundo, viajou, leu e pensou muito. Descobri que é capaz de me dar informações a respeito de incontáveis assuntos e sempre respondeu às minhas perguntas com o desembaraço e a presteza da sabedoria e da boa vontade.

– Isso significa – replicou Marianne, acaloradamente – que ele lhe contou que no leste da Índia o clima é quente e os mosquitos são inoportunos.

– Ele *poderia* ter me contado isso, não duvido, se eu lhe perguntasse, mas acontece que há detalhes como esse que já conheço, graças a informações anteriores.

– Talvez – ironizou Willoughby – as observações dele tenham se estendido até a existência de nababos, moedas de ouro e palanquins.

– Devo aventurar-me a dizer que as observações *dele* alcançaram muito mais adiante do ponto em que chega a *sua* candura. Por que não gosta dele?

– Não é que eu não goste dele. Ao contrário, eu o considero um cavalheiro muito respeitável, de quem todo mundo fala bem, mas que ninguém nota; que tem mais dinheiro do que pode gastar, tempo demais que não sabe como usar e duas novas casacas por ano.

– Acrescente também – apoiou Marianne – que ele não tem sagacidade, bom gosto, nem vivacidade. Que sua inteligência não é brilhante, seus sentimentos não têm ardor e sua voz é sem expressão.

– Você baseia as imperfeições dele na quantidade – retrucou Elinor – e, a maior parte, na força da sua própria imaginação quando o considera frio e insípido; mas nada posso refutar nesse ponto. Todavia, *eu* posso afirmar que ele é um homem sensível, bem-educado, bem-informado, gentil e, tenho certeza, com um bom coração.

– Srta. Dashwood – reclamou Willoughby –, agora a senhorita está sendo pouco cordial comigo. Está tentando me desarmar pela intuição e me convencer contra a minha vontade. Mas não vou permitir. Poderá descobrir que sou tão teimoso quanto a senhorita é ardilosa. Tenho três indiscutíveis motivos para não gostar do coronel Brandon: ele me ameaçou com chuva, quando eu queria bom tempo; ele me repreendeu pelo modo como dirijo meu coche; e não consigo persuadi-lo a comprar minha égua castanha. Mas se posso lhe dar alguma satisfação, devo confessar que acredito que o caráter dele é irrepreensível em outros aspectos. Em troca dessa confissão, que me provoca algum sofrimento, a senhorita não pode me negar o privilégio de não gostar dele, agora mais que nunca.

11

Ao chegarem a Devonshire, dificilmente a Sra. Dashwood e suas filhas poderiam imaginar que surgiriam tantos compromissos a ponto de ocupar quase todo seu tempo, nem que iriam receber tantos convites e tantas visitas que lhes sobrariam poucas oportunidades para ocupações mais sérias. No entanto, assim foi. Quando Marianne se recuperou, foram postos em execução esquemas de divertimentos organizados por Sir John, na casa dele e nos arredores. Começaram, então, os bailes em Barton Park e as festas ao ar livre aconteceram sempre que o chuvoso mês de outubro permitia. Willoughby era incluído em todos os acontecimentos e a tranquila familiaridade que reinava naturalmente nessas festas era calculada para aprofundar e tornar mais íntimo o relacionamento dele com as Dashwood, para dar-lhe chance de testemunhar as qualidades de Marianne, de expressar sua animada admiração por ela e de ter, no comportamento dela para com ele, a mais intencional declaração da afeição da jovem.

Elinor não tinha por que surpreender-se com o apego entre eles. Apenas gostaria que não fosse demonstrado tão abertamente e uma ou duas vezes aventurou-se a sugerir que Marianne deveria controlar-se um pouco. Porém, Marianne detestava toda simulação e apenas uma verdadeira desgraça poderia justificar para ela a falta de franqueza. Considerava que procurar reprimir sentimentos que nada tinham de reprováveis representava não só um esforço desnecessário, como também uma vergonhosa submissão à tirania do lugar-comum e às noções erradas. Willoughby pensava do mesmo modo. O comportamento de ambos era, o tempo todo, uma exposição de suas opiniões.

Quando Willoughby estava presente, Marianne não tinha olhos para mais ninguém. Tudo que ele fazia estava certo. Tudo que ele dizia era inteligente. Se as reuniões em Barton Park terminassem em um jogo de cartas, ele trapaceava em prejuízo próprio e dos demais para que ela recebesse uma boa mão. Se dançar fizesse parte dos divertimentos da noite, eles formavam par o tempo todo e, quando eram obrigados a separar-se durante algumas danças, procuravam voltar a ficar juntos o mais depressa possível, mal falando com os outros presentes. Essa conduta muitas vezes os tornava motivo de riso, mas o ridículo não os envergonhava e parecia não incomodá-los de modo algum.

A Sra. Dashwood acolhia os sentimentos de ambos com um carinho tão grande que não lhe permitia perceber o comportamento exagerado deles. Para ela, tratava-se da consequência natural de uma forte afeição entre almas jovens e ardentes.

Aquela estava sendo a estação da felicidade para Marianne. Seu coração devotava-se a Willoughby e a profunda afeição a Norland, que trouxera consigo de Sussex, havia-se suavizado a um ponto que ela não acreditara possível, graças ao seu envolvimento com o encanto dos acontecimentos sociais em seu novo lar.

A felicidade de Elinor não era tão grande. Seu coração não estava contente nem era completa sua alegria naquelas festas. Elas não lhe ofereciam uma companhia que pudesse substituir a que deixara para trás, nem podiam fazê-la pensar em Norland com menos saudade. Nem mesmo Lady Middleton ou a Sra. Jennings podiam recompensá-la das conversas que lhe faziam falta, embora esta última fosse uma perpétua conversadora e, desde o primeiro momento, tivesse gostado de Elinor; deste modo garantia a ela, sempre, a participação em seus longos diálogos. Já havia lhe contado três ou quatro vezes a história de sua vida; se as tendências de Elinor a especular fossem iguais às tendências da Sra. Jennings em falar, teria sabido logo de início os pormenores da última doença do Sr. Jennings e o que ele dissera à esposa poucos minutos antes de morrer.

Lady Middleton era mais agradável que a mãe apenas por ser mais silenciosa. Não foi preciso muita observação para Elinor perceber que a reserva da lady era simples tranquilidade de maneiras com a qual a razão nada tinha a ver. A lady comportava-se com o marido e com a mãe do mesmo modo que se comportava com as demais pessoas; intimidade não era algo que ela procurasse ou desejasse. Nada tinha a dizer em um dia, como nada tivera a dizer no dia anterior. A insipidez dela mantinha-se invariável, uma vez que sua disposição era sempre a mesma. Além de jamais opor-se às festas organizadas pelo marido, providenciava para que tudo transcorresse no melhor estilo e participava delas com os dois filhos mais velhos, parecendo não se entusiasmar com as festas mais do que se entusiasmaria se ficasse sentada sozinha em casa; a presença de Lady Middleton causava tão pouca impressão nos convidados, caso ela participasse de alguma conversa, que às vezes eles lembravam-se da anfitriã pela atuação de seus inquietos filhos.

Entre todos os novos conhecidos, foi apenas no coronel Brandon que Elinor encontrou alguém com quem manter uma conversa mais consistente, que lhe despertasse o interesse pela amizade ou lhe desse algum prazer como companhia. Willoughby estava fora de questão. Mesmo lhe concedendo uma estima fraternal, considerava que a decisão de demonstrar admiração e amizade a alguém pertencia a cada pessoa. Sim, o jovem cavalheiro era um apaixonado, suas atenções estavam todas voltadas para Marianne; contudo, até mesmo um homem muito menos educado que ele procuraria ser gentil com os demais. O coronel Brandon, infelizmente para si próprio, não recebia nenhum tipo de encorajamento para pensar apenas em Marianne e, conversando com Elinor, encontrava grande consolo para a total indiferença por parte de sua irmã.

A compaixão que Elinor sentia por ele aumentou e ela teve motivos para pensar que o coronel já sofrera desilusões amorosas. Tal suspeita foi despertada por algumas palavras ditas involuntariamente por ele em uma noite, em Barton Park, estando os dois sentados lado a lado enquanto os demais dançavam. Com os olhos fixos em Marianne e depois de um silêncio de alguns minutos, ele disse com um sorriso sem alegria:

– Imagino que sua irmã não aprove um segundo amor.

– Não – respondeu Elinor –, as opiniões dela são todas românticas.

– Ou melhor, acredito que ela acha impossível que isso exista.

Creio que sim. Mas desconheço como ela concilia essa ideia ao julgar o caráter do nosso pai, que teve duas esposas. No entanto, alguns anos de vida irão colocar as opiniões dela sobre bases mais razoáveis, graças ao bom-senso e à observação, tornando-as mais fáceis de definir e justificar do que são no momento.

– Provavelmente, assim será – concordou ele. – Porém, há algo tão encantador nos preconceitos de uma mente jovem que é triste vê-los ceder lugar a opiniões mais geralmente aceitas.

– Não posso concordar com o senhor neste ponto – contrapôs Elinor. – Nos sentimentos, como os de Marianne, há inconveniências que não podem ser atenuadas nem mesmo por todo o encanto do entusiasmo e pela ignorância do que é o mundo. O modo de pensar de minha irmã apresenta a tendência de reduzir as boas maneiras a nada e creio que conhecer melhor o mundo irá proporcionar as maiores vantagens possíveis a ela.

Depois de curto silêncio, o coronel reatou a conversa dizendo:

– Sua irmã faz diferenças em suas objeções sobre um segundo amor ou os considera todos criminosos em um mesmo nível? Será que os que se decepcionaram com a primeira escolha, com a inconstância da pessoa que amavam ou com as alterações das circunstâncias devem ser ignorados durante o resto de suas vidas?

– Devo dizer que não conheço os princípios dela minuciosamente. Sei apenas que jamais a ouvi admitir que um segundo amor era perdoável.

– Isso não pode continuar assim – ponderou ele –, mas uma mudança total de sentimentos... Não. Não se pode desejar que tal coisa aconteça, pois quando o refinamento romântico de uma alma jovem é obrigado a se apagar, muitas vezes é substituído por opiniões que não apenas são comuns, mas também perigosas. Falo por experiência própria. Conheci uma lady que se parecia muito com sua irmã, na aparência e no caráter, que pensava e julgava como ela, mas que foi forçada a mudar por uma série de circunstâncias infelizes...

A essa altura Brandon se calou de repente, deu a impressão de considerar que havia falado demais e que sua atitude poderia ocasionar conjeturas que de outra maneira jamais passariam pela cabeça de Elinor. A lady a que o coronel Brandon se referia com certeza seria esquecida sem suspeitas se ele não houvesse dito à Srta. Dashwood que esperava que nada do que dissera escapasse de seus lábios. Diante de tal pedido, foi preciso apenas um leve raciocínio para ligar a emoção dele a uma terna lembrança de um amor do passado. Elinor contentou-se apenas com isso. Mas, se Marianne estivesse no lugar dela, não se contentaria com tão pouco. Sua imaginação fértil montaria a história toda e esta assumiria o mais melancólico aspecto de um amor infeliz.

12

Na manhã seguinte, enquanto passeavam, Marianne contou a Elinor uma novidade que a surpreendeu pela demonstração extravagante de imprudência e falta de juízo, apesar de já conhecer muito bem esses traços no caráter da irmã. Marianne lhe disse, com a maior alegria, que Willoughby lhe dera um cavalo que ele mesmo criara na propriedade de Somersetshire e que era perfeitamente adequado para ser montado por uma mulher. Sem considerar que não estava nos planos da mãe ter um cavalo, que isso poderia vir a alterar sua determinação de ficar com ele, que teriam de contratar mais um criado para cuidar do animal, comprar um cavalo para esse criado e, principalmente, precisariam construir uma cocheira para abrigá-los, toda entusiasmada, Marianne disse à irmã que aceitara o presente sem hesitar.

– Willoughby pretende mandar seu cavalariço imediatamente a Somersetshire para buscá-lo – acrescentou. – E quando ele chegar, vamos cavalgar todos os dias. Você também pode andar no meu cavalo. Imagine, Elinor querida, que delícia deve ser galopar por essas colinas.

Sem querer acordar a irmã desse sonho feliz para compreender todas as infelizes verdades que o impediriam de tornar-se realidade, Elinor recusou-se a fazê-lo de imediato. Como o aumento de despesa seria uma ninharia para terem mais um criado, com certeza mamãe não se oporia; e qualquer cavalo serviria para ele, poderiam até conseguir um em Barton Park; quanto à cocheira, um simples telheiro seria suficiente. Então, ela aventurou-se a comentar que não era apropriado aceitar um presente como esse de um homem que se conhecia tão pouco ou, pelo menos, tão recentemente. Isso seria demais.

– Está enganada, Elinor – replicou Marianne com arrebatamento –, em pensar que conheço pouco Willoughby. Não o conheço há muito tempo, é verdade, mas me entendo muito melhor com ele do que com qualquer outra criatura no mundo, com exceção de você e mamãe. Não é o tempo nem a ocasião que determina a intimidade, mas apenas e simplesmente a disposição. Sete anos podem ser insuficientes para fazer algumas pessoas se entenderem, no entanto, sete dias podem ser o bastante para outras. Eu poderia sentir mais culpa por cometer um ato impróprio se aceitasse um cavalo do meu irmão do que de Willoughby. Conheço pouquíssimo John, apesar de termos vivido juntos durante anos, mas já tenho um juízo formado a respeito de Willoughby.

Elinor achou que o mais prudente seria não insistir nesse ponto. Conhecia o gênio da irmã: a oposição servia apenas para reforçar a sua opinião. Mas o apelo que fez ao afeto de Marianne pela mãe, demonstrando-lhe as inconveniências a que a senhora teria de se submeter se – e provavelmente este seria o caso – consentisse nessa alteração da vida delas dobrou-a e a jovem prometeu que não tentaria a mãe a fazer esse gesto imprudente de bondade contando-lhe sobre o presente e que, assim que visse Willoughby, trataria de recusá-lo.

E cumpriu a palavra. Quando Willoughby chegou ao chalé, nesse mesmo dia, Elinor ouviu a irmã expressar o desapontamento a ele em voz baixa, por ter se apressado a aceitar seu presente. Os motivos que apresentou para essa mudança de atitude eram os mesmos já expostos aqui, e os apresentou com tanta veemência que não adiantaria ele insistir. A decepção do jovem cavalheiro ficou bastante visível e, depois de expressá-la com ardor, ele declarou, também em voz baixa:

– De qualquer maneira, o cavalo é seu, Marianne, mesmo que não possa usá-lo agora. Vou guardá-lo até que você o reclame. Quando for embora de Barton para estabelecer-se em uma casa definitiva, eu lhe entregarei Queen Mab.

Estas palavras foram entreouvidas pela Srta. Dashwood e a maneira de Willoughby pronunciá-las, o modo pelo qual chamou Marianne sem o cerimonioso "senhorita" demonstraram instantaneamente que havia uma intimidade decidida, uma comunicação direta que demonstrava entendimento perfeito entre os dois. Desse momento em diante ela não duvidou que eles estivessem comprometidos e a descoberta não despertou surpresa maior que a que ela e seus amigos poderiam ter ao descobrir, por acaso, temperamentos assim tão francos.

No dia seguinte, Margaret contou-lhe algo que esclareceu melhor a situação. Willoughby ficara com elas na noite anterior e Margaret, que permanecera sozinha na sala de estar com ele e Marianne, tivera oportunidade de fazer certas observações que comunicou, com o ar mais importante do mundo, à irmã mais velha assim que ficaram a sós.

– Oh, Elinor! – exclamou Margaret. – Tenho um segredo sobre Marianne para contar a você. Acho que ela vai casar-se logo com o Sr. Willoughby.

– Você diz isso – replicou Elinor – quase todos os dias, desde que eles se conheceram na colina. Aliás, se não me engano, eles se conheciam havia apenas uma semana quando você teve a certeza de que Marianne guardava a fotografia dele no relicário que usa pendurado no pescoço... e acabou que era apenas a miniatura do nosso tio-avô.

– Mas desta vez é outra coisa. Tenho certeza de que eles vão se casar logo porque ele ficou com um cacho dos cabelos dela.

– Cuidado, Margaret... Podem ser apenas fios de algum tio-avô *dele*.

– Não são, Elinor! São de Marianne. Tenho certeza porque eu o vi cortá-los. Ontem à noite, depois do chá, quando você e mamãe saíram da sala, eles começaram a sussurrar, falando muito depressa, e ele parecia estar pedindo alguma coisa para ela; de repente, pegou a tesoura e cortou um longo cacho dos cabelos que lhe desciam pelas costas; depois, beijou-o, enrolou-o em uma folha de papel branco e guardou-o na carteira.

Diante de tais pormenores e de tanta convicção, Elinor não pôde deixar de acreditar na irmã mais nova, nem poderia fazê-lo, pois as circunstâncias estavam em perfeito acordo com o que ela mesma tinha visto e ouvido.

A sagacidade de Margaret, porém, nem sempre foi demonstrada de maneira tão satisfatória para a irmã. Uma noite, em Barton Park, quando a Sra. Jennings a interpelou, insistindo para que dissesse o nome do homem preferido por Elinor, coisa que despertava uma enorme curiosidade naquela senhora, Margaret omitiu uma resposta olhando para a irmã e dizendo:

– Eu não posso dizer, posso, Elinor?

Claro, essas palavras fizeram todo mundo rir e Elinor tentou rir também. Mas o esforço foi doloroso. Teve certeza de que Margaret sabia quem era essa pessoa, cujo nome não podia revelar com tranquilidade diante da ameaça de se tornar uma constante anedota nos lábios da Sra. Jennings.

Marianne sentiu profundamente por Elinor, porém causou mais mal do que bem a ela ao ficar vermelha e dizer para Margaret, zangada:

– Lembre-se de que sejam quais forem as suas conjeturas, você não tem o direito de repeti-las.

– Jamais fiz qualquer conjetura a esse respeito – retrucou Margaret –, foi você quem me disse.

Esta resposta aumentou as risadas ao redor e a Sra. Jennings viu-se incentivada a continuar pressionando:

– Oh, por favor, Srta. Margaret! Conte-nos tudo a respeito – implorou. – Como é o nome desse cavalheiro?

– Não devo dizer, senhora. Mas sei muito bem quem ele é e onde está.

– Sim, sim! Podemos imaginar onde ele está: na sua casa, em Norland, com certeza. Ele é o cura da paróquia, atrevo-me a dizer.

– Não, ele não é *esse*. Ele não tem nenhuma profissão.

– Margaret – interferiu Marianne, com veemência –, você sabe que inventou essas coisas, que tal pessoa não existe.

– Bem, então ele deve ter morrido recentemente, Marianne, pois tenho certeza de que esse homem existia e seu nome começa com F.

Elinor sentiu-se imensamente grata a Lady Middleton, que nesse momento observou "que chovia muito forte", apesar de achar que a interrupção acontecera menos por atenção a ela do que pelo enorme desgosto que a lady sentia por todos os tipos de brincadeira que deliciavam seu marido e sua mãe. Entretanto, a ideia partiu da anfitriã e foi imediatamente secundada pelo coronel Brandon, que o tempo todo era muito cuidadoso com os sentimentos dos outros. Muitas observações, então, foram feitas a respeito da chuva pelos dois. Willoughby abriu o piano e pediu a Marianne que fosse sentar-se a ele, o que fez com que diferentes pessoas se desinteressassem do tema, que caiu por terra. Mas não foi fácil para Elinor recuperar-se da agitação que despertara nela.

Nessa noite foi combinado um passeio para o dia seguinte até um bonito lugar quc ficava a dezenove quilômetros de Barton e que pertencia ao cunhado do coronel Brandon. Sem a companhia dele não poderiam ir lá, pois o proprietário viajara e deixara ordens estritas a esse respeito. Os campos que iriam visitar foram anunciados como de uma beleza sem par, e Sir John, que se demonstrou particularmente ardente nos elogios, devia ser considerado um juiz sob suspeita, uma vez que formara vários grupos para visitá-los, duas vezes a cada verão durante os últimos dez anos. Essas terras abrigavam um enorme lago e velejar faria parte dos divertimentos matinais; levariam pratos frios, viajariam em carruagens abertas e tudo decorreria da forma mais agradável e perfeita, no estilo costumeiro de um passeio campestre.

Para alguns do grupo parecia um empreendimento corajoso, considerando-se a época do ano e que chovera todos os dias na última quinzena. A Sra. Dashwood, que estava resfriada, foi persuadida por Elinor a permanecer em casa.

13

A planejada excursão a Whitwell tomou um rumo muito diferente do que Elinor esperava. Ela se preparara para ficar molhada, cansada e assustada, porém a infelicidade foi ainda maior, porque o passeio acabou não acontecendo.

Por volta das dez horas o grupo encontrava-se reunido em Barton Park, onde tomaram o café da manhã. O dia estava bom, apesar de ter chovido a noite toda; havia nuvens dispersas pelo céu e o sol aparecia de vez em quando. Em lugar de se preocupar com o tempo, todos estavam animados e de bom humor, prontos para aproveitar horas felizes e determinados a aceitar os maiores inconvenientes e contratempos, caso ocorressem.

Enquanto tomavam café, chegou a correspondência. Entre as muitas cartas havia uma para o coronel Brandon, que a pegou, olhou o sobrescrito, empalideceu e saiu da sala.

– O que está acontecendo com Brandon? – perguntou Sir John.

Ninguém soube responder.

– Espero que ele não tenha recebido más notícias – desejou Lady Middleton. – Precisa ser algo muito extraordinário para que o coronel Brandon abandone minha mesa de café tão bruscamente.

Ele voltou em cinco minutos.

– Faço votos para que o senhor não tenha recebido más notícias – disse a Sra. Jennings assim que ele entrou.

– Não, de modo algum, madame. Obrigado.

– É de Avignon? Detestaria saber que sua irmã piorou...

– Não, madame. Veio da capital mesmo, e trata-se de uma carta de negócios.

– Então, por que o perturbou tanto, se é apenas uma carta de negócios? Vamos, vamos, não é isso, coronel. Conte-nos a verdade.

– Minha querida senhora – interferiu Lady Middleton –, considere melhor o que está dizendo.

– Será que recebeu a notícia de que sua prima Fanny se casou? – insistiu a Sra. Jennings, sem levar em conta a repreensão da filha.

– Não. Sem dúvida, não.

– Bem, então sei de quem é a carta, coronel, e espero que ela esteja bem.

– O que quer dizer, madame? – perguntou ele, corando.

– Oh, o senhor sabe o que quero dizer.

– Sinto muito, madame – o coronel dirigia-se a Lady Middleton –, que eu tenha recebido essa carta hoje. Trata-se de um assunto que exige minha presença imediata na capital.

– Na capital! – exclamou a Sra. Jennings. – O que o senhor vai fazer na capital, nesta época do ano?

– Será uma perda pessoal enorme – prosseguiu ele – que eu não possa desfrutar de tão agradáveis companhias. No entanto, maior é a consternação que me aflige, pois temo que minha presença seja necessária para que sejam admitidos em Whitwell.

Foi um balde de água fria em todos!

– Mas, se o senhor escrevesse um bilhete para a governanta, Sr. Brandon – sugeriu Marianne prontamente –, não seria o bastante?

Ele balançou a cabeça.

– Mas nós precisamos fazer esse passeio! – afligiu-se Sir John. – Não podemos desistir estando prontos! Você poderia deixar para ir à capital amanhã, Brandon.

– Eu gostaria que fosse assim fácil de resolver, mas não posso adiar essa viagem por nem um dia sequer!

– Se nos contar qual é o negócio que precisa ir resolver – sugeriu a Sra. Jennings –, nós decidiremos se pode ou não.

– O senhor iria adiá-la por apenas seis horas – lembrou o Sr. Willoughby –, se partir assim que voltarmos.

– Não posso adiá-la por nem mais *uma* hora.

Elinor, então, ouviu Willoughby dizer a Marianne, em voz baixa:

– Há pessoas que não podem suportar ver os outros felizes! Brandon é uma delas. Atrevo-me a dizer que ele está com medo de apanhar um resfriado e inventou essa desculpa para acabar com o passeio. Poderia até apostar 50 guinéus que essa carta foi escrita por ele mesmo.

– Não tenho a menor dúvida – assentiu Marianne.

– Estou cansado de saber – comentou Sir John – que é impossível fazê-lo mudar de ideia quando você se determina a fazer algo, Brandon. No entanto, espero que pense melhor. Considere que aqui estão duas Srtas. Carey, vindas de Newton, três Srtas. Dashwood, que vieram do chalé, e o Sr. Willoughby, que se levantou duas horas antes do que costuma para ir conosco a Whitwell.

O coronel Brandon expressou novamente seu pesar por ser o causador da decepção de todos, mas ao mesmo tempo declarou-se irredutível.

– Muito bem, então. Quando pretende voltar?

– Espero que nós o vejamos de novo aqui em Barton – acrescentou Lady Middleton –, assim que o senhor puder deixar a capital. Quando o senhor vier, poderemos ir a Whitwell.

– Está sendo muito amável, Lady Middleton, mas como é muito incerta a data em que eu talvez possa retornar, prefiro não me comprometer a nada.

– Oh! Você precisa e deve voltar! – alterou-se Sir John. – Se não estiver aqui no próximo fim de semana, irei buscá-lo.

– Sim, faça isso, Sir John! – encorajou-o de imediato a Sra. Jennings. – Deste modo, quem sabe, poderá nos contar que negócio é esse.

– Não costumo me intrometer nos problemas dos outros homens. Pode ser algo vergonhoso.

Vieram anunciar que o cavalo do coronel Brandon estava pronto.

– Você não vai cavalgar até a capital, vai? – acrescentou Sir John.

– Não. Apenas até Honiton, onde pegarei a diligência postal.

– Bem, se está mesmo resolvido a ir, desejo-lhe boa viagem. Mas seria melhor se mudasse de ideia.

– Garanto-lhe que isso não está em meu poder.

Então, o coronel Brandon despediu-se de todos os presentes.

– Será que existe alguma chance de eu ver a senhorita e suas irmãs na capital neste inverno, Srta. Dashwood?

– Receio que não, senhor.

– Neste caso, ficarei longe das senhoritas por muito mais tempo do que eu gostaria.

Ele fez uma reverência para Marianne, sem nada dizer.

– Vamos, coronel – voltou a pressionar a Sra. Jennings –, antes de ir embora, conte-nos o que vai fazer lá.

Simplesmente desejando-lhe um bom-dia, Brandon deixou a sala acompanhado por Sir John.

As queixas e recriminações que a educação havia contido até aquele momento explodiram e todos concordaram em como era exasperante passar por uma decepção tão grande.

– No entanto, posso imaginar qual é o negócio dele – disse a Sra. Jennings, exultante.

– Pode mesmo, senhora? – indagaram quase todos.

– Posso. Trata-se da Srta. Williams, tenho certeza.

– E quem é a Srta. Williams? – quis saber Marianne.

– Como? Não sabe quem é a Srta. Williams? Tenho certeza de que já ouviu falar nela. É parente do coronel, minha querida. Uma parente *muito* próxima. Não podemos dizer quão próxima por receio de chocar as jovens presentes. – Então, abaixando a voz um pouquinho, a Sra. Jennings disse para Elinor. – É filha natural dele.

– Verdade?

– Oh, sim! E se parece muito com ele. Atrevo-me a dizer que o coronel vai deixar toda a sua fortuna para ela.

Quando Sir John voltou, juntou-se aos demais na tristeza pelo acontecimento inesperado, mas acabou por considerar que já que se encontravam todos reunidos, poderiam fazer algo que os deixasse contentes. Ao fim de poucas consultas, concluíram que só ficariam de fato felizes se fossem a Whitwell, mas que poderiam divertir-se um pouco passeando pelos campos. Ordenou-se que trouxessem as carruagens e o coche de Willoughby foi o primeiro a sair. Marianne sentia-se mais feliz que nunca ao entrar nele. O jovem cavalheiro dirigiu velozmente pelas terras de Barton Park e sem demora estavam fora da vista dos outros, que só tornaram a vê-los quando voltaram, o que aconteceu apenas depois que todos já haviam chegado. Ambos pareciam encantados com o passeio e disseram, muito ligeiramente, que haviam percorrido a planície, ao passo que os outros haviam passeado pelas colinas.

Ficou combinado que haveria baile à noite e que todo mundo deveria ficar muito alegre o dia inteiro. O restante da família Carey veio para o jantar e tiveram o prazer de completarem quase vinte convivas à mesa, o que Sir John fez notar com grande contentamento. Willoughby colocou-se no lugar de sempre, entre as duas Srtas. Dashwood mais velhas. A Srta. Jennings sentou-se à direita de Elinor. Haviam acabado de se acomodar quando a mãe de Lady Middleton inclinou-se por trás dela e de Willoughby, dizendo para Marianne, com voz suficientemente alta para ambos ouvirem:

– Descobri vocês, apesar de seus embustes. Sei onde passaram a manhã.

Marianne corou visivelmente e perguntou, depressa demais:

– Onde, por favor?

– A senhora sabe – interferiu Willoughby – que saímos do meu coche?

– Sim, sim, Sr. Dissimulado! Sei muito bem e estava determinada a descobrir *aonde* haviam ido. Espero que tenha gostado da *sua* casa, Srta. Marianne. É a maior que conheço e, quando for visitá-la, espero que a senhorita a tenha mobiliado de novo, pois já estava precisando muito de cuidados quando estive nela, há seis anos.

Marianne abaixou os olhos, muito embaraçada. A Sra. Jennings ria bastante enquanto Elinor compreendia que, decidida a descobrir o que os dois tinham feito, a exuberante senhora mandara sua criada interrogar o cavalariço do Sr. Willoughby e, assim, fora informada de que haviam estado em Allenham e permanecido um tempo considerável por lá, passeando pelo jardim e percorrendo a casa.

Elinor mal podia acreditar que uma coisa dessas era verdade; parecia-lhe inconcebível que Willoughby houvesse proposto, e menos ainda que sua irmã houvesse aceitado, que entrassem na casa da Sra. Smith, a quem Marianne não conhecia.

Assim que saíram da sala de jantar, Elinor interpelou a irmã e enorme foi sua surpresa ao saber que tudo que a Sra. Jennings dissera era a pura verdade. Marianne zangou-se com ela por repreendê-la:

– Por que acha que não devíamos ter ido lá, Elinor, que não podíamos entrar na casa? Não é o que você sempre desejou fazer?

– É, Marianne, mas eu não iria enquanto a Sra. Smith vivesse lá nem acompanhada apenas do Sr. Willoughby.

– No entanto, o Sr. Willoughby é a única pessoa que tem o direito de levar alguém àquela casa; como estávamos em um coche, era impossível ter outra companhia. Jamais passei uma manhã tão agradável em minha vida.

– Eu temo – replicou Elinor – que nada seja agradável o bastante para justificar uma atitude tão imprópria.

– Ao contrário, acho que não existe prova mais evidente de que uma atitude é apropriada, Elinor. Se houvesse, realmente, algo de impróprio no que fiz, eu estaria consciente disso o tempo todo, pois sempre sabemos quando se está agindo errado e, se assim fosse, eu não teria sentido o menor prazer no que fazia.

– Mas, minha querida Marianne, nem mesmo ao ver que esse fato a expôs a algumas observações impertinentes, você começou a duvidar da sua conduta?

– Se as observações impertinentes da Sra. Jennings são provas da impropriedade de comportamento, todos nós estaremos agindo de maneira imprópria em todos os momentos de nossas vidas. Não dou valor às censuras nem às recomendações dela. Não acredito que tenha feito algo errado ao passear no jardim da Sra. Smith e ao ir conhecer sua casa. Um dia tudo aquilo será do Sr. Willoughby e...

– Mesmo que um dia venha a ser seu, Marianne, esse fato não justifica o que você fez.

A jovem corou diante dessa observação e ficou claro que fora gratificante para ela; depois de pensar profundamente por uns dez minutos, aproximou-se da irmã e disse, com evidente bom humor:

– *Talvez,* Elinor, tenha sido um ato impensado da minha parte ir a Allenham, mas o Sr. Willoughby queria muito me mostrar a propriedade... Posso assegurar-lhe que é uma linda casa. No primeiro andar há uma sala de estar muito bonita, de bom tamanho para uso diário, que ficaria maravilhosa com móveis modernos. Há uma sala de canto, com janelas em ambos os lados; de um, olha-se para um campo de críquete, verde, todo gramado, que fica atrás da casa e limita-se com um lindo bosque; do outro, abre-se a paisagem com a igreja, com o vilarejo e, além dele, uma daquelas colinas bem íngremes que tanto admiramos. Não vi muita coisa, porém nada pode estar mais abandonado que aqueles móveis; mas se aquela sala for mobiliada de novo, com o gasto de apenas umas duzentas libras, conforme diz o Sr. Willoughby, irá tornar-se uma das salas de verão mais agradáveis da Inglaterra.

Se os demais não as interrompessem, Elinor teria ouvido a irmã descrever cada aposento da casa com o mesmo entusiasmo.

14

A súbita interrupção da visita do coronel Brandon a Barton Park aliada ao seu esforço para esconder o motivo de tão intempestiva partida tomaram conta da cabeça da Sra. Jennings e ativaram a sua imaginação durante dois ou três dias. Essa senhora tinha muita criatividade, como só podem ter as pessoas que apresentam interesse muito vivo pelas idas e vindas de todos os seus conhecidos. Constantemente, a breves intervalos, ela imaginava por que o coronel havia ido embora daquela maneira. Era evidente que recebera más notícias, e a Sra. Jennings pensava com tal determinação em todo tipo de aflição que pudesse atingi-lo que seria difícil algo escapar-lhe.

– Deve ter acontecido alguma coisa triste demais, tenho certeza – comentou ela. – Pude perceber isso no rosto dele. Pobre homem! Tenho medo de que esteja em uma condição muito ruim. A propriedade Delaford jamais rendeu mais que duas mil libras por ano e seu irmão deixou a situação muito atrapalhada, da maneira mais terrível. Acredito que ele tenha sido chamado para resolver problemas de dinheiro, o que mais poderia ter sido? Fico pensando no que poderá ser. Daria qualquer coisa para saber a verdade! Talvez se trate da Srta. Williams... Aliás, quase me arrisco a dizer que é isso mesmo, porque ele ficou muito perturbado quando falei nela. Pode ser que a jovem tenha adoecido lá na capital; coisa que não é impossível, pois fiquei sabendo que vive adoentada! Sou até capaz de apostar que se trata da Srta. Williams. Com certeza, é isto, sim, porque, cuidadoso como ele é, já deve ter resolvido a questão da propriedade há muito tempo. Imagino o que pode ser! Quem sabe a saúde da irmã dele, que mora em Avignon, piorou e mandaram chamá-lo. A pressa com que ele se retirou indica que deve tratar-se de algo parecido... Bem, desejo de todo coração que o coronel se saia bem desse problema e que encontre uma boa esposa.

Imaginando e falando sem parar, a Sra. Jennings expunha sua opinião a cada nova possibilidade e tudo que dizia parecia bem razoável.

Elinor, ainda que se interessasse pelo bem-estar do coronel Brandon, não demonstrava pela retirada brusca dele toda a curiosidade que a Sra. Jennings gostaria que sentisse; apesar das circunstâncias meio misteriosas, ela achava que não havia justificativa para tanto espanto e tanta especulação. Achava-se preocupada por outra coisa e essa preocupação aumentara com o silêncio extraordinário de sua irmã e do Sr. Willoughby sobre o que vinha acontecendo entre eles dois, apesar de estar mais que evidente que o relacionamento já havia despertado um interesse peculiar em todos. Como o silêncio persistia, a cada dia Elinor o achava mais estranho e mais incompatível com a disposição de ambos os jovens. Não conseguia imaginar o motivo pelo qual eles não falavam abertamente com sua mãe e com ela própria sobre o que o comportamento que tinham um com o outro tornava claro.

Podia compreender com a maior facilidade que casamento não estaria nos planos imediatos deles, pois, apesar de saber que Willoughby era independente, não havia motivo para acreditar que fosse rico. Sir John calculara o valor da sua renda em cerca de seiscentas ou setecentas libras por ano, porém o jovem cavalheiro levava um estilo de vida que essa quantia não poderia sustentar e era comum que se queixasse de sua situação. No entanto, Elinor não conseguia compreender a estranha espécie de segredo que os dois mantinham a respeito de seu possível noivado, que parecia iminente para todos. Tratava-se de um comportamento tão contraditório ao modo como elas costumavam agir e às suas opiniões em geral, que deixava Elinor insegura e a impedia de fazer qualquer pergunta a Marianne.

As atitudes de Willoughby pareciam-lhe uma prova indiscutível de apego. Ele tinha para com Marianne todas as ternas atitudes que um coração amoroso dedica ao objeto de seu amor e demonstrava para com o restante da família as atenções afetuosas de filho e irmão. Dava a nítida impressão de considerar e amar o chalé como se fosse seu lar; passava a maior parte do tempo lá, em vez de ficar em Allenham. Se, por acaso, um encontro geral não os reunisse em Barton Park, a cavalgada que ele dava todas as manhãs sempre ia terminar no chalé, onde o jovem cavalheiro passava o resto do dia ao lado de Marianne, com seu *pointer* querido aos pés dela.

Em uma determinada noite, uma semana depois do coronel Brandon ter partido para a capital, o coração dele parecia mais aberto que nunca ao amor pelos objetos que o rodeavam. Quando a Sra. Dashwood mencionou seus planos de reformar o chalé na primavera, Willoughby se opôs apaixonadamente a qualquer alteração a ser feita naquela casa que sua afeição considerava perfeita.

– O quê? – reagiu ele. – Reformar este chalé? Não. Eu jamais consentiria *isso*. Nem uma pedra sequer deve ser adicionada a estas paredes, nem um centímetro sequer deve ser acrescentado ao seu tamanho, caso alguém se importe com os meus sentimentos.

– Não se alarme – acalmou-o a Srta. Dashwood. – Nada disso vai ser feito, pois minha mãe jamais terá dinheiro suficiente para uma reforma.

– Fico muito feliz, então! – exclamou ele. – Que a Sra. Dashwood seja sempre pobre, se não souber empregar melhor sua riqueza!

– Muito obrigada, Sr. Willoughby! Pode ficar tranquilo que não serei capaz de sacrificar um lugar tão importante para o senhor ou para alguém que eu amo, nem mesmo pelas mais lindas reformas do mundo. De fato, a reforma depende do dinheiro que sobrar das nossas despesas, coisa que só descobrirei quando fizer minhas contas, na primavera; mas prefiro deixar esse dinheiro sem uso a utilizá-lo em algo doloroso para o senhor. É mesmo assim tão apegado a esta casa que não vê nenhum defeito nela?

– Sou – respondeu ele. – Para mim, é um chalé perfeito. Mais do que isso, considero-o o único tipo de construção capaz de tornar uma pessoa feliz e, se eu fosse rico o bastante, demoliria a mansão de Combe e construiria em seu lugar uma casa igual a esta.

– Com escada estreita e escura, cozinha que fica cheia de fumaça... – duvidou Elinor.

– Isso mesmo – garantiu ele, no mesmo tom decidido –, do jeito exato como ele é. Não mudaria nada, fosse na conveniência ou na *in*conveniência. Então, e só então, eu seria feliz em Combe, do mesmo modo que tenho sido feliz em Barton.

– Tenho certeza – replicou Elinor – de que mesmo diante da *desvantagem* de salas melhores e escada mais larga, no futuro o senhor irá considerar sua casa tão perfeita quanto considera esta agora.

– É claro que há circunstâncias – considerou Willoughby – que podem ser mais importantes para mim, porém esta casa sempre merecerá meu afeto de um jeito que nenhuma outra irá merecer.

Emocionada, a Sra. Dashwood olhou para Marianne, que fitava Willoughby de um modo expressivo, demonstrando que o compreendia perfeitamente.

– Quantas vezes desejei – prosseguiu ele –, quando vim para Allenham no ano passado, que o Chalé Barton tivesse moradores! Jamais passei por aqui sem admirar sua localização e sem ficar triste por não estar habitado. Quantas vezes pensei que a melhor notícia que poderia ouvir da Sra. Smith, no minuto seguinte que chegasse aqui, seria a de que o Chalé Barton estava, afinal, ocupado. E quando aconteceu, senti uma profunda alegria e grande interesse pelo acontecimento, como se estivesse tendo uma espécie de premonição de que isso me traria felicidade. E foi assim, não é, Marianne? – Ao falar com a jovem, a voz dele suavizou-se, em seguida voltou ao tom normal quando continuou: – E é esta a casa que pretende destruir, Sra. Dashwood? Quer roubar-lhe a simplicidade com modificações imaginárias! Esta sala querida, onde as vi pela primeira vez e onde desde então passamos tantas horas felizes juntos, iria ser degradada transformando-se em um saguão de entrada comum, em uma passagem percorrida apressadamente por todos em busca da sala maior, quando na verdade oferece mais conforto e mais abrigo do que pode oferecer qualquer aposento de grandes dimensões deste mundo.

A Sra. Dashwood garantiu-lhe que não faria a menor alteração no chalé.

– A senhora é uma excelente pessoa – declarou ele, com intenso ardor. – Sua promessa me tranquiliza. Torne-a um pouco mais extensa e me fará feliz. Diga-me que não apenas a sua casa continuará a mesma, como também que irei encontrá-las aqui a vida inteira, como sempre encontrei, e que a senhora sempre irá me considerar com a mesma bondade que me faz adorar toda e qualquer coisa que diga respeito à senhora.

A promessa foi feita imediatamente e as atitudes do Sr. Willoughby naquela noite foram uma verdadeira declaração de sua afeição e felicidade.

– Nós o veremos amanhã, ao jantar? – perguntou a Sra. Dashwood quando ele se despedia para ir embora. – Não o convido para vir de manhã, pois iremos para Barton Park, atendendo a um convite de Lady Middleton.

Ele prometeu que estaria ali às quatro horas da tarde.

15

A visita da Sra. Dashwood a Lady Middleton realizou-se no dia seguinte e apenas duas das filhas a acompanharam, pois Marianne desculpou-se com um pretexto qualquer para não ir a Barton Park. Deduzindo que na noite anterior o Sr. Willoughby deveria ter prometido visitar Marianne quando sua mãe e as irmãs saíssem, a Sra. Dashwood concordou que ela ficasse em casa.

Quando regressaram, encontraram o coche e o cavalariço do jovem cavalheiro esperando diante do chalé e a Sra. Dashwood teve a confirmação de que sua suposição fora acertada. A visita havia sido tudo que a senhora previra, portanto, ao entrar em casa, surpreendeu-se com uma cena que de maneira alguma lhe ocorreria imaginar. Haviam acabado de transpor a soleira da porta de entrada quando viram Marianne sair da sala de estar, demonstrando violenta aflição e com um lenço próximo dos olhos; sem perceber a presença delas, a jovem subiu a escada correndo. Surpresas e alarmadas, elas foram para a sala que Marianne acabara de deixar e encontraram Willoughby apoiado no consolo da lareira, de costas para a porta. Ele voltou-se assim que elas entraram e, por sua expressão, ficou claro que estava tomado da mesma emoção que perturbava Marianne.

– O que aconteceu com ela? – perguntou a Sra. Dashwood, ainda junto à porta. – Está doente?

– Espero que não – respondeu Willoughby, tentando demonstrar-se alegre. Com um sorriso forçado, acrescentou: – Acredito que eu é que estou correndo o risco de ficar doente, pois acabo de ficar profundamente desapontado!

– Desapontado?

– Isso mesmo, porque não posso cumprir o que combinamos. A Sra. Smith exerceu hoje cedo o privilégio que os ricos têm sobre os primos pobres e dependentes, exigindo que eu vá resolver um negócio em Londres. Acabo de receber minhas incumbências e já me despedi de todos em Allenham. Em seguida, tomei a liberdade de vir despedir-me das senhoras.

– Londres! Pretende ir para lá ainda hoje?

– Neste momento, para ser exato.

– É uma notícia muito triste. Mas com certeza a Sra. Smith precisa que o senhor a ajude e espero que suas obrigações não o mantenham longe de nós por muito tempo.

Willoughby corou ao responder:

– A senhora é muito amável, porém não há perspectiva do meu regresso imediato a Devonshire. Minhas visitas à Sra. Smith só acontecem uma vez por ano.

– A Sra. Smith é a sua única amiga? Allenham é a única casa nos arredores onde o senhor pode hospedar-se? Que vergonha, Willoughby! É evidente que sempre será nosso convidado aqui.

O jovem cavalheiro ficou ainda mais vermelho e abaixou o olhar para o chão enquanto murmurava:

– A senhora é muito bondosa.

A Sra. Dashwood olhou com surpresa para Elinor, que também demonstrou-se intrigada. Por alguns momentos fez-se absoluto silêncio, até que a dama falou:

– Apenas podemos acrescentar, meu caro Willoughby, que será sempre bem-vindo ao Chalé Barton. No entanto, não pretendo forçá-lo a voltar imediatamente, uma vez que apenas o senhor pode julgar a que tempo seu regresso agradaria à Sra. Smith. Assim sendo, estou determinada a não questionar sua decisão, do mesmo modo que não duvido da sua intenção.

– Minhas obrigações no presente momento – disse Willoughby de maneira confusa – são de tal natureza que... Não quero me vangloriar...

Ele calou-se. A Sra. Dashwood estava atônita demais para tecer qualquer comentário e fez-se outra pausa tensa, que foi rompida pelo cavalheiro. Com um frágil sorriso, ele disse:

– É insensatez prolongar este sofrimento. Não quero me atormentar mais permanecendo entre amigas cuja companhia me é proibido usufruir.

Dito isso, Willoughby despediu-se e saiu da sala. Elas viram-no subir no coche e um minuto depois ele se encontrava fora do seu campo de visão.

A Sra. Dashwood estava transtornada demais para conseguir falar e imediatamente retirou-se da sala, a fim de sofrer em solidão a preocupação e o alarme que essa súbita partida provocara.

A perturbação de Elinor era comparável à de sua mãe. Pensou no que acabava de acontecer com ansiedade e desconfiança. A atitude de Willoughby deixando-as, o embaraço dele, sua insistência em demonstrar uma falsa alegria e, acima de tudo, o que mais a perturbava era a relutância que ele demonstrara em aceitar o convite de sua mãe. Essa reação não combinava com um homem apaixonado e muito menos com ele. Por um momento, temeu que não houvesse nenhuma intenção mais séria por parte do jovem cavalheiro; em seguida imaginou que houvera alguma briga infeliz entre ele e sua irmã. O desespero em que Marianne deixara a sala indicava que era possível ter havido um desentendimento sério, apesar de considerar que era improvável um rompimento entre os dois, considerando-se o amor que Marianne sentia por ele.

Contudo, fossem quais fossem os particulares dessa separação, a aflição de sua irmã era indiscutível e ela pensou, com terna compaixão, na dolorosa tristeza em que Marianne se encontrava imersa e que, muito provavelmente, não apenas não procuraria aliviar, mas alimentaria e encorajaria como um dever.

Cerca de meia hora depois a mãe retornou e, embora tivesse os olhos vermelhos, sua atitude era tranquila.

– Agora nosso querido Willoughby está a alguns quilômetros de Barton, Elinor – comentou, enquanto se sentava para trabalhar –, e você pode imaginar como o coração dele deve estar pesado enquanto viaja?

– Tudo isso é muito estranho. Ele foi embora tão de repente! Ontem à noite demonstrava-se feliz, alegre, afetuoso! Hoje, depois de dar a notícia, partiu em dez minutos e sem demonstrar empenho em voltar! Deve ter acontecido alguma coisa mais. A *senhora* também deve ter notado que Willoughby mudou, como eu notei. O que poderá ter acontecido? Será que os dois brigaram? Senão, o que mais poderia fazê-lo demonstrar tão pouca vontade em aceitar o convite que a senhora lhe fez para que ficasse aqui?

– Ele não estava com a menor intenção de aceitar, Elinor, pude notar *isso* claramente. Não podia aceitar. Pensei muito em todas essas coisas e pude perceber com exatidão cada uma delas que me pareceu esquisita, assim como a você.

– Pôde mesmo?

– Sim. Procurei explicar os fatos a mim mesma do modo mais satisfatório que consegui. Mas você, Elinor, que gosta de duvidar quando isso é possível, não se satisfaria com a minha explicação. Eu sei. Contudo, não pode me impedir de acreditar no que acredito. Tenho certeza de que a Sra. Smith desconfiou do relacionamento de Willoughby com Marianne, que ela desaprova, talvez até por ter outros planos para ele, e por isso arranjou um pretexto para mandá-lo embora. Esse negócio do qual o encarregou é apenas um pretexto para afastá-lo daqui. Acredito que foi isso que aconteceu. Willoughby sabe perfeitamente que ela desaprova essa ligação, não se atreveu a confessar à Sra. Smith seu compromisso com Marianne e sentiu-se obrigado, devido a sua situação de dependente, a aceitar a vontade dela e ausentar-se de Devonshire, por enquanto. Sei que você vai me dizer que esta pode não ser a verdade, mas não me sinto disposta a ouvir suposições, a não ser que você tenha uma explicação tão satisfatória quanto a minha para justificar o que está acontecendo. Então, Elinor? O que tem a me dizer?

– Nada, uma vez que a senhora já antecipou a minha resposta.

– Assim, você de certa maneira quer dizer que isso tudo pode ou não ter acontecido. Oh, Elinor, como os seus sentimentos são incompreensíveis! Você tem mais tendência a acreditar no que é ruim do que no que é bom. Você atribui sofrimento para Marianne e culpa para o pobre Willoughby, em vez de pensar em uma justificativa para ele. Está resolvida a considerá-lo culpado porque nos deixou sem demonstrar o afeto no qual suas atitudes sempre nos levaram a acreditar. Será que ele não terá agido assim inadvertidamente ou por estar deprimido com a decepção que sofreu? Não existem probabilidades de aceitar essa hipótese, uma vez que não temos certeza de nada? Você não tem a mínima confiança no homem que sempre nos deu motivos para lhe querer bem e nenhuma razão deste mundo para criticá-lo? Não existe a possibilidade de que esses motivos que não conseguimos identificar sejam indícios de um segredo que, por enquanto, não pode ser desvendado? E, afinal de contas, do que você desconfia?

– É difícil dizê-lo para a senhora... Mas a suspeita de algo desagradável é a consequência lógica das alterações que notei no Sr. Willoughby. No entanto, é uma grande verdade o que a senhora disse, que devemos ser indulgentes com ele, e é minha intenção ser justa ao julgar os outros. Sem dúvida alguma, ele deve ter razões suficientes para explicar seu modo de agir, e espero mesmo que tenha. Porém, acho que seria mais compatível com o jeito dele ter exposto logo essas razões. É possível que exista um segredo, entretanto, mesmo assim, é algo que não combina com ele.

– De qualquer modo, não o condene por falta de caráter, porque às vezes é necessário que se façam concessões. Você precisa admitir a verdade do que eu disse em defesa dele. Sinto-me feliz e o Sr. Willoughby está justificado.

– Não completamente. Seria mais honesto ele comunicar à Sra. Smith o compromisso com Marianne... se é que *estão* comprometidos. E se assim tivesse feito, com certeza o Sr. Willoughby estaria em Devonshire neste momento. O fato é que não existe desculpa para eles estarem escondendo a verdade de nós.

– Escondendo a verdade de nós! Minha querida filha, está acusando Willoughby e Marianne de esconderem algo de nós? Soa estranho você dizer isso, quando teve que repreendê-los tantas vezes pela efusão com que demonstravam seus sentimentos!

– Não me refiro a que eles tenham escondido o afeto que sentem um pelo outro – respondeu Elinor –, mas sim por não nos terem comunicado que ficaram noivos.

– Seja como for, sinto-me feliz por ambas as coisas.

– Mas a verdade é que nenhum deles disse nem uma palavra sequer sobre seu compromisso.

– Eu não exijo palavras quando as ações falam tão alto por si mesmas. A atitude do Sr. Willoughby para com Marianne e para conosco, até ontem à noite, não demonstrou que ele a ama, que a considera sua futura esposa? E não demonstrou que sente por nós o afeto de um parente próximo? Não nos compreendemos todos perfeitamente? Meu consentimento não foi solicitado todos os dias por seus olhares, suas maneiras, seu respeito atencioso e afetivo? Minha Elinor, acha possível duvidar do compromisso deles? Como você pode pensar uma coisa dessas? Como pode acreditar que Willoughby, com a certeza que tem do amor da sua irmã, seria capaz de deixá-la, e talvez deixá-la durante meses, sem declarar-lhe seu afeto? Como pode acreditar que ele tenha ido embora sem que houvesse uma troca mútua de confidências?

– Reconheço – replicou Elinor – que todas as circunstâncias são a favor do noivado deles, menos *uma*. E essa *uma* resume-se no absoluto e total silêncio de ambos sobre esse assunto. Para mim, é um detalhe que tem mais importância que todos os outros.

– Que coisa esquisita! Você deve, mesmo, pensar muito mal desse cavalheiro, se depois de tudo que se passou abertamente entre Willoughby e Marianne ainda duvida dos termos pelos quais eles estão juntos. Será que ele fingiu nas atitudes para com sua irmã este tempo todo? Você acredita que ele é, realmente, indiferente a ela?

– Não. Não posso acreditar nisso. Tenho certeza de que ele deve amá-la, de que a ama.

– Mas com um estranho tipo de amor, já que pode deixá-la com tanta indiferença, sem nenhuma preocupação com o futuro, como você parece pensar.

– Deve lembrar-se, querida mamãe, que jamais considerei esse fato certo. Tenho minhas dúvidas, confesso, mas elas são bastante frágeis e logo deverão ter desaparecido por completo. Se eles trocarem correspondência, todos os meus receios irão embora.

– Grande concessão, essa! Enquanto os dois não estiverem diante do altar, você não acreditará que vão se casar. Moça descrente! Mas *eu* não exijo tantas provas. Na minha opinião, nada existe que possa justificar dúvidas; não existe segredo algum, tudo aconteceu de maneira aberta e natural. Você não pode duvidar dos sonhos de sua irmã. Eles repousam em Willoughby, apesar de você suspeitar dele. Mas por que suspeita? Ele não é um homem honrado, de bons sentimentos? Houve alguma atitude da parte dele que justifique seu alarme? É possível que ele nos decepcione?

– Espero que não, acho que não – garantiu Elinor. – Gosto de Willoughby. Sinceramente, gosto dele e suspeitar de sua integridade causa-me tanta tristeza quanto para a senhora. Trata-se de algo involuntário em mim, algo que não encorajei. Fiquei perplexa, devo admitir, com a mudança das maneiras dele nesta manhã. Ele não falava do jeito que costuma falar, não retribuiu a bondade da senhora com a mínima cordialidade. Mas isso pode ser explicado pelo que estava acontecendo entre os dois, como a senhora supõe. Ele acabava de se despedir de minha irmã e a vira sair correndo, sob a angústia de uma grande aflição. Mas se, por receio de ofender a Sra. Smith, o Sr. Willoughby viu-se obrigado a resistir à tentação de voltar logo para cá e a recusar o convite da senhora, dizendo que iria ficar muito tempo longe daqui, agiu de maneira ingrata e suspeita diante da nossa família. Com certeza sentiu vergonha e ficou perturbado por isso. De qualquer maneira, acredito que uma sincera e aberta exposição de suas dificuldades estaria mais de acordo com sua honra, assim como seria mais apropriado a seu caráter... Mas não faço objeção alguma à conduta de alguém com base apenas no modo diferente de pensar ou um desvio do que eu acho certo e apropriado.

– Você fala de modo muito justo. Certamente Willoughby não merece ser alvo de suspeitas. Embora *nós* não o conheçamos há muito tempo, não é um estranho nesta parte do mundo. E quem pode acusá-lo de qualquer má conduta? Se ele estivesse em situação de poder agir de modo independente e casar-se já, seria estranho ter ido embora sem conversar comigo a respeito.

Mas não é o caso. Este é um noivado que não começou bem sob certos aspectos, pois o casamento encontra-se muito distante ainda. Mas, mesmo que seja secreto, pelo que posso perceber agora é um noivado bastante oportuno.

Foram interrompidas pela chegada de Margaret, e Elinor teve, então, tempo para pensar nos argumentos da mãe, reconhecendo a probabilidade de muitos e o mérito de todos.

Não viram Marianne até a hora do jantar, quando ela entrou na sala e sentou-se em seu lugar sem dizer uma só palavra. Seus olhos estavam vermelhos e inchados; dava a impressão de que continha as lágrimas com grande dificuldade. Evitava os olhares de todos, não conseguia comer, nem falar, e quando, depois de algum tempo, sua mãe silenciosamente apertou-lhe a mão com terna piedade, as poucas forças que lhe restavam esvaíram-se. Marianne rompeu em lágrimas e fugiu da sala.

Essa violenta opressão espiritual continuou noite adentro. Marianne não tinha energia alguma porque não sentia a menor vontade de dominar-se. A mínima menção a qualquer coisa que se referisse a Willoughby a arrasava no mesmo instante. Ainda que sua família tomasse o máximo cuidado para não magoá-la, era impossível, caso alguém falasse qualquer palavra, evitar temas que não a fizessem lembrar-se dele.

16

Marianne teria se considerado menos culpada se tivesse conseguido dormir na noite que se seguiu à partida de Willoughby. Sentiria-se menos envergonhada de encarar sua família, na manhã seguinte, se não houvesse se levantado precisando ainda de mais descanso do que quando se deitara.

Mas os sentimentos que a haviam mergulhado na desgraça impediam-na de conseguir livrar-se dela. Passara a maior parte da noite acordada, pensando e chorando. Levantara-se com dor de cabeça, sem vontade de falar e sem vontade alguma de comer; induzia a mãe e as irmãs a sofrerem ao proibi-las de tomarem qualquer tentativa para consolá-la. A sensibilidade dela era incrivelmente grande!

Saiu assim que o café da manhã terminou e passou a manhã inteira caminhando sem destino pelos bosques de Allenham, lembrando-se das alegrias do passado recente e chorando pelas tristezas do presente.

A tarde passou naquele mesmo clima de sensibilidade profunda. Marianne tocou ao piano todas as músicas preferidas que costumava tocar para Willoughby, cantou todas as árias em que suas vozes soavam perfeita e alegremente unidas. Houve momentos em que permaneceu imóvel como uma estátua, fitando perdidamente as linhas das músicas que ele havia escrito para ela, até que seu coração ficou tão pesado que seria impossível suportar mais tristeza.

Esse constante alimentar da dor profunda continuou nos dias seguintes. Marianne passava horas ao piano, ora chorando, ora cantando, a voz em certos momentos completamente afogada por lágrimas. Também nos livros, como na música, ela provocava um sofrimento intenso e profundo comparando os contrastes entre o passado e o presente. Lia apenas e somente os livros que eles tinham lido juntos.

Uma aflição tão violenta como essa não poderia ser suportada para sempre, sem dúvida. Depois de alguns dias, uma calma melancolia envolveu Marianne, mas, apesar disso, as atividades às quais passara a recorrer todos os dias, como passeios solitários e meditações silenciosas, ainda produziam ocasionais crises de tristeza tão dolorosas e profundas quanto as primeiras.

Não chegou nem uma carta de Willoughby e Marianne não parecia esperar que chegasse. Sua mãe estava surpresa com isso e Elinor voltou a ficar preocupada. Mas a Sra. Dashwood conseguia encontrar explicações para tudo quando queria e procurava-as até que uma delas a satisfizesse.

– Lembre-se, Elinor – dizia ela –, que normalmente é Sir John quem traz a nossa correspondência do correio e quem a leva, a fim de despachá-la. Já concordamos em que eles acharam melhor manter segredo, portanto, devemos reconhecer que isso não seria possível se as cartas de um para outro passassem pelas mãos de Sir John.

Elinor não podia negar a veracidade deste fato e tentava, por sua vez, ver nele um motivo suficiente para o silêncio entre os namorados. Contudo, havia um método tão direto, tão simples e tão adequado, na opinião dela, para saber qual era, na verdade, a situação entre eles e desfazer instantaneamente aquele mistério, que não pôde deixar de sugeri-lo a sua mãe.

– Por que a senhora não pergunta logo a Marianne – acabou dizendo em determinada ocasião – se ela está ou não noiva de Willoughby? Vinda da senhora, mãe dela, e tão bondosa e indulgente quanto pode ser uma mãe, a pergunta não poderá ofendê-la. Seria o resultado natural do afeto que a senhora tem por ela. Marianne sempre foi muito franca e aberta, principalmente com a senhora.

– Eu não faria essa pergunta a ela por nada deste mundo! Imaginando que é possível que não estejam noivos, calculo a dor que poderia causar-lhe perguntando isso! De qualquer maneira, seria no mínimo pouco generoso da minha parte. Eu nunca mais teria a confiança de Marianne se a forçasse a fazer a confissão do que, pelo menos por enquanto, ela se determinou a manter em segredo diante de todos. Conheço o coração de Marianne: sei que me ama ternamente e que jamais serei a última a saber quando ela decidir que deve revelar o que está acontecendo, no momento em que achar que as circunstâncias lhe permitem fazê-lo. Não gosto de forçar ninguém a fazer confidências, muito menos uma filha minha, porque o senso do dever iria impedi-la de se negar a fazê-las, por mais que isso a machucasse.

Elinor considerou que a generosidade da mãe era exagerada, levando-se em conta a juventude da irmã e a urgência que aquele caso significava, mas tudo em vão. A razão, o senso comum, a prudência comum, tudo naufragava no romântico respeito à individualidade que a Sra. Dashwood dedicava a todo mundo.

Passaram-se vários dias até que o nome de Willoughby fosse mencionado por alguém da família diante de Marianne; Sir John e a Sra. Jennings, e evidente, não foram assim tão cuidadosos; a mordacidade deles acrescentou mais dor a muitos momentos dolorosos.

Uma noite, a Sra. Dashwood, incidentalmente, pegou um volume de Shakespeare e comentou:

– Nunca terminamos de ouvir *Hamlet*, Marianne. Nosso querido Sr. Willoughby foi embora antes de acabar de ler. Precisamos nos lembrar disso quando ele voltar e... Mas talvez se passem meses antes que isso aconteça.

– Meses! – exclamou Marianne. – Não... apenas semanas.

A Sra. Dashwood ficou aflita pelo que dissera, porém Elinor gostou que isso tivesse acontecido, pois provocara uma resposta de Marianne que expressava confiança em Willoughby e conhecimento das intenções dele.

Certa manhã, mais ou menos uma semana depois de ele ter partido, Marianne passou a juntar-se às irmãs para os passeios de costume, em vez de perambular sozinha pelos arredores. Até então, ela havia evitado cuidadosamente que qualquer pessoa a acompanhasse em suas andanças. Se as irmãs decidiam passear pelas colinas, imediatamente dirigia seus passos para os campos; se elas falassem em ir passear no vale, Marianne não hesitava em subir as colinas e jamais estava presente quando a mãe e as duas irmãs juntavam-se para trabalhar ou conversar. Mas, com o passar do tempo, ela foi tocada pelo empenho de Elinor, que reprovava abertamente essa contínua exclusão da vida familiar.

Caminhavam pela estrada que cortava o vale em absoluto silêncio, pois a *mente* de Marianne não deveria ser controlada e Elinor, já bastante satisfeita com a presença da irmã, não pretendia mais que isso. Além da entrada para o vale, onde o campo, ainda bastante viçoso, era menos selvagem e mais aberto, estendia-se diante delas a longa faixa de estrada que haviam percorrido em ocasião da chegada a Barton. Quando se encontravam nesse ponto, elas pararam e olharam ao redor, detendo-se na paisagem desenhada pela distância, que incluía o chalé; nos passeios anteriores, jamais haviam chegado àquele trecho que lhes oferecia uma visão diferente do local onde moravam.

Entre os vários detalhes do verdadeiro quadro, perceberam um que se movia; tratava-se de um cavaleiro que cavalgava na direção delas. Em poucos minutos puderam perceber que se tratava de um cavalheiro e, nesse momento, Marianne exclamou, em um arrebatamento irrefreável:

– É ele. É ele, sim. Eu sei que é!

E se preparava para sair ao encontro do cavaleiro, quando Elinor preveniu-a:

– Marianne, creio que você está enganada. Não é Willoughby. Esse cavaleiro não é alto o bastante para ser ele e não tem os cabelos dele!

– Tem, sim, tem! – gritou Marianne. – Tenho certeza de que tem! Os cabelos, o casaco, o cavalo dele. Eu sabia que ele voltaria logo.

Enquanto falava, Marianne saiu andando depressa e Elinor, para dar apoio à irmã, pois tinha certeza de que não se tratava de Willoughby, também apressou o passo procurando manter-se a seu lado. Logo se encontravam a cerca de três metros do cavaleiro. Marianne olhou-o melhor e seu coração apertou-se dolorosamente; no mesmo instante ela voltou-se e saiu correndo para o lado contrário. Enquanto as vozes de suas irmãs tentavam fazê-la parar, uma terceira, tão conhecida quanto a de Willoughby, juntou-se às delas implorando-lhe que parasse. Ela parou e voltou-se, aturdida, para ver e cumprimentar Edward Ferrars.

Ele era a única pessoa no mundo que naquele momento poderia ter o perdão de Marianne por não ser Willoughby e a única pessoa que poderia merecer um sorriso dela. Assim, suas lágrimas dispersaram-se enquanto sorria para *ele*, a felicidade da irmã fazendo-a esquecer a cruel decepção.

O cavalheiro desmontou do cavalo e, entregando-o ao criado, caminhou em companhia das três irmãs para o Chalé Barton; viera especialmente para visitá-las.

Foi recebido por elas com a máxima cordialidade, especialmente por Marianne, que demonstrou mais entusiasmo pela chegada dele do que a própria Elinor. Para ela, sem dúvida, o reencontro deles parecia apenas a continuação da inaceitável frieza que observara nos dois em Norland. No caso de Edward, o motivo da aparente frieza era, na maior parte, decorrente da dificuldade que alguns apaixonados têm nesses momentos em olhar para a pessoa amada e falar com ela. Ele sentia-se confuso, parecia ter um reduzido prazer em vê-las, não demonstrava alegria alguma ou arrebatamento, falava pouco, limitando-se apenas ao que as perguntas das moças o obrigavam e não demonstrava em absoluto maior afeto ou qualquer sentimento diferente por Elinor. Marianne olhava-o e ouvia-o com perplexidade crescente. Começou até a gostar menos de Edward. O modo de agir dele apagou em seu íntimo a simpatia nascente e seus pensamentos voltaram a dirigir-se para Willoughby, cujas maneiras contrastavam de modo gritante com as do eleito de sua irmã.

Depois de um curto silêncio que sucedeu à primeira surpresa e às primeiras perguntas do encontro, Marianne indagou a Edward se ele vinha diretamente de Londres. Não, ele encontrava-se em Devonshire havia duas semanas.

– Duas semanas! – admirou-se ela, estranhando que ele estivesse no mesmo condado que Elinor há tanto tempo sem ter logo procurado vê-la.

Foi com ar infeliz que Edward acrescentou que ficara na casa de amigos, perto de Plymouth.

– O senhor estava em Sussex antes de vir? – quis saber Elinor.

– Estive em Norland há cerca de um mês.

– Como está a minha querida Norland? – indagou Marianne.

– A minha querida, querida Norland! – acrescentou Elinor, com saudade. – Deve estar como sempre esteve nesta época do ano; nos bosques e jardins, o solo coberto por folhas mortas...

– Ah! – suspirou Marianne. – Que sensações arrebatadoras eu tinha ao vê-las cair! Enquanto caminhava, era delicioso quando o vento as jogava em cima de mim, como se fossem gotas de chuva! Com certeza as folhas também têm sensações nessa época, também se sentem inspiradas... Agora, não há mais quem as olhe cair. São apenas um estorvo, varridas e recolhidas apressadamente, para que as pessoas não as vejam.

– Não existe mais ninguém no mundo – observou Elinor – que sinta essa paixão por folhas mortas como você, Marianne!

– Não. Em geral, meus sentimentos não são compartilhados, não são compreendidos. No entanto, *às vezes* são. – Ao dizer isso, Marianne mergulhou em uma espécie de sonho por alguns instantes, mas se recuperou em seguida. – Pois é,

Edward – continuou, chamando as atenções para o recém-chegado –, este é o vale Barton. Olhe-o e permaneça indiferente, se puder. Observe aquelas colinas! Já viu algo parecido? À esquerda fica Barton Park, entre aqueles bosques e plantações. Dá para ver uma parte da casa. E ali, diante da colina mais alta que se ergue com grandiosidade, fica o nosso chalé.

– É um lugar muito bonito – assentiu Edward –, mas as baixadas devem ficar sujas no inverno.

– Como o senhor pode pensar em sujeira diante das maravilhas que vê?

– Porque – respondeu ele, sorrindo – entre as maravilhas vejo também uma estrada bastante suja.

– Coisa mais esquisita! – resmungou Marianne consigo mesma, continuando a caminhar.

– Há vizinhos simpáticos por aqui? Os Middleton são pessoas agradáveis?

– De modo algum – respondeu Marianne. – Neste aspecto, não poderíamos estar em um lugar pior.

– Marianne – repreendeu-a a irmã mais velha –, como pode dizer uma coisa dessas? Como pode ser tão injusta? Trata-se de uma família muito respeitável, Sr. Ferrars, e todos nos tratam da maneira mais amigável do mundo. Esqueceu-se, Marianne, dos dias maravilhosos que passamos com eles?

– Não – respondeu Marianne em voz baixa –, como também não esqueci os momentos ruins.

Elinor não deu atenção a tais palavras e, dirigindo-se ao visitante, começou a falar sobre a nova moradia delas, suas conveniências, e foi auxiliada na conversa por ocasionais perguntas e observações de Edward. A frieza e reserva dele a afligiam profundamente; estava decepcionada e meio zangada, mas decidiu regular suas atitudes pelas dele no presente momento; evitou dar qualquer demonstração de ressentimento ou desgosto, tratando-o do modo que achava que devia ser tratado um amigo da família.

17

Ao ver o Sr. Ferrars, a Sra. Dashwood surpreendeu-se apenas no primeiro momento, pois, para ela, a vinda dele a Barton seria a coisa mais natural do mundo. A alegria e as expressões de carinho demonstraram plenamente o contentamento que sentia. Ao receber as mais calorosas boas-vindas por parte dela, a timidez e a fria reserva que Edward demonstrava desapareceram por completo. Tanto uma quanto a outra já haviam começado a fraquejar antes que ele entrasse no chalé e acabaram sendo completamente anuladas pelas maneiras cativantes da boa senhora. Era evidente que um homem não poderia estar apaixonado por uma das filhas dela sem que sua paixão se estendesse à Sra. Dashwood. Assim, Elinor teve a satisfação de vê-lo voltar a ser como de fato era. O afeto que sentia pelas quatro Dashwood tornou a se manifestar e seu interesse pelo bem-estar da pequena família fez-se perceptível outra vez. No entanto, ele não se sentia à vontade. Elogiou a casa, admirou o bom gosto com que fora decorada, mostrava-se atencioso e agradável, mas não estava à vontade. Era impossível não perceber isso, e a Sra. Dashwood, atribuindo o desânimo do jovem cavalheiro ao seu desejo de libertar-se do jugo da mãe, sentou-se à mesa indignada com os pais egoístas.

– Quais são as perspectivas da Sra. Ferrars a seu respeito, Edward? – perguntou quando já haviam terminado de jantar e achavam-se reunidos ao redor da lareira. – Ainda tem que se tornar um grande orador, contra a sua vontade?

– Não. Espero que minha mãe já tenha se convencido de que não possuo o menor talento e nem inclinação para a vida pública!

– Então, de que maneira pretende alcançar a fama? Pois é claro que terá de se tornar famoso para contentar sua família.

Sem inclinação alguma para grandes gastos, com pouca habilidade para aproximar-se de estranhos, sem profissão e sem a mínima convicção, essa vai ser uma proeza muito difícil de realizar.

– Nem pretendo tentar. Não sinto o menor desejo de me tornar famoso e tenho toda a razão do mundo para saber que jamais o conseguiria. Graças a Deus! Ninguém pode me obrigar a ser genial e eloquente.

– Sei perfeitamente que não tem grandes ambições; suas pretensões são todas moderadas.

– Tão moderadas quando as pretensões da maioria das pessoas, acredito. Como todo mundo, aspiro a ser perfeitamente feliz; como todo mundo, também, terei que conquistar essa felicidade por mim mesmo. Fama e poder não fazem ninguém feliz.

– Seria muito estranho se fizessem! – interferiu Marianne. – O que a fama e a riqueza têm a ver com a felicidade?

– A fama tem pouco a ver – concordou Elinor –, mas a riqueza tem muito a ver!

– Que vergonha, Elinor! – espantou-se Marianne. – O dinheiro só pode dar felicidade quando uma pessoa não tem mais nada para ser feliz. Além de oferecer meios de subsistência, o dinheiro não oferece satisfação verdadeira. Pelo menos, não no que me diz respeito.

– Talvez – sorriu Elinor – tenhamos chegado ao mesmo ponto. Os *seus* meios de subsistência e a *minha* riqueza são muito parecidos, atrevo-me a afirmar. E sem eles, do modo que o mundo é agora, temos de concordar que é impossível conseguir-se o mínimo de conforto necessário. Mas reconheço que suas ideias são mais nobres que as minhas. Diga-me, o que significa "meios de subsistência" para você?

– Cerca de mil e oitocentas ou duas mil libras por ano, nada mais do que *isso.*

Elinor riu.

– *Duas mil* libras por ano! A minha "riqueza" é *mil.* Eu desconfiava de que você diria isso.

– Todavia, duas mil libras por ano é uma renda moderada – garantiu Marianne. – Uma família não pode ser bem mantida com menos do que isso. Tenho absoluta certeza de que não sou extravagante em minhas pretensões. Uma casa com o número adequado de criados, uma carruagem, quem sabe duas, e cães de caça não podem ser sustentados com menos do que essa quantia.

– Cães de caça! – surpreendeu-se Edward. – Para que a senhorita precisa de cães de caça? Nem todo mundo costuma caçar.

Marianne corou ao responder:

– Mas muita gente o faz.

– Eu gostaria – declarou Margaret, desviando o rumo da conversa – que alguém desse uma fortuna a cada uma de nós!

– Ah, se isso acontecesse! – Os olhos de Marianne cintilavam de entusiasmo e seu rosto ficou rosado ao imaginar tamanha felicidade.

– Acredito que todas nós concordamos nesse desejo – comentou Elinor –, apesar de não julgarmos a riqueza indispensável.

– Ah, Deus! – exclamou Margaret. – Como eu ficaria feliz! Imagino tudo que poderia fazer com tanto dinheiro!

Marianne fitou-a como se não tivesse nenhuma dúvida a respeito.

– Eu me veria muito atrapalhada para gastar uma grande fortuna apenas minha – disse a Sra. Dashwood –, se minhas filhas ficassem ricas sem precisar da minha ajuda.

– A senhora poderia começar a fazer as reformas nesta casa – observou Elinor – e suas dificuldades desapareceriam no mesmo instante.

– Que maravilhas faria esta família aos comerciantes de Londres! – acrescentou Edward. – Que dia feliz para os vendedores de livros, de partituras musicais, para os donos de lojas de artigos para pintores! A Srta. Dashwood daria ordem para as lojas lhe enviarem toda novidade que aparecesse em matéria de telas, tintas e pincéis... Não haveria músicas suficientes em Londres para contentar Marianne, conheço bem a grandeza de sua alma, assim como livros! Thomson, Cowper, Scott... Ela os compraria todos, muitas vezes; iria querer sempre mais de um exemplar, para não ficar sem o livro que caísse em mãos de pessoas duvidosas. Além disso, iria querer cada livro que lhe dissesse como admirar uma velha árvore batida pelo vento. Não é verdade, Marianne? Desculpe-me se estiver sendo muito insolente, mas é porque estou querendo demonstrar-lhe que não me esqueci das nossas velhas discussões.

– Adoro que me recordem o passado, Edward. Quer tenha sido triste ou alegre, gosto de voltar a ele. Você jamais me ofenderá falando-me dos velhos tempos. Tem todo o direito de supor de que modo eu gastaria essa riqueza... Uma parte do meu dinheiro, pelo menos, seria destinada a aumentar minha coleção de livros e de músicas.

– E a maior parte dele seria destinada a ser entregue, em anuidades, para os autores ou seus herdeiros.

– Não, Edward. Eu faria outra coisa com esse dinheiro.

– Então, quem sabe, iria destiná-lo como recompensa à pessoa que escrevesse a mais perfeita defesa para seu lema favorito: ninguém jamais poderá amar mais do que uma vez na vida. Presumo que sua opinião neste sentido não tenha mudado...

– Sem dúvida alguma. Quando se tem a minha idade, as opiniões são absolutamente fixas. É impossível para mim ver ou ouvir qualquer coisa que possa modificá-las.

– Como vê, Marianne continua mais firme que nunca – comentou Elinor. – Ela não mudou nada.

– Apenas ficou um pouco mais séria desde a última vez que a vi.

– Ouça, Edward – defendeu-se Marianne –, *você* não tem o direito de me reprovar por isso, pois também não é muito alegre.

– Entendo que pense dessa maneira – suspirou Edward. – A alegria jamais fez parte do *meu* caráter.

– Acho que nem mesmo do caráter de Marianne – interveio Elinor. – Dificilmente se poderia dizer que ela é uma moça alegre... É sincera, muito impulsiva em tudo que faz, às vezes fala demais e sempre com grande entusiasmo, porém é muito difícil que fique de fato contente.

– Creio que tem razão – concordou ele. – No entanto, sempre a vi como uma jovem alegre.

– Algumas vezes já me surpreendi cometendo esse tipo de erro – confessou Elinor –, enganando-me por completo na avaliação de um detalhe ou outro do caráter de uma pessoa ao imaginá-la muito mais alegre ou muito mais triste, mais inteligente ou mais estúpida do que realmente é. E dificilmente conseguiria dizer por que ou no que meu equívoco se originou. Às vezes uma pessoa deixa-se levar pelo que ela diz de si mesma e, mais frequentemente ainda, pelo que dizem dela sem dar-se a menor possibilidade ou tempo para deliberar e julgar.

– Mas eu achava que guiar-se pelas opiniões dos outros estava certo, Elinor argumentou Marianne. – Pensei que nos era permitido julgar apenas para sermos subservientes aos julgamentos dos nossos vizinhos. Tenho certeza de que esta sempre foi a sua doutrina.

– Não, Marianne. Nunca. Minha doutrina jamais teve a intenção de pregar a submissão da inteligência. A única coisa que sempre procuro influenciar é o comportamento. Você não deve confundir minha intenção. Confesso que muitas vezes desejei que você tratasse nossos conhecidos e amigos com mais atenção, mas, diga-me, quando a aconselhei a adotar os sentimentos deles ou a aceitar o julgamento deles em casos sérios?

– Quer dizer que não conseguiu trazer Marianne para o seu plano geral de civilidade? – perguntou Edward a Elinor. – Não fez nenhum avanço?

– Muito pelo contrário... – replicou Elinor, olhando expressivamente para Marianne.

– Meu modo de pensar – voltou ele – é o mesmo que o seu, mas temo que, na prática, eu aja muito mais como sua irmã. Jamais pretendo ofender, porém sou tão terrivelmente tímido que em geral pareço negligente, quando, na verdade, apenas estou tentando livrar-me de minha natural falta de jeito. Muitas vezes pensei que gosto por natureza da companhia de pessoas simples, pois não consigo me sentir à vontade em presença de nobres que não conheça bem!

– Marianne não tem timidez alguma que justifique sua falta de atenção para com os outros – afirmou Elinor.

– Ela conhece bem o próprio valor, para expressar uma falsa vergonha – rebateu Edward. – A timidez é apenas o efeito de um complexo de inferioridade, de um jeito ou de outro. Eu não seria tímido se pudesse me convencer de que me movimento e ajo com gestos perfeitamente naturais e elegantes.

– Mas é também reservado – observou Marianne –, o que de fato é o pior.

– Reservado? – Edward fitou-a, atônito. – Acha que sou reservado, Marianne?

– É, sim. Muito.

– Não entendo – garantiu ele, corando. – Reservado como, de que jeito? O que devo lhe dizer? O que você está insinuando?

Elinor ficou chocada ao vê-lo tão transtornado e, tentando contornar a situação, disse-lhe:

– Será que ainda não conhece minha irmã o bastante para entender o que ela quis dizer? Não sabe que Marianne classifica de reservada toda pessoa que não fala muito e que não admira as mesmas coisas que ela?

Edward não respondeu. Voltou a ser o homem sério e pensativo que sempre fora. Permaneceu sentado por algum tempo, silencioso e sombrio.

18

Triste, Elinor percebeu o desânimo do amigo. A visita a deixava apenas parcialmente feliz, porque estava claro que a alegria dele não estava completa. Era evidente que Edward sentia-se infeliz. Como gostaria de perceber evidência igual de que ele ainda lhe dedicasse a afeição da qual antes tivera absoluta certeza! Mas até o presente momento a continuidade da preferência por ela parecia-lhe muito incerta e as atitudes reservadas que Edward mantinha em relação a ela contradiziam os poucos momentos em que um olhar mais intenso faziam-na acreditar ainda existir.

No dia seguinte, antes que mais alguém descesse, Edward juntou-se a Elinor e Marianne na sala do café. Marianne, pronta para promover intimidade entre eles sempre que podia, não tardou a retirar-se para deixá-los a sós. Mas, antes que chegasse à metade da escada, ouviu a porta da sala abrir-se e voltou-se; verificou, espantada, que Edward saía.

– Vou até o vilarejo ver meus cavalos – explicou ele –, já que você ainda não está disposta a tomar o café da manhã. Pretendo voltar logo.

Quando retornou, Edward demonstrou-se francamente admirado com a região. Em seu passeio até o vilarejo, tinha visto melhor muitas partes do vale. A cidadezinha em si, localizada em um ponto bem mais alto que o chalé, completava a vista do conjunto, que muito o havia agradado. Este era o tipo de assunto que prendia a atenção de Marianne e ela não tardou a expor sua própria admiração pelas paisagens locais, assim como a interrogá-lo mais minuciosamente sobre o que o havia impressionado em especial. Em determinado momento, Edward interrompeu-a, dizendo:

– Não deve me perguntar mais do que isso, Marianne... Lembre-se de que não tenho conhecimento sobre pintura e posso ofendê-la com minha ignorância ou minha falta de bom gosto, caso me obrigue a entrar em detalhes. Posso chamar de precipício o que é apenas um declive íngreme; de superfícies esquisitas e bravias as que são apenas irregulares e onduladas; de formas estranhas e inalcançáveis pelo olhar simplesmente formações que se mostram indefinidas devido à reverberação da atmosfera. Peço-lhe que fique satisfeita apenas com a admiração que consigo expressar honestamente. Acho esta região lindíssima e generosa; as colinas são elevadas, os bosques parecem estar cheios de boa madeira, o vale mostra-se extenso e fértil, com ricas campinas e vários casarões de fazenda esparsos aqui e ali. Trata-se da resposta exata à minha concepção de um lugar perfeito, porque une beleza e utilidade. E me atrevo a dizer que é também pitoresco, uma vez que você o admira. Posso acreditar com facilidade que existam por aqui rochedos e promontórios, musgo cinzento e matas, mas tudo isso perde-se para mim, fica fora do meu alcance, porque nada entendo do pitoresco.

– De fato, temo que seja verdade o que acaba de dizer – concordou Marianne. – Mas por que se vangloria disso?

– Desconfio – interferiu Elinor – que para evitar um tipo de presunção, Edward acaba caindo em outro. Como ele acredita que muitas pessoas fingem mais admiração pelas belezas naturais do que de fato sentem, desgostoso com tais pretensões, demonstra mais indiferença e menos conhecimento a respeito delas do que de fato tem. Ele é exigente demais consigo mesmo, a ponto de se tornar presunçoso quando julga seus méritos.

– É verdade – assentiu Marianne – que a admiração por paisagens se tornou um mero jargão. Todos fingem senti-la e tentam descrevê-la com o mesmo bom gosto e elegância do primeiro que definiu a beleza pitoresca. Detesto jargões de qualquer espécie e, às vezes, guardo meus sentimentos apenas para mim porque não consigo encontrar palavras para descrevê-los, a não ser termos que se tornaram tão batidos e vulgares que perderam todo sentido e expressão.

– Estou convencido – ponderou Edward – de que você de fato sente por uma paisagem bonita toda a deliciosa admiração que declara sentir. Mas, em troca, sua irmã precisa me deixar não sentir mais do que declaro. Aprecio uma linda paisagem, mas não no que se refere a definir se merece tornar-se ou não tema para um quadro. Não gosto de árvores torturadas, retorcidas, castigadas. Admiro muito mais as que são altas, retas, repletas de folhas e floridas. Não gosto de chalés em ruínas, desabando. Não aprecio urtigas, cardos ou charnecas com urzes. Admiro mais uma confortável casa de fazenda que uma torre de vigia... e prefiro um grupo de asseados e felizes burgueses que os mais refinados *banditti* do mundo.

Marianne olhou para Edward com admiração, em seguida com piedade para Elinor, que apenas riu.

O assunto não se prolongou por mais tempo e Marianne permaneceu pensativamente silenciosa, até que um novo assunto de repente chamou-lhe a atenção. Encontrava-se sentada ao lado de Edward e a mão dele passou-lhe diante do rosto para pegar a xícara de chá que a Sra. Dashwood lhe oferecia. Notou, então, que ele usava um anel bem visível, com uma trança de cabelos no centro.

– Nunca o vi usando anel antes, Edward – comentou. – Os cabelos são de Fanny? Lembro-me de que ela prometeu lhe dar mas pensei que seus cabelos fossem mais escuros que esses.

Marianne falara sem pensar, como era seu hábito dizer tudo que lhe vinha à cabeça, mas ao ver a dor que causara a Edward, sua própria vergonha pela falta de consideração foi maior que a dele. O jovem cavalheiro ficou muito vermelho e, depois de lançar um rápido olhar para Elinor, respondeu:

– Sim. São os cabelos de minha irmã. Eles sempre mudam de tonalidade quando são engastados em uma joia, você sabe.

Os olhos de Elinor encontraram os dele e ela teve certeza de que aqueles cabelos eram seus no mesmo instante em que Marianne também teve certeza disso. A única diferença entre a conclusão de ambas era: o que Marianne considerava um presente voluntário, feito por sua irmã, Elinor sabia que fora conseguido por furto ou por artifício à revelia dela. No entanto, não se encontrava com disposição tal para encarar aquele fato como uma afronta. Fingindo não ter percebido o que acontecera, enquanto se apressava a falar sobre outras coisas, interiormente determinou-se a aproveitar a primeira oportunidade para olhar direito os cabelos em questão e saber, sem nenhuma sombra de dúvida, se eram exatamente do tom dos seus.

O embaraço de Edward permaneceu por algum tempo e terminou pela ausência de qualquer comentário ou referência ao fato. Durante a manhã toda, no entanto, mostrou-se mais fechado e sério que nunca. Marianne censurou-se com severidade pelo que tinha dito, mas teria se perdoado com rapidez se soubesse que não havia magoado a irmã.

Antes do meio-dia receberam a visita de Sir John e da Sra. Jennings que, tendo ouvido falar na chegada de um cavalheiro ao chalé, haviam se apressado a ir até lá para dar uma espiada no hóspede. Com a assistência da sogra, Sir John não demorara a conjeturar a respeito do sobrenome Ferrars, que começava com F. Esse acontecimento forneceu-lhes grande munição para atacar Elinor e apenas o fato de terem acabado de conhecer Edward impediu que o ataque fosse imediatamente desfechado. Mas, de qualquer maneira, Elinor acabou ficando ciente, por insistentes e reveladores olhares, de que a indiscrição de Margaret estava dando frutos.

Sir John jamais visitava as Dashwood sem convidá-las para jantar em Barton Park no dia seguinte ou para ir tomar chá na mesma tarde. Dessa vez, para maior entretenimento do visitante, que iria contribuir para a diversão dele, fez convites para ambas as ocasiões.

– Vocês precisam tomar chá conosco esta tarde – disse ele –, porque estaremos sozinhos, e ir jantar conosco amanhã, porque vamos dar uma grande festa.

A Sra. Jennings apressou-se a reforçar:

– E quem sabe poderemos organizar um baile, o que vai ser uma tentação para *você*, Marianne.

– Um baile! – Marianne ficou pasma. – Impossível! Quem há para dançar?

– Quem? Vocês, as Carey e as Whitaker, tenho certeza. O que é? Você acha que ninguém pode dançar porque certa pessoa, de quem não é preciso dizer o nome, foi embora?

– Eu queria, com toda minha alma – garantiu Sir John –, que Willoughby estivesse conosco outra vez!

O rubor que cobriu o rosto de Marianne despertou suspeitas em Edward.

– Quem é Willoughby? – perguntou ele, em voz baixa, para a Sra. Jennings, ao lado de quem se encontrava sentado.

Ela respondeu-lhe em poucas palavras. O comportamento de Marianne tornou-se mais compreensível e o jovem cavalheiro ficou sabendo o suficiente para compreender não apenas a atitude dos outros como também as expressões de Marianne, que o haviam intrigado desde que chegara. Quando as visitas foram embora, aproximou-se imediatamente dela e disse-lhe, em um sussurro:

– Eu estou desconfiado... Posso contar-lhe do que desconfio?

– O que quer dizer?

– Posso contar-lhe?

– Certamente.

– Está bem: desconfio de que o Sr. Willoughby costuma caçar.

Marianne ficou surpresa e confusa, porém conseguiu sorrir diante do ar importante que Edward assumira e, depois de breve silêncio, disse:

– Oh, Edward! Como você pode?... Com o tempo, eu espero que... Tenho certeza de que vai gostar dele.

– Não tenho a menor dúvida – declarou Edward.

Estava atônito diante do entusiasmo e do ardor de Marianne, mas nada comentou, pois mesmo que as insinuações dos visitantes fossem apenas uma brincadeira baseada em algo, ou até mesmo em nada, entre o Sr. Willoughby e Marianne, não se aventuraria a tocar no assunto.

19

Edward ficou durante uma semana no chalé. A Sra. Dashwood insistiu carinhosamente para que ficasse por mais tempo, porém ele resolveu ir embora quando o prazer de estar com as amigas encontrava-se no auge, como se quisesse castigar a si mesmo. Durante os últimos dois ou três dias seu ânimo melhorara bastante, embora ainda continuasse bastante oscilante. Demonstrava-se cada vez mais apegado à casa e seus arredores, nunca falava em ir embora sem suspirar; disse que no momento não tinha compromisso algum de trabalho, mas que precisava partir, apesar de não saber para onde iria ao deixá-las.

Jamais uma semana havia passado tão depressa; Edward mal podia acreditar quando ela chegou ao fim. Afirmou isso repetidamente e disse outras coisas também que marcaram a mudança de seus sentimentos e deram uma ideia do que provocava suas atitudes. Ele não gostava de morar em Norland, detestava ficar na capital, mas teria de ir para um dos dois lugares: Norland ou Londres. Dava importância à amabilidade delas acima de todas as coisas e fora imensa sua felicidade enquanto ficara ali, em sua companhia. Todavia, precisava deixá-las no fim da semana, apesar de não ser o que ele nem o que elas queriam. Tinha de ir, ainda que não houvesse qualquer urgência.

Elinor atribuiu esse modo estranho de agir à influência da mãe dele e ficou contente por não conhecer direito a mãe de Edward e de poder atribuir a ela todo e qualquer comportamento estranho do filho. Apesar de desapontada, aborrecida e às vezes desgostosa com o modo de agir instável que ele apresentava em relação a ela, sentia-se disposta a considerar o conjunto das atitudes de Edward com a cândida boa vontade e o generoso apreço que sua mãe demonstrara ter para com Willoughby, apesar de esse cavalheiro ter feito com que ficasse triste e preocupada. Atribuía o desânimo de Edward, sua reserva e distância à necessidade de independência e à possibilidade de ter conhecido a determinação e os desígnios da Sra. Ferrars. A brevidade da visita e a teimosia em deixá-las originavam-se da mesma enraizada inclinação, da mesma inevitável necessidade de contemporizar com sua mãe. A antiga e bem-estabelecida luta entre o dever e a vontade, entre pais e filhos, era a causa de tudo. Elinor gostaria de saber quando essas dificuldades desapareceriam, quando essa oposição se anularia – quando a Sra. Ferrars se resignaria a libertar o filho, para que ele pudesse ser feliz. Diante desse anseio sem grandes esperanças, procurava conforto na renovada confiança na afeição de Edward, que residia na lembrança de expressões contidas em olhares ou palavras dele enquanto se encontrava em Barton e, sobretudo, naquela decisiva prova que ele exibia constantemente no dedo.

– Eu creio, Edward – disse a Sra. Dashwood, quando tomavam café na última manhã –, que você seria um homem mais feliz se tivesse alguma profissão, um trabalho ao qual dedicar seu tempo; isso iria ajudá-lo também a fazer planos, a tomar iniciativas. Sem dúvida, essa decisão apresentaria alguns inconvenientes para seus amigos, pois você não mais teria tanto tempo para dedicar a eles, por exemplo. Mas – continuou, com um sorriso – você seria beneficiado em tudo, afinal, e sempre saberia para onde ir quando fosse despedir-se deles.

– Posso garantir-lhe – replicou o jovem cavalheiro – que tenho pensado muito nisso, do mesmo modo que a senhora pensa agora. Foi, é, e provavelmente sempre será uma profunda infelicidade para mim não ter nada a que me dedicar, nenhuma profissão que me dê sustento e me ofereça um mínimo de independência. Mas, infelizmente para mim e para meus amigos, fui feito assim, um ser inútil, desamparado. Nunca conseguimos concordar na escolha de uma profissão. Sempre preferi a igreja e ainda prefiro, mas minha família não considera que seja uma profissão bastante ativa para mim. Elas preferem o Exército, que por minha vez acho ativo demais. A lei foi considerada e classificada bastante distinta; muitos jovens advogados que têm gabinetes no Templo* fazem uma bela figura nos melhores círculos sociais e dirigem pelas ruas da cidade seus conhecidos troles. Contudo, não tenho inclinação para o Direito, que minha família aprova, nem mesmo em seus aspectos mais simples. Quanto à Marinha, tem seu fascínio, porém eu já era velho demais para alistar-me quando

*Câmara dos Comuns. (*N. do E.*)

falou-se nisso... Assim, como não havia necessidade premente de que eu escolhesse uma profissão, como seria mais vistoso e extravagante com um casaco vermelho do que sem ele, afinal de contas, a ociosidade pareceu-me mais vantajosa e digna, pois um rapaz de dezoito anos não costuma esforçar-se muito para resistir às exortações dos amigos que incitam a não fazer nada. Então, entrei para Oxford e entreguei-me dignamente ao ócio.

– Com a consequência de que, acredito – ponderou a Sra. Dashwood –, uma vez que a ociosidade não traz felicidade, seus filhos também passarão pelos mesmos dissabores.

– Eles serão educados – garantiu Edward com seriedade – de maneira a serem diferentes de mim, se for possível. Nos sentimentos, na maneira de agir, em tudo.

– Vamos, vamos! Diz isso porque está muito desanimado agora, Edward. Sente-se profundamente melancólico e imagina que só um homem diferente de você tem possibilidade de ser feliz. Mas lembre-se de que a dor de separar-se dos amigos se impõe a todas as pessoas, de vez em quando, seja qual for sua educação ou nível social. Você precisa ter paciência... Se quiser, pode dar ao que precisa um nome mais fascinante: esperança, por exemplo. Um dia sua mãe irá proporcionar-lhe essa independência pela qual tanto anseia; é dever dela, e seu desejo, se não a sua felicidade, no mínimo impedir que você desperdice sua juventude com o descontentamento. O que não se pode fazer em alguns meses?

– Eu creio – contrapôs Edward – que precisaria de muitos meses para conseguir alguma coisa.

Essa melancolia, mesmo que não pudesse ser transmitida para a Sra. Dashwood, acrescentou mais sofrimento à partida de Edward, que deu-se logo em seguida e deixou uma sensação desconfortável, principalmente nos sentimentos de Elinor, que precisaria de muito esforço e tempo para se recompor. Mas como se determinara a recuperar-se e a não demonstrar que aquela despedida a fazia sofrer mais que todas de sua família, ela não adotou o método tão apaixonadamente empregado por Marianne, quando passara pela mesma situação, de aumentar e fixar a tristeza mantendo-se calada, solitária e inativa. Suas atitudes eram tão diferentes quanto seus objetivos e procurava atingi-los com a intensidade de sempre.

Elinor sentou-se à sua mesa de trabalho assim que Edward saiu do chalé e manteve-se ocupada o dia inteiro; não evitava ouvir ou falar no nome dele; mostrava-se mais interessada do que nunca nos problemas gerais da casa e da família. Não diminuía seu sofrimento agindo dessa maneira, mas ao menos evitava que a mãe e as irmãs fossem inutilmente sobrecarregadas com mais uma preocupação provocada por ela.

Esse modo de agir, exatamente o contrário do modo que ela agia, não pareceu a Marianne mais meritório que sua atitude parecera censurável para Elinor. A questão do autocontrole, ela considerava muito simples: para sentimentos fortes era impossível, para os fracos não havia mérito. Não negava que as afeições de sua irmã *eram* fracas, embora ficasse corada só de pensar nisso; quanto à grandeza das próprias afeições, dava a mais conclusiva prova dela continuando a amar e respeitar essa irmã, apesar de sua mortificante convicção.

Sem afastar-se da família, sem sair de casa sozinha a fim de evitar a companhia da mãe e das irmãs, sem passar a noite inteira entregue a tristes meditações, Elinor descobria que cada dia lhe fornecia lazer suficiente para pensar em Edward e nas atitudes dele, sob todas as variações possíveis causadas por seus diferentes estados de ânimo – ternura, piedade, aprovação, censura e dúvida. Havia numerosos momentos durante os quais produzia-se um efeito de intensa solidão, fosse pela ausência da mãe e das irmãs ou pela natureza do afazer de cada uma que as impedia de conversar. Nessas ocasiões, a mente de Elinor libertava-se inevitavelmente e seus pensamentos não admitiam restrições de espécie alguma, fazendo com que o passado e o futuro, em tudo que se referisse a temas interessantes, ficassem ao alcance dela, exigissem sua atenção e fortalecessem suas lembranças, suas reflexões e sua fantasia.

Em uma dessas oportunidades de sonhar, certa manhã, logo depois da partida de Edward, quando se encontrava à mesa de desenho, Elinor foi interrompida pela chegada de alguém. Por acaso estava sozinha. A batida do pequeno portão, que dava entrada ao jardim verde diante da casa, fez com que ela olhasse pela janela e visse um grupo de pessoas entrando. Entre elas estavam Sir John, a Sra. Jennings, Lady Middleton e havia duas outras, um cavalheiro e uma dama, que ela não conhecia. Como estivesse sentada perto da janela, Sir John não tardou a vê-la e, deixando aos demais a cerimônia de bater à porta, caminhou por cima da grama a fim de percorrer o espaço entre a porta e a janela; então falou no tom mais baixo que pôde, para não ser ouvido pelos outros:

– Bem, hoje trouxemos dois estranhos. O que você acha deles?

– Pssiuu! Eles podem escutá-lo.

– Não me importa que escutem. São os Palmer. Charlotte é muito bonita, garanto! Poderá vê-la, se olhar pela janela.

Como Elinor tinha certeza de que veria o casal dali a alguns instantes, preferiu não tomar essa liberdade e se desculpou por não fazê-lo.

– Onde está Marianne? Ela fugiu porque nos viu chegando? Vejo que o piano está aberto.

– Acho que ela foi dar um passeio.

Nesse momento, a Sra. Jennings juntou-se a eles, pois não tinha paciência bastante para esperar até que a porta fosse aberta e só então contar a *sua* história. Achegou-se à janela e cumprimentou:

– Como vai, minha querida? Como vai a Sra. Dashwood? E como vão as suas irmãs? Como, está sozinha?! Então, vai gostar por lhe fazermos um pouco de companhia. Eu trouxe minha outra filha e meu outro genro para conhecê-las. Eles chegaram de maneira tão inesperada! Tive impressão de ouvir o barulho de uma carruagem na noite passada, enquanto tomávamos chá, porém jamais me passou pela cabeça que poderiam ser eles. Pensei, na verdade, que devia ser o coronel Brandon que havia voltado. Assim, eu disse a Sir John: "Acho que ouvi uma carruagem. Talvez seja o coronel Brandon voltando..."

Elinor foi obrigada a interrompê-la no meio da história a fim de ir receber as demais pessoas; Lady Middleton apresentou os dois desconhecidos. A Sra. Dashwood e Margaret desceram naquele mesmo instante e todos sentaram-se; ficaram olhando uns para os outros enquanto a Sra. Jennings continuava sua narrativa ainda entrando na sala, seguida por Sir John.

A Sra. Palmer era bem mais jovem que Lady Middleton e completamente diferente dela em todos os aspectos. Baixa e gorducha, tinha um rosto bonito e a mais radiante expressão de bom humor que podia existir. Suas maneiras não eram tão elegantes quanto as da irmã, porém era muito mais simpática. Chegara sorrindo, sorriu o tempo todo da visita, exceto pelo momento em que deu uma gargalhada, e foi embora sorrindo. Seu marido era um jovem e sério senhor, de vinte e cinco ou vinte e seis anos, com ar de ser mais fino e ajuizado do que a esposa, porém muito menos disposto a agradar ou ser agradado. Entrou na sala com ares de importância, fez uma leve reverência às senhoras sem dizer uma palavra e, depois de observá-las e ao ambiente com olhares rápidos, pegou um jornal que se encontrava sobre a mesa e pôs-se a lê-lo, como se tivesse sido interrompido enquanto lia.

A Sra. Palmer, ao contrário, que fora dotada pela natureza para ser uma pessoa sempre civilizada e gentil, sentou-se apenas depois de ter demonstrado sua admiração pela sala e por todos os objetos que se encontravam nela.

– Que sala mais encantadora! Jamais vi outra assim tão fascinante! É incrível, mamãe, como ela ficou diferente desde a última vez que estive aqui! Sempre achei esta casa adorável, madame – voltando-se para a Sra. Dashwood –, mas a senhora tornou-a maravilhosa! Veja, minha irmã, como tudo aqui é delicioso! Como eu gostaria de ter uma casa assim! Também gostaria, Sr. Palmer?

O Sr. Palmer não deu resposta, aliás nem sequer desviou os olhos do jornal.

– O Sr. Palmer não me ouviu – disse ela, rindo. – Nunca me ouve. É tão engraçado!

Essa era uma grande novidade para a Sra. Dashwood, que jamais conseguira ver graça alguma na desatenção de alguém e não pôde deixar de olhar o casal com admiração.

Entretanto, a Sra. Jennings falava o mais alto que podia, contando a história de sua surpresa na noite anterior ao ver os recém-chegados, só se calando depois de ter dito tudo. A Sra. Palmer ria com todo gosto ao lembrar-se do espanto da mãe e, no que todos concordaram com ela, umas duas ou três vezes, que havia sido uma agradável surpresa.

– Vocês podem imaginar como todos nós ficamos alegres ao vê-los – acrescentou a Sra. Jennings, inclinando-se para Elinor e falando em voz mais baixa, como se não quisesse que os outros ouvissem, apesar de estarem sentadas cada qual de um lado da sala. – Porém, não posso deixar de desejar que eles não tivessem viajado tão depressa, nem feito uma viagem tão longa quanto essa, pois vieram de Londres, aonde foram cuidar de um negócio, porque você entende – acenou de maneira significativa e apontou para a filha –, não se deve fazer isso no estado em que ela está. Eu quis que minha filha ficasse em casa esta manhã, descansando, mas ela insistiu em vir conosco, porque queria muito conhecer vocês!

A Sra. Palmer riu e disse que não iria fazer-lhe mal algum.

– Ela espera o bebê para fevereiro – continuou a Sra. Jennings.

Lady Middleton não pôde mais suportar essa conversa e obrigou-se a perguntar ao Sr. Palmer se havia alguma novidade no jornal.

– Não, nenhuma – respondeu ele e voltou a ler.

– Aí vem Marianne! – exclamou Sir John. – Agora, Palmer, você vai conhecer uma moça espantosamente linda.

Assim falando, ele saiu da sala, foi abrir a porta da frente e voltou com a jovem. No momento em que a viu, a Sra. Jennings perguntou-lhe se ela havia estado em Allenham, e a Sra. Palmer gargalhou com prazer, demonstrando que entendera a pergunta. O Sr. Palmer ergueu a cabeça quando Marianne entrou na sala, observou-a por alguns minutos e voltou mais uma vez ao seu jornal. Os olhos da Sra. Palmer nesse momento passavam pelos quadros pendurados nas paredes da sala. Ergueu-se para ir vê-los melhor.

– Oh! Como estes aqui são lindos! Sim! Que maravilha! Veja, mamãe, que encantamento! Achei esses quadros absolutamente fascinantes, poderia ficar olhando-os para sempre.

Tornou a sentar-se e logo esqueceu-se de que havia quadros na sala.

Quando Lady Middleton se pôs de pé a fim de ir embora, o Sr. Palmer também se levantou, colocou o jornal de lado, endireitou os ombros e fitou a todos os presentes, um a um.

– Meu amor, você estava dormindo? – indagou sua esposa, com uma risada.

Ele não respondeu, apenas observou-a e examinou atentamente a sala, notando que possuía pé-direito baixo e que o teto estava rachado. Aí, fez uma reverência e retirou-se com os demais.

Sir John insistira muito para que elas fossem no dia seguinte a Barton Park. A Sra. Dashwood, que ainda não os recebera para jantar no chalé tantas vezes quantas já haviam ido jantar com eles, recusou-se terminantemente a ir; mas suas filhas poderiam comparecer, se quisessem. Contudo, as jovens não tinham curiosidade de ver como o Sr. e a Sra. Palmer comiam e não esperavam ter o mínimo prazer com isso. Desse modo, procuraram um pretexto para não ir; o tempo estava meio incerto, mas sem dúvida iria piorar. Lady Middleton, então, que não insistira com a mãe, insistiu com as filhas. A Sra. Jennings e a Sra. Palmer juntaram suas forças às dela, parecendo muito ansiosas para evitar um jantar apenas com a família. E as moças viram-se obrigadas a aceitar o convite.

– Por que eles nos convidaram? – perguntou Marianne, logo depois que as visitas haviam saído. – O aluguel deste chalé é considerado baixo, mas irá tornar-se alto demais se tivermos de ir jantar com os Middleton toda vez que eles e nós recebermos visitas.

– Com esses convites frequentes, eles estão sendo gentis e sociáveis conosco agora – observou Elinor –, como eram há algumas semanas. Não houve mudança alguma neles. Se suas festas tornaram-se tediosas e insípidas, o motivo é outro.

20

No dia seguinte, quando as Srtas. Dashwood entraram na sala de estar de Barton Park por uma porta, a Sra. Palmer entrou correndo por outra, parecendo tão bem-humorada e feliz quanto na véspera. Segurou-as afetuosamente pelas mãos e expressou sua grande satisfação em encontrá-las.

– Estou muito contente por ver vocês! – disse, sentando-se entre Elinor e Marianne. – O dia está tão ruim que receei que não viessem, o que seria terrivelmente chocante, porque iremos embora amanhã. Temos que ir, porque os Weston irão para a nossa casa na semana que vem, entendem? Nossa vinda para cá foi muito repentina; eu não sabia de nada, até que a carruagem chegou à nossa porta e o Sr. Palmer perguntou-me se eu queria vir com ele a Barton. Ele é tão brincalhão! Jamais me diz coisa alguma! Sinto muito não podermos ficar por mais tempo, porém espero que voltemos a nos encontrar em breve.

As irmãs foram obrigadas a colocar um fim nessa expectativa.

– Não irão à capital? – assombrou-se a Sra. Palmer e deu uma risada. – Ficarei muito desapontada se não forem. Posso conseguir-lhes a casa mais linda do mundo, pertinho da nossa, na praça Hanover. É claro que precisam ir, têm de ir! Tenho certeza de que sentirei o maior prazer em acompanhá-las o tempo todo, até o momento do retorno, caso a Sra. Dashwood não goste de sair.

As duas agradeceram, mas foram obrigadas a resistir à insistência da dama.

– Oh, meu amor! – exclamou a Sra. Palmer para o marido, no instante em que ele entrou na sala. – Você tem que me ajudar a persuadir as Srtas. Dashwood a irem para a capital neste inverno.

O amor dela não respondeu e, depois de fazer uma reverência às moças, começou a se queixar do tempo.

– Que coisa mais horrorosa! – determinou ele. – Um tempo como esse torna tudo e todos desagradáveis. A melancolia é causada pela chuva, quer se esteja fora ou dentro de casa. Faz com que se deteste tudo que se conhece. Por que diabo Sir John não tem uma sala de bilhar nesta casa? Pouca gente sabe que conforto isso significa! Sir John é tão estúpido quanto o tempo!

O restante do grupo não tardou a chegar.

– Temo, Srta. Marianne – disse Sir John –, que não tenha podido fazer seu costumeiro passeio a Allenham hoje.

Marianne olhou-o com muita seriedade e não respondeu.

– Oh! Não se acanhe por nós – quis tranquilizá-la a Sra. Palmer. – Posso lhe assegurar que já sabemos de tudo a respeito. Admiro muito o seu bom gosto, pois eu o acho extremamente lindo. Não moramos muito longe dele, sabe? Talvez uns dezesseis quilômetros, acredito.

– Cerca de quarenta e oito – corrigiu-a o marido.

– Ora, pois, não é assim tanta diferença! Nunca estive na casa dele, mas dizem que é muito bonita.

– Nunca vi pior na minha vida – contrapôs o Sr. Palmer.

Marianne permanecia em absoluto silêncio, mas tal atitude traía seu interesse no que se dizia.

– É mesmo muito feia? – perguntou a Sra. Palmer. – Então, deve haver um outro lugar que é bonito, creio eu.

Quando se sentaram à mesa para jantar, Sir John observou, com desgosto, que eram apenas oito pessoas.

– Minha querida – disse à esposa –, é exasperante sermos tão poucos. Por que não convidou os Gilbert?

– Não me disse, Sir John, que nada fizesse a não ser que o senhor mandasse? Eles jantaram aqui da última vez.

– Eu e o senhor, Sir John – interferiu a Sra. Jennings –, não somos de fazer tanta cerimônia!

– Então, são muito mal-educados! – determinou o Sr. Palmer.

– Meu amor, você sempre contradiz todo mundo! – comentou a esposa dele. – Não sabe que às vezes chega a ser rude?

– Não estou contradizendo ninguém quando chamo sua mãe de mal-educada.

– Sim, pode me insultar quanto quiser – disse a sempre bem-humorada senhora. – O senhor tirou Charlotte das minhas costas e não pode devolvê-la. Portanto, eu ganhei a partida...

Charlotte riu com gosto ao pensar que o marido não podia devolvê-la e, exultante, disse a ele que não se importava que se irritasse com ela, pois tinham de viver juntos. Era impossível existir alguém que tivesse melhor natureza ou estivesse mais determinada a ser feliz do que a Sra. Palmer. A indiferença, a insolência e o descontentamento do marido, todos estudados, não a ofendiam ou magoavam e, quando ele a repreendia ou insultava, ela se divertia.

– O Sr. Palmer é tão divertido! – disse ela a Elinor, em um murmúrio. – Ele está sempre de mau humor.

Elinor não se sentia inclinada, depois de ligeira observação, a dar ao Sr. Palmer o crédito de ser real e naturalmente irritadiço ou mal-educado como fazia questão de aparentar. Seu gênio forte talvez estivesse um tanto exasperado por ver-se, devido à incontrolável atração pela beleza, transformado no marido de uma mulher completamente tola. Sabia que esse tipo de estupidez costumava ser cometida por qualquer homem sensível, por isso não se chocava com as atitudes dele. Acreditava que era mais o desejo de atingir a distinção o que provocava aquela maneira agressiva de tratar a todos. Era a vontade de parecer superior aos demais. A motivação era muito comum, ele achava que merecia maiores atenções; mas, na verdade, a consequência de Palmer conseguir estabelecer-se como superior aos demais fazia com que ninguém, a não ser sua esposa, se apegasse a ele.

– Oh, minha querida Srta. Dashwood! – exclamou a Sra. Palmer, alguns momentos depois. – Tenho um enorme favor a pedir para a senhorita e sua irmã. Gostaria que fossem passar alguns dias em Cleveland, neste Natal. Por favor, peço-lhes que nos façam companhia enquanto os Weston também vão estar conosco. Não imagina como eu ficaria feliz! Seria maravilhoso! Meu amor – voltou-se para o marido –, você não gostaria de receber as Srtas. Dashwood em Cleveland?

– Com certeza – respondeu ele com sarcasmo –, vim a Devonshire apenas para isso!

– Então – voltou a Sra. Palmer –, como veem, o Sr. Palmer ficará à espera, não podem recusar-se a ir.

As duas irmãs recusaram o convite imediatamente e com determinação.

– Mas devem e precisam ir! Tenho certeza de que irão gostar muito. Os Weston estarão conosco e vai ser delicioso. Não podem imaginar como Cleveland é linda. Nós nos divertimos muito, pois o Sr. Palmer viaja sempre para o interior, a fim de trabalhar para as eleições. Uma porção de gente que nunca vi vai sempre jantar lá em casa, é tão agradável! Mas, pobrezinho, é muito cansativo para meu marido, pois precisa ser gentil com todos!

Elinor mal podia manter-se séria enquanto concordava quanto essa obrigação era cansativa.

– Vai ser tão fantástico – entusiasmou-se Charlotte – quando ele estiver no Parlamento! E como vou me divertir! Vai ser engraçado ver as cartas dirigidas a ele como um M.P.! Mas a senhorita sabe que ele não vai franquear minha correspondência? Ele disse que não quer. Não é, Sr. Palmer?

O Sr. Palmer nem olhou para ela.

– Ele não suporta escrever – prosseguiu ela. – Diz que é repugnante.

– Não – contrariou-a o Sr. Palmer. – Não atribua seus absurdos de linguagem a mim.

– Está vendo como ele é divertido? O Sr. Palmer é sempre assim. Às vezes não fala comigo por metade de um dia, depois não para mais de falar em coisas divertidas, a respeito de tudo no mundo.

Quando voltavam para a sala de estar, a senhora surpreendeu Elinor ao perguntar-lhe se esta gostava do Sr. Palmer.

– Com certeza – respondeu Elinor –, ele parece muito agradável.

– Estou contente que você pense assim. Achei que devia gostar, é tão simpático! E ele gosta muito de você e de suas irmãs, posso garantir-lhe. Vocês não podem desapontá-lo, o que vai acontecer se não forem a Cleveland. Não posso imaginar por que se recusam a ir.

Elinor foi obrigada a recusar mais uma vez o convite e, mudando de assunto, pôs fim aos pedidos de Charlotte. Pensou que, uma vez que ela morava na mesma cidade do Sr. Willoughby, era provável que a Sra. Palmer pudesse dar algumas informações sobre o caráter dele; era melhor que tentar saber algo por intermédio dos Middleton, que não o conheciam muito bem. Queria saber o máximo possível sobre o jovem cavalheiro, a fim de dissipar os temores que sentia por Marianne. Começou por perguntar se costumavam ver o Sr. Willoughby em Cleveland, e se eram amigos íntimos dele.

– Oh, sim, querida! Sim, eu o conheço muito bem – afirmou a Sra. Palmer. – Bem, nunca conversei com ele, claro, mas sempre o vejo na cidade. E já aconteceu de eu vir a Barton quando o Sr. Willoughby estava em Allenham. Mamãe viu-o aqui uma vez, antes desta última, mas eu não vim com ela na ocasião, pois estava com meu tio em Weymouth. Contudo, atrevo-me a dizer que teríamos um estreito relacionamento com ele, em Somersetshire, se não ocorresse sempre a infelicidade de não estarmos ao mesmo tempo lá. Ele fica muito pouco em Combe, creio eu. Mas, mesmo que ficasse por mais tempo, não acredito que o Sr. Palmer quisesse visitá-lo, pois ele é da oposição, compreende? Por isso não se aproximam. Acho que está perguntando a respeito porque sua irmã vai se casar com ele, não é mesmo? Estou verdadeiramente feliz com isso, uma vez que assim ela se tornará nossa vizinha.

– Dou minha palavra – disse Elinor – que a senhora está sabendo muito mais do que eu, se *é* que tem algum motivo para acreditar nesse casamento.

– Não adianta negar, pois todo mundo está falando nisso. Afirmo-lhe que fiquei sabendo da notícia em Londres!

– Mas como, Sra. Palmer?...

– Palavra de honra, é verdade. Encontrei o coronel Brandon segunda-feira, na Bond Street, pouco antes de partirmos para cá, e ele me disse pessoalmente.

– Estou muito surpresa! O coronel Brandon lhe disse isso? A senhora deve ter entendido mal. Falar a esse respeito com uma pessoa a quem o assunto não interessa é uma atitude que eu não esperaria dele.

– Posso garantir que ele me disse tudo a respeito e vou contar-lhe como aconteceu. Quando nos encontramos, ele deixou de ir para onde ia e voltou conosco; começamos a falar de minha irmã e meu cunhado e perguntei a ele: "Então, coronel? Ouvi dizer que há uma família morando no Chalé Barton; mamãe me mandou uma carta dizendo que são moças muito bonitas e que uma delas vai se casar com Willoughby, de Combe Magna. Isso é verdade? O senhor deve saber, pois acaba de vir de Devonshire."

– E o que o coronel respondeu?

– Oh! Não falou muita coisa; mas, como pareceu demonstrar que sabia que era verdade, eu dei a coisa como certa. Será mesmo uma verdadeira delícia, posso afirmar! Quando vai ser?

– Espero que o coronel Brandon esteja bem.

Oh, sim! Está muito bem. E para a senhorita ficar contente, ele só teve palavras de elogio a seu respeito.

– Fico muito honrada com isso... Ele parece ser um excelente homem e considero-o extremamente gentil.

– Eu também. É um homem encantador, mas é pena que seja tão sério e triste. Mamãe diz que *ele* também está apaixonado pela sua irmã. Garanto que seria um grande cumprimento se de fato estivesse, pois nunca soube que o coronel tivesse se apaixonado por alguém.

– O Sr. Willoughby é muito conhecido na região de Somersetshire, onde a senhora mora?

– Oh, sim, muito! Isto é, não acredito que muita gente tenha contato com ele, pois Combe Magna fica bem longe, porém todos o acham muitíssimo agradável, posso assegurar. Ninguém é mais querido do que o Sr. Willoughby, aonde quer que ele vá; pode dizer isto a sua irmã. Ela é uma moça com muita sorte por tê-lo conseguido, palavra de honra! Não que ele tenha menos sorte por ter conseguido sua irmã, pois é tão linda e gentil que nada poderia ser bom o bastante para ela. No entanto, não acho que ela seja mais bonita que a senhorita, posso garantir. Considero as duas extraordinariamente lindas e o Sr. Palmer pensa do mesmo modo, embora ele não tenha admitido ontem.

As informações da Sra. Palmer sobre Willoughby não eram muito consistentes, mas Elinor gostara do testemunho dela em favor dele, ainda que superficial.

– Estou muito feliz por tê-las conhecido – continuou Charlotte. – E agora espero que nos tornemos grandes amigas. Não pode imaginar a vontade que eu tinha de conhecê-las! É tão bom que estejam morando no chalé! Nada pode se comparar a isso, tenha certeza! E estou tão contente porque sua irmã vai se casar bem! Espero que a senhorita vá com frequência a Combe Magna. É um lugar encantador, sob todos os aspectos.

– A senhora conhece o coronel Brandon há muito tempo?

– Sim, há muito tempo! Desde que minha irmã se casou. Ele já era amigo de Sir John. Eu acho – acrescentou a Sra. Palmer em voz baixa – que ele gostaria de ter se casado comigo, se pudesse. Sir John e Lady Middleton queriam muito que isso acontecesse, mas mamãe achou que não seria um casamento bom o bastante para mim; caso ela o aprovasse, Sir John trataria do assunto com o coronel e nos teríamos casado imediatamente.

– O coronel Brandon não sabia da proposta de Sir John antes que ele a fizesse à senhora sua mãe? Ele já havia demonstrado afeição pela senhora?

– Oh, não! Mas, se mamãe não se opusesse, atrevo-me a pensar que ele iria querer isso acima de todas as coisas neste mundo. Ele só havia me visto duas vezes, antes que eu terminasse a escola. Todavia, sinto-me muito feliz como estou. O Sr. Palmer é exatamente o tipo de homem que aprecio.

21

Os Palmer voltaram para Cleveland no dia seguinte e as duas famílias de Barton voltaram a entreter-se entre si. Mas isso não durou muito tempo. Para Elinor, era difícil tirar da cabeça os últimos visitantes. Frequentemente, pensava em como era possível Charlotte sentir-se tão feliz sem motivo algum, com o Sr. Palmer agindo simplesmente daquele modo insolente e na estranha incompatibilidade que havia entre tantos casais. Por fim, o extremado zelo que Sir John e a Sra. Jennings dedicavam em prol da sociedade proporcionou a ela novas pessoas para conhecer e observar.

Certa manhã, durante um passeio a Exeter, eles encontraram duas jovens damas que a Sra. Jennings tivera a satisfação de descobrir serem suas parentes distantes, o que bastara para que Sir John as convidasse imediatamente para ir a Barton Park assim que estivessem livres de compromissos em Exeter. Os compromissos delas em Exeter desapareceram tão logo o convite foi feito e Lady Middleton levou um pequeno susto, quando o marido chegou e informou-a de que em breve iria receber a visita de duas moças que jamais tinha visto em sua vida; não podia ter a menor segurança de que se tratava de moças elegantes e bem-educadas, pois seu marido e sua mãe tinham um julgamento muito discutível a esse respeito.

O fato de as jovens damas serem suas parentes distantes piorava muito as perspectivas. As tentativas de consolo da Sra. Jennings baseavam-se em pontos muito mal escolhidos e a aflição da lady aumentou quando a mãe lhe disse que não devia se preocupar com o fato de elas serem elegantes demais, porque, afinal, eram primas e não iriam reparar em nada. Entretanto, sendo impossível impedir a vinda das moças, Lady Middleton resignou-se com o inevitável, valendo-se da filosofia de toda dama bem-educada, e contentou-se simplesmente com fazer cinco ou seis vezes por dia uma reprimenda suave ao marido por tê-las convidado.

As moças chegaram; eram de uma simplicidade elegante e agradável. Vestiam-se com moderno bom gosto, tinham maneiras educadas e ficaram maravilhadas com a casa, arrebatadas pela beleza dos móveis e foi tal seu encantamento com as crianças que Lady Middleton passou a ter boa opinião sobre elas em menos de uma hora de visita a Barton Park. Declarou-as sem dúvida jovens muito agradáveis, o que, para as atitudes discretas dela, significava entusiástica admiração. A confiança de Sir John no próprio julgamento subiu muito com essa animadora aprovação e ele encaminhou-se diretamente ao chalé a fim de contar às Srtas. Dashwood sobre a chegada das Srtas. Steele e assegurar-lhes que eram as mais encantadoras moças deste mundo. Uma recomendação como esta não significava realmente nada. Elinor sabia que moças mais encantadoras deste mundo poderiam ser encontradas em qualquer parte da Inglaterra, sob os mais variados aspectos de forma, rosto, temperamento e inteligência. Sir John gostaria que a família toda fosse imediatamente a Barton Park para conhecer suas hóspedes. Que homem mais benevolente e filantrópico! Era difícil para ele guardar para si até mesmo primas recém-descobertas.

– Têm de ir agora – insistiu ele –, eu peço que vão, precisam ir. Não podem imaginar quanto irão gostar delas. Lucy é espantosamente bonita, tão bem-humorada e agradável! As crianças não a largam um instante, como se fosse uma velha conhecida. E elas estão ansiosas, acima de tudo, para conhecê-las, porque ficaram sabendo, em Exeter, que as senhoritas são as criaturas mais lindas deste mundo; eu lhes garanti que isso é absoluta verdade e até muito mais! Tenho certeza de que ficarão fascinadas por elas. Vieram com o coche repleto de brinquedos para as crianças. Como podem deixar de ir? Afinal, elas são meias-primas das senhoritas também, por afinidade. As *senhoritas* são minhas primas e elas são primas da minha esposa, portanto são aparentadas com elas também.

Mas dessa vez Sir John não atingiu seu objetivo. Apenas arrancou delas a promessa de que iriam a Barton Park dentro de dois ou três dias e foi embora impressionado com a indiferença demonstrada; ao chegar em casa cantou louvores dos encantos delas para as Srtas. Steele, como entoara louvores dos encantos das Srtas. Steele para elas.

Quando as Srtas. Dashwood cumpriram a promessa e foram a Barton Park, e, finalmente, houve a consequente apresentação entre as jovens, acharam que nada havia a admirar na aparência da irmã mais velha, que estava próxima dos trinta anos e tinha um rosto de traços simples, sem grande expressividade. Mas reconheceram que a outra, com cerca de vinte e dois ou vinte e três anos, apresentava uma considerável beleza. Os traços de seu rosto eram bonitos, tinha o olhar vivo, inteligente, e uma expressão alerta que, se não lhe dava muita elegância, conferia-lhe personalidade distinta. O comportamento de ambas era particularmente refinado, e Elinor logo conferiu-lhes o crédito de uma apreciável razão ao ver a constante e ajuizada atenção com que se dedicavam a ser agradáveis para Lady Middleton. Permaneciam em constante encantamento em relação às crianças, elogiando-lhes a beleza, a inteligência e satisfazendo-lhes todas as vontades. E quando podiam poupar seu tempo das importunas imposições da boa educação, elas o dedicavam a admirar qualquer coisa que a lady estivesse fazendo, caso acontecesse de ela estar fazendo alguma coisa, ou a tirar o modelo do elegante vestido que a anfitriã havia usado na noite anterior e que as encantara por sua indescritível beleza. Felizmente para aqueles que desejam impressionar mães amorosas e dedicadas, a contínua veneração aos filhos dela faz até o mais ganancioso ser humano parecer digno de crédito; assim, os excessivos afeto e dedicação das Srtas. Steele em relação aos seus pimpolhos eram vistos por Lady Middleton sem a menor surpresa ou desconfiança. Observava, com maternal complacência, todas as impertinentes invasões e as maldosas exigências às quais as primas eram submetidas. Os cintos delas foram amarrados um ao outro, seus cabelos puxados, suas bolsas reviradas, e não teve dúvida de que as alegrias eram recíprocas. E também não teve surpresa alguma ao ver que Elinor e Marianne mantinham-se compostas, sentadas, sem demonstrar disposição para participar do que estava acontecendo.

– John está tão terrível hoje! – comentou, enquanto ele pegava o lencinho da Srta. Steele e o jogava pela janela. – Parece até um macaquinho.

E quando o seu filho mais novo pisou com violência em um dedo da mesma senhorita, ela enterneceu-se:

– William é tão brincalhão!

– E a minha doce e pequenina Annamaria! – acrescentou, amorosa, acariciando a cabecinha da menina de três anos que não fizera barulho apenas nos dois últimos minutos. – Ela é sempre tão graciosa e quieta! Nunca vi uma criancinha tão comportada!

Infelizmente, graças aos empolgantes abraços, um alfinete espetado no vestido da lady arranhou de leve o pescoço da pequenina e o que se obteve desse modelo de meiguice e bom comportamento foi uma série de gritos selvagens que só poderiam ser emitidos por uma criatura barulhenta. A consternação da mãe foi exagerada, mas não conseguiu ultrapassar a desolação das Srtas. Steele. Tudo que se pudesse imaginar foi feito pelas três, naquela emergência tão aflitiva, na qual a profunda afeição pela garotinha sofredora exigia que aliviassem as suas agonias. Ela ficou sentada no colo da mãe, o ferimento foi lavado com água de lavanda por uma das Srtas. Steele, que se pôs de joelhos para cuidar dela, enquanto a outra enchia-lhe a boca com torrões de açúcar. Diante de tais recompensas por suas lágrimas, a criança era esperta demais para parar de chorar. Continuou berrando e soluçando bravamente, chutando os irmãos que tentavam acariciá-la. Todo aquele esforço reunido demonstrou-se inútil, até que Lady Middleton felizmente lembrou-se de que, em um momento de sofrimento como aquele, um pouco de geleia de abricó havia resolvido as dores de uma testa arranhada. O milagroso remédio foi imediatamente proposto para aquele infeliz arranhão e uma leve interrupção no escandaloso choro, no momento em que a menininha ouviu falar no doce, criou a esperança de que ele não seria recusado. Ela foi carregada para fora da sala, sempre nos braços da mãe, em busca do remédio, e os meninos decidiram segui-las, apesar da lady dizer-lhes repetidamente que ficassem. As quatro jovens damas permaneceram na sala e encontraram-se então em uma tranquilidade que não tinham havia várias horas.

– Pobre menininha! – exclamou a Srta. Steele, assim que eles saíram. – Poderia ter sido um acidente muito grave.

– Não vejo como – retrucou Marianne –, a não ser que acontecesse em circunstâncias completamente diferentes. Mas sempre acontece toda essa loucura quando, na verdade, não há motivo para preocupação alguma.

– Lady Middleton é a pessoa mais doce do mundo! – elogiou Lucy Steele.

Marianne manteve-se calada. Era-lhe impossível dizer o que não pensava, independente das circunstâncias. Como

Elinor era igualmente incapaz de dizer as mentiras que a fina educação exigia, também passou por cima do comentário. Fez o melhor que pôde falando sobre Lady Middleton com toda afeição que lhe devotava, mas com muito menos empolgação que Lucy.

– Sir John também! – exclamou a outra irmã. – Que encanto de homem!

Nesse ponto, do mesmo modo, o simples e justo comentário da Srta. Dashwood não foi nada vibrante. Simplesmente, ela observou que se tratava de um senhor muito bem-humorado e amigável.

– E que família encantadora eles têm! Nunca vi crianças mais bem-educadas em minha vida! Confesso que fiquei apaixonada por elas no instante em que as vi. Aliás sempre gostei muito de crianças.

– Acredito – respondeu Elinor, com um sorriso –, principalmente depois do que vi esta manhã.

– Percebo – comentou Lucy – que a senhorita considera os pequenos Middleton mimados demais, e talvez eles o sejam mesmo, um pouco mais do que o normal. No entanto, isso é bem natural em Lady Middleton. Quanto a mim, adoro ver crianças cheias de vida e energia. Não suporto quando elas são retraídas e quietas.

– Devo declarar – Elinor foi sincera – que quando venho a Barton Park, não considero aborrecidas as crianças retraídas e quietas.

Uma curta pausa seguiu-se a estas palavras. Quem rompeu o silêncio foi a Srta. Steele, que parecia muito disposta a conversar e que disse, abruptamente:

– Gosta de Devonshire, Srta. Dashwood? Suponho que tenha ficado muito, muito triste, quando teve de sair do Sussex.

Surpreendida pela intimidade da pergunta e pela maneira que a jovem dama falara, Elinor respondeu que, de fato, sentira por ter vindo embora.

– Norland é um lugar de prodigiosa beleza, não? – prosseguiu a Srta. Steele.

– Ouvimos Sir John falar nele com enorme admiração – acrescentou Lucy, que parecia achar que era necessário apresentar uma espécie de pedido de desculpa pela liberdade que a irmã tomara.

– Acredito que todos *devem* admirá-lo – respondeu Elinor – quando conhecem Norland, embora ninguém seja obrigado a achar bonito o que outra pessoa considera bonito.

– Por acaso, encontrou muitos homens bonitos por aqui? Suponho que não existam muitos nesta parte do mundo. Quanto a mim, acho que eles estão sempre em falta.

– O que a faz pensar – perguntou Lucy, parecendo estar envergonhada pela irmã – que há menos cavalheiros gentis em Devonshire do que em Sussex?

– Não, minha cara. Não pretendo afirmar isso, assim como tenho absoluta certeza de que há uma grande quantidade de homens bonitos em Exeter. Mas como é possível supor a mesma coisa a respeito de Norland, eu apenas temo que as Srtas. Dashwood se aborreçam em Barton, se aqui não houver a quantidade de jovens e lindos cavalheiros à qual estão acostumadas. Ou pode ser, quem sabe, que as senhoritas não se importem com eles e vivam bem, quer os tenham por perto ou não. Na minha opinião, acho a presença deles muito agradável, desde que se vistam bem e sejam educados. Não suporto ver um homem desleixado e sujo. Em Exeter há o Sr. Rose, um jovem prodigiosamente inteligente, e muito bonito também, escrevente do Sr. Simpson, conhece? Porém, quem o encontra pela manhã sabe que não é nada agradável de olhar. Suponho que seu irmão era muito bonito antes de se casar, Srta. Dashwood. Ele é rico?

– Francamente – replicou Elinor –, eu não saberia responder a essa pergunta, pois não compreendo perfeitamente o significado dessa palavra. Tudo que posso lhe dizer é que, se meu irmão era bonito antes de se casar, ainda é, porque não houve a menor alteração nele.

– Oh, meu Deus! Nunca se pensa em um homem casado como sendo bonito, uma vez que eles têm outras coisas a fazer.

– Por favor, Anne! – horrorizou-se Lucy. – Você não sabe falar de outra coisa a não ser de homens bonitos? Vai fazer a Srta. Dashwood acreditar que não pensa em outra coisa!

E, para mudar de assunto, começou a falar do quanto admirava a casa e os móveis.

Já era o bastante o que conhecera das Srtas. Steele! A liberdade vulgar e louca da mais velha não a recomendava bem e Elinor não se deixava cegar pela beleza e aparência cuidada da mais nova a ponto de não perceber sua falta de refinamento verdadeiro e de naturalidade. Foi embora da casa dos Middleton sem vontade de conhecê-las melhor.

O mesmo não aconteceu com as Srtas. Steele. Elas haviam vindo de Exeter bem providas de admiração para usar com Sir John Middleton, com a família dele e com todos os seus parentes; não esperavam receber menos, em troca, das primas distantes, às quais declararam serem as mais lindas, elegantes, perfeitas e agradáveis jovens que já haviam conhecido e estarem ansiosas por conhecê-las mais profundamente. Elinor não tardou a descobriu que seria difícil escapar dessa determinação, pois, como sir John concordava de maneira absoluta com as Srtas. Steele, era muito difícil recusar-se a comparecer às reuniões que ele promovia e as Dashwood tinham de se submeter a esse tipo de intimidade, que consistia em permanecerem sentadas, todas juntas, de uma a duas horas quase todos os dias. Sir John não podia fazer mais do que isso e não sabia quanto mais seria necessário; estar junto era, em sua opinião, ter intimidade, e como seus contínuos esquemas para as quatro se encontrarem sempre davam certo, não tinha dúvida de que as moças haviam se tornado amigas.

Para fazer-lhe justiça, é preciso dizer que o cavalheiro fez tudo que estava ao seu alcance para dissipar a reserva entre elas, até mesmo chegara a informar as Srtas. Steele de tudo que sabia, ou supunha saber, sobre a vida das primas, nos mais particulares detalhes. Tanto assim que Elinor havia estado com elas apenas duas vezes, quando a mais velha expressou sua alegria pelo fato de Marianne ter tido a sorte de conquistar o mais lindo jovem disponível assim que chegara a Barton.

– Deve ser maravilhoso poder casar-se tão jovem – comentara ela –, e fiquei sabendo que ele não é bonito, mas sim lindíssimo! Desejo que você tenha a mesma sorte logo, mas talvez até já tenha algum amigo escondido em algum canto qualquer...

Elinor não podia acreditar que Sir John chegara a ponto de falar sobre as suspeitas que nutria em relação a Edward, como fizera com Marianne. Sem dúvida, mexer com as duas irmãs a esse respeito era a brincadeira favorita do cavalheiro, mesmo que nada soubesse de concreto sobre a situação entre os jovens. Desde que Edward visitara o Chalé Barton, nunca mais havia jantado com elas sem erguer um brinde ao afeto secreto de Elinor, com olhares e piscadelas significativas que chamavam a atenção de todos os presentes. A letra F era invariavelmente citada em todas as ocasiões e alvo de incontáveis brincadeiras, nas quais ele insinuava maliciosamente que se tratava da letra do alfabeto preferida por ela.

As Srtas. Steele, como Elinor esperava, haviam percebido a base dessas brincadeiras e a mais velha delas ficara curiosa em saber o nome do cavalheiro ao qual as insinuações de Sir John se referiam. Apesar de se tratar de uma atitude impertinente, a especulação contínua encaixava-se com perfeição nas características da família. E o anfitrião não se divertira apenas com a curiosidade que adorava despertar, porque sentira tanto ou mais prazer em dizer o nome secreto quanto a Srta. Steele em ouvi-lo.

– O nome dele é Ferrars – esclareceu o cavalheiro, em um sussurro alto o bastante para ser ouvido por todos os presentes –, mas não passe adiante porque é um grande segredo.

– Ferrars! – repetiu a Srta. Steele. – Então, Ferrars é o felizardo? Como assim?! O irmão da sua cunhada, Srta. Dashwood? É um jovem cavalheiro muito agradável, com certeza. Eu o conheço bem.

– Como pode afirmar uma coisa dessas, Anne? – interferiu Lucy, que em geral fazia uma correção em todas as afirmativas da irmã. – Nós o vimos uma ou duas vezes na casa de meu tio e é demais declarar que o conhece bem!

Elinor ouviu tais palavras com atenção e perplexidade. Quem era esse tio? Onde ele morava? Como elas haviam conhecido Edward? Queria muito que o assunto prosseguisse, ainda que não se permitisse incentivá-lo. No entanto, nada mais foi dito e, pela primeira vez em sua vida, ela considerou a Sra. Jennings ineficiente em curiosidade, em angariar informações e em disposição para oferecê-las. O modo pelo qual a Srta. Steele havia falado de Edward aumentara sua curiosidade e lhe dera a impressão de ser uma atitude mal-intencionada para fazê-la imaginar que a moça sabia, ou fingia saber, de algo desagradável para ela.

Mas sua curiosidade ficou insatisfeita porque o nome do Sr. Ferrars não mais foi mencionado, nem por alusões maliciosas da Srta. Steele, nem por comentários abertos de Sir John.

22

Marianne, que jamais tivera muita tolerância por certas coisas como impertinência, vulgaridade, sentimentos inferiores ou mesmo gostos muito diferentes dos seus, sentia-se cheia de má vontade, principalmente devido ao seu estado de ânimo, para tentar ser agradável com as Srtas. Steele ou para encorajar as tentativas de aproximação delas. Diante da invariável frieza de seu comportamento para com as moças, que anulava qualquer possibilidade de estabelecimento de uma relação mais íntima, Elinor transformou-se no alvo preferido das investidas delas, o que se tornou evidente pelas maneiras de ambas, principalmente de Lucy, que não perdia oportunidade de inventar assuntos ou de procurar estreitar a amizade pela comunicação aberta e franca de seus sentimentos.

Lucy era inteligente, esperta; em geral, seus comentários procediam e eram divertidos. Tratava-se de uma companhia que Elinor considerava agradável por meia hora. Os dotes naturais de Lucy não haviam recebido o reforço de uma boa educação; ela era ignorante, iletrada e a deficiência de qualquer aperfeiçoamento intelectual, a falta de informação a respeito dos assuntos mais comuns, não podiam passar despercebidos para a Srta. Dashwood, a despeito da constante atitude da jovem Steele para demonstrar vantagens. Elinor percebia, e sentia pena dela por isso, o desperdício de habilidades que uma boa educação tornaria excelentes. Mas também via, com menos impulsos generosos, a falta de delicadeza, de retidão moral e de integridade de opiniões que era demonstrada pelas atenções, pela bajulação e dissimulação, enfim, pelo modo que a moça agia o tempo todo que passava em Barton Park. E Elinor era incapaz de sentir satisfação na companhia de uma pessoa que unia absoluta dissimulação com ignorância, cuja falta de instrução impedia que conversassem em pé de igualdade e cuja conduta para com os outros demonstrava uma atenção e deferência que revelavam completa ausência de respeito por si mesma.

– Eu temo que a senhorita possa considerar minha pergunta estranha – disse-lhe Lucy, um dia em que caminhavam juntas de Barton Park para o chalé –, mas pode me dizer se tem bom relacionamento de amizade com a mãe da sua cunhada, a Sra. Ferrars?

Elinor *considerou* a pergunta realmente muito estranha e o que pensava ficou bem claro enquanto respondia que jamais tinha visto a Sra. Ferrars.

– Realmente? – surpreendeu-se Lucy. – Admiro-me com isso, porque pensei que a tinha visto algumas vezes em Norland. Então, creio que não pode me dizer que tipo de mulher ela é...

– Não – respondeu Elinor, abstendo-se de dizer o que pensava da mãe de Edward e sem a menor vontade de satisfazer o que lhe parecia uma curiosidade impertinente. – Nada sei a respeito dela.

– Tenho certeza de que julga um tanto estranho que eu lhe faça perguntas a respeito dela, desta maneira. – Lucy observava Elinor atentamente ao mesmo tempo que falava. – Mas talvez existam razões que me levam a agir assim. De qualquer modo, espero que faça a justiça de não me considerar impertinente.

Elinor deu-lhe uma resposta bem-educada e continuaram andando em silêncio por alguns minutos. Foi Lucy quem tornou a falar, insistindo no mesmo assunto, dizendo com alguma hesitação:

– Não suporto pensar que pode me julgar curiosa ou impertinente. Tenha a certeza de que eu faria qualquer coisa neste mundo para obter a boa opinião de uma pessoa como a senhorita... E tenha a certeza, também, de que não teria a menor hesitação em confiar na *senhorita...* Confesso-lhe que ficaria muito agradecida se me aconselhasse como devo me comportar na desconfortável situação em que me encontro, embora saiba que não tenho o direito de *perturbá-la.* É uma pena que não conheça a Sra. Ferrars.

– Sinto muito por *não* conhecê-la – respondeu Elinor, perplexa com o que ouvira –, já que minha opinião seria a importante para *você.* Como nunca ouvi dizer que a senhorita conhecia a família Ferrars, desculpe-me se fiquei surpresa diante de sua pergunta a respeito do caráter dessa senhora.

– Não pude deixar de notar seu espanto e não me admirei que se espantasse. Mas, se me permite o atrevimento, não deveria surpreender-se tanto. No presente momento, a Sra. Ferrars nada significa para mim, porém *poderá significar* dentro de algum tempo. Se isso irá acontecer logo ou se irá demorar, dependerá dela, de quando pudermos nos conhecer intimamente.

Lucy falara de cabeça baixa, como se olhasse para o chão, no entanto vigiava a companheira de passeio com o canto do olho para ver sua reação.

– Santo Deus! – exclamou Elinor. – O que quer dizer? Conhece o Sr. Robert Ferrars? Será que é...

E ela não se sentiu muito alegre com a possibilidade de aquela moça se tornar sua concunhada.

– Não – negou Lucy. – Não é o Sr. *Robert* Ferrars... Nunca o vi na minha vida. É – ela fixou os olhos nos de Elinor – o irmão mais velho dele.

O que Elinor sentiu nesse momento? Sentiria aturdimento, que seria tão forte quanto doloroso, se acreditasse de imediato no que acabava de ouvir. Voltou-se para Lucy em silenciosa descrença, incapaz de adivinhar o motivo ou o objetivo de tal declaração e, com seu rosto perdendo a cor, permaneceu firme na incredulidade, assegurando-se de que não havia perigo de ter um ataque histérico ou um desmaio.

– Deve estar surpresa – prosseguiu Lucy –, pois é evidente que não poderia ter a menor ideia desta situação. Atrevo-me até a dizer que se trata de algo que jamais passaria pela sua cabeça ou pela cabeça de alguém da sua família, pois sempre foi mantida no maior segredo, que respeitei absolutamente até este momento. Nenhum dos meus parentes sabe disso, a não ser Anne, e eu jamais teria lhe dito nem uma palavra sequer se não houvesse percebido que a senhorita é uma das poucas pessoas deste mundo capazes de guardar um segredo. Também considerei que realmente estava lhe dando uma impressão muito esquisita fazendo tantas perguntas sobre a Sra. Ferrars e por isso decidi explicar-lhe. Não acredito que o Sr. Ferrars irá ficar aborrecido quando souber que confiei na senhorita, porque sei que ele tem as mais elevadas opiniões sobre a sua família e a considera, juntamente com a outra Srta. Dashwood, como irmã dele.

Ela calou-se e Elinor também ficou em silêncio por alguns momentos. A surpresa, enorme, a impedia de dizer qualquer coisa. Mas aos poucos foi se forçando a falar e, com uma incrível calma que escondia a surpresa e a dor, disse:

– Posso perguntar se estão noivos há muito tempo?

– Estamos noivos há quatro anos.

– Quatro anos!

– Sim.

Sob ação de um forte choque, Elinor não conseguia acreditar no que acabava de ouvir e comentou:

– Até outro dia eu não sabia que ele a conhecia.

– No entanto, nos conhecemos há anos. Ele ficou aos cuidados de meu tio durante um tempo considerável.

– Seu tio?

– Sim, o Sr. Pratt. Ele nunca lhe falou do Sr. Pratt?

– Creio que falou, sim.

Elinor precisava esforçar-se para falar, à medida que as emoções aumentavam.

– Edward ficou quatro anos com meu tio, que mora em Longstaple, perto de Plymouth. Foi lá que nos conhecemos, pois eu e minha irmã sempre vamos à casa de meu tio, e foi lá que nos comprometemos. Porém, isso aconteceu um ano depois que ele deixou de ser discípulo de meu tio, mas continuou indo lá da mesma maneira. Como a senhorita pode imaginar, hesitei muito em aceitar essa situação sem o conhecimento e aprovação da mãe dele; mas eu era muito jovem e o amava demais para ser prudente, como na verdade deveria ter sido. Sei que não o conhece tão bem quanto eu conheço, Srta. Dashwood, mas deve conhecer o bastante a respeito de Edward para saber que é capaz de fazer uma mulher apegar-se sinceramente a ele.

– Com certeza... – assentiu Elinor sem saber o que dizia.

Mas, depois de um instante de reflexão, acrescentou, com renovada segurança em relação à honra e ao amor de Edward, e à falsidade da Srta. Steele:

– Noiva do Sr. Edward Ferrars! Confesso-me muito surpresa com o que acaba de me dizer e, de fato... Perdoe-me, mas com certeza há algum engano de nome e de pessoa. Não devemos estar falando do mesmo Sr. Ferrars.

– Ao contrário, não podemos é estar falando de outro – sorriu Lucy. – O Sr. Edward Ferrars, o filho mais velho do Sr. Ferrars da Park Street, irmão da sua cunhada, a Sra. John Dashwood, é o cavalheiro de quem falo. Tem de reconhecer que não posso estar enganada a respeito do nome do homem de quem depende toda a minha felicidade.

– É estranho – murmurou Elinor, na mais dolorosa perplexidade – que eu nunca o tenha ouvido mencionar seu nome.

– Não. Considerando a nossa situação, não é estranho. Nosso primeiro cuidado foi manter tudo em segredo. A senhorita nada sabia a meu respeito, nem sobre a minha família, e talvez ele não tenha tido *oportunidade* de mencionar-lhe meu nome. Como Edward sempre se preocupou muito em evitar que sua irmã suspeitasse de qualquer coisa, *havia* motivo suficiente para jamais mencionar meu nome.

Lucy calou-se e a segurança de Elinor naufragou, mas seu autocontrole não afundou junto.

– Estão noivos há quatro anos... – observou com voz firme.

– Sim. E só Deus sabe quanto tempo mais teremos de esperar. Pobre Edward! Nossa situação o aflige tanto! – Então, pegando um minúsculo porta-retrato do bolso, Lucy acrescentou: – Para verificarmos se há algum engano, olhe este retrato. Esta imagem não faz justiça a ele, com certeza, mas deverá esclarecer de quem estamos falando. Tenho este retrato há três anos.

Enquanto falava, colocou o minúsculo porta-retrato na mão de Elinor, e quando esta viu a pintura, todas as dúvidas, o medo de uma decisão apressada demais, o desejo de que tudo fosse uma mentira que aliviasse a dor que sentia, tudo isso desapareceu diante do rosto de Edward. Devolveu-o imediatamente após ter certeza de que se tratava dele.

Lucy voltou a falar:

– Eu jamais pude dar-lhe o meu retrato em troca do dele, porque sentia vergonha, apesar de Edward querer muito que eu lhe desse! Mas agora estou determinada a dar-lhe, na primeira oportunidade que tiver.

– Tem todo o direito... – apoiou Elinor, calma.

Deram mais alguns passos em silêncio, então Lucy falou de novo:

– Tenho certeza, aliás, não tenho a menor dúvida de que a senhorita guardará esse segredo, porque deve compreender como é importante para nós que não chegue aos ouvidos da mãe dele. A Sra. Ferrars jamais irá aprovar nosso noivado, atrevo-me a dizer. Eu não tenho fortuna e imagino que ela seja uma mulher excessivamente orgulhosa.

– Certamente, não procurei saber das suas confidências – respondeu Elinor –, mas reconheço que apenas me fez justiça imaginando que podia confiar em mim. Seu segredo está a salvo comigo, mas perdoe por eu ter-me surpreendido diante dessa confissão tão desnecessária. A senhorita deveria, pelo menos, ter pensado que o fato de eu conhecer esse segredo poderia diminuir-lhe a segurança.

Ao dizer essas palavras, ela olhou diretamente para Lucy, esperando descobrir alguma coisa pela sua reação; talvez falsidade na maior parte do que ela dissera. Porém, a expressão da jovem não se alterou.

– Tive medo de que a senhorita achasse que eu estava tomando liberdade demais – explicou Lucy – ao lhe contar meu segredo. Não a conheço o bastante, pelo menos não pessoalmente, para ter certeza da sua discrição, mas já a conhecia e a sua família havia muito tempo, de ouvir falar. Assim que a vi, tive a impressão de que éramos antigas conhecidas. Além disso, neste caso, realmente achei que lhe devia uma explicação depois de ter feito tantas perguntas sobre a mãe de Edward, e sou tão perseguida pela má sorte que não tenho ninguém a quem pedir conselhos. Anne é a única pessoa que sabe de tudo e não diz o que pensa a respeito; sem dúvida, ela me causa mais mal que bem, porque vivo no terror de que possa me trair. Minha irmã não sabe segurar a língua, como a senhorita já deve ter notado, e sofri a maior aflição deste mundo outro dia, quando Sir John mencionou o nome de Edward. Tive medo de que ela contasse tudo. A senhorita não pode imaginar o que passo, pensando nisso o tempo todo. Admiro-me por ainda estar viva depois do que tenho sofrido pelo bem de Edward, nesses últimos quatro anos. Tudo ao meu redor é indeciso, incerto. Nos vemos tão raramente! É muito quando conseguimos nos encontrar duas vezes em um ano. E eu me admiro muito por meu coração ainda não ter se partido.

Ela tirou um lencinho do bolso, mas Elinor não sentiu compaixão.

– Às vezes – voltou a falar Lucy, depois de enxugar os olhos –, penso se não seria melhor para nós dois terminarmos tudo. – Ao pronunciar estas palavras, ela encarou a companheira. – Não suporto a ideia de fazer Edward sofrer profundamente, porque sei bem o que isso significa. E, além do mais, ele é tão querido comigo que sofro por não poder recompensá-lo por isso. O que me aconselha a fazer, Srta. Dashwood? O que a senhorita faria?

– Perdoe-me – Elinor ficou desconcertada com aquela pergunta –, mas não posso lhe dar nenhum conselho nessas circunstâncias. A decisão deverá ser exclusivamente sua.

– Com certeza – voltou Lucy, depois de um breve silêncio –, a mãe dele está providenciando uma noiva para ele, mas o pobre Edward está tão abatido! Não percebeu a tristeza dele quando esteve aqui em Barton? Sentia-se tão desanimado quando nos deixou, em Longstaple, para vir visitá-las, que tive medo que pudessem pensar que ele estava doente.

– Então, quando veio nos visitar ele estava na casa do seu tio?

– Oh, sim! Passou duas semanas conosco. A senhorita pensava que ele tinha vindo diretamente da capital?

– Não. – Elinor tornou-se mais insegura diante da circunstância que parecia atestar a veracidade de Lucy. – Lembro-me de que Edward nos disse que havia passado uns dias na casa de uns amigos, em Plymouth.

Lembrou-se, também, o que lhe causara surpresa na ocasião, de que ele não falara mais nesses amigos e guardara completo silêncio a respeito dos nomes deles.

– A senhorita não achou que ele estava muito triste? – indagou Lucy.

– Todas nós achamos, sim, principalmente logo que ele chegou.

– Implorei a ele que tomasse cuidado para evitar que a senhorita e sua família suspeitassem de alguma coisa, mas ele demonstrou-se tão infeliz por não poder ficar mais tempo conosco e transtornou-se muito ao me ver. Coitado! Tenho medo de que o mesmo esteja lhe acontecendo neste momento, porque recebi uma carta em que Edward se demonstra muito desanimado. Eu a recebi justamente antes de sair de Exeter. – Ela tirou uma carta do bolso e, com um gesto descuidado, deixou que Elinor visse o endereço. – A letra dele, reconheço, continua bonita como sempre foi, mas não está tão boa quanto costuma ser. Imagino que estivesse muito cansado, mas queria me escrever o mais depressa possível.

Elinor viu que *era* a letra dele e não teve mais dúvidas. O retrato, justificara para si mesma, poderia ter sido conseguido por vários meios, não teria de ser necessariamente um presente de Edward; mas uma correspondência entre eles só poderia existir se houvesse um compromisso definido, não poderia ser mantida por ninguém mais. Por alguns momentos Elinor esteve prestes a se descontrolar; seu coração encheu-se de tristeza e mal pôde manter-se de pé; mas era necessário resistir, e ela lutou tão resolutamente contra a opressão de seus sentimentos que conseguiu superá-la de maneira bastante rápida, não tardando a recuperar o controle.

– Escrever um para o outro – Lucy tornou a guardar a carta no bolso – é o único conforto que temos durante as longas separações. Sim. *Eu* tenho maior conforto por causa deste retrato e o pobre Edward nem *isso* tem. Se tivesse meu retrato, ele diz sempre, poderia ser mais fácil. Dei-lhe um cacho dos meus cabelos encastoado em um anel, na última vez que esteve em Longstaple, e ele disse que já era um consolo, mas não como seria um retrato. Por acaso, reparou nesse anel quando esteve com Edward?

– Reparei, sim.

A voz controlada de Elinor escondia uma emoção e uma dor que ela jamais sonhara que poderia sentir. Sentia-se aflita, chocada e confusa.

Felizmente, acabavam de chegar ao chalé e a conversa não pôde prolongar-se mais. Depois de permanecer por alguns minutos, a Srta. Steele voltou para Barton Park e só então Elinor teve liberdade para pensar e sentir-se arrasada.*

---

*Este trecho, na primeira e segunda edições, encerra o volume I. (*N. do E.*)

23

Por mais que Elinor tendesse a duvidar da veracidade das palavras de Lucy, depois de refletir seriamente, era-lhe impossível desconfiar do que fora dito, pois nenhuma tentação de considerar que se tratava de uma grande falsidade poderia resistir a fatos tão bem explicados. Não existia a menor possibilidade de Elinor não acreditar no que Lucy dizia, não havia como ter dúvidas de acontecimentos que eram firmemente amparados por sólidas possibilidades e provas que não apresentavam a mínima contradição, a não ser os desejos dela. A indiscutível chance de que Edward e Lucy tivessem se conhecido na casa do Sr. Pratt era a base para tudo mais, era o ponto que se mostrava mais indiscutível e alarmante. Eram inegáveis a parada de Edward em Plymouth, a indisfarçável melancolia que o atormentava, a falta de entusiasmo que ele demonstrava diante de tudo, as atitudes inseguras em relação a ela, o conhecimento profundo que a Srta. Steele havia demonstrado a respeito de Norland e da ligação das famílias Dashwood e Ferrars e que a impressionara desde o princípio. Todos esses detalhes, mais o retrato, a carta e o anel formavam um tal conjunto de evidências que superava qualquer medo que ela tivesse de condenar Edward injustamente e reforçava-se com um fato definitivo, que nenhuma parcialidade poderia apagar: a maneira desonesta com que Edward se comportara em relação a ela.

O ressentimento diante de tal atitude, a indignação por ter sido enganada por ele a fizeram pensar durante algum tempo apenas em si. Mas, a seguir, foram despertando outras ideias, outras considerações. Será que Edward a decepcionara intencionalmente? Será que seu compromisso com Lucy era um compromisso de coração? Não. O que quer que houvesse acontecido no passado, não era mais importante do que o que estava ocorrendo no presente. Ela, Elinor, era o único objeto da afeição de Edward. Não podia estar enganada nesse ponto. Sua mãe, suas irmãs, Fanny, todas elas haviam percebido as atenções que ele lhe dedicava em Norland. Não se tratava de ilusão ou de vaidade de sua parte: era certo que Edward a amava. E esta certeza lhe fazia tanto bem ao coração! Como fora possível ele não procurar o perdão dela? Merecia censura, muita censura, por ter permanecido em Norland ao perceber que as inclinações que sentia por ela eram mais fortes do que deveriam ser. Nisso ele não merecia defesa, mas, se a magoara agindo assim, magoara muito mais a si próprio. Se o caso dela era lamentável, o dele era pior: era desesperador. A imprudência de Edward a tornava infeliz por algum tempo, mas o impossibilitava de ter a oportunidade de algum dia deixar de ser infeliz. Com o tempo, ela poderia recuperar a tranquilidade, mas que esperança tinha ele de consegui-lo? Talvez viesse a ser toleravelmente feliz com Lucy Steele; mas será que, depois daquela afeição que sem dúvida alguma dedicava a Elinor, à integridade dela, a sua delicadeza, a sua mente bem-informada, ficaria contente ao lado de uma mulher como aquela, iletrada, ardilosa e egoísta?

O fascínio tão comum aos dezenove anos com certeza o tornara cego a tudo que não fosse a beleza e o charme de Lucy, e seu charme, mas, com o passar dos anos – anos esses que se racionalmente aproveitados ofereceriam conhecimento –, os olhos dele deviam ter-se aberto para os defeitos de educação apresentados por Lucy, de quem os mesmos anos – passados em uma sociedade inferior e dedicados cada vez mais a objetivos frívolos – certamente haviam roubado aquela simplicidade que antes conferia maior brilho à beleza dela.

Se Edward encontrara dificuldades com sua mãe ao pretender comprometer-se com Elinor, essas dificuldades seriam maiores ainda em relação àquela moça indubitavelmente inferior a ela em relacionamentos e, com certeza, em situação econômica. Era possível que essas dificuldades, diante de um coração alienado como o de Lucy, não pressionassem sua paciência de maneira muito incômoda, mas a melancolia, para uma pessoa que se vê diante da oposição e má vontade de uma família, pode ser sentida como um alívio!

Enquanto essas considerações sucediam-se em dolorosa sequência, Elinor chorou mais por Edward do que por si mesma. Amparada pela convicção de que nada havia feito para merecer tanta infelicidade e consolada pela certeza de que Edward nada fizera que abalasse sua estima, ela concluiu que poderia, mesmo naquele momento, em que se achava sob o primeiro impacto de um choque tão forte, controlar-se o bastante para não despertar a menor suspeita na mãe e nas irmãs. E foi habilidosa em corresponder às próprias expectativas. Quando se apresentou para jantar, apenas duas horas depois de ter assistido à destruição de suas mais ternas esperanças, nada nas aparências das duas irmãs faria qualquer pessoa supor pelo que estavam passando: Elinor chorava em segredo por causa dos obstáculos que a separariam para sempre do homem a quem amava, e Marianne hesitava interiormente a respeito das perfeições do homem a quem entregara completamente seu coração e a quem esperava que chegasse a cada vez que ouvia uma carruagem aproximar-se.

A necessidade de dissimular diante da mãe e de Marianne, que tinham a maior confiança nela, apesar de exigir um contínuo e grande esforço, não agravava a tristeza de Elinor. Ao contrário, tratava-se de um verdadeiro alívio ter de guardar consigo um segredo que, com certeza, iria afligi-las profundamente, e assim não ter de ouvi-las condenar Edward; condenação essa que provavelmente seria impiedosa devido ao excesso da afeição que elas lhe dedicavam. Seria demais ter de suportar também isso. Elinor sabia que não teria conforto algum em conselhos, nem nas conversas a respeito que poderia ter com elas, pois seu autocontrole não deixaria que aceitasse encorajamento vindo dos exemplos, nem dos louvores da mãe e da irmã. Sentia-se forte sozinha, seu bom-senso a amparava muito bem e, uma vez que sua firmeza não havia sido abalada, seu aparente bom humor demonstrava-se invariável, quase inverossímil, diante de um golpe tão forte e tão recente.

Apesar de ter sofrido muito durante a primeira conversa que tivera com Lucy, Elinor logo passou a sentir o premente desejo de voltar ao assunto, por muitos motivos. Queria ouvir novamente os muitos detalhes sobre o noivado deles, queria compreender com maior clareza o que Lucy sentia de fato por Edward, queria ver se havia sinceridade nas declarações dela ao dizer que o amava e, o principal, queria convencer Lucy, pela brevidade com que voltaria a falar a respeito e a calma com que mencionaria os fatos, de que não tinha nenhum outro interesse por Edward a não ser amizade e que temia ter deixado dúvidas a esse respeito por causa de sua involuntária agitação durante a primeira conversa sobre o assunto. Era muito provável que Lucy estivesse com ciúme dela; ficara claro que Edward falara a seu respeito com palavras elogiosas, não só pelo que Lucy lhe dissera, como também pela pressa demonstrada em confiar nela tendo-a conhecido havia tão pouco tempo e, depois de um relacionamento tão superficial, por contar-lhe um segredo que considerava muito importante. Até mesmo o espírito brincalhão de Sir John teria mais cuidado em uma situação como aquela. Contudo, enquanto Elinor assegurasse a si mesma que era amada por Edward, não seriam necessárias maiores considerações para chegar à conclusão de que Lucy poderia estar com ciúme. E a própria confidência que ela havia feito era uma prova disso. Que outro motivo ela teria para revelar seu relacionamento com Edward a não ser tornar Elinor ciente do que estava acontecendo entre eles e levá-la a evitar qualquer possibilidade de maiores contatos com ele no futuro? Tinha pouca dificuldade em compreender as intençoes de sua rival e achava-se resolvida a agir em relação a Lucy dentro de todos os princípios ditados pela honra e pela honestidade, combatendo a afeição que sentia por Edward e vendo-o o mínimo possível. Contudo, não podia negar a si mesma o conforto de convencer Lucy de que seu coração não fora magoado e, como não poderia ouvir mais nada que lhe causasse mais dor do que já sentira, confiava na própria habilidade em ouvir a repetição dos detalhes do relacionamento entre Lucy e Edward com tranquila compostura.

Apesar de tudo, não houve uma oportunidade imediata para que isso acontecesse, apesar de Lucy estar disposta, como ela, a continuar a conversa assim que possível. O tempo mantinha-se ruim, impedindo-as de sair a passeio e se distanciarem das outras para conversar. Encontravam-se quase todas as tardes em Barton Park ou no chalé, porém, principalmente neste último, não tinham oportunidade de ficar a sós para conversar sossegadas. Não podiam arriscar-se a despertar qualquer desconfiança em Sir John ou em Lady Middleton e sempre tomavam cuidado para que houvesse uma conversa geral, evitando qualquer comentário em particular. Encontravam-se para comer, beber, rir em conjunto, jogar cartas ou para outras atividades e jogos os mais barulhentos possível.

Aconteceram um ou dois encontros desse tipo, mas Elinor não teve a menor chance de falar com Lucy sem a presença dos outros, até que certa manhã Sir John foi ao chalé para pedir, encarecidamente, que fossem jantar com Lady Middleton nesse dia, pois ele via-se obrigado a comparecer ao clube, em Exeter, e sua esposa ficaria sozinha, a não ser pela companhia da Sra. Jennings e das duas Srtas. Steele. Elinor aceitou imediatamente o convite, vislumbrando uma possibilidade de obter o que queria, ou seja, mais liberdade sob a tranquila e bem-educada direção de Lady Middleton, do que quando seu marido as reunia com ruidosas intenções. Margaret, com a permissão da mãe, iria também, e Marianne, ainda que sem vontade alguma de comparecer a reuniões, foi persuadida a comparecer pela mãe, que não suportava vê-la excluir-se de toda oportunidade de se divertir.

As jovens damas foram ao jantar e Lady Middleton sentiu-se feliz por evitar a assustadora solidão que a ameaçava. A insipidez da reunião era exatamente o que Elinor esperava; não houve novidade alguma em pensamento ou expressão e nada poderia ser menos interessante que a conversa que se desenvolveu entre elas, tanto na sala de jantar quanto na de estar; nesta última, as crianças também estavam presentes e, enquanto ali permaneceram, ficou mais do que evidente que seria impossível captar a atenção de Lucy, portanto Elinor nem tentou. Os pequenos só se retiraram quando o serviço de chá foi recolhido. A mesinha para jogo foi armada e ela começou a imaginar que não iria conseguir um modo de ficar a sós com Lucy em Barton Park. Todas se ergueram a fim de se organizarem para um jogo de cartas.

– Estou muito feliz – disse Lady Middleton para Lucy nesse momento – que você não pretenda terminar a cestinha para a pobrezinha de Annamaria esta noite, pois tenho certeza de que iria esforçar muito seus olhos trabalhando na trama de filigranas à luz de velas. Daremos um jeito para amenizar a decepção do meu amorzinho amanhã e espero que ela não fique muito sentida...

Esta indireta foi o bastante para Lucy compreender a intenção da lady e responder de imediato:

– A senhora se engana, Lady Middleton. Eu ia perguntar-lhe neste momento se pode me dispensar de sua agradável reunião para que eu possa voltar ao meu trabalho. Não quero desapontar o anjinho por nada deste mundo e, se a senhora me dispensar do jogo, terminarei de fazer a cestinha de filigrana nesta noite mesmo.

– A senhorita é de uma bondade sem par! Espero que não magoe seus olhos... Por favor, quer tocar a campainha e pedir que lhe tragam mais velas? Minha pobre pequenina iria ficar dolorosamente decepcionada se a cestinha não estivesse pronta amanhã. Mas acredito que isso não vá acontecer, se depender da sua dedicação.

Lucy trouxe o material de trabalho e acomodou-se a outra mesa de jogo com uma alegria e disposição tão grandes que parecia não ter outro sonho na vida a não ser fazer cestinhas de filigrana para criancinhas mimadas.

Lady Middleton propôs às demais que jogassem *rubber** Nenhuma se opôs, a não ser Marianne que, com sua habitual falta de respeito às normas gerais da boa educação, exclamou:

– Minha cara lady, a senhora sabe que tenho um bom motivo para recusar, uma vez que detesto baralho. Prefiro tocar piano; ainda não experimentei o seu desde que ele foi afinado.

E, sem maiores cerimônias, dirigiu-se ao piano.

Lady Middleton fez uma expressão que indicava estar agradecendo a Deus por jamais ter sido assim tão rude com alguém.

– Marianne não consegue ficar perto do seu piano sem tocar, a senhora sabe, Lady Middleton... – Elinor tentou suavizar a indelicadeza. – E eu a entendo perfeitamente, pois trata-se do melhor piano que já ouvi até agora.

As cinco damas restantes deveriam, portanto, sentar-se para jogar. No entanto, Elinor prosseguiu:

– Talvez, se a senhora puder me dispensar, eu possa ajudar a Srta. Steele, fazendo os rolinhos de papel para ela. Se trabalhar sozinha, temo que lhe será impossível terminar a cestinha esta noite. Posso ajudá-la a terminar, se ela aceitar...

– É claro que aceito e ficarei muito agradecida por sua ajuda! – animou-se Lucy. – Fazer esta cestinha está sendo muito

---

*Jogo de cartas que geralmente ocorre em séries de três mãos para decidir quem é o vencedor. (*N. do T.*)

mais difícil do que pensei que seria, e decepcionar a querida Annamaria seria algo muito triste, de fato.

– Oh, seria horrível mesmo – apoiou a Srta. Steele. – Pequenina mais querida, como eu a amo!

– A senhorita é muito gentil – disse a Lady para Elinor. – E se realmente gosta desse trabalho, creio que deva fazê-lo. No entanto, poderia jogar pelo menos uma partida de *rubber* antes ou prefere começar agora?

Elinor, radiante, aceitou a primeira parte da proposta e ao fim de curto espaço de tempo, que Marianne jamais concordaria em conceder, jogou, ganhou e agradou Lady Middleton ao mesmo tempo. Lucy cedeu-lhe lugar à mesa com grande disposição e as duas rivais pouco depois encontravam-se lado a lado à mesma mesa, unidas pela harmonia da execução de um trabalho em comum. Ao piano, Marianne empolgou-se com sua música e seus pensamentos, esquecendo-se de todas as pessoas que se achavam na sala, e o instrumento localizava-se muito perto das duas moças que trabalhavam. Então, a Srta. Dashwood concluiu que, com todo aquele barulho, poderia conversar com Lucy sobre o assunto que tanto a interessava sem que corressem o risco de serem ouvidas na mesa de jogo.

24

Em tom firme, mas cauteloso, Elinor começou:

– Eu não mereceria a confiança com que a senhorita me honrou se não sentisse desejo de falar ou se não tivesse alguma curiosidade a respeito do segredo que me contou. Portanto, não pretendo me desculpar por voltar a tocar no assunto.

– Muito obrigada – agradeceu Lucy, emocionada –, por quebrar o gelo. Assim agindo, a senhorita acalmou meu coração, porque fiquei com medo de tê-la ofendido com o que lhe disse na segunda-feira.

– Ofendido a mim! Como pôde supor uma coisa dessas? Acredite-me – e Elinor falava com verdadeira sinceridade –, nada poderia estar mais longe disso, não devia nem mesmo passar por seu pensamento. Tem por acaso algum motivo para supor que sua confiança não seria honrosa e lisonjeira para comigo?

– No entanto, devo confessar-lhe – havia nos olhos de Lucy um brilho repleto de significado – que sua reação foi um tanto desagradável, fria, o que me causou desconforto. Tive certeza de que ficara zangada comigo e me penitenciei várias vezes desde então por ter tido o atrevimento de perturbá-la com meus problemas. Mas estou contente por saber que se tratou apenas de impressão minha, que a senhorita realmente não me censurou. Se soubesse como foi grande o consolo que encontrei ao dar alívio a meu coração contando-lhe o que eu vivia pensando a cada momento da minha vida, sua compaixão teria sobrepujado tudo o mais, tenho certeza.

– Sem dúvida, acredito que tenha sido um grande alívio para a senhorita revelar-me a situação em que se encontra e poder estar segura de que jamais terá motivos para se arrepender por tê-lo feito. Seu caso é, de fato, muito triste. Parece-me que a senhorita se encontra rodeada por dificuldades e que precisará que sua afeição seja profundamente correspondida para que possa suportá-las. Eu acredito que o Sr. Ferrars depende inteiramente da mãe.

– Ele tem apenas duas mil libras, que de fato lhe pertencem. Seria uma loucura nos casarmos nessa situação, embora eu esteja disposta a aceitá-la sem nem sequer um suspiro. Sempre fui acostumada a viver com pouco dinheiro e poderia enfrentar qualquer dificuldade ao lado dele. Mas eu o amo demais para ser egoísta a ponto de privá-lo do que a mãe com certeza lhe daria se ele se casasse com uma mulher que ela aprovasse. Teremos de esperar, talvez durante anos. Caso se tratasse de outro homem, esta seria uma perspectiva alarmante, mas sei que nada poderá me privar da afeição e constância de Edward.

– Essa convicção deve ser tudo para a senhorita e, sem dúvida, ele também é amparado pela mesma confiança. Sua situação seria de fato lamentável se a afeição mútua deixasse de existir, como costuma acontecer com muitas pessoas, e sob muitas circunstâncias isso seria natural após quatro anos de compromisso.

Ao ouvir isso, Lucy ergueu o olhar para Elinor que, no entanto, permanecia exercendo cuidadoso controle para não deixar que algum tipo de expressão conferisse qualquer conotação suspeita as suas palavras.

– Edward me ama – afirmou Lucy. – Ele pôde prová-lo pelo teste que foi a nossa longa separação, desde que ficamos noivos, e saiu-se tão bem dessa dolorosa provação que seria imperdoável se eu agora duvidasse de seu amor. Posso tranquilamente dizer que ele jamais me deu motivo algum de alarme, desde o começo.

Elinor não sabia se devia sorrir ou suspirar diante daquela declaração.

Lucy prosseguiu:

– Sou ciumenta por natureza e, devido as nossas diferentes situações de vida, ao maior conhecimento que Edward tem do mundo e a nossa separação contínua, sei que me sentiria bastante inclinada à suspeita, a querer descobrir a verdade no mesmo instante em que eu percebesse a menor alteração no modo de ele agir comigo quando nos encontramos ou caso demonstrasse alguma tristeza da qual eu não soubesse a causa, se falasse mais de uma mulher do que das outras ou, ainda, se comparecesse menos em Longstaple do que costuma. Não vou afirmar que sou particularmente observadora ou intuitiva de modo geral, mas, em um caso desses, tenho certeza de que não deixaria de perceber se houvesse algo errado.

– Tudo isso – comentou Elinor – é muito bonito, no entanto pode enganar a qualquer uma de nós. – Após um breve silêncio, indagou: – Mas... qual é a sua perspectiva? Ou não tem nenhuma, a não ser esperar pela morte da Sra. Ferrars, que é uma triste e chocante decisão? O filho dela está disposto a submeter-se a isso e aos muitos anos de suspense, no qual a senhorita estará envolvida, em vez de correr o risco de desagradar à mãe, dizendo-lhe a verdade?

– Se pudéssemos ter certeza de que seria apenas por pouco tempo! Mas a Sra. Ferrars é uma mulher teimosa, cheia de orgulho e, ao ficar sabendo sobre nós dois, seu primeiro impulso, ocasionado pela ira, seria passar tudo para Robert. Quando penso nisso, o medo me faz perder toda tendência a medidas drásticas, pelo bem de Edward.

– E igualmente pelo seu bem, caso contrário a senhorita estaria levando seu desinteresse para além da razão.

Lucy tornou a olhar para Elinor e ficou calada.

– A senhorita conhece o Sr. Robert Ferrars? – perguntou Elinor.

– Não, jamais o vi, mas imagino que ele seja muito diferente do irmão... tolo e um grande peralta.

– Um grande peralta! – repetiu a Srta. Steele, cujos ouvidos captaram essas palavras em uma pausa da música de Marianne. – Ah! Elas estão falando de seus namorados!

– Não, irmã – retrucou Lucy. – Desta vez você se enganou. Nossos namorados *não* são grandes peraltas.

– Eu posso garantir que o da Srta. Dashwood não é – interferiu a Sra. Jennings, rindo gostosamente –, pois se trata de um dos mais modestos e bem-comportados cavalheiros que já vi. Mas quanto a Lucy, é uma criaturinha tão dissimulada que ainda não pude perceber do que *ela* gosta.

– Oh! – exclamou a Srta. Steele, olhando de modo significativo para as demais. – Arrisco-me a dizer que o namorado de Lucy é tão modesto e bem-comportado quanto o da Srta. Dashwood.

Elinor corou e Lucy mordeu o lábio inferior, olhando zangada para a irmã. Fez-se um profundo silêncio por algum tempo e Lucy foi a primeira a quebrá-lo, falando em voz baixa, ainda que Marianne oferecesse às duas a poderosa proteção de um magnífico concerto.

– Vou contar-lhe honestamente um esquema que me veio à cabeça, há algum tempo, para tentar conduzir as coisas da melhor maneira possível. É claro que assim vou fazê-la saber ainda mais do meu segredo, mas como a senhorita também está envolvida... Acredito que conheça Edward o bastante para saber que ele prefere a carreira eclesiástica a qualquer outra profissão; então, meu desejo é que ele venha a ser ordenado o mais rápido possível e que a senhorita seja bondosa o bastante, pela amizade que tem por Edward e espero que também por consideração a mim, para usar de sua influência e persuadir o Sr. John Dashwood a dar-lhe o benefício eclesiástico de Norland. Eu soube que o presbitério lá é muito bom e que o atual titular não viverá por muito tempo. Isso seria o bastante para nos casarmos e, então, teríamos tempo e oportunidade para tudo o mais...

– Eu ficaria muito feliz – disse Elinor – em demonstrar a extensão da minha estima e amizade pelo Sr. Ferrars, mas a senhorita não percebe que minha influência neste caso é desnecessária? Ele é irmão da Sra. John Dashwood e *isto* deverá ser recomendação suficiente para o marido dela.

– Mas a Sra. John Dashwood pode não aprovar que Edward escolha a carreira eclesiástica.

– Nesse caso, temo que minha influência irá valer pouquíssimo.

As duas se mantiveram caladas por vários minutos, até que, depois de um profundo suspiro, Lucy falou:

– Creio que o mais acertado seria acabar com toda essa confusão rompendo o noivado. Estamos cercados de dificuldades por todos os lados e elas vêm nos tornando infelizes há muito tempo. Talvez venhamos a ser mais felizes se terminarmos... Não quer me aconselhar, Srta. Dashwood?

– Não. – Elinor fez a recusa com um sorriso que ocultava seus sentimentos agitados. – Sobre esse assunto, com certeza não irei dar-lhe conselhos. Sabe perfeitamente que minha opinião nada irá significar para a senhorita, se não estiver de acordo com seus desejos.

– Está me julgando mal – declarou Lucy, com ar solene. – Não conheço ninguém de quem eu respeite mais a opinião do que a senhorita e penso, de fato, que se me dissesse: "Eu creio que romper o noivado com Edward Ferrars será melhor para a felicidade de ambos", eu o faria imediatamente.

Corando diante da falta de sinceridade da futura esposa de Edward, Elinor respondeu:

– Esse cumprimento me causaria ainda mais medo de emitir minha opinião, caso eu já tivesse alguma. Ele torna minha influência muito alta. O poder de separar duas pessoas tão ternamente unidas está além de alguém imparcial.

– Justamente por ser a senhorita uma pessoa imparcial – declarou Lucy, com certo ressentimento e colocando maior força nestas palavras –, é que sua opinião tem tanto peso para mim. Se a senhorita pudesse ser influenciada de qualquer maneira pelos seus sentimentos, sua opinião não poderia ser aceita.

Elinor concluiu que o melhor seria nada responder a esse comentário, pois a resposta poderia provocar uma acomodação prejudicial e uma interminável falta de reserva entre as duas. De certo modo, decidiu, também, não mais tocar naquele assunto. Sucedeu-se uma outra pausa de alguns minutos depois dessas palavras e novamente Lucy retomou a palavra:

– Irá para a capital nesse inverno, Srta. Dashwood? – perguntou, com sua habitual complacência.

– Certamente, não.

Os olhos de Lucy brilharam ao ouvir tal informação.

– Sinto muito que não vá, eu teria muito prazer em encontrá-la por lá! Mas atrevo-me a dizer que deveria ir. Certamente seu irmão e sua cunhada irão convidá-la para fazer essa viagem com eles.

– Não caberia a mim aceitar ou não o convite, caso eles o fizessem.

– Que coisa mais triste! Seria importante para mim encontrar a senhorita lá. Anne e eu iremos, no fim de janeiro, para a casa de uns amigos que nos convidam há anos! Mas irei apenas na esperança de encontrar Edward. Ele deverá chegar em fevereiro, caso contrário, Londres não terá encanto para mim e não terei ânimo algum...

Chamaram Elinor da mesa de jogo para a conclusão da última partida de *rubber* e a conversa confidencial entre as duas jovens damas teve de se encerrar. Ambas submeteram-se a essa imposição sem qualquer relutância; nada fora dito por nenhuma delas que as fizessem gostar menos uma da outra. Elinor sentou-se à mesa para jogar com a melancólica certeza de que Edward não apenas não sentia afeição alguma pela moça que se tornaria sua esposa, como também jamais teria a oportunidade de ser um pouquinho feliz em um casamento cuja única afeição sincera fosse por parte *dela*; somente um interesse egoísta poderia levar uma mulher a obrigar um homem a manter um compromisso no qual já não mais tinha interesse.

Desse dia em diante, Elinor nunca mais tocou no assunto e toda vez que era mencionado por Lucy – que jamais perdia uma oportunidade de fazê-lo, preocupando-se de informar sua confidente sobre a felicidade de ter recebido uma carta de Edward –, era tratado com calma e prudência por Elinor, colocando-o de lado assim que a boa educação o permitia. Ela considerava essas conversas uma indulgência que Lucy não merecia e que era perigosa para si mesma.

A estada das Srtas. Steele em Barton Park prolongou-se muito além do convite inicial. Elas caíram nas boas graças dos Middleton, que não podiam ficar sem elas. Sir John não queria sequer ouvir falar que as irmãs Steele iriam embora. Apesar dos numerosos compromissos em Exeter marcados havia já algum tempo, apesar da necessidade de voltarem para atendê-los imediatamente, o que era repetido com ênfase a cada fim de semana, as duas senhoritas deixaram-se persuadir a ficar por cerca de dois meses em Barton e compareceram a duas celebrações daquele festival que exige mais do que uma participação em comum de bailes e imensos jantares organizados por particulares para demonstrar sua importância.

25

Embora a Sra. Jennings tivesse o hábito de passar uma boa parte do ano nas casas de filhos e de amigos, possuía uma residência apenas sua. Desde o falecimento do marido, que comerciara com sucesso em uma zona menos elegante da capital, ela passava todos os invernos na casa, que ficava em uma das ruas próximas da praça Portman. A proximidade de janeiro despertou na senhora lembranças que culminaram no desejo de ir para lá. Assim, um dia, e abruptamente para elas, pediu que as Srtas. Dashwood mais velhas lhe fizessem companhia na viagem. Sem reparar na mudança que se operou no semblante da irmã e no seu animado olhar, que demonstraram o grande interesse dela pelo convite, Elinor agradeceu e recusou-o definitivamente em nome de ambas, pois acreditava estar agindo de acordo com o desejo de Marianne. O pretexto alegado foi a determinação que haviam tomado de não deixar a mãe sozinha nessa época do ano. A Sra. Jennings recebeu a recusa com alguma surpresa e repetiu o convite imediatamente.

– Oh, Senhor! Tenho certeza de que a senhora sua mãe pode perfeitamente passar sem as senhoritas e vou implorar que me façam o favor de me conceder suas companhias, porque é algo que eu quero de todo coração. Não imaginem que podem me causar qualquer tipo de inconveniência, pois não estou me obrigando a nada que não faria se as senhoritas não fossem. Apenas mandaria Betty na frente com o coche e espero que concordem com isso. Nós três viajaremos muito bem em minha carruagem e, quando estivermos na capital, se as senhoritas não quiserem ir a algum lugar, eu irei, tranquila e perfeitamente, enquanto poderão sair com uma das minhas filhas. Tenho certeza de que a senhora sua mãe não irá se opor a que me acompanhem, uma vez que tive a sorte de casar bem as minhas filhas, o que prova que sou uma pessoa a quem ela pode entregar as senhoritas com a maior confiança. E se eu não encaminhar, pelo menos, uma das duas a um bom casamento antes de voltarmos, a culpa não será minha. Posso informá-las a respeito de todos os jovens cavalheiros, tenham certeza disso.

– Eu acredito – observou Sir John – que a Srta. Marianne não se recusaria a viajar, se sua irmã mais velha quisesse ir. É muito triste, realmente, que ela não possa ter esse pequeno prazer só porque a Srta. Dashwood não faz questão dele. Por isso eu lhes aviso, Sra. Jennings e Srta. Marianne, que caso queiram ir para a capital quando estiverem cansadas de Barton, não digam nada a respeito para a Srta. Dashwood!

– Sim! – exclamou a Sra. Jennings. – Eu ficarei incrivelmente alegre se a Srta. Marianne me acompanhar, quer a Srta.

Dashwood também vá ou não, apesar de que seria melhor e mais confortável para elas irem juntas. Caso uma delas ficasse entediada comigo, poderia conversar com a outra e as duas ririam das minhas esquisitices, quando eu não estivesse por perto. Mas uma ou outra, se não as duas, garanto que vou levar. Que o Senhor me abençoe! Com quem poderei fofocar se for para lá sozinha, eu que estava acostumada a ter Charlotte a meu lado? Diga que vai comigo, Srta. Marianne! Aperte minha mão, fechando nosso acordo, e se a Srta. Dashwood mudar de ideia e for também, será muito melhor.

– Muito obrigada, senhora. Agradeço-lhe sinceramente – disse Marianne com calor. – Seu convite merece minha gratidão eterna e me daria felicidade, quase a maior felicidade da minha vida, se eu pudesse ir, se pudesse aceitá-lo. Porém, minha mãe, minha queridíssima e bondosa mãe... Compreendo que a preocupação de Elinor é verdadeira, que se minha mãe venha a sentir-se menos feliz, menos tranquila com a nossa ausência... Oh, não! Nada pode me tentar a deixá-la. O que não deve ser não merece esforços.

A Sra. Jennings repetiu que tinha certeza de que a Sra. Dashwood poderia perfeitamente ficar sem elas. Então Elinor, que a essa altura já compreendera a irmã e via que, indiferente a quase tudo o mais, ela colocava em primeiro lugar a ansiedade em ver novamente Willoughby, não se opôs mais ao plano e simplesmente deixou que a decisão dependesse de sua mãe. Na verdade, Elinor não esperava nenhum apoio da Sra. Dashwood para evitar aquela viagem que ela própria não aprovava, por causa de Marianne e por seus motivos particulares. Como a mãe fazia até o impossível para atender Marianne em tudo que ela queria, não podia esperar que a senhora influenciasse a filha mais nova para ser cautelosa em relação a um caso amoroso do qual Elinor sequer conseguira induzi-la a desconfiar. Além disso, também não se atrevia a revelar o motivo da sua pouca vontade em ir para Londres. Marianne, impulsiva como era, provocada pelas maneiras nada finas da Sra. Jennings que geralmente a ofendiam, poderia incorrer em todo tipo de inconveniências; seria, por exemplo, capaz de não prestar atenção bastante para evitar ferir os outros com seus rompantes de irritação quando em busca de um determinado objetivo. E a importância desse objetivo era tão determinante, tão poderosa que nem mesmo Elinor, com tudo que sabia da vida, estava preparada para testemunhar.

Ao ser informada do convite, a Sra. Dashwood convenceu-se de que essa viagem seria muito divertida para suas filhas e ao perceber, apesar de toda terna atenção demonstrada pela indecisão de deixá-la, o quanto a viagem era importante para Marianne, não admitiu que o convite fosse recusado por *sua* causa; insistiu que ambas o aceitassem imediatamente e começou, com seu habitual entusiasmo, a imaginar os benefícios que todas elas teriam com essa separação.

– Estou deliciada com esse plano! – entusiasmou-se a senhora. – Ele é exatamente tudo que eu poderia desejar. Margaret e eu seremos tão beneficiadas por ele quanto vocês. Quando vocês e os Middleton tiverem ido embora, ficaremos aqui, sossegadas e felizes, com os nossos livros e a nossa música! Vocês encontrarão Margaret muito mais culta quando voltarem! Tenho também um pequeno plano para alterar os quartos de vocês, que agora poderei pôr em prática sem inconvenientes para ninguém. É claro que *devem* ir para a capital. Todas as jovens com as suas condições de vida precisam conhecer as maneiras e os divertimentos de Londres. Estarão sob os cuidados de uma mulher muito maternal que, não tenho dúvidas, será muito bondosa com vocês. Com toda a certeza, irão encontrar seu irmão e, sejam quais tenham sido as faltas dele ou as de sua esposa, como eu o considero meu filho, não posso aceitar que vocês se comportem como se fossem estranhos.

– Apesar da senhora ter desqualificado todos os impedimentos que lhe ocorreram para esse esquema de viagem – ponderou Elinor –, por causa da ansiedade em nos ver felizes, ainda existe um obstáculo que, na minha opinião, não pode ser transpostos com tanta facilidade.

As esperanças de Marianne começaram a enfraquecer.

– O que a minha prudente Elinor está querendo dizer? – perguntou a Sra. Dashwood. – Que formidável obstáculo ela descobriu agora? Não me deixe perder uma única palavra sua a respeito.

– Minha objeção é esta: apesar de ter em alto conceito o bom coração da Sra. Jennings, devo dizer que ela não é uma pessoa cuja companhia possa nos dar prazer ou cuja proteção possa nos dar importância.

– Isso é uma verdade – assentiu a mãe –, mas dificilmente vocês ficarão em companhia dela sem que outras pessoas estejam presentes e, com certeza, irão aparecer em público acompanhadas mais por Lady Middleton que pela Sra. Jennings.

– Caso Elinor esteja assustada porque não gosta dela – esclareceu Marianne –, isso não impede que *eu* aceite o convite. Não tenho desses escrúpulos e sei que sou perfeitamente capaz de anular com pouco esforço qualquer inconveniente que possa surgir.

Elinor não pôde deixar de sorrir diante da demonstração de tanta indiferença pelas maneiras reprováveis da Sra. Jennings; vivia lutando com dificuldades para persuadir Marianne a tratá-la com tolerável gentileza. Resolveu, então, que se sua irmã persistisse em ir, ela iria também, porque não achava apropriado que Marianne fosse deixada apenas sob a orientação de seu próprio modo de pensar ou que a Sra. Jennings não pudesse ter, por causa de Marianne, o sossego confortável de horas passadas na tranquilidade doméstica. Reconciliou-se consigo mesma por tomar essa decisão ao lembrar-se de que, segundo a informação de Lucy, o Sr. Ferrars não estaria na capital antes de fevereiro; a temporada delas em Londres, com um providencial encurtamento, estaria encerrada antes disso.

– Eu gostaria que vocês *duas* fossem – insistiu a Sra. Dashwood. – Essas objeções não têm sentido. Vocês irão divertir-se muito em Londres, principalmente se estiverem juntas. E se Elinor quisesse concordar em antecipar esse prazer, bastaria que vislumbrasse as várias fontes que irão proporcioná-lo. Por exemplo, você poderia conhecer a família de sua cunhada.

Como sempre procurara uma oportunidade para tentar enfraquecer a insistência da mãe no relacionamento entre Edward e ela, Elinor resolveu aproveitar esse momento para que o choque da boa senhora fosse menor quando a verdade se revelasse. Ainda que sem muita esperança de obter sucesso, forçou-se a começar a cumprir seus desígnios dizendo, o mais calmamente que pôde:

– Gosto muito de Edward Ferrars e sempre me agrada vê-lo, mas o restante da família dele me é indiferente e não muda nada para mim conhecê-la ou não.

A Sra. Dashwood sorriu e não fez comentários. Marianne fitou a irmã, espantada, e Elinor pensou que talvez tivesse sido melhor conter a língua.

Depois de várias pequenas conversas, finalmente ficou estabelecido que o convite seria aceito. A Sra. Jennings recebeu essa informação com grandes demonstrações de alegria e assegurando todo tipo de cuidados e carinhos; isso era também um grande prazer para ela. Sir John ficou encantado; para um homem cuja ansiedade principal era causada pelo temor de ficar sozinho, a adição de mais dois habitantes em Londres era muito importante. Até mesmo Lady Middleton deu-se o trabalho de ficar alegre, o que era algo muito difícil de acontecer com ela. Quanto às Srtas. Steele, principalmente Lucy, jamais haviam sido tão felizes em sua vida como no momento em que receberam essa notícia.

Elinor constatou que se submetera a uma decisão que contrariava sua vontade com muito menos relutância que esperava sentir. No que se referia a ela, tratava-se mais de indiferença sobre se iria ou não para a capital e não pôde deixar de ficar satisfeita com a causa, pois dificilmente se deixaria destruir pela consequência de sua determinação quando vira que a mãe gostara muito do plano, que a irmã vibrava de entusiasmo pelo olhar, pela voz e pelos gestos, demonstrando que voltara a sua animação natural e se mostrando muito mais alegre do que habitualmente.

A alegria de Marianne estava quase um grau além da felicidade, tamanha era a perturbação que sentia e a impaciência de partir. A hesitação em separar-se da mãe era a única coisa que lhe devolvia a calma e, no momento da partida, o sofrimento que lhe causava deixar a boa senhora foi excessivo. A aflição de sua mãe não foi muito menor e Elinor era a única das três que parecia considerar a separação algo menos longo que a eternidade.

Elas partiram na primeira semana de janeiro. Os Middleton iriam uma semana depois. As Srtas. Steele permaneceriam em Barton Park e só partiriam com a família.

26

Na carruagem da Sra. Jennings, começando a viagem para Londres sob a proteção dela e como sua hóspede, Elinor não pôde deixar de pensar na situação em que se encontrava, em como era recente o relacionamento com a Lady, no quanto elas eram díspares em idade e situação e no quanto havia se oposto àquela viagem poucos dias antes! Mas todas as suas objeções haviam sido derrubadas ou ignoradas pelo feliz ardor juvenil que era comum a Marianne e à mãe delas. Assim, Elinor, apesar de suas ocasionais dúvidas sobre a constância de Willoughby, testemunhava o arrebatamento de deliciosa expectativa que se apoderara da alma e cintilava nos olhos de Marianne; pensava em como sua própria perspectiva era incolor em comparação com a da irmã, como seu estado de ânimo era triste e como gostaria de se encontrar na situação de Marianne, tendo o mesmo animador objetivo em vista, a mesma possibilidade de esperança. Em pouco, muito pouco tempo, entretanto, seriam reveladas as intenções de Willoughby, porque muito provavelmente ele ainda se encontrava na capital. A ansiedade de Marianne indicava a determinação dela em procurá-lo por lá. E Elinor estava resolvida a não apenas esclarecer todos os pontos sobre o caráter dele, tanto por sua própria observação quanto por informações de outras pessoas, mas também a observar a sua atitude em relação à irmã com tão zelosa atenção que descobriria quem de fato esse cavalheiro era e o que queria, antes que os dois se encontrassem muitas vezes. Caso suas observações viessem a ser desfavoráveis, trataria de abrir os olhos da irmã de qualquer maneira; mas, se fosse o contrário, seus esforços seriam de natureza bem diferente: teria de aprender a evitar todas as comparações egoístas e a expulsar todo e qualquer pesar que pudesse diminuir seu contentamento com a felicidade de Marianne.

Foram três dias de viagem e o comportamento de Marianne enquanto viajavam havia sido uma amostra bem clara do que seriam sua futura delicadeza e companheirismo para com a Sra. Jennings. Permanecera sentada em silêncio durante quase todo o trajeto, mergulhada em profundas meditações e raramente falava por iniciativa própria, a não ser quando um detalhe de pitoresca beleza surgia diante de seus olhos; então, suas exclamações de encantamento eram dirigidas exclusivamente para a irmã. Para contrabalançar esse comportamento,

Elinor assumira imediatamente o papel de companheira bem-educada que atribuíra a si mesma, dando toda a atenção possível à Sra. Jennings, conversando com ela, ouvindo-a sempre que dizia alguma coisa. Por sua vez, a Sra. Jennings tratava as duas com a maior bondade possível, era solícita a todo momento, a fim de proporcionar-lhes conforto e satisfação, preocupando-se apenas quando não conseguia fazê-las escolher o que gostariam de comer, nas estalagens onde paravam para jantar, nem obrigá-las a lhe dizer se preferiam salmão a bacalhau ou frango ensopado a costeletas de vitela.

Chegaram à capital às três horas da tarde do terceiro dia, felizes por se verem livres, depois de tão longa viagem, do confinamento de uma carruagem e prontas para usufruir o luxo de uma lareira.

A casa era bonita e decorada com bom gosto; as jovens foram imediatamente alojadas em um cômodo muito confortável. Havia sido o quarto de Charlotte e acima da lareira ainda se encontrava um retrato dela a óleo, nas sedas coloridas de sua formatura, como prova de que cursara os sete anos escolares com distinção.

Como o jantar não ficaria pronto em menos de duas horas depois da chegada, Elinor decidiu utilizar aquele tempo escrevendo para a mãe e sentou-se à mesa com esse propósito. Dali a alguns minutos, Marianne fez o mesmo.

– Estou escrevendo para casa, Marianne – disse Elinor. – Não quer deixar para mandar sua carta daqui a um ou dois dias?

– Eu *não* vou escrever para minha mãe – respondeu Marianne, seca, como se quisesse evitar maiores explicações.

Elinor não disse mais nada. Compreendeu no mesmo instante que ela devia estar escrevendo para Willoughby e a conclusão que tirou imediatamente foi de que, por mais mistério que os dois quisessem fazer com o caso, estavam noivos. Esta convicção, embora não completamente satisfatória, deixou-a contente, e ela continuou a escrever sua carta com evidente satisfação. A de Marianne ficou pronta em poucos minutos, portanto não podia ser mais do que um bilhete, que foi dobrado, selado e endereçado com notável rapidez. Elinor teve a impressão de ver um grande W no endereçamento, que ficou pronto em pouquíssimo tempo. Assim que o completou, Marianne tocou a campainha e pediu ao lacaio que levasse a carta para o correio, e que a tarifa seria de dois pence. Essa informação confirmou o destino.

O ânimo de Marianne continuava ótimo, mas havia nessa animação certo nervosismo que a impedia de sentir-se completamente feliz, e sua agitação foi crescendo à medida que a noite se aproximava. Ela mal conseguiu comer o jantar e quando, depois de terminar, as três foram para a sala de estar, parecia prestar atenção ao ruído de toda carruagem.

Foi uma satisfação para Elinor que a Sra. Jennings, ocupada com seus afazeres em outros aposentos da casa, não visse o que acontecia. O chá foi servido e, se Marianne ficava decepcionada com qualquer batida de porta nas vizinhanças, no momento em que se ouviu uma batida mais forte, não houve dúvida de que era na casa em que estavam. Elinor teve certeza de que se tratava do anúncio da chegada de Willoughby e Marianne ergueu-se, iniciando um movimento para aproximar-se da porta. Tudo ficou em silêncio; sem conseguir suportar mais do que alguns segundos, ela abriu a porta, deu alguns passos em direção da escada e, depois de escutar por meio minuto, voltou para a sala com toda a agitação produzida pela convicção de que o ouvira chegar. Nesse instante, no auge da excitação, não pôde impedir-se de exclamar:

– Oh, Elinor, é Willoughby! É ele, sem dúvida!

E parecia quase pronta para atirar-se nos braços do jovem cavalheiro quando o coronel Brandon apareceu.

Foi um choque forte demais para ser suportado com calma e Marianne saiu da sala no mesmo momento. Elinor também ficou desapontada, mas imediatamente a atenção que dedicou ao coronel Brandon assegurou-lhe que era bem-vindo. Sentia uma angústia dolorosa ao pensar que aquele homem, tão dedicado a sua irmã, poderia perceber que Marianne nada sentira além de decepção e mágoa ao vê-lo. Não tardou a ter certeza de que nada passara despercebido para ele, que observara Marianne sair da sala tão aturdida e triste que se esquecera das regras de civilidade.

– Sua irmã está doente? – perguntou.

Constrangida, Elinor respondeu que sim e falou em dor de cabeça, desânimo, cansaço, enfim, em tudo que podia atribuir decentemente ao comportamento da irmã.

Ele escutou-a com a maior atenção, pareceu recolher-se para dentro de si mesmo e não falou mais no assunto. Comentou o prazer que sentia ao vê-las em Londres, fez as perguntas costumeiras sobre a viagem e a respeito dos amigos que haviam ficado para trás.

Com grande tranquilidade e pouco interesse, tanto de um lado quanto do outro, continuaram a conversar, ambos distraídos, com a mente ocupada por pensamentos alheios ao que diziam. Elinor gostaria muito de perguntar se Willoughby se encontrava na capital, mas se conteve por medo de fazer o coronel sofrer ao ser forçado a falar sobre o rival; então, para dizer alguma coisa, perguntou-lhe se se encontrava em Londres desde a última vez que se tinham visto.

– Sim – respondeu ele, demonstrando certo embaraço –, quase desde então. Fui uma ou duas vezes a Delaford por alguns dias, mas ainda não tive possibilidade de voltar para Barton.

O que Brandon disse, e a maneira como o fez, trouxe imediatamente à lembrança dela todas as circunstâncias que haviam envolvido a partida dele, as desagradáveis suspeitas despertadas pela Sra. Jennings, e então ela preocupou-se, temendo que sua pergunta desse a impressão de que estava muito mais curiosa a respeito do que de fato estava.

Logo chegou a Sra. Jennings.

– Oh, coronel! – exclamou ela, com sua habitual e barulhenta alegria. – Estou extremamente contente por vê-lo. Sinto muito não ter vindo cumprimentá-lo antes, peço que me perdoe, mas forcei-me a cuidar um pouquinho de mim e ajeitar minhas coisas. Há muito que não venho para a minha casa e o senhor sabe quantas coisas aborrecidas a gente tem de fazer quando se esteve fora por muito tempo. Além de tudo, tenho que pensar em Cartwright. Meu Deus, estive tão ocupada quanto uma abelha depois do jantar! Mas, diga-me, coronel, como o senhor descobriu que eu me encontrava na capital hoje?

– Tive o prazer de ouvir a informação pelo Sr. Palmer, com quem jantei.

– Oh! Esteve com ele? E como vão todos na casa dele? Como vai Charlotte? Tenho certeza de que deve estar ótima!

– A Sra. Palmer pareceu-me muito bem e fui encarregado de dizer à senhora que com certeza ela virá vê-la amanhã.

– Sim, com certeza. Considero isso muito bom. Bem, coronel, eu trouxe duas jovens damas comigo, como o senhor vê... Quer dizer, o senhor está vendo apenas uma, mas há outra em algum lugar da casa. Sua amiga Marianne também veio. E tenho certeza de que esta notícia não lhe causa tristeza. Bem, não sei como o senhor e o Sr. Willoughby vão se arranjar... Ah, sim! É maravilhoso ser jovem e bonita. Bem! Claro que já fui jovem, porém jamais fui bonita de verdade... Má sorte a minha! No entanto, tive um marido muito bom e não sei o que mais uma grande beleza pode conseguir além disso. Ah, pobre homem! Ele morreu há mais de oito anos. Mas, coronel, por onde andou desde que partiu? E como vai o seu negócio? Vamos, vamos! Não se devem manter segredos entre amigos.

O coronel Brandon respondeu com a costumeira calma a todas as perguntas, mas sem satisfazer à insistente senhora em nenhuma. Pouco depois, quando Elinor começou a preparar o chá, Marianne foi obrigada a aparecer.

Depois que ela entrou na sala, o coronel tornou-se mais pensativo e silencioso do que antes e a Sra. Jennings não conseguiu fazê-lo demorar-se por mais tempo. Nenhum outro visitante apareceu nessa noite e as damas concordaram por unanimidade em deitar-se cedo.

Marianne acordou na manhã seguinte com o ânimo revigorado e com novas esperanças. A decepção do dia anterior parecia esquecida na expectativa do que poderia acontecer no novo dia. Mal haviam terminado o café da manhã quando a caleche da Sra. Palmer parou diante da porta e em poucos minutos ela entrou na sala, rindo. Demonstrou tanta alegria em ver as três recém-chegadas, que era difícil dizer se ela sentia maior prazer por ver a mãe ou novamente as Srtas. Dashwood; demonstrou enorme surpresa por vê-las na capital, apesar de ser um acontecimento que já esperava havia algum tempo; mas também expressou grande mágoa, porque as jovens tinham aceitado o convite da mãe depois de terem recusado o dela, mas, ao mesmo tempo, jurou que jamais as teria perdoado se não tivessem vindo!

– O Sr. Palmer vai ficar tão contente em vê-las! – garantiu. – O que acham que ele disse quando soube que as senhoritas viriam com mamãe? Agora esqueci o que foi, mas lembro que era muito engraçado!

Depois de uma hora passada no que a mãe dela definia como uma conversa agradável ou, em outras palavras, uma variação de interrogatório em relação a todos os conhecidos por parte da Sra. Jennings, e de grandes risadas sem motivo por parte da Sra. Palmer, esta propôs às irmãs acompanharem-na às lojas em que precisava ir naquela manhã. Elinor e a Sra. Jennings concordaram imediatamente, uma vez que também precisavam fazer algumas compras; em princípio, Marianne recusou-se a ir, mas acabou deixando-se convencer a acompanhá-las.

Até o momento em que saíram, ela olhava para o relógio a todo instante. Especialmente na Bond Street, onde havia muitos escritórios, seus olhos mantinham-se atentos a tudo e a todos. Fosse qual fosse a loja em que o pequeno grupo entrava, sua mente permanecia longe de tudo que as rodeava, de todas as coisas que interessavam e ocupavam as outras. Inquieta e insatisfeita em todos os lugares a que iam, sua irmã não conseguiu a opinião dela sobre um artigo que hesitava em comprar, mas que serviria para ambas. Marianne não sentia prazer em nada, estava impaciente em voltar para casa e tinha grande dificuldade em ocultar a irritação e o tédio da Sra. Palmer, cujos olhos eram atraídos por tudo que era bonito, caro e novidade. A animada senhora queria comprar tudo, não conseguia se decidir por nada e mantinha-se o tempo todo empolgada e indecisa.

A manhã já chegava ao fim quando voltaram para casa; nem bem haviam entrado, Marianne voou escada acima; Elinor a seguiu até a sala de estar para encontrá-la junto da mesa, tendo no rosto uma expressão triste que declarava que Willoughby não estivera ali.

– Não chegou carta para mim enquanto estivemos fora? – perguntou ela ao lacaio que entrou com os pacotes. Diante da resposta negativa, insistiu: – Tem certeza? Tem certeza de que nenhum criado, nenhum portador trouxe uma carta ou bilhete?

O homem respondeu que nada chegara.

– Que coisa mais estranha! – disse Marianne em voz baixa e desapontada, enquanto se dirigia para a janela.

"Realmente é estranho", pensou Elinor, observando a irmã com inquietação. "Se Marianne não soubesse que Willoughby está na capital, não teria escrito para ele como fez. Teria escrito para Combe Magna. E, se ele se encontra aqui, estranho não ter vindo nem escrito! Oh, querida mãe! A senhora deve ter errado ao permitir um compromisso entre uma filha tão jovem e um homem tão pouco conhecido que se comporta de maneira duvidosa, até mesmo misteriosa! *Eu* devia ter me informado, mas *como* poderia interferir?"

Depois de fazer algumas considerações, decidiu que, se a situação continuasse tão desagradável quanto se apresentava nesse momento, comunicaria à mãe a necessidade de uma séria investigação.

A Sra. Palmer e duas ladies mais velhas, amigas íntimas da Sra. Jennings que ela convidara no decorrer da manhã, jantaram com elas. As duas damas despediram-se logo depois do chá, porque tinham compromissos para a noite, e Elinor viu-se obrigada a participar de um jogo de uíste* com as outras. Marianne, que não tinha utilidade alguma nessas ocasiões, pois jamais aprendera sequer um jogo de baralho, ficou com o tempo à sua disposição, porém a noite não lhe ofereceu qualquer prazer, como também não oferecia a Elinor, porque passou-a em ansiosa expectativa e na dor da decepção. De vez em quando dedicava alguns minutos a ler, mas logo colocava o livro de lado e voltava à mais interessante atividade de andar de um lado para outro da sala, parando de vez em quando para ir até a janela, na esperança de ouvir as tão esperadas batidas à porta.

*Jogo de cartas, considerado o ancestral do *bridge*. (*N. do E.*)

27

— Se este bom tempo continuar – comentou a Sra. Jennings, quando elas se encontraram na sala do café, na manhã seguinte –, Sir John não vai querer sair de Barton na semana que vem. É muito triste para um esportista perder um dia de prazer. Pobres almas! Sempre sinto pena deles quando isso acontece, pois parecem levar a perda muito a sério.

– É verdade – concordou Marianne com voz alegre, indo até a janela enquanto falava, a fim de verificar o dia. – Eu não tinha pensado *nisso*. O bom tempo deve segurar muitos homens esportistas no campo.

Era uma lembrança feliz, que a fez recuperar o bom humor.

– Está um tempo excelente para *eles*, sem dúvida – continuou e foi sentar-se à mesa com expressão feliz. – E é claro que precisam aproveitá-lo. Mas – disse, com um leve retorno da ansiedade – não é possível que se prolongue muito. Nesta época do ano, e depois de algumas chuvas, com certeza teremos poucos dias de bom tempo. O frio deverá chegar logo e virá muito forte, provavelmente. Em um ou dois dias, talvez. Esta temperatura branda demais não pode continuar... Talvez neve ainda esta noite.

– De qualquer forma – apressou-se a dizer Elinor, desejando de algum modo impedir que a Sra. Jennings lesse os pensamentos de sua irmã com a clareza que ela o fazia –, acredito que teremos Sir John e Lady Middleton na cidade no fim da próxima semana.

– Sim, minha querida. Eu apostaria que será assim. Mary sempre consegue o que quer.

"E agora", disse Elinor para si mesma, "Marianne vai escrever hoje mesmo para Combe."

Mas, se ela o *fez*, a carta foi escrita e enviada com uma discrição que eludiu toda a vigilância de Elinor para certificar-se do fato. Qualquer que fosse a verdade, no entanto, e ela estava longe de se contentar com isso, não conseguia deixar de sentir-se inquieta, mesmo ao ver que Marianne se reanimara. E, de fato, ela mostrava-se animada, feliz, com a suavidade do tempo e mais feliz ainda com a expectativa da neve.

A manhã passou muito rápida com a entrega de cartões nas casas dos conhecidos da Sra. Jennings, a fim de informá-los de que ela se encontrava na capital. Marianne mantinha-se ocupada o tempo todo observando a direção do vento, verificando as variações do céu e imaginando suas alterações.

– Não acha que agora está mais frio do que de manhã, Elinor? Parece-me que há uma diferença bastante sensível. Minhas mãos mal se mantêm aquecidas no regalo. Ontem não estava assim, eu acho. Parece-me, também, que as nuvens estão se dissipando, o sol deverá sair a qualquer momento e poderemos ter uma tarde bem clara.

Elinor sentia-se ora divertida, ora penalizada; porém Marianne insistia em ver indícios indiscutíveis de uma próxima nevada a cada noite, no brilho do fogo na lareira, e a cada manhã, na aparência da atmosfera.

As Srtas. Dashwood não tinham grandes motivos para ficarem insatisfeitas nem com o estilo de vida da Sra. Jennings e suas amizades, nem com sua atitude para com elas, que era invariavelmente de atencioso carinho. Cada detalhe de sua organização caseira seguia as regras do plano mais liberal possível e, exceto por alguns poucas amizades da cidade que, para desgosto de Lady Middleton, ela jamais concordara em deixar, a senhora não fazia visitas a ninguém cuja apresentação pudesse de algum jeito impressionar de maneira negativa as suas jovens companheiras. Satisfeita por sentir-se mais à vontade nesse sentido do que esperava, Elinor ia com maior disposição aos bailes noturnos que às reuniões e festas ao entardecer, as quais aconteciam geralmente em casas familiares ou na casa da própria Sra. Jennings, onde apenas se conversava e se jogava baralho, portanto, divertia-se menos.

O coronel Brandon, que tinha um convite permanente para visitar a Sra. Jennings, comparecia à casa dela quase todos os dias. Ia lá para ver Marianne e conversar com Elinor, que na maioria das vezes gostava mais das conversas que mantinha com ele do que de outras atividades diárias; porém, não deixava de perceber, com muita apreensão, que ele continuava interessado em sua irmã. Temia que se tratasse de um interesse que o fizesse sofrer, e afligia-se ao ver, de vez em quando, certa ansiedade nos olhares que ele dirigia a Marianne, o que lhe informava de que o padecimento do coronel era maior na capital do que quando se encontravam em Barton.

Cerca de uma semana depois da chegada delas, confirmou-se que Willoughby também havia chegado. Encontraram um cartão de visita dele sobre a mesa quando voltaram da costumeira saída matinal.

– Santo Deus! – exclamou Marianne. – Ele esteve aqui enquanto estávamos fora.

Elinor, contente por saber que o jovem cavalheiro estava em Londres, aventurou-se a dizer:

– Com certeza ele voltará amanhã.

Marianne nem sequer a escutou e, como a Sra. Jennings entrou na sala, fugiu para seu quarto com o precioso cartão.

Esse acontecimento, que sossegou Elinor, reacendeu em sua irmã a agitação anterior. Desse momento em diante, sua mente não teve mais descanso. A expectativa de poder vê-lo a qualquer momento do dia tornou-a imprestável para as demais atividades. Na manhã seguinte, Marianne insistiu em ficar em casa, quando as outras saíram.

Os pensamentos de Elinor não paravam de tentar adivinhar o que poderia estar se passando na Berkeley Street, enquanto a

Sra. Jennings e ela estavam ausentes. Mas, no instante em que olhou para a irmã, assim que chegaram de volta em casa, teve a certeza de que o Sr. Willoughby não tinha tentado visitá-las uma segunda vez. Nesse mesmo momento trouxeram um bilhete e o colocaram sobre a mesa.

– É para mim? – perguntou Marianne, adiantando-se impulsivamente.

– Não, senhorita. É para a minha senhora.

Não convencida do que ouvira, Marianne pegou o bilhete e verificou-o.

– É mesmo para a Sra. Jennings. Que coisa mais irritante!

– Então, você está esperando uma carta? – indagou Elinor, incapaz de continuar em silêncio.

– Sim, um pouco... não muito.

Depois de curta pausa, Elinor murmurou:

– Você não confia em mim, Marianne?

– Tem coragem de fazer essa censura... *você* que não confia em ninguém, Elinor?

– Eu? – Elinor ficou confusa. – Marianne, não tenho o que dizer diante disso.

– Nem eu – retrucou Marianne com energia. – Nossa situação, portanto, é igual. Nenhuma de nós duas tem o que dizer. Você, porque não tem o que comunicar, eu, porque nada tenho a esconder.

Sentindo-se culpada porque de fato precisava ser discreta, por não ter liberdade para desabafar, Elinor compreendeu que, naquelas circunstâncias, lhe seria impossível pressionar Marianne para que esta falasse com franqueza.

A Sra. Jennings não tardou a entrar na sala, o bilhete foi-lhe entregue e ela o leu em voz alta. Era de Lady Middleton, que anunciava sua chegada à Conduit Street na tarde anterior e solicitava a companhia da mãe e das primas na noite seguinte. Negócios por parte de Sir John e um resfriado que a acometera haviam-nos impedido de ir visitá-las na Berkeley Street. O convite foi aceito, mas quando chegou a hora da visita e tornou-se necessário, por uma atitude de boa educação para com a Sra. Jennings, que as duas irmãs também fossem, Elinor encontrou dificuldade em persuadir Marianne a sair. Como ainda não tivera notícia alguma de Willoughby, ela não estava disposta a sair para se divertir, pois não queria correr o risco de que o jovem cavalheiro aparecesse durante sua ausência.

Elinor descobriu, quando a tarde terminou, que a natureza de uma pessoa não se altera com a mudança de residência, pois, apesar de raramente ir à capital, Sir John havia conseguido reunir ao seu redor quase vinte jovens e organizara um baile para que todos se divertissem. No entanto, esta era uma iniciativa que Lady Middleton não aprovava. No interior, um baile improvisado era aceitável; mas em Londres, onde a reputação e a elegância eram mais importantes e conseguidas com menos facilidade, era arriscado demais que, para a satisfação de algumas poucas moças, ficassem sabendo que Lady Middleton dera um pequeno baile para oito ou nove casais, com dois violinos e uma refeição simples servida sobre o aparador.

O Sr. e a Sra. Palmer compareceram à festa. O Sr. Palmer, a quem não tinham visto desde a chegada à capital, uma vez que ele evitava tudo que pudesse parecer uma mínima atenção dispensada à sogra e, portanto, jamais se aproximava dela, simplesmente olhou-as sem demonstrar reconhecê-las e fez um aceno de cabeça para a Sra. Jennings, que se encontrava do outro lado da sala. Marianne passou os olhos pelo ambiente assim que entraram; foi o bastante, *ele* não se encontrava ali e ela sentou-se, sem disposição alguma para receber ou oferecer simpatia. Depois de estarem reunidos por cerca de uma hora, o Sr. Palmer plantou-se diante das Srtas. Dashwood para expressar-lhes a surpresa de vê-las na capital, embora o coronel Brandon houvesse informado o casal sobre a chegada delas, em uma visita que fizera à casa dele, ocasião em que o Sr. Palmer teria dito algo muito engraçado ao saber que elas tinham vindo.

– Pensei que as senhoritas estivessem em Devonshire – disse ele.

– Pensou? – foi a réplica de Elinor.

– Quando irão voltar para lá?

– Não sei.

E isto encerrou a conversa.

Jamais em sua vida Marianne sentira-se tão sem vontade de dançar como nessa noite, e tão entediada ao fazê-lo. Queixou-se disso enquanto voltavam para Berkeley Street.

– Sim, sim... – comentou a Sra. Jennings. – Nós sabemos muito bem o motivo dessa indiferença a tudo. Se certa pessoa, de quem não devo dizer o nome, estivesse lá, a senhorita não teria sentido o mínimo tédio. E, para dizer a verdade, não foi muito bonito da parte dele ter sido convidado e não haver comparecido, pelo menos para se encontrar com a senhorita.

– Convidado? – indagou Marianne.

– Foi minha filha Middleton que me disse, pois parece que Sir John encontrou-o em algum lugar, na rua, esta manhã.

Marianne não falou mais nada, porém mostrava-se profundamente magoada. Impaciente com tal situação e querendo fazer alguma coisa que diminuísse o sofrimento da irmã, Elinor resolveu escrever para a mãe na manhã seguinte, na esperança de despertar nela cuidados a respeito da saúde de Marianne, e iniciar a investigação que adiava havia tanto tempo. Tomou tais medidas ainda mais depressa ao ver que, depois do café, no dia seguinte, Marianne estava escrevendo para Willoughby mais uma vez, pois não havia em Londres ninguém mais a quem a moça pudesse escrever.

Pela metade do dia, a Sra. Jennings saiu para tratar de suas coisas e Elinor começou a carta imediatamente, enquanto Marianne, desanimada demais para fazer qualquer coisa e ansiosa demais para conversar, ia de uma janela para outra ou sentava-se junto da lareira, em melancólica meditação. Elinor foi bastante sincera no que escreveu à mãe, relatando tudo que estava acontecendo, revelando as suspeitas sobre a constância de Willoughby, pedindo-lhe que, em nome do dever e do amor, chamasse severamente a atenção de Marianne para a verdadeira situação a respeito dele.

Mal tinha terminado a carta quando ouviu-se bater à porta, o que significava uma visita, e o coronel Brandon foi anunciado. Marianne, que o vira chegar pela janela, e que no momento detestava qualquer companhia, saiu da sala antes que ele entrasse.

O coronel parecia mais sério que de costume, e depois de expressar sua satisfação por encontrar a Srta. Dashwood sozinha, como se tivesse algo particular a lhe dizer, sentou-se sem pronunciar uma só palavra por algum tempo. Convencida de que o coronel tinha alguma comunicação íntima relativa à irmã para fazer, Elinor esperou com impaciência que ele se dispusesse a falar. Não era a primeira vez que ela sentia essa mesma espécie de convicção, pois mais de uma vez antes dessa, começando com os preâmbulos "sua irmã não parece estar bem, hoje" ou "sua irmã parece desanimada", Brandon parecera estar a ponto de fazer confidências ou perguntas particulares a respeito dela. Depois de passados alguns minutos, o coronel Brandon rompeu o silêncio perguntando, com voz que traía certa agitação, quando deveria congratular-se com ela pela aquisição de um irmão. Elinor não estava preparada para tal pergunta e, como não tinha uma resposta pronta, foi obrigada a lançar mão de um antigo e comum expediente, perguntando-lhe o que ele queria dizer. Brandon tentou sorrir e respondeu:

– O noivado de sua irmã com o Sr. Willoughby é bastante conhecido.

– Esse noivado não pode ser bastante conhecido – retrucou Elinor –, uma vez que nem mesmo a família dela tem conhecimento dele.

Parecendo surpreso, o coronel disse:

– Peço-lhe que me perdoe se o que eu disse pareceu impertinente, mas não supus que esse fato fosse segredo, uma vez que eles se correspondem e todos falam que irão se casar.

– Como assim? Qucm disse essas coisas ao senhor?

– Muita gente... Algumas pessoas que a senhorita não conhece, outras que são de seu relacionamento íntimo, como a Sra. Jennings, a Sra. Palmer e os Middleton. No entanto, eu não teria acreditado mesmo assim, talvez porque no íntimo não queria ser convencido e arranjei justificativas para minhas dúvidas, se não houvesse visto, acidentalmente, uma carta na mão do criado que me introduziu aqui, no outro dia. Carta essa dirigida ao Sr. Willoughby pela letra da sua irmã. Eu pretendia fazer perguntas, mas isso me convenceu antes que as fizesse. Está tudo assentado definitivamente, então? E impossível para...? Ora, não tenho esse direito e nenhuma chance de ter sucesso. Desculpe-me, Srta. Dashwood. Acredito ter agido mal dizendo tudo que disse, mas não sabia o que fazer e tenho muita confiança na prudência da senhorita. Diga-me se tudo já está absolutamente resolvido ou se alguma tentativa derradeira, se é que poderia haver tempo, ainda me é possível.

Essas palavras, que significavam uma direta confissão do amor que ele devotava a Marianne, abalaram muito Elinor e ela não foi capaz de dizer coisa alguma de imediato. Mesmo depois de recuperar o equilíbrio, ponderou por algum tempo procurando uma resposta adequada. A situação real entre Willoughby e sua irmã era, na verdade, pouco conhecida por ela mesma, por isso, caso se dispusesse a falar alguma coisa a respeito, tanto poderia dizer demais como de menos. Contudo, estava convencida de que a afeição de Marianne por Willoughby não permitia esperança alguma de sucesso para o coronel Brandon, independentemente do que acontecesse entre os dois; ao mesmo tempo, como queria proteger a conduta da irmã de qualquer censura, depois de considerar a situação, achou mais prudente e acertado dizer ao coronel o que de fato ela sabia ou acreditava saber. Assim, contou-lhe que, ainda que nunca houvesse sido informada pelos jovens da situação entre eles, não tinha dúvidas sobre a mútua afeição que os unia e que, por isso, não se surpreendera ao saber que se correspondiam.

Brandon ouviu-a com atenção silenciosa e levantou-se quando Elinor terminou de falar. Em seguida, retirou-se depois de despedir-se e dizer, com voz emocionada:

– Desejo a sua irmã toda a felicidade possível e a Willoughby que ele faça por merecê-la.

Esta conversa não despertou pensamentos agradáveis em Elinor, nem diminuiu as preocupações que a angustiavam. Ao contrário, ela ficou com a melancólica impressão de que a tristeza do coronel Brandon pressagiava maus momentos e a ansiedade com que ele parecera querer conjurá-los não fizera mais do que confirmá-los.

28

Nada aconteceu durante os três ou quatro dias seguintes que fizesse Elinor se arrepender da atitude que tomara em abrir o coração com a mãe, pois Willoughby não escreveu nem apareceu. Tinham o compromisso de, no fim de semana, ir em companhia de Lady Middleton a uma festa à qual a Sra. Jennings não compareceria porque sua filha mais nova não se sentia bem. Também para essa reunião Marianne demonstrou-se desanimada e não tomou cuidado algum com a própria aparência. Parecendo completamente indiferente ao fato de ir ou não, arrumou-se sem um mínimo brilho de esperança no olhar e sem a menor demonstração de entusiasmo. Depois do chá, sentou-se junto da lareira, na sala de estar, e sem levantar-se nenhuma vez ou alterar a posição, perdeu-se em pensamentos, esquecida até da presença da irmã. Quando, por fim, comunicaram que Lady Middleton as esperava à porta, teve um sobressalto como se houvesse esquecido que iriam sair.

Na hora certa já se encontravam no local de destino e, assim que a fila de carruagens permitiu que o cocheiro encostasse, subiram a escadaria. Foram ouvindo seus nomes serem anunciados de um ambiente para outro, em voz bem audível, até que entraram em um salão iluminado de maneira esplêndida, repleto de pessoas e insuportavelmente quente. Tendo prestado os cumprimentos à dona da casa, sentiram-se à vontade para misturarem-se à multidão e receber seu quinhão de calor e desconforto, os quais era impossível deixar de compartilhar. Depois de algum tempo, que passaram falando pouco e movimentando-se ainda menos, Lady Middleton encaminhou-se para o salão de jogos e, como Marianne não demonstrou vontade em acompanhá-la, ela e Elinor conseguiram sentar-se em duas das poucas cadeiras livres, não muito distantes da mesa.

Tinham-se acomodado não havia muito tempo quando Elinor viu o Sr. Willoughby em pé, a poucos metros delas, em animada conversação com uma jovem muito elegante. Os olhares deles se encontraram e o cavalheiro cumprimentou-a com um aceno de cabeça, sem fazer menção de ir falar com ela ou de se aproximar de Marianne, a quem talvez ainda não tivesse visto. Continuou conversando com a moça e Elinor voltou-se involuntariamente para Marianne, achando quase impossível que ela não visse Willoughby. Exatamente nesse momento Marianne percebeu-o e uma súbita alegria a fez resplandecer; ela teria ido a seu encontro no mesmo instante se a irmã não a segurasse.

– Santo Deus! – exclamou Marianne. – Ele está aqui... está aqui! Oh, por que não olha para mim? Por que não posso ir falar com ele?

– Por favor, peço-lhe, contenha-se! – implorou Elinor. – Não demonstre o que você está sentindo diante de toda essa gente. Talvez ele ainda não a tenha visto.

No entanto, era difícil para Elinor acreditar no que dizia e, naquele momento, manter a compostura não só estava além das forças de Marianne, como também além dos seus desejos, permaneceu sentada a custo; entretanto, a impaciência e agonia que sentia espelhavam-se em seu semblante.

Por fim, Willoughby voltou-se e olhou para as duas; Marianne levantou-se e, pronunciando o nome dele com afeto, estendeu-lhe a mão. O jovem cavalheiro aproximou-se, perguntando pela Sra. Dashwood e desde quando elas se encontravam na capital, dirigindo-se tanto a Elinor quanto a Marianne, como se quisesse evitar os olhos desta e estivesse determinado a não reparar em sua atitude. Elinor perdeu completamente a presença de espírito diante de tal comportamento e viu-se incapaz de pronunciar uma palavra sequer. Mas sua irmã expressou tudo que sentia no mesmo momento. Com o rosto corado e a voz repleta de emoção, ela disse:

– Bom Deus! O que significa isto? Não recebeu minhas cartas? Por que não aperta minha mão?

Ele não pôde recusar-se a fazê-lo, mas o contato com ela pareceu-lhe doloroso, pois segurou-lhe a mão por apenas um instante. Ficou evidente, o tempo todo, que se esforçava por manter a compostura. Elinor observava-o e viu que aos poucos a expressão de Willoughby foi se tornando tranquila. Depois de uma breve pausa, ele falou com calma:

– Tive a honra de ir à Berkeley Street na terça-feira passada e lamentei muito, pois não tive sorte bastante para encontrar as senhoritas e a Sra. Jennings em casa. Espero que meu cartão não se tenha perdido.

– Não recebeu meus bilhetes? – perguntou Marianne, com grande ansiedade. – Há algum engano, tenho certeza... um terrível engano. O que significa tudo isto? Diga-me, Sr. Willoughby. Pelo amor de Deus, diga-me o que está acontecendo!

Ele não respondeu, porém sua expressão modificou-se e novamente espelhou profundo embaraço. Mas como seus olhos encontraram os da jovem com quem estivera conversando, ele obrigou-se a se recuperar, com evidente esforço, e em seguida falou:

– Sim, tive o prazer de ser informado de que as senhoritas se encontravam na capital, pelos bilhetes que tão gentilmente me enviou.

Nem mesmo havia terminado de falar, Willoughby fez um rápido cumprimento de cabeça e voltou para junto de sua amiga.

Marianne, que ficara terrivelmente pálida e sentia-se incapaz de continuar em pé, deixou-se cair em sua cadeira. Elinor, esperando que ela desmaiasse a qualquer momento, procurava escondê-la da vista dos outros e, ao mesmo tempo, tentava reanimá-la com água de lavanda.

– Vá até o Sr. Willoughby, Elinor – pediu Marianne, assim que conseguiu recuperar a voz –, e obrigue-o a vir falar comigo. Diga-lhe que preciso vê-lo... que preciso falar com ele pelo menos por um instante... Que não posso ter sossego... que não posso ter paz até que ele explique esse mal-entendido ou seja lá o que for. Por favor, vá agora!

– De que modo eu poderia fazer isso? Não, minha querida Marianne, você precisa esperar. Este não é o lugar adequado para explicações. Espere ao menos até amanhã.

Foi com muita dificuldade que Elinor conseguiu impedir que Marianne fosse falar com ele e tentou persuadi-la a disfarçar a agitação e a esperar, com compostura aparente pelo menos, até que pudesse conversar com o cavalheiro em um ambiente de maior privacidade, o que provavelmente seria de melhor efeito. Era quase impossível consegui-lo, pois Marianne não parava de falar, em voz baixa, de sua infelicidade, de sua tristeza, de sua desgraça.

Pouco tempo depois, Elinor viu que Willoughby se retirava do salão pela porta que dava para a escadaria. Então, avisou Marianne de que ele havia ido embora, insistiu na impossibilidade de ela conversar com ele ainda nessa noite e usou este fato como argumento para acalmá-la. Imediatamente, Marianne implorou-lhe para pedir a Lady Middleton que as levasse para casa, porque se sentia infeliz demais para permanecer ali por mais um minuto sequer.

Lady Middleton, que se encontrava no meio de uma partida de *rubber,* ao saber que Marianne não se sentia bem, decidiu que iriam embora imediatamente. Entregando suas cartas a uma amiga, levou as irmãs para casa, assim que sua carruagem pôde ser encontrada. Pouquíssimas palavras foram ditas durante o trajeto até a Berkeley Street. Marianne mantinha-se em um silêncio agoniado, muito mais opressivo do que se chorasse.

Felizmente, a Sra. Jennings ainda não voltara para casa e elas puderam subir diretamente para o quarto, onde Marianne recuperou-se um pouco quando a irmã a fez cheirar sais. Em pouco tempo estava de roupa trocada e acomodada em sua cama. Como tornou-se evidente que ela queria ficar sozinha, Elinor deixou-a, e enquanto esperava pela volta da Sra. Jennings, teve tempo suficiente para pensar no que havia acontecido.

Não havia dúvida alguma de que houvera algum tipo de compromisso entre Willoughby e Marianne. E que Willoughby não estava disposto a mantê-lo parecia igualmente claro para

Elinor. Ainda que Marianne alimentasse esperanças, *ela* não poderia atribuir tal atitude a nenhum tipo de engano ou mal-entendido. Nada além de uma completa mudança de sentimentos poderia ser a causa de tudo aquilo. Sua indignação teria sido ainda maior se ela não tivesse testemunhado o embaraço de Willoughby, que parecia refletir uma consciência de seu mau comportamento, e que a impediu de considerá-lo tão sem princípios a ponto de, sem qualquer propósito, ter brincado com os sentimentos de sua irmã desde o início. O seu afeto podia ter diminuído com o afastamento e ter sido superado por conveniência, mas ela estava certa de que tal afeto um dia tinha existido.

Ela não podia refletir sobre Marianne sem a mais profunda preocupação, pensando em toda a dor que já devia ter provocado tão infeliz encontro, cujas consequências provavelmente trariam angústias ainda maiores. Até sua situação ganhava em comparação; por enquanto, ela podia *estimar* Edward tanto quanto antes, ainda que estivessem separados no futuro seu espírito sempre poderia suportar. Mas todas as circunstâncias que pudessem tornar mais amargo o sofrimento de Marianne pareciam estar se unindo para aumentar seu infortúnio, com uma separação definitiva de Willoughby – uma ruptura imediata e irreconciliável com ele.

29

No dia seguinte, antes que a criada fosse reacender a lareira do quarto delas ou que o sol exercesse seu poder sobre a fria e cinzenta manhã de janeiro, Marianne, ainda meio vestida, achava-se ajoelhada no banco junto à janela, para aproveitar a pouca luz do amanhecer. Escrevia tão rapidamente quanto as enxurradas de lágrimas lhe permitiam. Nessa situação, tendo sido acordada pela agitação e os soluços da irmã, Elinor em princípio mal a percebeu; depois de observá-la por alguns minutos em silenciosa ansiedade, falou com a mais respeitosa gentileza:

– Marianne, posso perguntar...?

– Não, Elinor – respondeu ela. – Não me pergunte nada, logo você saberá de tudo.

A espécie de desespero contido com que isso foi dito durou apenas enquanto Marianne falou, pois em seguida ela tornou a mergulhar na excessiva aflição. Passaram-se alguns minutos até que pudesse voltar a escrever a carta e frequentes explosões de dor, que a intervalos obrigavam-na a erguer a pena, eram provas suficientes de que, provavelmente, escrevia para Willoughby pela última vez.

Elinor fez tudo que podia para prestar atenção na irmã sem incomodá-la. Teria tentado o impossível para consolá-la e para devolver-lhe a tranquilidade, se Marianne não lhe tivesse pedido, com a impaciência de quem se encontra na mais nervosa irritabilidade, que não falasse com ela por nada deste mundo. Nessas circunstâncias, era melhor para ambas que não ficassem muito tempo juntas. De qualquer maneira, a instabilidade da mente de Marianne não só a impediu que permanecesse mais um minuto sequer no quarto depois que se vestiu, como também obrigou-a à solidão e a uma contínua mudança de lugares, que a fez perambular pela casa até a hora do café, evitando todos os que apareciam em seu caminho.

Nada comeu ao café da manhã, nem tentou comer, e Elinor tratou de se empenhar não em convencer a irmã a comer, mas em desviar a atenção da Sra. Jennings de Marianne para si mesma.

Como a refeição matinal era a preferida da Sra. Jennings, em geral prolongava-se por um tempo considerável e elas acabavam de se acomodar ao redor da mesa de trabalho comum, depois do café da manhã, quando uma carta foi entregue a Marianne, que a retirou da mão do criado com um gesto rápido e voltou-se, pálida como uma morta, para em seguida sair correndo da sala. Elinor, que soube imediatamente que a carta viera de Willoughby, mesmo não tendo lido o endereço, sentiu um assustador enfraquecimento de seu coração, que mal lhe permitia manter a cabeça erguida e que provocou um tremor tal em seu corpo todo que imaginou ser impossível ocultar seu profundo medo da Sra. Jennings. Esta boa dama, no entanto, havia notado apenas que Marianne recebera uma carta de Willoughby, o que lhe pareceu uma anedota muito boa, e tratou o caso de acordo, desejando com uma risada que Elinor encontrasse alguém igual para si. Felizmente para as irmãs, a Sra. Jennings estava tão ocupada medindo a lã cardada para o tapete em que estava trabalhando que nada percebeu e, assim que Marianne desapareceu, disse:

– Dou minha palavra! Nunca na minha vida tinha visto uma jovem tão desesperadamente apaixonada! As minhas meninas nem se comparam com ela, embora fossem bastante louquinhas. Mas a Srta. Marianne é uma criatura muito impressionável. Eu desejo, com todo o meu coração, que ele não a faça esperar muito tempo, porque é bastante penoso vê-la com essa aparência de tão doente e desesperada. Diga-me, quando eles vão se casar?

Elinor, que jamais estivera tão pouco inclinada a conversar como nesse momento, obrigou-se a responder à pergunta formulada de maneira tão direta e, tentando sorrir, respondeu:

– A senhora persuadiu-se, madame, que minha irmã estava noiva do senhor Willoughby? Eu acreditei que tudo tinha sido uma brincadeira, mas essa pergunta da senhora indica que levou a sério e só posso desejar que não venha a ficar muito decepcionada. Posso assegurar-lhe que nada neste mundo poderia me surpreender mais do que ficar sabendo que eles vão se casar.

– Que vergonha, que vergonha, Srta. Dashwood! Como pode falar dessa maneira? Todos nós sabemos que deverá haver um casamento, que eles dois se apaixonaram um pelo outro no mesmo momento em que se conheceram! Não os vi juntos em Devonshire todos os dias e o dia inteiro? E não sei, por acaso, que sua irmã veio para a capital comigo com o propósito de comprar o enxoval? Vamos, vamos, isso não se faz! Como a senhorita é muito reservada, pensa que ninguém sabe de nada, porém não é assim. Garanto-lhe que todos aqui na capital estão sabendo de tudo a respeito, há muito tempo. Eu contei a todos, e Charlotte também.

– No entanto, madame – contrapôs Elinor, muito séria –, a senhora enganou-se. Garanto-lhe que fez uma coisa indelicada, espalhando essa notícia e vai acabar reconhecendo isso, apesar de não acreditar em mim agora.

A Sra. Jennings riu de novo, mas Elinor não tinha disposição para continuar conversando. Ansiosa por saber o que o Sr. Willoughby havia escrito, dirigiu-se apressadamente para o quarto onde, ao abrir a porta, deparou com Marianne jogada na cama, arrasada pela dor, com uma carta na mão e duas ou três outras jogadas a seu lado. Sem dizer uma palavra sequer, ela aproximou-se, sentou-se na beira da cama, pegou uma das mãos de Marianne, beijou-a carinhosamente várias vezes e, por fim, entregou-se às lágrimas, que no começo foram um pouco menos violentas do que as de sua irmã.

Marianne, embora impossibilitada de falar, pareceu sentir todo amor e ternura desse gesto e, depois de alguns instantes passados em uma aflição conjunta, colocou as cartas nas mãos de Elinor; em seguida, escondendo o rosto com o lenço, quase gritou de tanta agonia. Mesmo chocada por assistir àquela explosão de sofrimento, Elinor sabia que a dor precisava seguir seu curso e olhou pela irmã até que o excesso de agonia pareceu extinguir-se. Só então, pegou a carta de Willoughby e leu-a com avidez:

Bond Street, janeiro.

Cara madame,

Acabo de ter a honra de receber sua carta, pela qual sou solicitado a prestar sinceros esclarecimentos. Fiquei muito preocupado por saber que houve alguma coisa em meu comportamento de ontem à noite que não mereceu sua aprovação. Apesar de me sentir incapaz de descobrir em que a ofendi tão infortunadamente, rogo-lhe seu perdão pelo que, posso afirmar, não foi absolutamente intencional. Eu jamais poderia pensar no meu relacionamento com a sua família, em Devonshire, sem sentir o maior prazer, e me orgulharia se ele não fosse interrompido por algum engano ou má interpretação de minhas ações. Minha estima por sua família toda é muito sincera, mas se fui tão infeliz a ponto de dar a impressão de existir mais do que sinto, ou do que pretendi expressar, devo censurar-me por não ter sabido professar essa minha elevada estima da maneira correta. A senhorita irá compreender que seria impossível eu querer demonstrar mais do que a realidade quando souber que minha afeição acha-se há muito tempo comprometida com outra pessoa e não se passarão muitas semanas, acredito, até que este compromisso seja cumprido. É com grande tristeza que obedeço à ordem que me deu para que devolvesse as cartas que tive a honra de receber da senhorita e o cacho de seus cabelos, que tão gentilmente me confiou.

Eu sou, cara madame,
Seu mais obediente
e humilde servo,
John Willoughby.

Pode-se imaginar com que indignação a Srta. Dashwood leu esta carta. Ainda que estivesse consciente, mesmo antes de começar a ler, de que só poderia trazer a confissão da inconstância dele e confirmar a separação dos jovens para sempre, jamais imaginara que tal tipo de linguagem pudesse ser usado para anunciá-la. Também jamais acreditaria que Willoughby seria capaz de escrever uma carta tão cruel, afastando-se tão completamente dos sentimentos delicados e admiráveis, do decoro próprio de um cavalheiro. Era uma carta que, em vez de expressar sua intenção de mostrar-se triste, demonstrava a falta absoluta de boa-fé, de qualquer tipo de afeição; cada linha desta carta era um insulto e demonstrava a profunda perversidade daquele que a escrevera.

Elinor ficou olhando para a carta por algum tempo, com uma indignação atônita; depois tornou a lê-la mais uma vez, mais outra e ainda mais outra. No entanto, a cada vez que lia, sua repugnância só fazia aumentar; a aversão que já sentia por ele tornou-se tão amarga que Elinor não podia confiar em si mesma para falar, pois poderia magoar Marianne ainda mais profundamente se lhe dissesse que considerava o rompimento daquele compromisso não uma perda para ela, mas um grande bem, porque escapava do pior e mais irremediável dos males, que é ficar presa a vida inteira a um homem sem princípios; não era um castigo, mas a maior libertação, a mais importante bênção.

Enquanto pensava no conteúdo da carta, na depravação da mente que fora capaz de escrevê-la e na mentalidade daquela pessoa tão diferente, que nada tinha a ver com elas a não ser o que o coração de Marianne lhe atribuíra devido a tudo que havia acontecido entre eles, Elinor esqueceu-se do sofrimento da irmã, esqueceu-se de que tinha no colo três cartas que ainda não havia lido e esqueceu-se de quanto tempo havia permanecido ali no quarto, imóvel, até que, ao ouvir o barulho de uma carruagem do lado de fora, aproximou-se da janela para ver quem chegava tão cedo para uma visita. Surpreendeu-se ao ver que se tratava da carruagem da Sra. Jennings que, ela sabia, deveria estar pronta à uma hora. Determinada a não deixar Marianne sozinha, mesmo que no momento não tivesse a menor esperança de ajudá-la, apressou-se a descer e desculpar-se com a Sra. Jennings, explicando que não poderia sair porque sua irmã não se sentia bem. Demonstrando uma bem-humorada preocupação com o mal-estar da jovem, a senhora aceitou imediatamente a desculpa. Assim que viu a carruagem distanciar-se de casa, Elinor voltou para junto de Marianne, a quem encontrou tentando levantar-se da cama, bem a tempo de ampará-la e impedir que caísse no chão, enfraquecida e rígida como ela se encontrava depois de longo período sem descanso e alimentação correta; havia vários dias Marianne não tinha o mínimo apetite e passara as noites sem dormir direito. Agora que sua mente não mais tinha o apoio da espera febril, a consequência de tudo isso fazia-se sentir na dor de cabeça, estômago enfraquecido e colapso nervoso. Um copo de vinho, que Elinor foi buscar para ela pessoalmente, fez com que ela se sentisse melhor e expressasse gratidão pela bondade da irmã, dizendo:

– Pobre Elinor! Como eu a deixei infeliz!

– Eu só gostaria – respondeu ela – de poder fazer *alguma coisa* para confortá-la.

Essas palavras, como quaisquer outras, foram demais para Marianne, que, sufocada pela angústia de seu coração, apenas pôde exclamar:

– Oh, Elinor! Sou mesmo muito infeliz!

Dito isso, sua voz se perdeu completamente em soluços.

Elinor sentiu-se incapaz de testemunhar aquela dor tão profunda em silêncio.

– Reaja, Marianne, querida – implorou desesperada –, se não quiser matar a você mesma e a todos que a amam. Pense na nossa mãe, pense no desespero dela em ver *você* sofrer. Por amor a ela, você tem que reagir.

– Não consigo, não consigo! – chorava Marianne. -- Deixe-me, deixe-me, se eu a atormento. Deixe-me, odeie-me, esqueça-me, porém não me torture mais. Oh, como é fácil para os outros que não têm a tristeza de precisar que os seus lhe peçam que se esforcem para não sofrer! Feliz, feliz Elinor! *Você* não pode ter ideia de como estou sofrendo!

– Acha que *eu* sou feliz, Marianne? Ah, se você soubesse! E como eu poderia ser feliz vendo-a tão triste?

– Perdoe-me, perdoe-me... – Marianne abraçou a irmã. – Sei o que sente por mim, sei o coração que tem, mas você é... você tem que ser feliz, Edward a ama... O que pode prejudicar uma felicidade como esta?

– Muitas, muitas circunstâncias... – respondeu Elinor, solene.

– Não, não, não! – gritou Marianne com veemência. – Ele a ama. Só a você! Por isso, *não pode* ser infeliz!

– Não posso ter alegria vendo-a nesse estado.

– E nunca mais me verá de outra maneira. A minha é uma infelicidade que nada poderá apagar.

– Você não deve falar assim, Marianne. Não tem quem a conforte? Não tem amigos? Sua perda é tão grande que não deixa abertura alguma para o consolo? Por mais que esteja sofrendo agora, pense no que sofreria se descobrisse o verdadeiro caráter dele mais tarde... se o noivado de vocês se prolongasse por meses e meses, como teria sido, se o Sr. Willoughby não decidisse terminá-lo agora. Cada dia de confiança a mais que você dedicasse a ele tornaria a decepção mais terrível.

– Noivado! – exclamou Marianne. – Não houve noivado.

– Não houve noivado?

– Não. Ele não é tão indigno quanto você pensa. Não quebrou promessa alguma feita a mim.

– Mas o Sr. Willoughby não disse que a amava?

– Sim... Não... Nunca, de modo algum. Tudo ficou implícito, jamais foi declarado. Às vezes pensei que houvesse sido, mas nunca foi.

– E assim mesmo você escreveu para ele?

– Sim... Como isso poderia ser errado depois de tudo que se passou? Oh, não posso falar!

Elinor nada mais disse e voltou a atenção para as outras três cartas, que agora despertavam sua curiosidade mais do que nunca, para verificar seu conteúdo. A primeira, que sua irmã enviara para Willoughby quanto haviam chegado à capital, assim dizia:

Berkeley Street, janeiro.

Sei que ficará surpreso, Willoughby, ao receber esta carta e creio que irá sentir algo mais do que surpresa quando souber que me encontro na capital. A oportunidade de vir, proporcionada pela Sra. Jennings, foi uma tentação à qual não pude resistir. Espero que receba esta a tempo de vir aqui esta noite, mas não confio nisto. Prefiro esperá-lo amanhã. Sem mais, adeus.

M.D.

O segundo bilhete, que fora escrito na manhã seguinte ao baile dos Middleton, era assim:

Não tenho como expressar o quanto fiquei desapontada por ter perdido sua visita anteontem, nem meu assombro por não ter recebido resposta alguma ao bilhete que lhe enviei há mais ou menos uma semana. Esperei alguma notícia e, mais ainda, vê-lo a cada hora do dia. Por favor, venha aqui o mais depressa possível para explicar-me o motivo de ter-me feito esperar em vão. Seria melhor que viesse pela manhã, cedo, da próxima vez, porque em geral costumamos sair. Estivemos ontem na casa de Lady Middleton, onde houve um baile.

Disseram-me que o convidaram para a festa. Seria isso mesmo? Acredito que tenha mudado muito desde que nos separamos, se é que este é o caso, para ter agido dessa maneira. Mas não acredito nesta possibilidade e espero em breve ter a sua garantia, pessoalmente, de que tal coisa não ocorreu.

M.D.

As palavras do último bilhete enviado a ele eram estas:

O que devo imaginar, Willoughby, pelo seu comportamento ontem à noite? Mais uma vez peço uma explicação. Eu estava preparada para encontrá-lo com o prazer que nossa separação naturalmente nos daria, com a familiaridade que nossa intimidade em Barton autorizou-me a esperar. No entanto, fui repelida, sem dúvida alguma! Passei uma noite horrível procurando uma desculpa para a sua conduta, que não posso considerar menos do que insultante; porém, como fui incapaz de encontrar alguma justificativa razoável para o seu modo de agir, estou perfeitamente pronta para ouvir suas explicações. Quem sabe o senhor tenha sido mal informado, ou propositalmente enganado sobre alguma coisa que se refira à minha pessoa e que possa ter diminuído a boa opinião que fazia de mim. Diga-me do que se trata, explique-me os motivos de sua atitude e ficarei satisfeita em dar-lhe explicações. Magoa-me bastante, na verdade, ser obrigada a pensar mal do senhor, mas se for para ser assim, se é necessário que eu saiba que o senhor não é quem acreditávamos que fosse, que sua consideração por nós não era sincera, que sua atitude em relação a mim tinha apenas a intenção de iludir, diga-me tudo o mais depressa possível. Neste momento meus sentimentos encontram-se em uma enorme indecisão; eu gostaria de absolvê-lo, porém, com certeza, qualquer coisa será melhor que os tormentos que sofro agora. Caso seus sentimentos não sejam mais o que eram, por favor, devolva minhas cartas e o cacho de meus cabelos que estão em seu poder.

M.D.

Elinor não era capaz de compreender como o Sr. Willoughby não tivera coragem de responder a cartas tão repletas de afeição e confiança. Mas o fato de condená-lo não a tornava cega para a impropriedade dos jovens terem se correspondido; em silêncio, sentia-se ferida pela imprudência que havia oferecido demonstrações de ternura que não tinham sido solicitadas, que não tinham sido garantidas por antecedentes e que se tornavam ainda mais severamente condenáveis pelo fato de Marianne, ao perceber que a irmã terminara de ler as cartas, dizer-lhe que elas nada continham além do que qualquer pessoa teria escrito se estivesse na mesma situação.

– Sentia-me – acrescentou ela – solenemente comprometida com ele, como se o ato mais legal do mundo nos tivesse unido.

– Acredito que sim – declarou Elinor –, porém ele não sentia o mesmo.

– Mas ele *sentia* a mesma coisa, Elinor! Sentiu, sim, durante semanas. Seja o que for que o tenha feito mudar, e acredito que nada a não ser a mais negra magia lançada contra mim poderia provocar isso, Willoughby me queria tanto quanto minha alma poderia desejar. Este cacho de cabelos, que tão depressa voltou-me às mãos, foi-me implorado entre as mais emocionantes súplicas. Se você tivesse visto o olhar dele, seu jeito; se tivesse ouvido sua voz naqueles momentos! Esqueceu a última noite que passamos juntos em Barton? E também a manhã em que partimos? Quando Willoughby me disse que se passariam muitas semanas até que nos víssemos de novo... era imensa sua angústia! Jamais vou me esquecer da angústia dele!

Por um ou dois minutos ela ficou calada. Mas quando a emoção acalmou-se um pouco, acrescentou com voz firme:

– Elinor, eu fui cruelmente usada, mas não por Willoughby.

– Marianne, querida, quem mais a não ser ele? Por quem poderia ter sido instigado?

– Por todo mundo, menos pelo seu próprio coração. Não posso deixar de acreditar que todas as criaturas que conheço uniram-se para me destruir diante dos olhos dele, assim como não posso deixar de acreditar que Willoughby é incapaz de tanta crueldade. Essa mulher que ele mencionou na carta, seja ela quem for, ou qualquer outra pessoa, menos você, mamãe e Edward, pode ser minha cruel inimiga. Fora vocês três, se existe mais uma criatura neste mundo de quem não posso suspeitar que seja tão malvada, como poderia suspeitar de Willoughby, cujo o coração conheço tão bem?

Não querendo discutir, Elinor apenas observou:

– Sejam quais forem esses seus detestáveis inimigos, minha irmã querida, faça com que seus planos malignos sejam frustrados quando testemunharem como a nobre certeza que você tem de sua própria inocência e boas intenções fortalece seu espírito. É sábio e admirável o orgulho que resiste à malevolência.

– Não, não! – rebelou-se Marianne. – Uma desgraça como a minha não tem orgulho. Não me importa que todos vejam que estou arrasada. O triunfo de me ver derrotada deve ser oferecido aos olhos do mundo. Elinor, Elinor, os que sofrem pouco podem ser orgulhosos e independentes, podem resistir a insultos ou retribuir humilhações... Eu não posso. Eu tenho que sentir... Eu tenho que ser desprezível... e eles são bem-vindos para saborear o que conseguiram fazer.

– Pelo amor que você tem a mamãe e a mim...

– Eu gostaria de fazer por vocês mais do que faço por mim. Mas fingir que estou feliz quando me sinto miserável... Oh, quem pode me exigir isso?

Mais uma vez ambas ficaram em silêncio. Pensativa, Elinor andava de um lado para outro, da janela até a lareira, da lareira até a janela, sem perceber o calor que vinha de uma nem discernir os objetos através da outra. Marianne, sentada junto aos pés da cama, com a cabeça apoiada a uma de suas quatro colunas, pegou novamente a carta de Willoughby e, depois de estremecer a cada frase lida, exclamou:

– É demais! Oh, Willoughby, Willoughby, este não pode ser você! Cruel, cruel... nada pode absolvê-lo. Elinor, nada pode. O que quer que ele possa ter ouvido contra mim, por que não esperou me ver para acreditar? Por que não me falou a respeito, dando-me a chance de me defender? "O cacho de seus cabelos (repetindo a carta) que tão gentilmente me confiou"... Isto é imperdoável. Willoughby, onde estava seu coração quando você escreveu estas palavras? Oh, é barbaramente insolente!... Elinor, ele pode ser justificado?

– Não, Marianne. De jeito nenhum seria possível.

– No entanto, essa mulher... quem sabe a que artes ela terá recorrido, há quanto tempo premeditou tudo, quanto tempo levou tecendo a trama! Quem é ela?... Quem pode ser ela?... Quando ele me falou sobre uma jovem e atraente mulher entre suas conhecidas? Jamais! Nem uma vez, nunca! Ele falava apenas em mim.

Seguiu-se outra pausa. Agitada, foi Marianne mesma que voltou a falar:

– Elinor, preciso ir para casa. Preciso ir e ter o conforto de mamãe. Poderemos ir amanhã?

– Amanhã, Marianne?

– Sim. Por que eu teria de continuar aqui? Vim apenas por Willoughby e, agora, quem liga para mim? Quem se importa comigo?

– Creio que será impossível irmos amanhã. Devemos muito mais à Sra. Jennings do que o respeito ditado pela boa educação. E a boa educação, mesmo a mais básica, não aprovaria uma partida como essa.

– Bem, então, ficaremos um ou dois dias, talvez. Porém, não posso ficar mais do que esse tempo respondendo às perguntas e ouvindo os comentários de toda essa gente. Os Middleton e os Palmer... como poderei suportar a piedade deles? A piedade de uma mulher como Lady Middleton! Oh, o que *ele* tem a dizer sobre isto?

Elinor insistiu para que ela se deitasse e por um momento Marianne obedeceu. Mas não conseguia ter paz e, na dor sem fim que lhe torturava corpo e mente, virava-se de um lado para outro, tornando-se cada vez mais e mais histérica a tal ponto que a irmã teve dificuldade em mantê-la na cama e chegou a temer que precisaria chamar alguém para ajudá-la. No entanto, algumas gotas de lavanda, que conseguiu convencê-la a tomar, começaram a fazer efeito. E quando a Sra. Jennings voltou, Marianne encontrava-se na cama, quieta e imóvel.

30

Assim que voltou, a Sra. Jennings foi imediatamente ao quarto delas e, sem esperar resposta ao seu pedido de licença, abriu a porta e entrou, mostrando-se realmente muito preocupada.

– Como vai você, minha querida?

Sua voz soava repleta de compaixão, e Marianne virou o rosto de lado, sem se esforçar para responder.

– Como ela está, Srta. Dashwood? Pobrezinha! Parece estar muito mal... Não me admira! Sim, infelizmente é verdade. Ele vai casar-se logo... É um jovem que não presta para nada! Não tive paciência com ele. A Sra. Taylor contou-me tudo há meia hora, e ela soube por uma amiga íntima da Srta. Grey, caso contrário eu não teria acreditado. Ao ouvir aquilo, fiquei arrasada. Bem, falei a elas, tudo que posso dizer é que, se isso for verdade, esse cavalheiro usou uma jovem conhecida minha de maneira abominável e desejo, com toda a minha alma, que a mulher dele lhe parta o coração! E nunca se deve confiar, como eu sempre costumo dizer, minha querida. Não tenho o menor respeito por homens que agem dessa maneira, e, quando encontrar o Sr. Willoughby de novo, vou dar-lhe uma lição como jamais teve em sua vida. Mas existe um conforto, minha querida Srta. Marianne: ele não é o único jovem cavalheiro que existe neste mundo e com esse seu rostinho lindo jamais irão faltar-lhe admiradores. Bem, pobrezinha, não quero perturbá-la mais, pois é bom que ela chore até desabafar por completo. Felizmente, os Parry e os Sanderson virão aqui esta noite e isso irá diverti-la.

A senhora retirou-se do quarto andando na ponta dos pés, como se acreditasse que a aflição de sua jovem amiga pudesse piorar com o barulho.

Marianne, para surpresa de sua irmã, declarou que iria jantar com as visitas. Elinor preveniu-a contra isso. Mas "não, ela queria descer, podia enfrentar a situação muito bem, e assim o falatório a seu respeito seria menor". Contente por ver que Marianne encontrara um motivo que a tornara disposta a reagir, Elinor nada mais disse, ainda que acreditasse que iria ser muito difícil para ela sentar-se à mesa com os demais. Ajeitando o vestido que Marianne iria usar, enquanto ela continuava na cama, preparou-se para acompanhá-la à sala de jantar, quando fossem chamadas para descer.

Uma vez lá, apesar de visivelmente abalada, Marianne comeu um pouquinho e mostrou-se mais calma do que a irmã esperava. Se a jovem tentasse falar, se tivesse consciência da metade da solicitude bem-intencionada porém desastrosa que a Sra. Jennings estava lhe dedicando, aquela calma não poderia ser mantida; mas nem uma sílaba escapou-lhe dos lábios e a abstração de seus pensamentos a protegeu, mantendo-a na ignorância de tudo que acontecia ao seu redor.

Fazendo justiça à bondade da Sra. Jennings, mesmo que na maioria das vezes as efusões dela fossem irritantes e quase ridículas, Elinor demonstrou-se agradecida e retribuiu todas as gentilezas que sua irmã não tinha possibilidade de retribuir. A boa amiga delas via que a jovem desiludida sentia-se infeliz e considerava-se na obrigação de fazer tudo que estivesse ao seu alcance para minorar-lhe o sofrimento. Assim, tratava-a com a indulgente benevolência de uma mãe para com o filho preferido no último dia de férias. Marianne tinha de ter o melhor lugar junto da lareira, era tentada a comer todas as guloseimas que havia na casa e exortada a se divertir com a apresentação de todas as novidades do dia. Se não fosse Elinor, sempre atenta à tristeza da irmã, a limitar gentilmente toda essa festividade, Marianne poderia ter sido induzida pela Sra. Jennings a curar a decepção amorosa com uma variedade de docinhos, azeitonas e um bom fogo na lareira. Todavia, a repetição constante dessas tentativas começaram a ser percebidas por Marianne e ela não conseguiu mais permanecer na sala. Com um profundo gemido de dor e um sinal à irmã para que não a seguisse, pôs-se de pé e correu para o quarto.

– Pobre alma! – lamentou a Sra. Jennings, assim que Marianne saiu. – Como me dói vê-la nesse estado! E ela foi embora sem terminar seu vinho! Nem as cerejas cristalizadas! Senhor! Nada parece bastante bom para ela. Tenha a certeza de que, se eu soubesse de qualquer coisa de que a Srta. Marianne gosta, reviraria a cidade inteira até encontrá-la. Bem, admiro-me muito que um homem seja capaz de tanta maldade para com uma moça tão linda! Mas quando existe muito dinheiro de um lado e nenhum do outro, que Deus abençoe os homens!, eles não ligam para outra coisa!

– Quer dizer que essa moça, a Srta. Grey, é muito rica?

– Cinquenta mil libras, minha querida. Você a viu? Uma moça inteligente, elegante, mas não bonita, dizem. Lembro-me muito bem da tia dela, Biddy Henshawe, que se casou com um homem muito rico. Mas a família dela também era rica. Cinquenta mil libras! Pelo que comentam por aí, esse dinheiro chega na hora certa, porque o Sr. Willoughby está quebrado. Não é de admirar! Ele vive para cima e para baixo com seu coche e com caçadores! Bem, não é que eu queira falar, mas quando um homem jovem, seja ele quem for, demonstra amor a uma moça linda e lhe faz promessas de casamento, não tem o direito de fugir à palavra dada apenas porque nasceu pobre e uma moça rica está disposta a ficar com ele. Em vez disso, por que esse cavalheiro não vende seus cavalos, não deixa sua casa, não dispensa os criados e não procura endireitar sua vida? Eu garanto que a Srta. Marianne estaria disposta a esperar até que ele tivesse condições. Mas, não. Isso não acontece nesses dias. Os moços de hoje não desistem dos prazeres por nada deste mundo.

– A senhora sabe que tipo de moça é a Srta. Grey? Consideram-na bondosa?

– Jamais ouvi coisas desagradáveis a respeito dela, aliás, quase nunca ouvi falar nela. Pelo que a Sra. Taylor disse hoje de manhã, que a Srta. Walker tinha dito a ela, fiquei sabendo que as duas acreditam que o Sr. e a Sra. Ellison não ficarão nada tristes quando virem a Srta. Grey casada, porque ela e a Sra. Ellison jamais conseguiram se entender.

– E quem são os Ellison?

– Os tutores dela, minha querida. Agora que ela cresceu, pode escolher por si mesma, e que bela escolha fez! E, assim – a boa senhora fez uma pausa –, sua pobre irmã foi para o quarto, para gemer e chorar, tenho certeza. Será que não existe nada que possa confortá-la? Pobrezinha, parece-me muito cruel deixá-la só. Bem, no decorrer dos dias, iremos recebendo amigos e isso irá distraí-la um pouco. E se viesse jogar baralho conosco? Sei que ela detesta o uíste, mas não há algum jogo do qual Marianne goste?

– Minha cara madame, sua bondade é desnecessária. Temo que minha irmã não queira mais deixar o quarto por esta noite. Se eu puder, vou persuadi-la a deitar-se cedo, pois tenho certeza de que precisa descansar.

– Sim. Creio que é o melhor para ela. Deixe-a sossegada, se não quiser terminar de jantar, e que se deite logo. Senhor! Não admira que Marianne tenha ficado com aparência tão abatida, cansada, nas últimas duas semanas... Suponho que ela já vinha se preocupando com isso desde então. Quer dizer que a carta que chegou hoje terminou tudo mesmo? Pobre alma! Tenho certeza de que, se eu tivesse a menor desconfiança do que estava se passando, não teria brincado com ela a respeito, como fiz. Mas, a senhorita compreende, não? Como eu poderia ter desconfiado? Acontece que pensei que não passasse de uma simples carta de amor e a senhorita sabe que os jovens gostam das brincadeiras a respeito. Senhor! Como Sir John e minhas filhas irão ficar consternados quando souberem disso! Se eu já soubesse dessa carta, teria passado na Conduit Street, quando vim para casa, e lhes contaria tudo. Mas posso ir lá amanhã...

– Acredito que não seja necessário pedir que a senhora avise a Sra. Palmer e Sir John para que não mencionem o nome do Sr. Willoughby nem façam a menor alusão ao que aconteceu diante de minha irmã. A boa natureza deles com certeza os prevenirá de que seria uma crueldade demonstrar que sabem do que aconteceu quando ela estiver presente. E quanto menos se fale comigo a respeito desse assunto, menos irão ferir meus sentimentos, como a senhora, querida madame, há de compreender.

– Oh, Senhor! Sim. É o que vou fazer, com certeza. Deve ser terrível para a senhorita ouvir falar nisso. E quanto a sua irmã, garanto que não lhe direi uma palavra a respeito, por nada deste mundo. Viu que não falei uma só palavra durante o jantar? Minhas filhas e Sir John também não o farão, porque são muito sensíveis e consideram os demais, principalmente se eu lhes falar antes. O que farei, sem dúvida alguma. No que me diz respeito, acredito que quanto menos se fale nessas coisas, melhor, e assim tudo será esquecido mais depressa. E que bem poderia fazer se ficássemos relembrando isso?

– Num caso como este, só poderia fazer mal. Mais neste, até, do que em outros casos semelhantes. Tudo se deu por circunstâncias que, pelo bem de todos que estão implicados neste caso, o tornam impróprio para conversas sociais. Devo fazer *esta* justiça ao Sr. Willoughby: ele não rompeu qualquer compromisso definitivo que tenha prometido a minha irmã.

– Oh, minha querida! Não procure defendê-lo. Não houve um compromisso definido? Sim, senhorita! Depois que o Sr. Willoughby a levou à Allenham House e após terem conversado sobre a casa em que iriam morar?

Pelo bem de sua irmã, Elinor não quis levar a conversa adiante e esperava que não se visse obrigada a continuar, pelo bem de Willoughby. Se Marianne podia perder muito com isso, ele ganharia pouquíssimo com a revelação da verdade. Depois de breve silêncio de ambas as partes, a Sra. Jennings riu alto, com sua natural jovialidade.

– Bem, minha querida, estamos falando de um mal que com certeza será um bem para o coronel Brandon. No fim, ele ficará com Marianne. Sim, tenho certeza de que ficará. Pode acreditar, eles estarão casados antes que o verão chegue ao meio. Senhor! Como o coronel vai rir ao ouvir estas novidades! Espero que ele venha aqui esta noite. Este será um casamento muito melhor para sua irmã. Dois mil por ano, sem dívidas nem descontos... a não ser pela adorável menina, claro. Sim, eu havia me esquecido dela. Mas essa jovem deve estar acostumada a gastar pouco e, então, que importância tem? Delaford é muito bonita, posso garantir. E exatamente o que eu chamo de propriedade bonita: um lugar repleto de conforto e conveniências, rodeada por um grande jardim e um pomar com as melhores árvores frutíferas da região. E com amoreiras por todo lado! Senhor! Como Charlotte e eu comemos amoras quando estivemos lá! Há também um pombal, alguns lagos maravilhosos e um canal lindíssimo. Tem tudo, enfim, que uma pessoa poderia desejar; e mais, fica perto da igreja e a não mais de quinhentos metros da estrada principal. Quando o tempo está bom, se a senhorita sentar no bosque de teixos, atrás da casa, poderá ver as carruagens passarem. Oh, é mesmo um lugar lindo. Há um açougue no vilarejo e a casa do presbitério, toda de pedra. Para mim, é mil vezes melhor que Barton Park, onde é preciso mandar alguém buscar carne a mais de três quilômetros de distância e não há vizinho algum por perto, a não ser sua mãe. Bem, vou encorajar o coronel assim que puder. A senhorita sabe, "rei morto, rei posto"... Se *pudermos* tirar o Sr. Willoughby da cabeça dela!

– Sim, mas se pudermos fazer *isso*, madame – esclareceu Elinor –, iremos fazê-lo sem a ajuda do coronel Brandon.

E, levantando-se, ela foi juntar-se a Marianne. Como esperava, encontrou-a no quarto entregue ao sofrimento, diante dos restos de brasa na lareira, o que havia sido sua única luz até a entrada de Elinor.

– É melhor você me deixar sozinha – foi tudo que Marianne lhe disse.

– Eu a deixarei sozinha – reagiu Elinor –, se você se deitar.

Com má vontade momentânea, própria de quem se torna impaciente com o sofrimento, em princípio Marianne recusou. Mas a gentil porém insistente persuasão da irmã foi amolecendo sua resistência e Elinor, por fim, viu Marianne apoiar a cabeça no travesseiro e esperou que estivesse quase adormecendo para só então retirar-se.

Desceu para a sala de estar e pouco depois a Sra. Jennings juntou-se a ela, com um copo cheio de vinho na mão.

– Minha querida – foi dizendo ao entrar –, acabo de ver que ainda havia uma garrafa fechada do mais fino vinho Constantia e trouxe um copo para sua irmã. Como o meu pobre marido gostava deste vinho! Sempre que era atormentado pelas dores de sua velha gota, dizia que este vinho era a melhor coisa do mundo. Leve-o para sua irmã.

– Querida madame – Elinor sorriu diante de tão diferentes propriedades que recomendavam aquele vinho –, a senhora é muito bondosa! Mas acabo de deixar Marianne na cama e adormecida, espero. Acredito que não haja nada melhor do que ela descansar e, se me permitir, eu mesma beberei o vinho.

Ainda lamentando não ter chegado cinco minutos antes, a Sra. Jennings assentiu, satisfeita. E enquanto tomava o vinho em pequenos goles, Elinor pensava que, por melhores que fossem os efeitos dele sobre dores da gota, pouca importância dava a isso no momento; mas bem que podia ter poderes curativos para corações magoados, tanto para o dela quanto para o de sua irmã.

O coronel Brandon chegou quando tomavam chá e, pelo modo que olhou ao redor, em busca de Marianne, Elinor percebeu imediatamente que ele não esperava e nem desejava vê-la ali e que sabia do motivo da ausência. A Sra. Jennings não pensou a mesma coisa, pois, assim que ele entrou, atravessou a sala e, ao passar pela mesinha de chá onde Elinor se encontrava ocupada, murmurou:

O coronel está sério como sempre. Ele ainda não sabe de nada. Conte-lhe, minha querida.

Imediatamente depois dos cumprimentos, o recém-chegado sentou-se em uma cadeira perto de Elinor e, com um olhar que dizia claramente que estava bem-informado, perguntou-lhe pela irmã.

– Marianne não está muito bem – respondeu ela. – Sentiu-se indisposta o dia todo e nós a convencemos a ir deitar-se.

– Talvez, então... – o coronel hesitou. – Quer dizer que o que ouvi esta manhã pode ser... pode ter mais de verdade do que eu pude acreditar?

– O que o senhor ouviu?

– Que aquele cavalheiro de quem tive motivos para pensar... Em suma, aquele homem que eu *sabia* estar noivo... Como posso dizer-lhe, afinal? Se a senhorita está sabendo de tudo, como deve estar, por que não me poupa?

– O senhor está se referindo – Elinor falava com calma forçada – ao casamento próximo do Sr. Willoughby com a Srta. Grey? Sim, *sei* disso. Este parece ter sido um dia de esclarecimentos gerais, pois logo de manhã ficamos sabendo desse fato. O Sr. Willoughby está incomunicável... Onde o senhor ficou sabendo?

– Diante de uma cocheira, na Pall Mall, onde costumo fazer compras. Duas senhoras estavam esperando pela carruagem de uma delas e conversavam a respeito desse casamento em voz tão alta que foi impossível não ouvir tudo. O nome do Sr. Willoughby, John Willoughby, insistentemente repetido, acabou por chamar-me a atenção, e, assim, tive a oportunidade de saber que tudo já estava perfeitamente estabelecido sobre o casamento dele com a Srta. Grey. Ficou claro que já não se trata de um segredo e que acontecerá dentro de poucas semanas. As damas referiram-se a muitos detalhes como, por exemplo, preparativos e outras coisas. Lembro-me de que uma delas, principalmente, disse algo que me serviu para identificar com mais clareza o indivíduo de quem falavam: que assim que a cerimônia terminar, os noivos irão diretamente para Combe Magna, a residência dele em Somersetshire. Imagine meu espanto, mas dificilmente poderá imaginar o que senti. A comunicativa dama a quem ouvi contando tudo, pois fiquei na loja até que elas fossem embora, era a Sra. Ellison, e é esse, segundo fui informado, o sobrenome do tutor da Srta. Grey.

– É, sim. O senhor ouviu também que a Srta. Grey possui cinquenta mil libras? Eu acredito que este detalhe basta para minha completa explicação.

– Poderá bastar, de fato. Willoughby seria capaz... Bem, quero dizer, eu penso que... – Brandon calou-se por um momento, então acrescentou, com uma voz que parecia destruí-lo: – E sua irmã... como ela...

– Esse golpe causou-lhe um sofrimento muito doloroso. Só espero que seja proporcionalmente curto. Foi, quero dizer, está sendo uma aflição cruel. Acredito que até ontem Marianne não tinha a menor dúvida a respeito dele. E mesmo agora, talvez... Mas eu estou convencida de que o Sr. Willoughby jamais se apegou a ela realmente. Ele foi muito decepcionante e, devo dizer, demonstrou que tem o coração muito frio!

– Sim – assentiu o coronel –, sem dúvida! Mas sua irmã não deve... Creio que a senhorita disse... que ela não considera a situação definitiva, como é o seu parecer.

– O senhor a conhece e deve imaginar que Marianne procura justificar o Sr. Willoughby da melhor maneira que pode.

O coronel nada mais disse e, retirados os remanescentes do chá, preparada a mesa de jogo, o assunto foi posto de lado. A Sra. Jennings, que os observara prazerosa enquanto conversavam e esperava para ver o efeito da comunicação da Srta. Dashwood, ou seja, uma súbita alegria por parte do coronel Brandon que o remoçaria e o deixaria feliz, desconcertou-se ao vê-lo tornar-se ainda mais sério e pensativo do que de hábito.

31

Depois de uma noite de sono mais regular do que ela esperava, Marianne acordou na manhã seguinte com a mesma consciência de infelicidade que tinha ao fechar os olhos.

Elinor encorajou-a a dizer o que sentia e, antes que o café da manhã ficasse pronto, haviam falado várias vezes no assunto, com a mesma firme convicção e o afetuoso amparo por parte de Elinor, com o mesmo ímpeto sentimental e opiniões instáveis de Marianne, do modo que costumavam fazer antes. Às vezes chegava a se convencer de que Willoughby era tão inocente e tão infeliz quanto ela própria, em outras ficava desolada, ao concluir que não tinha possibilidade alguma de absolvê-lo. Em um momento sentia uma indiferença absoluta ao que o mundo inteiro poderia pensar ou dizer, em outro desejava ficar reclusa, escondendo-se de tudo e de todos, e em um terceiro sentia-se capaz de resistir com energia. Em um aspecto, no entanto, ela era imutável: evitava ao máximo a presença da Sra. Jennings e, quando isso era impossível, fechava-se em um inquebrantável silêncio. Seu coração endurecia-se diante da possibilidade de a Sra. Jennings invadir sua tristeza com a compaixão.

– Não, não, não pode ser! – exclamava Marianne. – Ela não pode sentir; sua bondade não é simpatia, a suavidade não é ternura. Tudo o que essa senhora quer no mundo é mexericar, e gosta de mim apenas porque posso lhe fornecer assunto para isso.

Elinor não precisaria deste comentário para estar certa da injustiça em que muitas vezes sua irmã incorria em relação aos demais, devido à irritabilidade refinada de sua própria mente e à grande importância que atribuía às delicadezas de uma forte sensibilidade e às graças das boas maneiras. Como metade do resto do mundo, se é que essa metade era inteligente e boa, Marianne, com excelentes habilidades e disposição, não era razoável nem ingênua. Exigia dos outros que tivessem os mesmos sentimentos e as mesmas opiniões que as suas e julgava os motivos dos outros pelo efeito imediato das ações sobre ela mesma. Assim, enquanto as irmãs estavam em seu quarto depois do café da manhã, ocorreu uma circunstância que fez o coração da Sra. Jennings baixar ainda mais no conceito de Marianne. Isso porque, devido à própria fraqueza da jovem, uma atitude da Sra. Jennings foi a causa de uma nova fonte de dor, embora a boa senhora houvesse agido em um impulso de pura boa vontade.

Com uma carta na mão e um sorriso alegre, certa de estar trazendo algum conforto, a dona da casa entrou no quarto dizendo:

– Agora, minha querida, trago-lhe algo que, tenho certeza, irá fazer-lhe bem.

Essas palavras foram o bastante para que, no mesmo instante, a imaginação de Marianne a colocasse diante de uma carta de Willoughby, repleta de ternura e arrependimento, explicando da maneira mais satisfatória e convincente tudo que se havia passado. Visualizou também, quase ao mesmo tempo, Willoughby irrompendo no quarto para reforçar, de joelhos a seus pés e com eloquência nos olhos, as palavras de sua carta. O trabalho de um momento da fértil imaginação foi totalmente destruído no outro. A letra de sua mãe, que jamais havia sido tão mal vinda, encontrava-se diante de seus olhos e, na intensidade da decepção que se seguiu ao êxtase do que era mais do que uma esperança, ela teve a sensação de sofrer naquele átimo como jamais havia sofrido.

Marianne não conseguiria expressar a crueldade da Sra. Jennings nem mesmo em um momento de sua mais expressiva eloquência, então demonstrou a revolta apenas pelas lágrimas, que lhe jorraram dos olhos com apaixonada violência. Uma revolta, no entanto, completamente perdida em seu objetivo, uma vez que depois de muitas demonstrações e palavras de piedade, a Sra. Jennings ainda insistia para que ela recorresse à carta para se confortar. Mas quando se acalmou o suficiente, essa carta lhe trouxe muito pouco consolo. Willoughby encontrava-se presente em todas as páginas. Sua mãe, ainda acreditando no noivado deles e baseando-se como sempre na sua própria lealdade, havia recebido as palavras de Elinor e implorava que Marianne tivesse mais confiança nela; pedia essa confiança com tanta ternura em relação a Marianne, com tal afeição por Willoughby e com tanta convicção em sua crença na futura felicidade de ambos, que mais uma vez ela chorou, agoniada com tudo aquilo.

A impaciência em voltar para casa manifestou-se com maior ímpeto; sua mãe mostrava-se mais doce do que nunca para com ela, muito carinhosa para com Willoughby, graças ao excesso de confiança desmerecida que tinha nele, e insistia desesperadamente para Marianne regressar com urgência. Elinor, incapaz de determinar se era melhor para a irmã estar em Londres ou em Barton, não lhe deu outro conselho a não ser ter paciência até que pudessem saber qual era a verdadeira vontade de sua mãe; com determinação, conseguiu que Marianne concordasse em esperar para sabê-lo.

A Sra. Jennings deixou-as mais cedo do que de hábito, pois não teria sossego enquanto os Middleton e os Palmer não soubessem quanto estava triste. E recusando de forma definitiva o oferecimento de companhia feito por Elinor, saiu sozinha naquela manhã.

Com o coração muito pesado, consciente da dor que iria causar e percebendo, pela carta que Marianne recebera, como ela ficara mal com aquelas palavras, Elinor sentou-se a fim de escrever para a mãe contando todo o ocorrido e pedindo que a orientasse sobre o que fazer. Ao constatar que a Sra. Jennings havia saído, Marianne juntara-se a ela na sala de estar. Permanecia imóvel, acomodada a seu lado junto à mesa, acompanhando o movimento da pena sobre o papel e sofrendo pela irmã que se via obrigada a tão ingrata tarefa. Sofria ainda mais cada vez que pensava na dor que aquela carta iria causar à mãe.

Assim ficaram as duas por cerca de quinze minutos, quando Marianne, cujos nervos não podiam suportar nem o menor ruído, deu um salto ao ouvir firmes batidas à porta.

– Quem pode ser? – indagou Elinor. – E tão cedo! Pensei que *nós* estivéssemos a salvo...

Marianne foi até a janela.

– É o coronel Brandon. – Era evidente a aflição de Marianne. – Jamais ficaremos a salvo *dele*.

– Como a Sra. Jennings não está em casa, o coronel não vai entrar.

– Não confio *nisso*. – Marianne dirigiu-se à porta a fim de ir para o quarto. – Um homem que não tem o que fazer com o seu tempo não tem consciência de que está se intrometendo no tempo dos outros.

O que se passou em seguida foi a prova de que Marianne tinha razão, apesar de sua afirmativa basear-se em erro e injustiça. O coronel Brandon entrou, sim, e Elinor convenceu-se de que a solicitude dele para com sua irmã tornava-o inconveniente; mas quem percebia *aquela* solicitude em seu olhar perturbado e triste, na ansiosa e insegura pergunta para saber como ela estava, não poderia perdoar Marianne por não dar valor àquele homem.

– Encontrei a Sra. Jennings na Bond Street – disse ele, depois de cumprimentá-las – e ela encorajou-me a vir aqui. Deixei-me levar por ela porque achei que iria encontrar a senhorita sozinha, o que eu desejava muito. Meu objetivo... meu desejo... meu único desejo em querer vir aqui... Eu espero, eu acredito que seja... que possa trazer algum conforto... Não, eu não queria dizer conforto... Não conforto de fato, mas sim uma convicção... uma convicção duradoura à alma de sua irmã. Minha consideração por ela, pela senhorita, pela senhora sua mãe... fará com que eu prove isso relatando algumas circunstâncias que nada, a não ser uma consideração muito sincera... nada mais do que o anseio de ser útil... Creio que estou justificado... embora tenha passado muitas horas tentando me convencer de que estou certo, de que não há motivo algum para que esteja errado...

Ele calou-se de súbito.

– Eu compreendi, coronel – garantiu Elinor. – O senhor tem alguma coisa a me dizer a respeito do Sr. Willoughby que irá demonstrar melhor o caráter dele. O senhor quer dizer que esta é a maior demonstração de amizade que pode oferecer a Marianne. *Eu* lhe serei imensamente grata por qualquer informação que ajude *minha* irmã a ter forças para se recuperar. Por favor, diga-me o que tem a dizer.

– Direi, então. Para ser breve, quando saí de Barton Park... Mas assim a senhorita não poderá ter ideia... Preciso voltar mais no tempo. Vai me julgar um péssimo narrador, Srta. Dashwood, pois mal sei por onde começar. Contudo, acredito que seja necessário um breve esclarecimento a meu próprio respeito, e prometo que ele será bem curto. – O coronel suspirou pesadamente. – Mas posso ter a tentação de falar demais a esse respeito...

Depois de ficar em silêncio por instantes, como se colocasse as ideias em ordem, o cavalheiro voltou a falar:

– Com certeza a senhorita esqueceu-se por completo da conversa... e não há por que acreditar que ela a tenha impressionado de algum modo... que mantivemos uma noite em Barton Park... Foi durante um baile... Nessa conversa mencionei uma dama que conheci e que de algum modo parecia-se com sua irmã, a Srta. Marianne.

– Oh, sim! – assentiu Elinor. – *Não* me esqueci.

Brandon pareceu tornar-se contente com essa afirmativa e, depois de outro suspiro, continuou:

– Caso eu não esteja sendo enganado pela incerteza e a parcialidade de uma lembrança terna, há mesmo uma grande semelhança entre elas, tanto física quanto mental. O mesmo coração afetuoso, a mesma tendência a sonhos e a mesma vitalidade. Essa lady era uma das mais queridas pessoas que eu conhecia; como havia ficado órfã, ainda em tenra infância, encontrava-se sob a tutoria de meu pai. Nossa idade era mais ou menos a mesma e desde bem pequeninos éramos muito amigos e companheiros de brincadeiras. Não posso me lembrar de nenhum tempo em que eu não tenha amado Eliza. Quando crescemos, minha afeição por ela era tanta que talvez a senhorita ache impossível eu a ter sentido, julgando por minha atual apatia e tristeza. Essa afeição era, acredito, tão intensa quanto o apego de sua irmã pelo Sr. Willoughby e tão infeliz quanto o dela, embora por motivo diferente. Aos dezessete anos eu a perdi para sempre. Ela se casou... Casou-se com meu irmão, levada a fazê-lo contra sua inclinação. A fortuna de Eliza era grande e a propriedade de nossa família achava-se comprometida. E isso, eu temo, é tudo que pode ser dito sobre a conduta de alguém que era ao mesmo tempo tio e tutor dela. Meu irmão não a merecia e nem mesmo a amava. Esperei que a estima que Eliza sentia por mim a ajudasse a suportar as dificuldades e por algum tempo assim foi. Todavia, a miséria da sua situação, pois ela suportava muita insensibilidade, abalou sua resolução e, ainda que jamais me tivesse feito promessas... Mas como eu conto mal! Não vou me alongar dizendo-lhe como chegamos a este ponto. Estávamos a poucas horas de fugirmos juntos para a Escócia. A traição, ou a insensatez, de uma criada de minha prima nos arruinou. Fui banido para a casa de um parente distante e ela perdeu a liberdade; foi proibida de sair, de frequentar a sociedade e de se divertir enquanto a vontade de meu pai prevaleceu. Eu acreditara demais nas forças dela e minha desilusão foi muito grande. Se o casamento de Eliza fosse feliz, eu, como era muito jovem, acabaria por me conformar com o fato ou, pelo menos, deixaria de lamentá-lo. No entanto, não foi assim. Meu irmão não tinha a menor consideração pela esposa; os prazeres dele não eram ligados a ela e desde o começo tratou-a muito mal. Foi natural a consequência disso para uma mente tão jovial, tão simples e inexperiente como a da Sra. Eliza Brandon. Em princípio, ela resignou-se à miséria de sua situação e teria sido feliz se não fosse obrigada a viver lutando contra a tristeza cujas lembranças que guardava de mim lhe ocasionavam. É fácil imaginar que ela acabaria por cair, tendo um marido tão empenhado em provocar inconstância e sem um amigo que lhe desse amparo; meu pai viveu apenas alguns meses depois do casamento deles e eu me encontrava, com meu regimento, nas Índias Ocidentais. Se eu tivesse permanecido na Inglaterra, talvez... Porém, eu pedira minha transferência na tentativa de não impedir que eles fossem felizes, permanecendo durante anos longe de Eliza. O choque que o casamento dela me causou – prosseguiu ele, com a voz repleta de emoção – não se compara, não foi nada perto do que senti quando ouvi falar em sua separação, dois anos depois. Foi *isso* que me tornou sombrio como sou. Ainda hoje, ao lembrar-me do que sofri...

O coronel não pôde dizer mais nada e ficou caminhando de um lado para outro da sala, em silêncio, por alguns minutos. Emocionada com a narrativa de Brandon e, mais ainda, com sua tristeza, Elinor não conseguiu falar. Ele percebeu a perturbação dela; aproximou-se, pegou-lhe uma das mãos e beijou-a com agradecido respeito. Poucos minutos mais de silêncio permitiram que ele se recuperasse e prosseguisse a narrativa.

– Quase três anos depois desse infeliz acontecimento, voltei para a Inglaterra. Quando *cheguei*, meu primeiro cuidado foi procurá-la, porém a busca mostrou-se tão infrutífera quanto melancólica. Não pude encontrar Eliza por intermédio de seu primeiro marido e tinha motivo para imaginar que ela se havia separado dele para mergulhar mais profundamente numa existência de pecado. A mesada legal que lhe foi conferida não era adequada à sua fortuna, nem suficiente para garantir-lhe uma vida confortável; eu soube por meu irmão que a ordem de recebimento vinha sendo apresentada havia meses por outra pessoa. Ele imaginava, e como podia imaginá-lo tão calmamente?, que a extravagância dela e consequente pobreza a obrigara a entregar a ordem a alguém, para imediata solução de algum problema de dinheiro. Eu a encontrei, por fim, depois de permanecer seis meses em Londres. A preocupação com um ex-empregado meu, que também havia caído em desgraça, fez com que eu fosse visitá-lo num presídio onde ele fora confinado por dívidas. E ali, nesse mesmo lugar, no mesmo confinamento, encontrei minha infeliz cunhada. Tão alterada... tão amuada... destruída por cruéis sofrimentos de toda espécie! Era-me muito difícil acreditar que a figura acabada e doente que se encontrava diante de mim era o que restava da adorável, luminosa e saudável moça com quem eu convivera um dia. O que senti olhando para Eliza... Basta. Não tenho o direito de ferir seus sentimentos tentando descrever o que passei... Já causei aflição demais à senhorita. Pela aparência, ela encontrava-se no último estágio de definhamento e, naquela situação, esse fato foi de grande consolo para mim. A vida nada mais tinha a oferecer-lhe, a não ser tempo para uma melhor preparação para a morte. E isso foi feito. Tratei de acomodá-la em um quarto confortável, onde teve todos os cuidados necessários; visitei-a todos os dias durante o curto resto daquela pobre vida e estava com Eliza em seus últimos momentos.

Mais uma vez o coronel calou-se, a fim de dominar as emoções, e Elinor demonstrou o que sentia com uma exclamação de terna aflição diante do que o destino reservara para seu infeliz amigo.

– Espero que sua irmã não se ofenda – disse ele – com a semelhança que imaginei entre ela e essa minha infeliz parente. As sortes delas e seus destinos podem não ser os mesmos; se o doce romantismo de uma fosse protegido por uma mente firme ou por um casamento feliz, ela poderia ter da vida o que a senhorita deseja que sua irmã tenha. Mas... para que tudo isso? Parece que a estou perturbando a troco de nada... Ah, Srta. Dashwood, uma história como esta... que se manteve intocada durante anos... é perigosa demais para quem a maneja. Eu deveria ter me dominado, deveria ter sido mais conciso. Eliza deixou aos meus cuidados sua única filha, fruto do primeiro relacionamento pecaminoso, uma menininha que naquela ocasião estava com três anos. Ela amava essa criança e sempre a mantivera a seu lado. Demonstrou uma grande, preciosa confiança em mim. Eu teria correspondido por completo a essa confiança, cuidando pessoalmente da educação da pequena, se minha situação o permitisse. Mas eu não tinha casa, nem família e a minha Elizinha foi internada em um colégio. Eu ia visitá-la sempre que podia e, depois da morte de meu irmão, cerca de cinco anos mais tarde, o que me fez dono de todas as propriedades da família, ela me visitava frequentemente em Delaford. Apresentei-a como uma parente distante, mas sei que todos desconfiam que existe uma ligação muito próxima entre nós. Há três anos, quando Eliza acabava de fazer catorze anos, eu a tirei do colégio e a coloquei sob os cuidados de uma respeitável senhora que mora em Dorsetshire e toma conta de mais umas quatro ou cinco moças da mesma idade. Durante dois anos não tive do que me queixar dessa situação. Mas em fevereiro passado, quase um ano atrás, de repente

Eliza desapareceu. Eu havia concordado em satisfazer ao seu ardente desejo, e fui imprudente, como pude verificar depois, de deixá-la ir a Bath com uma amiga que acompanharia o pai em um tratamento de saúde. Deixei-a ir porque sabia que o pai da jovem era um homem de bem e eu tinha uma boa impressão de sua filha, melhor do que ela merecia. Imprudente, obstinadamente, a moça não quis revelar nada, apesar de, com certeza, saber de tudo. O pai dela, um homem bom, porém sem muita visão do que lhe acontece ao redor, não tinha nenhuma informação a dar-me, acredito; ele costumava ficar enfiado em casa, enquanto as jovens iam para a cidade e se relacionavam com quem bem entendessem. Esse senhor tentou convencer-me, uma vez que se achava convencido, de que sua filha nada tinha a ver com o que acontecera. Enfim, eu nada pude saber além de que Eliza havia ido embora. O restante limitou-se a simples conjeturas, por oito longos meses. É possível ter uma ideia do que pensei, do que imaginei e do que sofri, também.

– Santo Deus! – exclamou Elinor. – Será que... que o Sr. Willoughby...

– A primeira notícia que tive da pequena Eliza – voltou a falar o coronel Brandon – veio por uma carta escrita por ela mesma, em outubro passado. Essa carta chegou a Delaford e me foi enviada de lá, na manhã em que íamos fazer o passeio a Whitwell. Foi por isso que deixei Barton Park tão repentinamente, apesar de saber que aquela atitude iria parecer estranha a muitos e ofensiva a alguns. Quando me censurou pela incivilidade de cancelar o passeio, suponho que o Sr. Willoughby estava longe de imaginar que fui chamado para dar apoio a alguém que ele tornou infeliz e miserável. Mas, se aquele senhor soubesse disso, o que teria feito? Teria dirigido sorrisos menos felizes e alegres a sua irmã? Não. Ele continuaria agindo do mesmo modo, coisa que não faria nenhum homem que *tivesse* sentimentos e consideração pelo outros. Ele havia abandonado uma moça jovem e inocente, depois de seduzi-la, deixando-a numa situação terrível, numa casa não respeitável, sem ajuda e sem que nenhum amigo soubesse onde ela se encontrava! Ele a havia deixado prometendo que voltaria; não voltou, não escreveu e não a socorreu.

– Isso ultrapassa todos os limites! – horrorizou-se Elinor.

– O caráter dele aí está, diante da senhorita: esbanjador, dissoluto e ainda pior. Sabendo tudo isso, como eu soube há algumas semanas, imagine o que senti ao ser informado da inclinação de sua irmã por ele e que iriam se casar; imagine o que senti em relação à segurança de sua família. Na semana passada, quando vim aqui e a encontrei sozinha, cheguei quase a dizer-lhe a verdade; mas novamente fiquei indeciso em falar, como havia ficado quando soube de tudo. Meu comportamento deve ter-lhe parecido estranho naquele dia, mas agora a senhorita pode compreendê-lo. Submetê-la ao sofrimento de uma decepção ao saber que sua irmã... O que eu podia fazer? Não tinha esperança de interferir com sucesso e, às vezes, pensava que talvez a influência da Srta. Marianne poderia vir a resgatar esse homem. Mas agora, depois de uma atitude tão desonrosa, quem pode dizer quais eram as intenções dele para com a Srta. Marianne? Sejam quais tenham sido, porém, agora ela pode... Sem dúvida, ela *deve* sentir-se agradecida pelo que lhe aconteceu, ao comparar-se com a minha pobre Eliza. Difícil imaginar infelicidade maior do que a dela quando se considera a situação desesperada e dolorosa dessa pobre moça, quando se pensa no que ela pode esperar da vida com o forte afeto, mais forte do que ela mesma, que nutre por esse homem e com o tormento da censura que deve sentir em relação a si mesma pelo que fez. Com certeza, essa comparação poderá ajudar a Srta. Marianne, mostrando-lhe que seu sofrimento não é nada, pois não procede de má conduta e não a fará cair em desgraça. Ao contrário, cada um de seus amigos lhe dedicará ainda mais amizade que antes. A preocupação com a felicidade dela e o respeito pela força que existe sob a dor que a Srta. Marianne sofre estreitarão todos os laços de carinho. Por favor, use a sua discrição quando for relatar a ela o que lhe contei. A senhorita deve saber muito bem qual será seu efeito. Se eu não tivesse certeza, se não acreditasse de coração que saber desses fatos fará o sofrimento da Srta. Marianne diminuir, jamais teria me permitido perturbá-la com esta exposição de minhas aflições familiares, com esta narrativa que poderia ser considerada por alguns como uma atitude tomada para que eu me erga à custa da queda dos outros.

Elinor apressou-se a agradecer a atitude dele com grande emoção e garantiu que seria de muita ajuda a Marianne saber daqueles lamentáveis acontecimentos.

– Minha aflição maior – explicou ela – é devida à determinação de minha irmã em perdoá-lo, mais do que pelo que aconteceu, pois Marianne se perturba muito tentando justificar esse homem, quando deveria perturbar-se com a indignidade dele. Agora, embora eu saiba que no princípio o sofrimento dela irá redobrar com o que o senhor me contou, tenho certeza de que irá diminuir em seguida. Diga-me, coronel – indagou depois de breve silêncio –, esteve com o Sr. Willoughby depois que o viu em Barton?

– Sim, estive com ele uma vez. Um encontro era inevitável.

Impressionada com a expressão torturada do coronel, Elinor fitou-o ansiosa e perguntou:

– Como assim? O senhor foi procurá-lo para...

– Eu não poderia procurá-lo de outra maneira. Apesar de relutar, Eliza acabou por me dizer o nome de seu amante e, quando ele chegou à capital, o que aconteceu quinze dias depois da minha chegada, marcamos um duelo; ele para defender, eu para punir sua conduta. Saímos do encontro sem nenhum ferimento e ninguém ficou sabendo de nada.

Elinor estremeceu; tinha horror por duelos, mas não podia reprovar essa atitude em um homem, principalmente em um soldado.

– Que terrível a semelhança – comentou o coronel Brandon, momentos depois – entre os destinos de mãe e filha! E como cumpri desastrosamente mal o meu dever!

– Ela ainda está aqui na capital?

– Não. Assim que Eliza se recuperou do parto, pois a encontrei prestes a dar à luz, levei-a com a criança para o campo, e ela permanece lá.

Reconhecendo, afinal, que estava mantendo Elinor longe da irmã por muito tempo, o coronel encerrou a visita. Recebeu mais alguns agradecimentos por parte dela e deixou-a sentindo ainda mais estima e compaixão por ele.

32

Quando os detalhes dessa conversa foram repetidos pela Srta. Dashwood à irmã, assim que se juntou a ela, o efeito sobre Marianne não foi o que Elinor esperava. Não que duvidasse da verdade da história; ouviu-a do começo ao fim com atenção contínua, não fez objeção ou comentário algum, não tentou justificar Willoughby e apenas parecia demonstrar com suas lágrimas que tudo aquilo lhe parecia impossível. Não obstante, embora a atitude de Marianne assegurasse a Elinor que a convicção da culpa de Willoughby abrira caminho na sua mente e apesar de ver esse fato com satisfação, foi obrigada a reconhecer que a irmã se sentia mais miserável que nunca. Quando o coronel Brandon as visitava, já não o evitava; chegava a falar com ele, demonstrando-lhe uma espécie de compassivo respeito; porém era evidente que seu ânimo encontrava-se muito mais abalado que antes. Sua mente parecia ter-se acomodado aos fatos, mas mergulhara em perigosa apatia. Ela havia sido mais atingida pela demonstração de falta de caráter de Willoughby do que o fora pela perda de seu coração. O fato de ele haver seduzido e abandonado a Srta. Williams, a desgraça dessa pobre moça e a dúvida de que poderiam ser esses os desígnios dele em relação a ela própria chocara Marianne de tal maneira que a jovem não conseguia contar nem mesmo a Elinor como se sentia. Suportava a dor em silêncio, causando assim maior sofrimento à irmã do que se abrisse seu coração e lhe confessasse tudo que a torturava.

Descrever os sentimentos ou as palavras com que a Sra. Dashwood respondeu à carta de Elinor seria apenas repetir o que suas filhas haviam sentido e dito. A senhora sofrera uma decepção pouco menor que a de Marianne e uma indignação ainda maior que a de Elinor. Longas cartas sucederam-se, então, de uma para outra, rapidamente, para a amorosa mãe dizer tudo que sofria e pensava, para expressar a ansiosa preocupação com Marianne e dizer que ela devia suportar aquela infelicidade com resignação e força. Sem dúvida seria muito ruim a natureza da aflição de Marianne, se sua mãe precisava recomendar-lhe força; humilhante e mortificante a origem de seu desgosto devia ser, se a *mãe* lhe recomendava que não perdoasse!

Sem pensar no próprio conforto, a Sra. Dashwood decidiu que seria melhor para Marianne estar em qualquer lugar, menos em Barton, onde tudo iria lembrá-la do passado de maneira ainda mais forte e aflitiva, fazendo-a ver Willoughby em todos os lugares em que haviam estado juntos. Assim, recomendou às filhas que não abreviassem a visita que faziam à Sra. Jennings; ainda que a sua duração não houvesse sido determinada exatamente, elas a haviam calculado entre cinco e seis semanas. A Sra. Dashwood tinha a esperança de que a variedade de diversões, de acontecimentos e de pessoas em Londres, o que não podia ser encontrado em Barton, pudessem distrair Marianne, talvez até diverti-la, ainda que por enquanto ela achasse tal coisa impossível.

Quanto ao perigo de Marianne tornar a ver o indigno cavalheiro, sua mãe considerava que o risco era o mesmo tanto no interior quanto na capital, uma vez que todos que se consideravam amigos dela cortariam relações com ele. O necessário era evitar que os caminhos deles se cruzassem e com certeza nenhuma negligência iria submetê-la a essa surpresa; a possibilidade de os dois se encontrarem na multidão das ruas de Londres era menor do que no sossego de Barton, onde Willoughby seria forçado a ir, a fim de comunicar seu casamento em Allenham. A Sra. Dashwood pensara de imediato nesse fato e chegou à conclusão de que era inevitável.

Havia outro motivo para que a boa senhora quisesse que suas filhas permanecessem onde estavam: uma carta do enteado avisara-a de que ele e sua senhora iriam para a capital em meados de fevereiro e seria conveniente que elas se encontrassem com o irmão.

Marianne prometera que se deixaria guiar pela opinião da mãe e submeteu-se a ela sem nenhuma oposição, uma vez que tudo lhe era indiferente, pois não queria e não esperava mais nada; todavia, considerava essa solução inteiramente errada, porque o prolongamento de sua estada em Londres impedia que seu sofrimento fosse aliviado, não permitia que recebesse o conforto da mãe e obrigava-a a companhias e acontecimentos que não lhe davam um momento de sossego.

O grande consolo de Marianne era saber que o seu mal, pelo menos, era algum bem para a irmã; Elinor, por sua vez, sabendo perfeitamente que talvez não lhe fosse possível evitar Edward, confortava-se pensando que, apesar do prolongamento da estada ir contra sua felicidade, no momento, para Marianne, era melhor ficar do que voltar para Devonshire.

Todo o cuidado que ela tomava para impedir que a irmã ouvisse o nome de Willoughby dava bons resultados e, sem percebê-lo, Marianne recebia os benefícios. Jamais a Sra. Jennings, Sir John e nem mesmo a Sra. Palmer o mencionavam quando ela estava presente. Elinor bem que gostaria que esse mesmo cuidado fosse tomado com ela, mas era impossível e diariamente via-se obrigada a ouvir as palavras indignadas de todos contra o jovem cavalheiro.

Sir John não conseguia acreditar. Um homem de quem sempre tivera motivos para pensar bem! Um companheiro tão simpático e agradável! Não havia cavaleiro mais audacioso do que ele em toda a Inglaterra! Era realmente incrível. Desejava que ele tivesse o diabo no coração para sempre. Se o encontrasse, fosse onde fosse, jamais lhe dirigiria uma só palavra, por nada nesse mundo! Não. Nem mesmo que se encontrassem na mesma espera de caça em Barton e tivessem de aguardar durante duas horas, lado a lado. Que sujeito mais infame! Que dissimulado! E dizer que na última vez que haviam estado juntos ele lhe oferecera um filhote da Folly! Para tudo acabar desta maneira!

Por sua vez, a Sra. Palmer estava igualmente zangada. Iria evitar qualquer tipo de contato com ele, e graças a Deus que não tinham amizade! Gostaria, de todo coração, que Combe Magna não fosse tão perto de Cleveland. Todavia, isso não queria dizer nada, pois na verdade ficava longe demais para uma visita. Ela o odiava tanto que estava decidida a nunca mais pronunciar seu nome e a dizer, a todos que encontrasse, o quão desprezível e imprestável ele era.

O restante da compaixão da Sra. Palmer foi demonstrada da seguinte maneira: ela procurava descobrir, de todo modo ao seu alcance, os detalhes do casamento que estava por se realizar e os comunicava a Elinor. Logo encontrava-se em condições de dizer qual o fabricante que estava construindo a carruagem para os noivos, qual o pintor que pintava o retrato do Sr. Willoughby e para qual costureira estava encomendado o enxoval da Srta. Grey.

Nessa ocasião, a calma e bem-educada indiferença de Lady Middleton era um alívio para a alma de Elinor, que vivia oprimida pelas constantes e clamorosas demonstrações de amizade dos demais. Era de grande conforto para ela ter certeza de que não despertava o interesse de pelo menos *uma* pessoa em seu círculo de amigos; era um grande conforto, também, saber que havia pelo menos *uma* pessoa que a procurava sem a menor curiosidade, sem a menor ansiedade pela saúde de sua irmã.

Dependendo das circunstâncias e do momento, uma qualificação pode ser elevada muito acima de seu real valor; e muitas vezes, ela se aborreceu com as condolências oficiais daqueles que consideram que as manifestações de uma boa educação são mais importantes do que as geradas verdadeiramente pelos sentimentos.

Lady Middleton demonstrava que sabia do caso apenas uma ou duas vezes por dia, e só se alguém o mencionasse, dizendo:

– Sem dúvida, é muito chocante!

Sempre, depois desse desabafo, sentia-se à vontade não apenas para ver as Srtas. Dashwood; em princípio via as moças sem a menor emoção, para logo passar a vê-las sem sequer lembrar-se de uma só palavra do acontecido. Desse modo, considerava ter defendido a dignidade de seu sexo e demonstrado sua determinada censura para o que há de errado no outro, o que lhe conferia a liberdade de atender aos interesses de seu próprio grupo e também de se determinar (mesmo que isso contrariasse a opinião de Sir John) a enviar seu cartão à Srta. Grey assim que se tornasse a Sra. Willoughby, pois, com o casamento, ela seria ao mesmo tempo uma dama rica e elegante.

As delicadas e pertinentes perguntas do coronel Brandon jamais haviam sido mal recebidas pela Srta. Dashwood. Ele gozava do privilégio de poder conversar de maneira íntima sobre a desilusão de sua irmã graças ao amigável zelo que sempre demonstrara; Elinor e ele sempre podiam conversar com franqueza. O olhar de pena com que Marianne às vezes o observava e a voz meiga com que falava com ele quando não conseguia escapar e se via obrigada a fazê-lo – ainda que isso não acontecesse constantemente – eram a maior recompensa que Brandon recebia pela dor que se infligira ao relembrar um sofrimento antigo e expor as atuais humilhações pelas quais estava passando. *Essas atitudes* de Marianne asseguravam ao coronel que seu esforço despertara boa vontade em relação a ele e também davam a Elinor esperanças de que a boa vontade da irmã para com Brandon aumentasse. Mas a Sra. Jennings, que nada sabia a esse respeito, estava ciente apenas de que o coronel continuava mais sombrio que nunca, e que se não pudesse persuadi-lo a fazer o pedido pessoalmente, nem a encarregá-la de fazê-lo por ele, Marianne e Brandon não só não estariam casados no meio do verão, como também não o estariam nem mesmo no dia de são Miguel; no final da semana, já acreditava que não haveria casamento algum. O bom entendimento entre o coronel e a Srta. Dashwood mais velha parecia demonstrar que as honrarias das amoreiras, do canal e dos bosques de teixos seriam dedicadas a *ela*. Havia algum tempo a Sra. Jennings já deixara de pensar no Sr. Ferrars.

No começo de fevereiro, cerca de quinze dias depois da chegada da carta do Sr. Willoughby, Elinor teve a dolorosa incumbência de informar à irmã que ele havia se casado. Ela teve o cuidado de dar a notícia pessoalmente, assim que foi informada de que a cerimônia terminara, para evitar que Marianne viesse a saber pelos jornais que examinava nervosamente todas as manhãs.

Marianne ouviu a notícia com resoluta compostura, não fez nenhum comentário e, a princípio, não derramou lágrimas. Mas em pouco tempo elas saltaram-lhe dos olhos e pelo resto do dia a jovem ficou em um estado tão ou ainda mais lamentável do que ficara quando soubera que o casamento iria acontecer.

Os Willoughby deixaram a capital logo depois da cerimônia. Como já não havia mais o perigo de encontrá-los, Elinor esperava convencer Marianne a sair de casa aos poucos, coisa que ela não fazia desde que tudo viera à tona.

Nesse ínterim, as Srtas. Steele, que haviam chegado à casa de sua prima, no edifício Bartlett, Holborn, apressaram-se a ir visitar os conhecidos nas Conduit e Berkeley Street, sendo recebidas em ambas com grande cordialidade.

Era penoso para Elinor ver as duas irmãs. A presença delas lhe causava tristeza e foi-lhe muito difícil retribuir com elegância a enorme alegria que Lucy demonstrou ao verificar que ela *ainda* se encontrava na capital.

– Eu ficaria muito desapontada se não estivesse *mais* aqui – disse ela, repetidas vezes, acentuando bem o "mais". – Porém sempre pensei que *estaria*. Tinha quase certeza de que a senhorita ainda não havia deixado Londres, ainda que me *tenha dito*, em Barton, que não ficaria mais de um mês. Mas naquele dia mesmo pensei que a senhorita iria mudar de ideia quando estivesse aqui. Eu iria ficar tão triste se tivesse ido embora antes que seu irmão e sua cunhada chegassem! E agora, com certeza, a senhorita não vai ter *pressa* de ir embora. Estou loucamente feliz que a senhorita não tenha mantido *sua palavra*.

Compreendendo perfeitamente o que a jovem queria dizer, Elinor precisou de todo seu autocontrole para fingir que não compreendera.

– Bem, minha querida – interferiu a Sra. Jennings –, como vocês viajaram?

– Não de carruagem, posso assegurar-lhe. – Era evidente a exultação da Srta. Steele. – Viemos no coche postal. Um elegante cavalheiro nos fez companhia. O Dr. Davies vinha para a capital e achamos que poderíamos partilhar o coche com ele, que se comportou gentilmente e até pagou dez ou doze xelins mais que nós.

– Oh, oh! – animou-se a Sra. Jennings. – Bonito gesto, sem dúvida! E esse doutor é solteiro, sou capaz de afiançar!

– Agora – a Srta. Steele sorriu de maneira afetada –, todos estão se divertindo a minha custa com o doutor e não entendo por quê! Minhas primas dizem ter certeza de que fiz uma conquista, mas posso afirmar que não passo meu tempo pensando nele. "Meu Deus, aí vem o seu namorado, Nancy!", disse uma das minhas primas outro dia, ao vê-lo atravessando a rua na direção da casa. "Meu pretendente?", perguntei eu, "não sei o que você quer dizer. O doutor não é meu pretendente."

– Ai, ai, ai... Isso é fácil de dizer, mas não me convence! Vejo que esse doutor é o homem.

– Claro que não é! – garantiu a prima, com exagerada aflição. – E peço-lhe que negue, caso ouça alguém dizer isso por aí.

A Sra. Jennings deu-lhe a gratificante certeza de que *não* o faria e a Srta. Steele ficou profundamente feliz.

Lucy voltou às insinuações hostis:

– Suponho que as senhoritas irão ficar na casa de seu irmão, quando ele chegar à capital, Srta. Dashwood.

– Não. Creio que não iremos.

– Oh, sim! Atrevo-me a afirmar que irão.

Elinor ficou em silêncio, não querendo estimular Lucy ao opor-se a ela.

– É encantador ver como a Sra. Dashwood pode viver sem a senhorita e sua irmã por tanto tempo!

– Tanto tempo? Que nada! – interveio a Sra. Jennings. – A visita delas mal começou.

Lucy calou-se.

– Sinto muito não poder ver sua irmã, Srta. Dashwood – comentou a Srta. Steele. – É uma pena que ela não esteja se sentindo bem...

Marianne retirara-se da sala antes que as irmãs Steele entrassem na casa.

– Muita bondade da senhorita. Minha irmã vai sentir, também, por não ter a alegria de vê-las. Mas, ultimamente, ela tem sofrido muito com dores de cabeça de origem nervosa, o que a torna incapaz de ficar em companhia e de conversar.

– Oh, querida, é lamentável! Mas, afinal, velhas amigas como Lucy e eu! Tenho certeza de que ela *quer* nos ver e prometemos não dizer uma só palavra.

Com perfeita finura, Elinor negou, alegando que Marianne se deitara ou no mínimo já devia ter vestido a camisola.

– Oh, se é só isso, não faz mal – teimou a Srta. Steele. – Podemos ir até o quarto e apenas *vê-la*!

A impertinente insistência começou a se tornar irritante até para Elinor e ela foi salva do esforço de se conter para não ser malcriada por Lucy, que repreendeu severamente a irmã mais velha. Não havia muita delicadeza nas maneiras das Srtas. Steele, o que era uma vantagem para que uma pudesse controlar a outra.

33

Depois de alguma resistência, Marianne acabou cedendo à insistência da irmã e, certa manhã, concordou em sair por meia hora com ela e com a Sra. Jennings. Contudo, impôs a condição de que não fizessem visitas e que fossem apenas à joalheria Gray, na Sackville Street, onde Elinor estava negociando a venda de algumas antigas joias de sua mãe.

Quando chegaram à joalheria, a Sra. Jennings lembrou-se de que na mesma rua, do outro lado, morava uma dama a quem devia uma visita; como nada tinha a fazer na Gray, resolveu visitá-la, enquanto suas jovens amigas tratavam de negócios.

Ao subirem as escadas da loja, as Srtas. Dashwood constataram que muitos clientes haviam chegado antes delas e que, no momento, nenhum funcionário estava livre para atendê-las. Foram obrigadas a esperar. Tudo que podiam fazer era sentar-se junto ao balcão, que provavelmente vagaria primeiro, afinal, apenas um senhor se encontrava à frente de Elinor e era possível que ela, nesse momento, tenha alimentado alguma esperança de que o cavalheirismo dele fosse despertado e o fizesse se apressar. No entanto, a sensibilidade e o bom gosto desse senhor eram muito mais desenvolvidos que seu cavalheirismo. Ele desejava adquirir alguns paliteiros e avaliava os tamanhos, formas e ornamentos. Depois de examinar e discutir por cerca de quinze minutos sobre cada um dos paliteiros da loja, afinal decidiu-se pelo que satisfazia mais a sua fértil imaginação; durante esse tempo todo não se dera o trabalho de conceder às duas senhoritas a seu lado mais do que três ou quatro olhares vagos, o que serviu para que deixasse em Elinor a lembrança de uma pessoa e um rosto de forte, natural e genuína vulgaridade, ainda que adornado de acordo com o melhor estilo da última moda.

Permanecendo alheia a tudo que a rodeava, como acontecia ultimamente, Marianne foi poupada de ter importunos sentimentos de desprezo e ressentimento, de examinar com impertinência as feições do cavalheiro e de notar as atitudes pretensiosas que ele assumia ao observar os diferentes horrores de cada paliteiro submetido a sua apreciação. Para ela, era tão fácil recolher-se para dentro de si na joalheria do Sr. Gray como em seu próprio quarto.

Afinal, a decisão foi tomada. O marfim, o ouro e a madrepérola foram os escolhidos e o cavalheiro informou qual seria o dia máximo até o qual sua existência poderia continuar sem aquele paliteiro, calçou as luvas com extremo cuidado e, concedendo mais um olhar às Srtas. Dashwood, como quem pretende ser admirado e não admirar, retirou-se com o ar feliz de presunção e afetada indiferença.

Elinor não perdeu tempo para tratar do seu negócio e já o estava quase concluindo quando percebeu que um outro cavalheiro parava a seu lado. Virou a cabeça para olhá-lo e, surpresa, viu o irmão a sua frente.

A afeição e contentamento que demonstraram com o encontro foi na medida exata para dar uma aparência muito respeitável à loja do Sr. Gray. De fato, John Dashwood estava longe de se aborrecer por ver as irmãs e até mesmo sentia alguma satisfação com isso. Suas perguntas sobre a mãe delas foram cheias de respeito e atenção.

Durante as primeiras palavras, Elinor ficou sabendo que ele e Fanny encontravam-se na cidade havia dois dias.

– Eu queria muito ir visitá-las ontem – contou ele –, mas foi impossível, porque fomos levar Harry para ver os animais selvagens em Exeter Exchange e, depois, passamos o restante do dia com a Sra. Ferrars. Harry ficou profundamente satisfeito. Nesta manhã eu estava determinado a ir vê-las, se conseguisse pelo menos meia hora, porém tem-se tanto que fazer logo que se chega à capital! Vim aqui encomendar um sinete para Fanny. Mas, amanhã, creio que, quase com certeza, terei a possibilidade de ir à Berkeley Street para ser apresentado a sua amiga, a Sra. Jennings. Soube que é uma dama de grande fortuna. E os Middleton, também. Precisa apresentar-me a eles. Como se trata de amigos de minha madrasta, ficarei feliz em prestar-lhes meus respeitos. Soube, ainda, que são seus excelentes vizinhos no interior.

– Excelentes, sem dúvida. A atenção que dão ao nosso conforto, a amizade que demonstram em qualquer circunstância são maiores do que posso expressar.

– Fico muito contente por ouvir isso, palavra. Muito contente mesmo. Mas tinha de ser assim. São pessoas de grande fortuna, aparentadas com a senhora sua mãe, portanto era de se esperar, de maneira razoável, que fossem atenciosas com vocês e que tornassem sua situação o mais agradável possível. Assim, vocês se acham muito confortavelmente acomodadas no pequeno chalé e não precisam de nada! Edward nos descreveu o lugar encantador onde moram. Disse que é perfeito em todos os aspectos e que vocês parecem gostar de lá mais do que de qualquer outro lugar. Foi enorme a minha satisfação ao ouvir isso, posso assegurar-lhe.

Elinor sentiu-se envergonhada pelo irmão, e não lamentou ter sido impedida de responder pela chegada do criado da Sra. Jennings, que avisava que madame as esperava à porta.

O Sr. Dashwood acompanhou-as escada abaixo e foi apresentado à dama junto à porta da carruagem; reiterando a intenção de ir visitá-las no dia seguinte, despediu-se e deixou-as.

A visita foi realizada conforme o prometido. O Sr. Dashwood apresentou uma pretensa desculpa para justificar o fato de sua esposa não ter vindo: "Estava tão ocupada com a senhora mãe dela que lhe era impossível sair para qualquer lugar." Contudo, assegurou diretamente à Sra. Jennings que não deveria haver cerimônia entre elas, uma vez que eram primas ou aparentadas; portanto, a Sra. John Dashwood esperava em breve a visita dela e pedia-lhe que levasse as cunhadas, a fim de vê-las.

As maneiras dele para com as irmãs, além de calmas, eram bondosas; para com a Sra. Jennings, o Sr. John Dashwood era atenciosamente bem-educado e, como o coronel Brandon chegasse pouco depois dele, olhou-o com uma curiosidade que parecia demonstrar apenas querer saber se era um homem rico e igualmente bem-educado com *ele*.

Depois de ficar com elas por meia hora, John pediu a Elinor que o acompanhasse à Conduit Street e o apresentasse a Sir John e a Lady Middleton. O tempo estava bom e ela concordou imediatamente. Assim que saíram da casa, o interrogatório começou:

– Quem é o coronel Brandon? É um homem de fortuna?

– É, sim. Ele tem uma grande propriedade em Dorsetshire.

– Fico muito feliz com isso. Ele parece um verdadeiro cavalheiro. E creio, Elinor, que devo cumprimentá-la pela excelente perspectiva de se estabelecer respeitavelmente na vida.

– Eu, irmão? O que está querendo dizer?

– Ele gosta de você. Observei-o com muito cuidado e tenho certeza. Qual é o porte de sua fortuna?

– Acredito que seja de duas mil libras por ano.

– Duas mil por ano! – E, deixando-se levar por um impulso de entusiástica generosidade, o Sr. Dashwood acrescentou: – Elinor, desejo de todo coração que seja pelo menos *duas vezes* isso, pelo seu bem!

– Agradeço-lhe muito – replicou Elinor –, mas tenho absoluta certeza de que o coronel Brandon não tem a menor intenção de se casar *comigo*.

– Está enganada, Elinor. Está muito enganada. Acontece que um pequenino esforço de sua parte, minha irmã, irá segurá-lo. Acredito que ele deve encontrar-se indeciso até o presente momento; a pequena fortuna que você tem como dote deve estar fazendo com que ele hesite; os amigos devem tê-lo advertido a respeito. Mas algumas daquelas simples atenções e encorajamento em que as mulheres são tão hábeis irão fisgá-lo, de qualquer maneira. E não existe motivo algum para que você não tente. Não existe espécie alguma de apego anterior do seu lado... Isto é, você sabe que um apego *daquela espécie* está fora de questão, que as objeções são intransponíveis... Claro, você tem uma razão bastante apurada para ter percebido isso. O coronel Brandon tem que ser o seu homem e não faltarão esforços de minha parte para que ele se agrade de você e da sua família. Trata-se de um compromisso que provocará satisfação geral. Enfim, é o tipo da coisa que – ele abaixou a voz até torná-la um importante sussurro – seria muito bem-recebida por *todas as partes.* – De súbito, caindo em si, ele acrescentou: – Isto é, quero dizer... seus amigos estão ansiosos para vê-la bem-situada na vida. Principalmente Fanny, que se interessa pelo seu bem-estar de todo coração, posso assegurar-lhe. E a mãe dela também, a Sra. Ferrars, que é uma mulher muito bondosa... Tenho certeza de que isso iria torná-la feliz; aliás, ela disse quanto, outro dia.

Elinor não encontrou nenhuma resposta adequada para dar.

– Seria maravilhoso – continuou ele –, até mesmo divertido, se Fanny tivesse o irmão e eu uma irmã estabelecendo-se ao mesmo tempo. Parece que agora isso vai ser possível.

Decidida, Elinor perguntou:

– O Sr. Edward Ferrars vai se casar?

– Ainda não está definitivamente decidido, mas existe algo em discussão. Ele tem a mais excelente mãe do mundo. A Sra. Ferrars, com a mais admirável das liberalidades, irá destinar-lhe mil libras por ano, se o casamento acontecer. A jovem é a honorável Srta. Morton, filha única do falecido Lorde Morton, e recebe trinta mil libras por ano. É uma união desejável de ambos os lados e não tenho dúvida de que irá acontecer. Mil libras por ano é muito dinheiro para uma mãe, mas a Sra. Ferrars é uma mulher de espírito nobre. Para que você tenha uma ideia da liberalidade dela, outro dia, assim que chegamos à capital, sabendo que não temos muito dinheiro, ela colocou nas mãos de Fanny um maço de notas no valor de duzentas libras. E esse gesto é importante para nós, pois fazemos muitos gastos quando estamos aqui.

Ele calou-se, à espera do assentimento e da compaixão da irmã, que se forçou a dizer:

– A despesa que vocês dois têm tanto na capital quanto no interior deve ser grande, mas em compensação a renda anual também é.

– Posso garantir que não é tão grande quanto muita gente pensa... No entanto, não posso me queixar; é bastante confortável e espero que com o tempo se torne melhor. As despesas de Norland, no momento ainda sem controle, é o dreno mais sério. E fiz umas pequenas compras neste meio ano. A fazenda Kingham, que fica ao leste da minha propriedade, onde o velho Gibson morava, você deve lembrar-se dela... Eu tinha uma porção de motivos para querer aquelas terras e, como se encontram na divisa com as minhas, me senti quase no dever de comprá-las. Minha consciência não me deixaria em paz se aquela fazenda fosse parar em outras mãos. Um homem tem que pagar pelas suas conveniências, e isso me custou muito caro.

– Mais do que você acha que a fazenda vale, real e intrinsecamente?

– Espero que não. Se eu quisesse, no dia seguinte poderia tê-la vendido por mais do que paguei. Mas em relação ao dinheiro que gastei com essa compra, fiz um mau negócio, sem dúvida, pois minhas economias eram tão baixas nessa época que, se eu não tivesse uma pequena quantia no banco, teria sido obrigado a vendê-la com enorme prejuízo.

Elinor pôde apenas sorrir, enquanto o irmão prosseguia:

– Outra grande despesa que tivemos foi a mudança para Norland. Nosso respeitado pai, como você sabe, deixou tudo que havia dentro de Stanhill, a casa principal de Norland, coisas da maior qualidade e caras, para a sua mãe. Longe de mim a ideia de criticar o gesto dele! Sem a menor dúvida, nosso pai tinha o direito de dispor de seus bens como quisesse. Mas, em consequência, fomos obrigados a fazer uma alta despesa comprando roupas de cama e mesa, porcelanas chinesas e tudo o mais, a fim de substituir o que vocês levaram embora. Acredito, minha irmã, na sua capacidade para imaginar que, depois dessas despesas todas, ficamos muito longe de estarmos ricos e, quanto o gesto generoso da Sra. Ferrars, foi bem-vindo.

– Certamente – assentiu Elinor. – Espero que, amparados pela liberalidade dessa senhora, agora vocês estejam bem-acomodados e com a vida em ordem.

– Mais um ou dois anos e tudo estará acomodado – garantiu ele, com ar grave. – Mas, até lá, muito precisa ser feito. Ainda não foi colocada uma só pedra no piso da estufa de Fanny e o jardim de flores está apenas demarcado e estaqueado.

– Onde vocês vão construir essa estufa e fazer o jardim?

– No bosque atrás da casa. Teremos que derrubar as velhas nogueiras a fim de abrir espaço. Vai ser possível chegar até a estufa diretamente de vários pontos do parque, e o jardim se estenderá desde a casa até lá. Vai ficar muito bonito. Já mandamos cortar todos os velhos espinheiros que cresciam em grupos no limite do bosque.

Com esforço, Elinor escondeu a tristeza e a revolta que sentiu diante de tais palavras; felizmente Marianne não estava presente para ouvir aquela provocação.

Tendo dito o bastante para deixar bem claro seu estado de pobreza e depois de enfatizar a necessidade de comprar um par de brincos para cada uma de suas irmãs quando voltasse à loja do Sr. Gray, os pensamentos do Sr. Dashwood tomaram um rumo mais alegre e ele congratulou-se com a irmã por ter uma amiga como a Sra. Jennings.

– Ela parece-me uma dama valiosa, sem dúvida alguma... Sua casa e seu estilo de vida indicam uma renda consideravelmente boa. Trata-se de uma amizade que não apenas será de grande apoio para vocês, como também poderá se tornar materialmente vantajosa. O fato de ela as ter convidado para vir à capital com certeza é um gesto muito bom a seu favor e também indica que as tem em alta conta; é bem possível que ela não as esqueça no momento de sua morte. Essa senhora deve ter muitos bens para deixar.

– Nada de excepcional, suponho. Talvez tenha apenas a casa onde mora e, naturalmente, irá deixá-la para suas filhas.

– No entanto, acredito que ela não gaste toda a sua renda para viver, o que quer dizer que tem economias e que irá deixá-las para alguém.

– E acha que ela as deixaria para nós, em vez de deixar para as filhas?

– As filhas estão muito bem-casadas, portanto não vejo que necessidade essa senhora teria de preocupar-se com elas. De qualquer modo, na minha opinião e pela atenção que ela dispensa a vocês, pela maneira dedicada com que as trata, a Sra. Jennings está dando uma demonstração de sua futura consideração, o que nenhuma pessoa atenta deixaria de perceber. Nada poderia ser mais encantador que as atitudes dela, e essa senhora não pode estar agindo desse modo sem saber as expectativas que despertará.

– A amabilidade da Sra. Jennings não está despertando em nós nada que se pareça com o que você pensa. A ansiedade por riqueza e prosperidade, irmão, leva sua imaginação longe demais.

– Não entendo por que – John Dashwood parecia falar consigo mesmo – certas pessoas têm pouca, mas muito pouca mesmo, confiança em seu poder. Bem, minha querida Elinor, o que está acontecendo com Marianne? Ela não me parece estar bem, perdeu as cores, emagreceu... Por acaso, está doente?

– Não está muito bem, tem andado muito nervosa nas últimas semanas.

– Sinto muito por isso. Nesta época da vida, uma doença destrói o frescor de uma jovem para sempre! O florescer dela durou muito pouco! Em setembro passado era a moça mais linda que já vi na minha vida; daquele tipo que atrai os rapazes. Havia no estilo da beleza dela esse algo que agrada demais aos homens. Lembro-me de que Fanny costumava dizer que Marianne iria se casar muito antes e muito melhor que você. Não que Fanny não goste demais de *você*, mas esse fato a impressionava. No entanto, ela se enganou. Pergunto-me se Marianne, *agora*, irá casar-se com um homem que tenha quinhentas ou seiscentas libras por ano, no máximo, e ficarei muito decepcionado se *você* não conseguir coisa muito melhor. Dorsetshire! Sei pouco sobre Dorsetshire, mas, minha querida Elinor, ficaria muito feliz em saber mais a respeito. Creio que posso pedir-lhe que conte comigo e com Fanny como os seus primeiros e mais felizes visitantes.

Elinor tentou convencê-lo, com o maior empenho, de que não existia a menor possibilidade de um casamento entre ela e o coronel Brandon, mas essa expectativa oferecia prazer demais a seu irmão para que ele concordasse em abandoná-la; estava determinado a criar uma amizade íntima com o cavalheiro e promover aquele casamento com a máxima e mais cuidadosa atenção possível. Sentia-se muito arrependido por não ter dado o devido valor as suas irmãs e ansioso por medo de que outras pessoas o fizessem, tornando-se assim importantes para elas. A proposta de casamento por parte do coronel Brandon ou uma herança da Sra. Jennings não eram de se negligenciar.

Tiveram a sorte de encontrar Lady Middleton em casa e Sir John chegou antes que a visita se encerrasse. Todos se cumprimentaram e foram muito bem-educados de todos os lados. Sir John era um homem disposto a gostar de todo mundo e, ainda que o Sr. Dashwood não parecesse saber muito a respeito de cavalos, ele o considerou um companheiro muito simpático, e Lady Middleton verificou que a aparência dele se encontrava o suficientemente dentro da moda para ela achar que merecia sua amizade. O Sr. Dashwood foi embora encantado com ambos.

– Tenho maravilhas para contar a Fanny – disse ele, enquanto acompanhava a irmã de volta à casa. – Lady Middleton é, realmente, uma dama muito elegante! Tenho certeza de que Fanny iria adorar conhecer uma pessoa como ela. E adoraria conhecer também a Sra. Jennings, que é uma dama muito bem-posta na vida, embora não tão elegante quanto a filha. Elinor, sua cunhada não terá mais nenhuma restrição em visitar *essa* senhora o que, é claro, não era bem o caso, naturalmente. Sabíamos apenas que a Sra. Jennings é viúva de um homem que ganhou todo seu dinheiro de maneira um tanto baixa... É por isso que Fanny e a Sra. Ferrars estavam convencidas de que essa dama e suas filhas eram mulheres das quais elas não deveriam se aproximar. Todavia, agora vou levar detalhes muito diferentes para as duas!

34

A Sra. Dashwood tinha tanta confiança no julgamento do marido que, no dia seguinte, foi visitar tanto a Sra. Jennings quanto a filha dela, e sua confiança foi recompensada ao considerar a primeira, a senhora com quem suas cunhadas estavam hospedadas, merecedora de sua atenção; quanto a Lady Middleton, considerou-a uma das mulheres mais encantadoras do mundo!

Lady Middleton também gostou da Sra. Dashwood. Havia uma espécie de frio egoísmo em ambas que as atraía mutuamente e simpatizaram uma com a outra por um insípido código de boas-maneiras e pela falta geral de conhecimentos que ambas tinham.

Contudo, os mesmos motivos que recomendavam a Sra. John Dashwood para Lady Middleton não foram apreciados pela Sra. Jennings, que a considerou nada além de uma mulher orgulhosa e antipática, que tratava as irmãs do marido sem nenhum afeto; além disso, concluiu que não tinham nada a dizer uma à outra, pois dos quinze minutos que durara a visita dela na Berkeley Street, sete minutos e meio haviam sido de absoluto silêncio.

Embora sequer cogitasse perguntar, Elinor queria muito saber se Edward se encontrava na capital. Porém, nada deste mundo levaria Fanny a mencionar voluntariamente o nome do irmão diante dela, nem mesmo para dizer que o casamento com a Srta. Morton fora marcado ou para indagar se as expectativas de seu marido a respeito do coronel Brandon eram acertadas, porque acreditava que Elinor e Edward ainda estavam muito apegados um ao outro e que era necessário mantê-los separados por mais tempo, tanto por referências, quanto pessoalmente, em todas as ocasiões possíveis. Entretanto, a notícia que *ela* não queria dar acabou vindo de outra fonte. Lucy não demorou a ir lamentar-se para Elinor por não ter conseguido ver Edward, apesar de ele ter chegado à capital em companhia do Sr. e da Sra. Dashwood. Disse que o jovem cavalheiro não se atrevia a ir ao edifício Bartlett por medo de ser descoberto e, apesar da impaciência de ambos em se encontrar, a única coisa que podiam fazer por enquanto era escrever um para o outro.

Não demorou muito, Edward confirmou sua presença na capital indo duas vezes à Berkeley Street. Duas manhãs, ao voltarem das compras, elas encontraram o cartão dele sobre a mesa. Elinor ficou contente por Edward ter vindo visitá-las e não mais lamentou por ter sentido saudade dele.

Os Dashwood estavam tão fascinados pelos Middleton que, ainda que não fosse hábito deles dar nada a ninguém, decidiram oferecer-lhes algo: um jantar. Assim, pouco depois de tê-los conhecido, convidaram-nos para jantar na Harley Street, onde haviam alugado uma boa casa por três meses. As irmãs do Sr. Dashwood e a Sra. Jennings também foram convidadas; por sua vez, Sir John tratou de assegurar-se que o coronel Brandon também recebesse um convite, pois sabia que ele gostava de ir aonde as irmãs Dashwood fossem. O coronel recebeu o convite com alguma surpresa e muito prazer.

Iriam, portanto, conhecer a Sra. Ferrars; Elinor, no entanto, não conseguiu descobrir se os filhos dela estariam no jantar. Contudo, a expectativa de ver a mãe de Edward era suficiente para despertar seu interesse pelo evento. Não podendo deixar de sentir uma forte ansiedade causada pela ideia de ser apresentada a essa senhora, ainda que fosse incapaz de encará-la como se não se importasse com a opinião que iria fazer a seu respeito, sentia uma grande vontade de conhecer a Sra. Ferrars, tinha curiosidade em saber como ela era.

A agitação com que ela antecipava esse jantar não tardou a ser aumentada, mais por angústia do que por alegria, ao saber que as Srtas. Steele também estariam presentes.

As irmãs Steele haviam sabido ganhar a amizade de Lady Middleton tão bem, tinham-na agradado tanto com sua solicitude constante que, apesar de Lucy não ser absolutamente elegante e nem sua irmã ser gentil, ela não hesitou em dizer a Sir John que gostaria que as jovens passassem uma ou duas semanas na Conduit Street. E tal fato pareceu particularmente conveniente para as Srtas. Steele quando souberam do convite dos Dashwood, ainda mais que a estada delas na casa dos Middleton iria começar alguns dias antes do jantar.

Os esforços que fizeram para chamar a atenção da Sra. John Dashwood para o fato de que eram sobrinhas do homem que dera abrigo para o irmão dela garantiram também a elas lugares à mesa do jantar, mesmo porque, de qualquer maneira, seriam bem-vindas como hóspedes de Lady Middleton. E Lucy ficou mais feliz do que nunca ao receber o cartão da Sra. Dashwood, a quem havia muito tempo queria conhecer pessoalmente, assim como à família Ferrars, para conferir de perto o caráter dos membros daquela família e que dificuldades teria de enfrentar, além de ter a oportunidade de agradá-los.

Em Elinor, o efeito foi diferente. Imediatamente imaginou que, se Edward morava com a mãe, com certeza iria acompanhá-la ao jantar oferecido pela irmã... Não sabia se suportaria a dor de vê-lo ao lado de Lucy Steele, pela primeira vez depois que tudo acontecera!

Essa apreensão talvez não se baseasse inteiramente na razão e com certeza também não em toda a verdade. De qualquer modo, foi aliviada não por iniciativa dela própria, mas sim pela intervenção de Lucy, que acreditava estar infligindo uma decepção profunda em Elinor ao lhe dizer que Edward provavelmente não iria à Harley Street na quinta-feira; com certeza, até pretendera causar-lhe maior sofrimento ao explicar-lhe que Edward iria manter-se distante por amá-la de tal maneira que não conseguiria esconder seus sentimentos dos demais, caso estivessem juntos.

Chegou, afinal, a importante quinta-feira em que as duas moças iriam conhecer a possível e formidável sogra de uma delas.

– Tenha piedade de mim, Srta. Dashwood – disse Lucy enquanto subiam a escada lado a lado, pois os Middleton haviam chegado ao mesmo tempo que a Sra. Jennings, de modo que foram todos recebidos pelo mesmo criado. – Não tenho ninguém que me ajude, a não ser a senhorita. Mal posso me manter de pé. Oh, santo Deus! Daqui a um momento vou ver a pessoa de quem a minha felicidade depende, a pessoa que vai se tornar minha mãe!

Elinor poderia colocar um fim em tanto sofrimento, lembrando Lucy de que existia a possibilidade da Sra. Ferrars tornar-se mãe da Srta. Morton, e não dela; mas, em vez de fazer isso, assegurou-lhe, com sinceridade, que sentia muita pena dela, para surpresa de Lucy, que se sentiu desconfortável, uma vez que esperava ser, pelo menos, objeto de uma irrepreensível inveja de Elinor.

A Sra. Ferrars era uma mulher pequenina, magra, de aparência altiva, até mesmo formal, e de ar sério, se não tétrico. Seu rosto era pálido, os traços miúdos, sem beleza e, naturalmente, sem expressão. Mas ao menos algumas rugas na testa a salvavam da desgraça de ser insípida, conferindo-lhe o ar de quem tinha natureza ranzinza e orgulhosa. Não era mulher de muitas palavras, pois, ao contrário das pessoas em geral, suas palavras eram proporcionais ao número de suas ideias e, das poucas sílabas que deixou escapar, nenhuma foi dirigida à Srta. Dashwood, para quem olhava com a firme determinação de não gostar de forma alguma.

Elinor não sentiu-se infeliz, *agora*, diante de tal atitude. Poucos meses antes, esse comportamento iria feri-la profundamente, porém já não estava no poder da Sra. Ferrars magoá-la mais do que já fora magoada e a diferença de suas maneiras para com a Srta. Steele, uma diferença que parecia ser feita de propósito para humilhá-la, apenas a divertia. Não podia deixar de sorrir ao ver a gentileza de ambas, mãe e filha, para com a única pessoa ali – uma vez que insistiam em agradar especialmente a Lucy – entre todas as demais, a que teriam o maior empenho em ferir, se soubessem o que Elinor sabia. Ao contrário de Lucy, ela não tinha poderes para atingi-las, todavia era o alvo preferido de mãe e filha. Mas enquanto sorria diante da gentileza tão mal-empregada, não podia deixar de pensar na loucura que aquilo significava, nem deixar de reparar na estudada atenção com que as Srtas. Steele cortejavam a Sra. Ferrars e a Sra. John Dashwood sem desprezar profundamente todas as quatro.

Lucy exultava por ver-se cercada de tantas atenções e a Srta. Steele mais velha precisava apenas que lhe perguntassem pelo Dr. Davis para sentir-se perfeitamente feliz.

O jantar era imponente, os criados numerosos e tudo evidenciava a inclinação da anfitriã para se exibir e a habilidade do anfitrião para apoiar seu exibicionismo. Apesar das reformas e adições feitas na propriedade Norland e apesar de seu proprietário ter-se visto obrigado a gastar algumas mil libras para colocá-la em ordem, não havia indício algum daquela indigência que ele tentara alegar para a irmã; não havia demonstração de pobreza de qualquer espécie, a não ser em se tratando de temas para conversas, ponto esse em que a deficiência do casal era considerável. John Dashwood não tinha muito a dizer que merecesse ser ouvido, e sua esposa, ainda menos. Contudo, isso não significava um grande problema, uma vez que era esse o caso da maioria dos convidados; quase todos deixavam de ser agradáveis por apresentar uma dessas desqualificações: falta de bom-senso, natural ou adquirido, falta de elegância, falta de ânimo ou falta de caráter.

Quando as damas se reuniram na sala de estar, depois de terminado o jantar, essas deficiências tornaram-se particularmente evidentes, pois até então os cavalheiros *haviam* mantido a conversa viva com alguns variados temas: política, anexação de terras e adestramento de cavalos... Mas esses assuntos tinham sido esgotados e até que o café fosse servido o único ponto de conversa abordado pelas damas baseou-se na comparação das alturas de Harry Dashwood e de Williams, o filho mais velho de Lady Middleton, pois os meninos tinham quase a mesma idade.

Se ambos se encontrassem presentes, o caso seria resolvido com facilidade comparando-se os dois. Mas apenas Harry estava na casa e então houve conjeturas de todos os lados e cada senhora tinha o direito de considerar que sua opinião era a correta e de ficar repetindo o que achava quantas vezes quisesse.

Eram estes os partidos:

As duas mães, apesar de cada qual se achar absolutamente convencida de que seu filho era o mais alto dos dois, de maneira bem-educada afirmavam que o mais alto era o filho da outra.

As duas avós, não com menos imparcialidade, porém com maior sinceridade, apoiavam cada qual o próprio descendente.

Lucy, que se demonstrava ansiosa por agradar tanto um lado quanto o outro, garantia que os dois meninos eram muito altos para a idade e não conseguia conceber que existisse qualquer diferença de altura entre eles. A Srta. Steele, com grande habilidade, atribuía maior altura ora a um, ora a outro.

Elinor, que já dera opinião a favor de Williams, fato que havia ofendido mais ainda as Sras. Fanny e Ferrars, não via necessidade de reforçar seu ponto de vista com comentários adicionais. Marianne, quando indagada pelas mães, ofendeu-as profundamente ao declarar que não tinha opinião alguma a respeito porque jamais pensara nesse assunto.

Antes de mudar-se de Norland, Elinor havia pintado dois lindos quadros para a cunhada que, depois de terem sido emoldurados, ali se encontravam ornamentando a sala de estar. Quando os cavalheiros foram juntar-se às damas, o dono da casa reparou nas pinturas e apontou-as para o coronel Brandon, expressando sua admiração:

– Esses quadros foram pintados por minha irmã mais velha e atrevo-me a dizer que o senhor, como um cavalheiro de bom gosto, irá apreciá-los muito. Não sei se teve oportunidade de ver outros trabalhos dela, mas há um reconhecimento geral de que pinta muitíssimo bem.

O coronel, depois de esclarecer que não era em absoluto um conhecedor dessa arte, elogiou os quadros com entusiasmo, como faria com qualquer pintura da Srta. Dashwood. E claro que a curiosidade dos demais foi despertada diante de tanto entusiasmo e houve uma inspeção geral, as pinturas sendo passadas de mão em mão. A Sra. Ferrars, sem saber que se tratava de trabalhos de Elinor, insistiu particularmente em vê-los; depois que os quadros receberam a aprovação de Lady Middleton, Fanny foi mostrá-los à mãe, informando-a ao mesmo tempo que lhe haviam sido presenteados pela Srta. Dashwood.

– Hum – resmungou a Sra. Ferrars. – Muito bonitos. – E sem olhá-los, devolveu-os à filha.

Nesse momento, pela primeira vez talvez Fanny houvesse notado que sua mãe estava sendo excessivamente rude, pois corou um pouco e disse imediatamente:

– São muito bonitos, não é, mamãe? – Daí, talvez temendo ter sido bem-educada demais, encorajadora demais, acrescentou: – Não acha que há algo do estilo de pintura da Srta. Morton nestes quadros? *Ela sim* pinta maravilhosamente! É lindíssima a última paisagem que pintou!

Marianne não pôde suportar isso. Já se encontrava bastante aborrecida com a Sra. Ferrars e o exagerado elogio feito à outra moça à custa de Elinor, ainda que ela não tivesse a menor noção de por que aquilo tudo estava acontecendo, levou-a a dizer com energia:

– Essa admiração da senhora é muito particular! Quem é a Srta. Morton para nós? Quem a conhece, quem se importa com ela? Estamos falando sobre *Elinor.*

E, assim dizendo, tirou os quadros das mãos da cunhada, a fim de admirá-los como eles mereciam.

A Sra. Ferrars pareceu ficar muito zangada e, erguendo-se mais majestosamente que nunca, informou, com ácida superioridade:

– A Srta. Morton é filha de Lorde Morton.

Fanny também parecia irritada e seu marido ainda estava paralisado com o choque causado pela audácia de sua irmã. Elinor sentia-se mais angustiada pela defesa calorosa de Marianne do que pelo acontecimento que a provocara; mas os olhos do coronel Brandon, que se mantinham fixos em Marianne, mostravam que ele notara apenas o que havia de amoroso na atitude dela e vira apenas seu afetuoso coração que não tolerava que diminuíssem sua irmã, um mínimo que fosse.

A revolta de Marianne não parou por aí. A fria insolência das atitudes da Sra. Ferrars para com sua irmã pareciam-lhe prenunciar para Elinor as dificuldades e tristezas que haviam feito seu coração sofrer horrivelmente. Levada por um impulso de afetuosa sensibilidade, aproximou-se da poltrona em que ela estava sentada, passou um braço por seus ombros e, encostando afetuosamente o rosto no dela, falou em voz baixa, porém firme:

– Querida, querida Elinor, não ligue para eles. Não deixe que *a façam* infeliz!

Não conseguiu dizer mais nada; a segurança abandonou-a e, escondendo o rosto no ombro de Elinor, rompeu em lágrimas.

Isso despertou a atenção de todos e a maior parte das pessoas ficou preocupada. O coronel Brandon ergueu-se e encaminhou-se para as jovens, sem pensar no que fazia. Com a inteligente exclamação "Pobrezinha!", a Sra. Jennings apressou-se a ir socorrê-la com seus sais. Sir John ficou tão indignado com quem provocara aquela crise nervosa que de imediato trocou sua poltrona por outra perto de Lucy Steele e fez-lhe, com voz sussurrada, um breve resumo do episódio revoltante.

Contudo, em poucos minutos Marianne se refez o suficiente para conter o choro e foi sentar-se em seu lugar, apesar de a tristeza em seu semblante continuar a refletir o mal que o acontecido lhe provocara durante o restante da noite.

– Pobre Marianne! – disse seu irmão ao coronel Brandon, em voz baixa, assim que conseguiu atrair a atenção dele. – Ela não tem a mesma saúde boa que a irmã... É muito nervosa. Não tem a constituição de Elinor... É impossível não se notar que existe algo de errado com uma moça que *foi* uma grande beleza e de repente perde toda a atração pessoal. Talvez o senhor não saiba, porém Marianne *era* incrivelmente bonita há alguns meses... quase tão linda quanto Elinor... Agora, veja ao que ela se reduziu!

35

A curiosidade de Elinor em conhecer a Sra. Ferrars havia sido satisfeita. Encontrara nela todas as coisas que podiam tornar indesejável a ligação entre as duas famílias. Vira o bastante do seu orgulho, da sua mesquinharia e do seu preconceito decidido contra ela para ter a possibilidade de avaliar as dificuldades que se oporiam ao noivado e retardariam seu casamento com Edward, se ele fosse um homem livre. Tinha visto o bastante para agradecer, pelo *seu próprio* bem, que o obstáculo representado por Lucy a protegesse de sofrer por causa de outros, criados pela Sra. Ferrars; desta maneira, preservava-se de ficar dependente dos caprichos daquela senhora, ou de ter qualquer necessidade para obter uma opinião favorável por parte dela. Por fim, se não conseguia regozijar-se por ver Edward comprometido com Lucy, concluiu que, se Lucy houvesse sido mais agradável, *sentiria-se obrigada* a se regozijar.

Foi uma surpresa para Elinor que Lucy pudesse ficar tão animada com a atitude da Sra. Ferrars; que o interesse e a vaidade fossem tais a ponto de cegá-la e fazê-la aceitar as atenções que pareciam ser-lhes destinadas simplesmente porque ela *não era* Elinor, ou que ela pudesse se deixar levar por um encorajamento vindo de uma preferência existente apenas porque sua verdadeira situação era ignorada. O olhar de Lucy demonstrava naqueles momentos que era possível assim como na manhã seguinte, e desta vez mais abertamente, quando, a seu pedido, Lady Middleton a deixou em Berkeley Street, onde esperava ter a oportunidade de ver Elinor a sós e dizer-lhe quanto se sentia feliz.

Para maior alegria da jovem visitante, a oportunidade logo surgiu, graças a um bilhete da Sra. Palmer, que solicitava a presença da Sra. Jennings.

– Minha querida amiga! – animou-se Lucy, assim que ficaram a sós. – Vim contar-lhe a minha felicidade. Pode alguma coisa ser mais gratificante do que a maneira pela qual a Sra. Ferrars me tratou ontem? Ela foi tão maravilhosamente delicada! A senhorita sabe o medo terrível que eu tinha só de pensar em encontrá-la. Mas desde o instante em que fui apresentada, ela demonstrou tanta amabilidade em suas atitudes que, realmente, pode-se dizer que gostou de mim. Não é isso mesmo? A senhorita viu tudo... Não ficou surpresa?

– Com certeza, ela mostrou-se civilizada em relação a você.

– Civilizada? Será que nada mais viu nas atitudes dela, a não ser civilidade? Eu vi muito mais. Uma ternura que a Sra. Ferrars dedicou apenas a mim e a ninguém mais! Nenhum orgulho, nenhuma altivez... E a sua cunhada agiu do mesmo modo, mostrou-se toda doçura e afabilidade!

Elinor queria conversar a respeito de outras coisas, mas Lucy dava sempre um jeito de voltar ao motivo da sua felicidade. E ela viu-se obrigada a reagir.

– Sem dúvida, se elas soubessem do compromisso que os une, não teriam sido tão amáveis com a senhorita. Mas não é o caso...

– Desconfio que sei o que a senhorita está querendo dizer – replicou Lucy, rápida –, porém não há motivo neste mundo para a Sra. Ferrars fingir que gosta de mim se não gostar, e ela demonstrou-o bem claramente. A senhorita não deveria tentar diminuir a minha satisfação. Tenho certeza de que tudo acabará bem e que não haverá dificuldade alguma, como eu imaginava. A Sra. Ferrars é uma dama encantadora e a sua cunhada também. Ambas são senhoras adoráveis, sem dúvida alguma! Eu me pergunto por que a senhorita nunca me disse como a Sra. Dashwood era simpática...

Como não tinha resposta alguma para isso, Elinor preferiu manter-se calada.

– Por acaso está doente, Srta. Dashwood? Parece-me desanimada, não fala... Não está boa mesmo!

– Nunca estive tão bem de saúde.

– Fico contente, de todo coração, que assim seja. Mas, na verdade, não parece. Eu sentiria muito se a *senhorita* ficasse doente. A senhorita, que tem sido meu único conforto neste mundo! Só Deus sabe o que eu daria para manter a sua amizade...

Elinor procurou uma resposta bem-educada, apesar de duvidar que a encontraria. Mas Lucy parecia satisfeita, pois ela mesma deu-se a resposta.

– Claro, estou absolutamente certa de sua amizade por mim e ela, depois do amor de Edward, é o meu maior consolo. Pobre Edward!... Mas agora tudo vai melhorar, porque poderemos nos encontrar com mais frequência. Uma vez que Lady Middleton se encantou com a Sra. Dashwood, deveremos ir muito à Harley Street, acredito. Como Edward passa grande parte de seu tempo com a irmã... Além disso, Lady Middleton e a Sra. Ferrars também deverão visitar-se e, como tanto a Sra. Ferrars quanto sua cunhada afirmaram que gostariam de ver-me novamente... Elas são mesmo muito queridas! Tenho certeza de que, se a senhorita resolver contar a sua cunhada o que penso dela, só poderá dizer coisas boas.

Mas Elinor não queria dar-lhe esperança de que *resolveria* contar qualquer coisa à cunhada. Lucy continuou:

– Tenho absoluta certeza de que eu teria percebido no mesmo instante, caso a Sra. Ferrars não houvesse gostado de mim. Se ela apenas me cumprimentasse de maneira formal, por exemplo, sem dizer uma palavra, sem dar mais qualquer atenção e sem me olhar a todo instante de modo agradável... A senhorita entende o que quero dizer. Se eu tivesse sido tratada de maneira distante, creio que agora estaria entregue ao desespero. Não o suportaria, porque quando *ela não gosta* de alguém, sei que é muito violenta.

A porta abriu-se antes que Elinor pudesse fazer qualquer comentário e o criado anunciou o Sr. Ferrars, que entrou imediatamente na sala.

Houve um instante de perplexidade e a atitude de cada um deles demonstrou que percebiam isso. Os três pareciam muito tolos e Edward mostrava-se mais inclinado a sair depressa da sala do que a terminar de entrar. Formou-se entre eles uma atmosfera de cerimônia, em sua mais desagradável forma e a qual estavam ansiosos por evitar. Não apenas encontravam-se os três juntos, como também achavam-se juntos sem o alívio da presença de qualquer outra pessoa. As duas jovens foram as primeiras a recuperar-se. Não era de esperar que Lucy fosse a primeira a se manifestar, uma vez que devia manter seu caso em segredo. No entanto, ela podia demonstrar toda sua ternura no *olhar* e foi o que fez ao fitar o Sr. Ferrars, sem nada dizer depois de cumprimentá-lo rapidamente.

Todavia, Elinor tinha mais o que fazer e, por mais ansiosa que se encontrasse, por Edward e por si mesma, teria de fazê-lo bem. Depois de um momento de hesitação, forçou-se a dar as boas-vindas a Edward de uma maneira que parecesse natural e quase alegre. Fez mais um esforço para aperfeiçoar o desempenho. Não podia permitir que a presença de Lucy nem a consciência de cometer alguma injustiça contra si mesma a impedissem de dizer que se sentia feliz em vê-lo e que lamentara muito não estar em casa nas duas vezes anteriores em que ele estivera em Berkeley Street. Não devia ter medo de dar essas atenções a Edward Ferrars como o amigo e quase parente que era; atenções que lhe eram devidas por estar diante dos olhos observadores de Lucy que, percebeu Elinor, até se estreitavam tal a atenção que prestava nela.

Suas maneiras devolveram um pouco da segurança de Edward e ele teve coragem de sentar-se, mas seu constrangimento ainda era proporcionalmente muito maior do que o das moças. Aliás, isso era compreensível naquela situação, ainda que fosse de estranhar por ele ser homem, seu coração não tinha a indiferença do de Lucy, nem sua consciência era tranquila como a de Elinor.

Lucy, com atitude e expressão distantes, parecia determinada a nada fazer que desse conforto aos outros dois e não disse uma só palavra; quase tudo que se poderia falar já havia *sido dito* por Elinor, que se viu obrigada a fornecer informações sobre a saúde de sua mãe, a chegada delas à capital etc. Informações essas que deveriam ter sido pedidas por Edward, que não o fizera.

Os esforços dela não pararam por aí; sentia-se heroicamente decidida a deixar os dois sozinhos, com o pretexto de ir chamar Marianne. E assim o fez, de modo elegante e bonito. Antes de sair, deteve-se por alguns segundos junto à porta para controlar as emoções, antes de ir ao encontro da irmã. Quando ia fazê-lo, para conforto de Edward, Marianne entrou na sala. Sua alegria ao vê-lo foi demonstrada de maneira enérgica e franca. Dirigiu-se ao encontro dele com a mão estendida, enquanto falava com um tom de voz que expressava todo seu afeto de cunhada.

– Querido Edward! – exclamou, radiante. – Este é um momento de grande felicidade! Vai compensar quase tudo que aconteceu.

Edward tentou retribuir o carinho de Marianne como era devido, mas diante das testemunhas presentes não se atreveu a dizer metade do que sentia de fato. De novo todos se sentaram e por um ou dois minutos permaneceram em silêncio, enquanto Marianne olhava cheia de ternura ora para Edward, ora para Elinor, lamentando que o feliz reencontro deles fosse prejudicado pela presença indesejada de Lucy. O jovem cavalheiro foi o primeiro a falar e o fez para comentar a aparência alterada de Marianne; expressou o temor de que ela não estivesse gostando de Londres.

– Oh, não se preocupe comigo! – respondeu ela, rápida e com ar jovial. Mas seus olhos estavam brilhantes de lágrimas ao dizer: – Não pense na *minha* saúde. Como vê, Elinor está bem. Isto deve ser o bastante para nós dois.

Esta observação não era das melhores para fazer com que Edward e Elinor se sentissem mais descontraídos e muito menos serviu para despertar a boa vontade de Lucy, que olhava para a jovem recém-chegada com expressão nada contente.

– Está gostando de Londres? – Edward fez a pergunta tentando introduzir outro tema de conversa.

– Não, nem um pouco. Esperava encontrar muita alegria, mas não encontrei nenhuma. Ver o senhor é a única coisa boa que me aconteceu aqui. E, graças a Deus, o senhor continua o mesmo!

Seguiu-se um silêncio que ninguém interrompeu.

– Elinor, eu acho – acrescentou então Marianne – que podemos pedir a Edward que nos acompanhe de volta a Barton. Suponho que iremos dentro de uma ou duas semanas e confio que o senhor não iria recusar fazer-nos este favor.

O pobre Edward murmurou alguma coisa, mas ninguém soube do que se tratava. Talvez nem ele mesmo. Marianne, porém, que notou a agitação dele e atribuiu-a à causa que mais a agradava, ficou satisfeita e mudou de assunto:

– Passamos um dia terrível, ontem, na Harley Street, Edward! Tão enfadonho, tão tristemente enfadonho! Temos muito a conversar a este respeito, mas não vamos fazê-lo agora!

E, com esta descrição admirável, ela adiou o momento de dizer que achara os parentes de ambos mais desagradáveis do que nunca e que ficara muito desgostosa com a mãe dele para quando estivessem sozinhos.

– Por que não estava lá, Edward? – indagou, curiosa. – Por que não foi?

– Eu tinha outro compromisso.

– Compromisso? Mas o que é um compromisso quando amigos como nós podem encontrar-se?

– Talvez, Srta. Marianne – interferiu Lucy, decidida a vingar-se dela –, a senhorita pense que todos os jovens cavalheiros não cumprem seus compromissos, que não se importam com eles, sejam grandes ou pequenos.

Elinor irritou-se ao ouvir aquilo, porém Marianne pareceu não sentir a alfinetada, uma vez que respondeu com calma:

– Nem tanto... Agora, falando sério, tenho certeza de que apenas a consciência impediu que Edward comparecesse à Harley Street. E, de fato, acredito que *ele* tem a mais exigente consciência do mundo e o maior escrúpulo com todo e qualquer tipo de compromisso, mesmo os menores e os que possam ir contra seus interesses ou sua alegria. É a pessoa mais incapaz de causar sofrimento ou insegurança a alguém, a mais incapaz de ser egoísta dentre todas as pessoas que conheço. Edward é assim, e faço questão de dizer. Como? A senhorita jamais ouviu tais louvores a seu respeito? Então, não deve ser minha amiga, pois aqueles que aceitam meu amor e minha estima precisam suportar meus elogios.

Aquela lição de moral aplicada com dignidade por Marianne no presente caso foi, no entanto, ouvida com sentimentos contraditórios por pelo menos dois terços da plateia. E um Edward triste e sombrio se ergueu para ir embora.

– Já vai, tão cedo?! – estranhou Marianne. – Não pode ser, meu caro Edward!

E, distanciando-se um pouco com ele, murmurou-lhe ao ouvido, persuasiva, que a Srta. Lucy não iria demorar-se por muito tempo. Mas seu encorajamento falhou, pois o Sr. Ferrars voltou a afirmar que precisava ir. E Lucy, que teria permanecido ainda que a visita dele durasse mais duas horas, foi embora logo em seguida.

– Por que ela vem sempre aqui? – perguntou Marianne, assim que a jovem saiu. – Será que não percebeu que queríamos que fosse embora? Como foi desagradável para Edward!

– Por quê? Somos todos amigos e a Srta. Lucy é amiga dele há mais tempo que nós. Muito natural que ele goste tanto de ver a nós quanto a ela.

Marianne fitou-a, intrigada, então disse:

– Você sabe, Elinor, que esse é um jeito de falar que não suporto. Se você apenas espera que eu contradiga sua afirmação, como suponho que é o caso, deveria lembrar-se de que eu seria a última pessoa no mundo a fazê-lo. Não aceito ser enganada por afirmações que sabemos não ser verdadeiras.

Saiu da sala assim que terminou de falar e Elinor não se atreveu a segui-la para dizer algo mais; uma vez que prometera segredo a Lucy, não poderia dizer nada que convencesse Marianne. No entanto, temendo as consequências possíveis pelo fato de sua irmã não saber a verdade, talvez tivesse de lhe contar tudo. Sua única esperança era que Edward não expusesse a ela e a si mesmo ao tormento de testemunhar a confiança calorosa de Marianne, nem à repetição de qualquer detalhe do sofrimento que se dera nesse encontro recente. E havia razões para esse temor.

36

Poucos dias depois desse encontro, os jornais anunciaram ao mundo que a lady do ilustríssimo Lorde Thomas Palmer dera à luz seu primeiro filho, com felicidade. Tratava-se de uma notícia muito interessante e satisfatória, pelo menos a todos os amigos íntimos que souberam do fato antes mesmo de ser noticiado.

O acontecimento, muito importante para a Sra. Jennings, provocou uma alteração temporária da disposição de seu tempo e influenciou, até certo ponto, os compromissos de suas jovens amigas, pois ela ia visitar Charlotte sempre que podia. A senhora saía de manhã bem cedo, assim que terminava de se vestir, e voltava tarde da noite. As Srtas. Dashwood, por pedido especial dos Middleton, passavam muitas das horas de seus dias na residência da Conduit Street. Para seu próprio conforto, prefeririam permanecer na casa da Sra. Jennings, pelo menos todas as manhãs, mas não era gentil ir contra os desejos de todo mundo. Assim, as horas delas eram passadas com Lady Middleton e as duas Srtas. Steele, cuja companhia não era muito gratificante, como se pode supor.

As irmãs Dashwood eram inteligentes demais para serem uma companhia desejável para a primeira e provocavam impulsos de ciúme nas últimas, que as consideravam intrusas no território *delas,* obrigando-as a dividir as atenções que pretendiam monopolizar. Nada poderia ser mais bem-educado neste mundo do que as atitudes de Lady Middleton para com Elinor e Marianne, embora ela realmente não gostasse das duas. Nem uma nem outra lisonjeava a dama ou a seus filhos e, por esse motivo, ela não as considerava boas pessoas; como adoravam ler, imaginava que fossem satíricas; talvez a lady não soubesse o que significava exatamente ser satírico, mas sabia o que *não* significava. Aliás, esta era uma censura de uso comum e feita indiscriminadamente.

A presença das Srtas. Dashwood restringia a liberdade dela e de Lucy. Fazia sobressair a falta de ocupação de uma e o excesso da outra. Lady Middleton sentia vergonha de nada fazer quando se encontrava diante delas e a lisonja que Lucy tinha orgulho em criar e administrar em todos os demais momentos, na presença das visitantes, despertava-lhe o temor de ser desprezada pelo que fazia. A Srta. Steele mais velha era a menos perturbada das três pelas Srtas. Dashwood e dependia apenas das irmãs reconciliar-se com ela. Bastava que uma delas lhe desse um minuto de atenção e lhe contasse o caso todo havido entre Marianne e o Sr. Willoughby para que a Steele mais velha se sentisse amplamente recompensada pelo sacrifício de lhes ceder o melhor lugar diante da lareira depois do jantar; sacrifício este ocasionado pela intromissão delas. Mas essa reconciliação não era garantida, pois ainda que muitas vezes ela demonstrasse a Elinor, por expressões variadas, a piedade que sentia por sua irmã, e por mais de uma vez tenha mencionado a inconstância dos homens diante de Marianne, não conseguira efeito algum a não ser um olhar de indiferença da primeira ou de aversão da segunda. Um esforço, por mínimo que fosse, das Srtas. Dashwood a tornaria uma amiga. Se, pelo menos, rissem com ela a respeito do doutor! No entanto, as irmãs, mais do que todas as outras pessoas, inclinavam-se tão pouco a agradá-la que, se Sir John não jantasse em casa, não se ouviria nem ao menos uma brincadeira a respeito desse assunto, além das que ela mesma tinha a gentileza de provocar.

Todos esses ciúmes e descontentamentos, no entanto, passavam despercebidos para a Sra. Jennings, que considerava maravilhoso as quatro moças poderem ficar juntas e geralmente congratulava-se com as jovens amigas todas as noites pelo fato de poderem livrar-se por algum tempo de uma mulher velha e estúpida como ela. De vez em quando ia buscá-las na casa de Sir John, outras vezes só ia vê-las quando chegava em sua própria casa; mas, onde quer que se encontrassem, mostrava-se sempre muito animada, repleta de encantamento pelo fato de Charlotte estar passando muito bem graças a seus cuidados, e estava sempre disposta a fazer a descrição exata e minuciosa da situação, daquele modo que apenas a curiosidade da Srta. Steele poderia desejar. Só uma coisa conseguia perturbá-la e dela se queixava todos os dias. O Sr. Palmer mantinha a opinião, comum entre os homens, porém nada paternal, de que todos os bebês eram iguais; por mais que ela percebesse perfeitamente, e em momentos diversos, a mais impressionante semelhança entre o bebê, o pai e a mãe, não havia jeito de convencer o genro, de persuadi-lo de que não existia outra criancinha exatamente igual e da mesma idade; muito menos era possível fazê-lo aceitar a simples proposição de que era a criança mais linda do mundo.

A esta altura, chega o momento de relatar a infelicidade que neste meio-tempo aconteceu à Sra. John Dashwood. Quando a Sra. Jennings fora pela primeira vez com suas duas cunhadas à casa dela, na Harley Street, uma outra conhecida de Fanny fora visitá-la também; circunstância essa que aparentemente não causou nenhum mal. Mas, quando a imaginação induz alguém a formar julgamentos errôneos sobre a conduta dos outros, quando leva a tomar decisões baseadas apenas em desprezíveis aparências, a felicidade de uma pessoa pode de certa maneira ficar à mercê do destino. No caso em questão, a dama que chegou por último à casa dos Dashwood deixou que sua imaginação a levasse para muito além da verdade e das probabilidades; simplesmente, ao ouvir os nomes das Srtas. Dashwood e ao saber que eram irmãs do Sr. Dashwood, concluiu de imediato que elas estavam hospedadas na casa da Harley Street. Esse mal-entendido veio a produzir resultado dois dias depois, quando a citada dama enviou convites às duas jovens, o irmão delas e a cunhada para um serão musical em sua casa. Em consequência, a Sra. Dashwood precisou submeter-se não apenas à terrível inconveniência de mandar sua carruagem buscar as irmãs Dashwood, como também, o que era muito pior, viu-se na desagradável obrigação de dar a impressão a todos de que as tratava bem. E quem poderia saber se as moças não sonhariam sair com a cunhada outras vezes? Entretanto, a verdade é que o poder de desapontá-las estaria sempre nas mãos de Fanny. Só que saber disso não lhe bastava, pois quando uma pessoa se apega a uma conduta em relação a alguém que sabe que está errada, sente-se injuriada quando se vê obrigada a fazer qualquer coisa melhor.

Aos poucos Marianne fora levada ao hábito de sair todos os dias, mas isso lhe era indiferente. Arrumava-se calada e mecanicamente para os acontecimentos noturnos, sem nenhuma esperança de se divertir e muitas vezes sem saber, até o último instante, para onde iriam.

Tornara-se tão indiferente ao que vestia e à própria aparência a ponto de não ter a menor consideração em relação às roupas. Tanto assim que, quando a Srta. Steele subia para chamá-la, aprontava-se, na sua frente, em cinco minutos. Nada escapava à minuciosa observação e curiosidade geral *dela*; a moça via tudo e perguntava tudo. Não descansava até saber o preço das coisas que Marianne estava usando; seria capaz de calcular o número de vestidos que ela possuía com mais precisão do que a própria e havia uma boa possibilidade de ela saber, antes que saíssem, quanto Marianne gastava por semana, quanto recebia e gastava por ano apenas consigo mesma. Toda essa intromissão na maioria das vezes era concluída com um elogio que, apesar da doçura, era considerado por Marianne a maior impertinência de todas. Isto porque depois de examinar com a maior atenção o vestido que ela estava usando, depois de ter avaliado seu custo, a cor dos sapatos e o penteado, era certo que a Srta. Steele dissesse que ela estava "muitíssimo elegante e que se atrevia até a afirmar que iria fazer muitas e grandes conquistas".

Depois de um tal encorajamento, nessa noite, as moças encaminharam-se para a carruagem do Sr. John Dashwood, na qual se acomodaram, prontas para saírem, cinco minutos depois que o cocheiro chegara; uma pontualidade nada agradável para Fanny, que as precedera na casa de sua conhecida e esperava que houvesse um atraso que se tornasse um grande inconveniente para ela e para seu cocheiro.

Os acontecimentos da noite não foram importantes. Essa festa, como todas as outras noitadas musicais, reunia muitas pessoas que gostavam de fazer grandes performances, porém a maior parte delas não fazia, de modo algum, nada que pudesse ser de fato denominado performance. Os músicos eram, geralmente em sua própria opinião e na opinião de seus amigos mais chegados, os maiores artistas amadores da Inglaterra.

Como Elinor não era grande apreciadora de música, nem pretendia ser, não tinha o menor escrúpulo em desviar os olhos do grande piano, em geral acompanhado por uma harpa e um violoncelo, a fim de procurar na sala algum objeto ou pessoa agradável que merecesse sua atenção. Em um desses olhares notou, em meio a um grupo de cavalheiros, aquele que dera uma verdadeira lição de paliteiros na loja Gray. Viu que ele a olhou e que em seguida falou familiarmente com seu irmão; decidiu perguntar a John o nome do cavalheiro, quando ambos foram na direção dela e o Sr. Dashwood apresentou-lhe o Sr. Robert Ferrars.

O jovem cavalheiro cumprimentou-a com natural civilidade e fez uma reverência com a cabeça muito mais significativa que as palavras pronunciadas e que indicou ser ele, exatamente, o grande peralta que Lucy descrevera. Teria sido muito bom para ela se sua consideração por Edward dependesse menos do seu próprio mérito do que do mérito de seus parentes! Aquela reverência feita pelo irmão dele daria o golpe final no pouco bom humor que a mãe e a irmã de ambos poderiam por acaso vir a ter. Mas enquanto pensava nas diferenças entre os dois jovens irmãos, Elinor não correu o menor risco de que a superficialidade e a presunção de um a fizesse desacreditar da modéstia e do valor do outro. Eles *eram* diferentes, como o próprio Robert lhe demonstrou no decorrer de quinze minutos de conversa. Ao falar do irmão, comentou a extrema *gaucherie** que Edward acreditava ser o grande empecilho para conquistar seu lugar na sociedade, ao passo que ele, Robert, atribuía generosamente essa falha muito menos a uma deficiência natural do que à infelicidade de uma educação particular. Ele próprio, admitiu com tranquilidade, achava-se bem colocado no mundo, como qualquer outro homem, apesar de com certeza não ter nenhuma superioridade especial e material oferecida pela natureza, mas simplesmente tivera a vantagem de cursar uma escola pública.

– Por minha alma – continuou ele –, acredito que seja assim e já o disse várias vezes para minha mãe, quando ela se aflige. "Minha querida madame", sempre digo a ela, "a senhora deve se acalmar. Agora o mal está feito, é irremediável e deve-se apenas ao seu modo de agir. Por que deixou-se persuadir, contra a sua própria vontade, por meu tio, Sir Robert, a deixar a educação de Edward a cargo de um professor particular no momento mais crítico da vida dele? Se a senhora o tivesse matriculado na Westminster, como fez comigo, em vez de mandá-lo sob tutoria aos cuidados do Sr. Pratt, tudo isto teria sido evitado." Sempre olhei esse fato por esse prisma, e minha mãe já está perfeitamente convencida de seu erro.

Elinor não podia opor-se a essa opinião porque, qualquer que fosse sua opinião sobre as vantagens de um ensino oficial, não conseguia pensar com um mínimo de satisfação em Edward morando com a família do Sr. Pratt.

– A senhorita reside em Devonshire, acredito – foi o comentário seguinte de Robert Ferrars –, num chalé próximo de Dawlish.

**Gaucherie* – em francês no original: acanhamento, falta de graça. (*N. do T.*)

Depois de Elinor lhe explicar a localização correta da casa, o jovem cavalheiro demonstrou surpresa por saber que era possível alguém morar em algum local de Devonshire que não fosse perto de Dawlish. Assim mesmo, expressou sua calorosa aprovação pelo tipo da moradia das Dashwood.

– De minha parte – explicou Robert –, gosto demais de chalés. Sempre são muito confortáveis e muito elegantes. Garanto que se um dia eu tiver algum dinheiro disponível, ficarei feliz em comprar um pedaço de terra e construir um chalé para mim, a pouca distância de Londres, onde eu possa ir a qualquer momento e levar amigos. Aconselho a todos que pretendem construir que construam um chalé. Meu amigo, Lorde Courtland, procurou-me outro dia a fim de me pedir um conselho e mostrou-me três plantas diferentes de Bonomi. Eu deveria dizer-lhe qual dos projetos de casa era o melhor. "Meu caro Courtland", falei jogando as três plantas na lareira, "não escolha nenhuma destas, mas construa um chalé." E, deste modo, acredito, terminou o problema dele. Há pessoas que imaginam não haver acomodações e espaço num chalé, mas é um grande erro. No mês passado, estive no chalé de meu amigo Elliot, perto de Dartford. Lady Elliot queria dar um baile. "Mas como poderia fazê-lo?", perguntou-me ela. "Meu caro Ferrars, diga-me como posso resolver esse problema. Não há uma só sala neste chalé em que caibam dez casais. E onde seria servido o jantar?" Eu vi, imediatamente, que não haveria dificuldade alguma, então respondi: "Minha cara Lady Elliot, não se preocupe. A sala de jantar comporta dezoito casais com facilidade; podem-se colocar mesinhas de jogo na sala de estar; a biblioteca poderá ser usada para servir o chá e outras bebidas." Lady Elliot ficou deliciada com a ideia. Medimos a sala de jantar e descobrimos que abrigava exatamente dezoito casais, então foi tudo organizado de acordo com o meu plano. Portanto, como a senhorita vê, se soubermos como fazer, pode-se ter num chalé o mesmo conforto que se tem numa espaçosa vivenda.

Elinor concordou com isso tudo, pois achava que o jovem cavalheiro não merecia a honra de uma oposição racional.

Como John Dashwood não sentia mais apego à música do que sua irmã mais velha, também sua mente encontrava-se livre para se ocupar de outras coisas. Durante a noitada uma ideia tomou-o de assalto e ele tratou de comunicá-la à esposa, pedindo-lhe sua aprovação, enquanto se dirigiam de volta à casa. Considerando o engano da Sra. Dennison ao supor que as irmãs eram hóspedes deles, viera-lhe à mente a conveniência de realmente convidá-las para ficarem na Harley Street enquanto os compromissos da Sra. Jennings a obrigassem a permanecer tanto tempo fora de casa. Os gastos não seriam nada e a inconveniência, menor ainda, e estaria assim dando maior atenção à promessa que havia feito ao pai, o que a delicadeza de sua consciência indicava que era necessário. Fanny ficou perplexa com a proposta.

– Não sei de que modo poderíamos fazer isso – retrucou a seguir – sem afrontar Lady Middleton, pois suas irmãs passam todos os dias com ela; caso contrário eu teria a maior alegria em recebê-las. Você sabe que estou disposta a dar as minhas cunhadas o máximo de atenção possível, como demonstrei levando-as à festa de hoje. Mas são visitas de Lady Middleton, como poderei pedir que a deixem?

O marido, mesmo com sua grande humıldade, não percebeu a força da objeção.

– Elas já passaram quase uma semana na Conduit Street, portanto Lady Middleton não pode se ofender se concederem o mesmo número de dias para parentes tão próximos.

Depois de uma pausa de alguns segundos, Fanny voltou a falar com renovado vigor:

– Meu amor, eu gostaria de convidá-las, de todo meu coração, porém não está em meu poder fazê-lo. Acabo de me comprometer comigo mesma em convidar as Srtas. Steele a passar alguns dias conosco. Elas são ótimas moças, muito bem-educadas e creio que lhes devemos essa atenção, uma vez que o tio delas fez tanto por Edward. Convidaremos suas irmãs algum outro ano, mas as Srtas. Steele podem não vir de novo à capital. Tenho certeza de que irá gostar delas; sem dúvida, você *já* gosta delas, acredito, tanto quanto minha mãe gosta. E ambas são tão atenciosas com Harry!

O Sr. Dashwood acabou por se deixar convencer. Percebeu a necessidade de convidarem as Srtas. Steele em pouquíssimo tempo e sua consciência acalmou-se com a resolução de que convidariam as irmãs em outra ocasião. No entanto, passou-lhe pela cabeça a leve suspeita de que em outro ano o convite seria inútil, uma vez que Elinor viajaria para Londres como esposa do coronel Brandon e Marianne seria hóspede *deles*.

Regozijando-se por ter escapado e orgulhosa da esperteza com que o fizera, na manhã seguinte Fanny escreveu para Lucy requisitando a presença dela e da irmã na Harley Street assim que Lady Middleton pudesse dispensá-las. Isso foi o bastante para tornar Lucy verdadeiramente feliz, e com razão. Parecia que a Sra. Dashwood estava trabalhando por ela, alimentando-lhe as esperanças e promovendo seus desejos! Uma oportunidade de estar com Edward e sua família era, acima de todas as coisas deste mundo, o que mais a interessava e o convite, uma gratificante e boa promessa para seus sentimentos! Estava recebendo uma vantagem que deveria ter cuidado para não demonstrar com agradecimentos exagerados, nem deveria aproveitar muito às pressas. E a visita a Lady Middleton, que até então não tinha nenhum limite definido, de súbito passou a ser encarada como se desde o começo estivesse destinada a encerrar-se em dois dias.

Quando o bilhete foi mostrado para Elinor, dez minutos depois de sua chegada, ela teve pela primeira vez a impressão de que havia alguma possibilidade de as expectativas de

Lucy se realizarem. Essa demonstração de apreço incomum por parte de Fanny, e que acontecia em tão pouco tempo de conhecimento, parecia declarar tanta boa vontade em relação a Lucy, e despertava em Elinor algo mais do que simples escárnio; despertava a certeza de que sua cunhada poderia proporcionar, em seu tempo e sua hora, tudo que Lucy queria. A adulação da jovem Srta. Steele suavizara o orgulho de Lady Middleton e dera-lhe entrada no coração da Sra. John Dashwood. Esses resultados provavelmente abririam caminho para possibilidades maiores.

As irmãs Steele mudaram-se para a Harley Street e tudo que Elinor ficava sabendo sobre a influência de Lucy por lá reforçava suas suposições. Sir John, que as visitava mais do que antes, contava as atenções dedicadas, que classificava de impressionantes. A Sra. Fanny Dashwood jamais em sua vida se mostrara amável com nenhuma outra moça como fazia com elas. Dera a cada uma das irmãs uma cestinha de costura feita por algum imigrante, chamava Lucy pelo nome de batismo e não sabia de que maneira poderia separar-se delas.*

37

A Sra. Palmer encontrava-se tão bem ao fim de quinze dias que sua mãe achou que já não era mais necessário dedicar tanto de seu tempo aos cuidados dela. Contentando-se com visitá-la uma ou duas vezes por dia, voltou aos seus hábitos e a dedicar-se mais à própria casa, onde encontrou as Srtas. Dashwood prontas para reassumir a existência em comum.

---

*Este trecho, na primeira e segunda edições, encerra o Volume II. (*N. do E.*)

Pela terceira ou quarta manhã depois que o ritmo havia voltado ao normal na Berkeley Street, quando chegava da visita habitual à Sra. Palmer, a Sra. Jennings entrou na sala de estar onde Elinor estava sozinha. A expressão da boa senhora era de suma importância, como se quisesse preparar a jovem para ouvir algo maravilhoso; dando-lhe tempo apenas para perceber esse fato, ela começou a justificar sua euforia dizendo:

– Senhor! Minha querida Srta. Dashwood! Já sabe das novidades?

– Não, madame. O que aconteceu?

– Algo tão esquisito! Mas é melhor que a senhorita saiba de tudo. Quando cheguei à casa do Sr. Palmer, encontrei Charlotte nervosíssima por causa da criança. Minha filha tinha a mais absoluta certeza de que o bebê estava muito doente... Ele chorava, agitava-se e estava todo coberto de pontinhos vermelhos. Olhei-o com atenção e disse: "Oh, Deus! Minha querida, isto nada mais é do que sarampo." A enfermeira dissera a mesma coisa. No entanto, Charlotte não se conformava, por isso chamamos o Sr. Donavan. Felizmente, ele estava chegando da Harley Street bem naquele momento e dirigiu-se para a casa dos Palmer sem demora; quando viu a criança disse o mesmo que havíamos dito, era apenas sarampo. Só então Charlotte sossegou. Depois, quando ele estava para ir embora, deu-me vontade, tenho certeza de que a senhorita sabe que não costumo pensar nessas coisas, mas o fato é que me deu vontade de perguntar a ele se havia alguma novidade. Ao ouvir minha pergunta, o médico sorriu maliciosamente, fez um gesto afetado, depois ficou sério, dando a impressão de que sabia de alguma coisa e, por fim, disse-me num sussurro: "Por temor de que as jovens que estão sob seus cuidados se aflijam ao saber da indisposição da cunhada delas, devo esclarecer que acredito não haver motivo algum para alarme e espero que a Sra. Dashwood logo esteja muito bem."

– O que? Fanny está doente?

– Foi exatamente o que perguntei, minha querida. "Meu Deus!", assustei-me e quis saber: "A Sra. Dashwood está doente?" Então, ele contou-me tudo e, de um jeito ou de outro, pelo que pude entender, parece ser isto: o Sr. Edward Ferrars, o jovem cavalheiro sobre quem costumávamos brincar... Bem, agora que tudo veio à luz sinto-me espantosamente feliz por não haver nenhum fundo de verdade em minhas brincadeiras... O Sr. Edward Ferrars, parece, está noivo há um ano de minha prima Lucy! Consegue imaginar isso, minha querida? E criatura nenhuma sabia de uma sílaba desse caso, a não ser Anne!... A senhorita acredita que é possível uma coisa dessas? Não que seja de admirar que eles gostem um do outro, mas sim que o namoro tenha se desenvolvido entre eles sem que ninguém desconfiasse! *Isto* é muito estranho! Jamais me aconteceu vê-los juntos, do contrário eu perceberia tudo no mesmo instante. Pois bem, o caso foi mantido no mais absoluto segredo porque os dois tinham medo da Sra. Ferrars e ninguém... nem a mãe, a irmã ou o irmão sequer suspeitaram do que acontecia. Até que nesta manhã, a pobre Anne, a senhorita sabe, ela é uma criatura bem-intencionada, porém não muito confiável, contou tudo. "Oh, Deus!", disse ela para si mesma, "eles gostam tanto de Lucy que com certeza não irão criar dificuldades." E assim pensando, procurou a sua cunhada, que se encontrava à mesa de trabalho, sozinha, tecendo sua tapeçaria sem nem desconfiar do que estava por vir; a Sra. Fanny acabara de dizer ao marido, apenas cinco minutos antes, que a senhora mãe dela estava pensando em ajeitar o casamento entre o Sr. Edward e a filha do lorde... Oh, acho que esqueci qual lorde...! Então, a senhorita pode imaginar o golpe que essa notícia foi para a vaidade e o orgulho dela. Entrou imediatamente numa violenta crise histérica e soltava tais gritos que eles chegaram aos ouvidos do irmão da senhorita, sentado à escrivaninha, no estúdio lá embaixo, escrevendo uma carta para o administrador de sua propriedade. O cavalheiro voou lá para cima e deparou com uma cena horrível, pois Lucy chegara um instante antes dele, sem nem sequer sonhar com o que estava havendo. Pobre alma! Sinto muita pena *dela*. E, devo dizer, acho que a trataram muito cruelmente, pois sua cunhada atacou-a com tanta fúria que Lucy não demorou a perder os sentidos. Anne, caída de joelhos, chorava amargamente e seu irmão andava de um lado para outro, sem saber o que fazer. A Sra. Dashwood determinou que as jovens não deviam ficar nem mais um minuto em sua casa e o marido foi obrigado a se pôr de *joelhos*, também, para persuadi-la a pelo menos permitir que as irmãs Steele arrumassem a bagagem. *Então*, a Sra. Fanny Dashwood teve outra crise histérica e o marido ficou tão assustado que mandou chamar o Sr. Donavan que, ao chegar, encontrou a casa de pernas para o ar. A carruagem já se encontrava à porta, pronta para levar minhas pobres primas embora e as pobrezinhas estavam para sair quando o médico chegou. A pobre Lucy se encontrava em uma condição tal, contou-me ele, que mal podia andar. E Anne estava muito, muito mal. Confesso que eu não teria paciência com a sua cunhada e desejo, de todo meu coração, que eles se casem, mesmo contra a vontade dela. Meu Deus! Que choque o Sr. Edward vai ter quando lhe contarem o que houve! Saber que sua amada foi tratada de maneira tão humilhante! Dizem que ele está perdidamente apaixonado por ela. Não me admira se o jovem cavalheiro estiver mesmo muito apaixonado. E o Sr. Donavan pensa a mesma coisa. O médico e eu ficamos um bom tempo falando sobre o caso e o melhor de tudo é que ele deverá voltar à Harley Street. Claro que terão de chamá-lo quando contarem o acontecido para a Sra. Ferrars, pois ela foi chamada assim que minhas primas deixaram a casa e é certo que também vai ficar histérica. Que fique, e muito, no que me diz respeito! Não tenho pena de nenhuma das duas.

Não entendo essas pessoas que fazem qualquer coisa para conseguir dinheiro e importância. Não existe motivo neste mundo pelo qual o Sr. Edward e Lucy não possam se casar. Tenho certeza de que a Sra. Ferrars está em condições de ajudar bastante o filho e, apesar de Lucy não ter nada de seu, ela sabe melhor do que ninguém como transformar o mínimo em máximo. Arrisco-me até a afirmar que, se o Sr. Ferrars receber apenas quinhentas libras por ano, ela irá fazer uma figura excelente, que nenhuma outra pessoa faria com oitocentas. Oh, Deus! Seria confortável se eles fossem morar em um chalé como o da senhorita... talvez um pouquinho maior... com duas criadas e dois criados. Eu acredito que posso ajudá-los, arranjando-lhes uma criada; a irmã da minha Betty está procurando trabalho e iria servir perfeitamente.

Só então a Sra. Jennings se calou; a esta altura Elinor havia tido tempo suficiente para organizar os pensamentos e estava pronta para dar uma resposta, para fazer alguns dos comentários que esse acontecimento provocaria em qualquer pessoa. Ficou feliz por verificar que a Sra. Jennings não suspeitava de que ela tivesse algum interesse nos fatos e que, como tantas vezes desejara que acontecesse, deixara de imaginá-la envolvida em qualquer ligação com Edward; ficou feliz também por Marianne estar ausente, assim podia sentir-se apta a conversar com a boa senhora sobre o acontecido com desembaraço e, pelo menos assim esperava, a dar uma opinião imparcial sobre a conduta de todos que participavam dele.

Mal podia determinar qual era de fato sua reação diante do que acontecera. Tentava arduamente livrar-se do pensamento de que, afinal, era possível que tudo terminasse de outro modo, que não houvesse o casamento de Edward com Lucy. Estava ansiosa por saber o que a Sra. Ferrars iria dizer e fazer, apesar de ser fácil calcular sua reação devido à natureza dela; sentia-se mais ansiosa ainda por saber como Edward iria se comportar.

Por *ele*, sim, tinha muita compaixão; por Lucy, a compaixão era pouca, e foi procurando arduamente que encontrou esse pouco; já dos demais envolvidos, não sentia pena alguma.

Como a Sra. Jennings não conseguia falar de outra coisa, Elinor viu a necessidade de preparar Marianne para a notícia. Não podia perder tempo e decepcioná-la; tinha de colocá-la a par de toda a verdade, evitando assim que viesse a sabê-la pelos outros e ficasse magoada por causa da irmã ou demonstrasse ressentimento por Edward.

A missão de Elinor era muito dolorosa. Iria privar Marianne do que acreditava estar sendo o único consolo dela, iria contar-lhe coisas sobre Edward que poderiam fazer com que perdesse a boa opinião que a irmã tinha a respeito dele e corria o risco de fazer com que tivesse de novo uma profunda decepção por causa da semelhança entre os dois casos. Semelhança essa que a imaginação dela poderia reforçar. Todavia, por mais ingrata que a missão pudesse ser, era preciso cumpri-la e Elinor tinha pressa em fazê-lo.

Achava-se longe de querer dar importância aos próprios sentimentos ou apresentar-se como uma sofredora; comportar-se de maneira tranquila, como sempre fizera graças ao domínio sobre si mesma que praticara desde que soubera do noivado de Edward, poderia dar a Marianne uma ideia de como deveria agir também. Seu relato foi claro e simples; embora falasse com certo sentimento, não dava o menor sinal de emoções violentas, de dor insuportável. *Essa parte* ficou mais por conta de Marianne, que a ouviu horrorizada e chorou demais. Elinor era o conforto dos outros mesmo em sua própria tristeza, que não era menor do que as deles, e era capaz de dar todo consolo que poderia ser dado pela segurança de sua própria força interior. Logo ficou bem claro que estava determinada a não atribuir culpa alguma a Edward, a não ser imprudência.

Por alguns minutos Marianne não deu a ele nenhuma desculpa. Edward parecia-lhe um segundo Willoughby e sabendo, como Elinor sabia, que o *havia* amado sinceramente, como poderia sentir-se de outra maneira? Quanto a Lucy Steele, Marianne considerava-a completamente inamistosa, tão absolutamente incapaz de atrair um homem sensível que, a princípio, não conseguia acreditar, em seguida não conseguia perdoar e nem admitir que Edward pudesse ter alguma afeição por ela. Não queria sequer admitir que se tratava de um fato natural, mas Elinor levou-a a convencer-se não apenas disso, mas também de que essas tumultuadas desavenças eram úteis para que se tivesse um melhor conhecimento da humanidade. Foi o máximo de que pôde convencê-la no momento.

Quando começou a falar, não chegou muito além do compromisso que Edward tinha com Lucy e havia quanto tempo ele existia. O controle emocional de Marianne rompeu-se logo de início e impediu que a explicação se desenvolvesse com regularidade. O máximo que Elinor pôde fazer nesse início foi suavizar o desespero da irmã, diminuir seus temores e combater seu ressentimento. A primeira pergunta que Marianne fez e que recebeu a maiores detalhes foi:

– Há quanto tempo você sabe, Elinor? Ele lhe escreveu contando tudo?

– Sei desse fato há quatro meses. Pouco depois de ter chegado a Barton Park, em novembro passado, a Srta. Lucy me contou sobre o noivado, pedindo-me segredo.

Ao ouvir essas palavras os olhos de Marianne expressaram o espanto que seus lábios não eram capazes de dizer. Depois de uma pausa, ainda atônita, ela exclamou:

– Quatro meses! Você sabe de tudo há quatro meses?

Elinor confirmou.

– Quer dizer que enquanto me deu forças no meu sofrimento, guardava isso em seu coração? E eu que cheguei a criticá-la por ser feliz!

– Não seria bom para você ficar sabendo, naquele momento, que era o contrário...

– Quatro meses! – murmurou Marianne mais uma vez. – E mostrava-se tão calma, tão alegre! Como pôde suportar?

– Suportei porque sabia que estava cumprindo o meu dever. A promessa que fiz à Srta. Lucy obrigava-me a guardar segredo. Eu devia evitar que ela sofresse, o que aconteceria se contasse a verdade a você; além disso, eu tinha para com minha família e meus amigos a obrigação de não fazê-los se afligirem por mim, uma vez que não estava em minhas mãos o poder de livrá-los dessa aflição.

Marianne parecia muito abalada.

– Várias vezes tive ímpetos de falar, o que decepcionaria você e mamãe – acrescentou Elinor. – Uma ou duas vezes fiquei tentada quase além das minhas forças; mas não as convenceria, a não ser que faltasse com minha palavra.

– Quatro meses! E você ainda o amava!

– Sim. Mas não amava apenas a ele, e como a paz dos outros é importante para mim, fiquei contente por poupá-los de saber como me sentia. Agora, posso pensar e falar nisso com menos emoção. Fazendo-o agora, não a levo a sofrer por mim porque posso afirmar-lhe que não sofro mais materialmente. Houve vários aspectos que me apoiaram. Tenho consciência de que não provoquei decepção alguma por imprudência cometida por mim e suportei a situação como pude, sem deixar que transpirasse para os outros. Desculpo Edward por ter agido errado. Desejo que ele seja muito feliz e tenho certeza de que fará o seu dever. Mesmo que isso agora lhe cause algum desgosto, no fim ele ficará bem. Lucy é uma moça que age com a razão e esta é uma base sobre a qual podem se construir coisas boas. E, acima de tudo, Marianne, acima de tudo, é emocionante saber de um afeto tão constante, tão duradouro. Quanto ao que se costuma dizer que a felicidade de alguém depende inteiramente de uma só pessoa, não é bem assim... Não é conveniente... não é possível que seja assim. Edward vai casar-se com Lucy, vai casar-se com uma mulher superior à média de suas companheiras de gênero em aparência e em modo de pensar; o tempo e o hábito irão ensiná-lo a esquecer que um dia pensou ter encontrado uma mulher superior a *ela*.

– Se é assim que você vê as coisas... – disse Marianne – Se a perda de algo tão valioso pode ser substituída por outra coisa, sua resolução e seu autocontrole estão, talvez, um pouco abaixo para serem considerados... Quanto a mim, acham-se além da minha compreensão.

– Eu a entendo. Você acha que não senti muito. Durante quatro meses, Marianne, tudo isso ficou martelando em minha cabeça sem que eu tivesse a liberdade de conversar a respeito com uma pessoa sequer. O pior é que nem mesmo podia prepará-las para o desfecho, sabendo que iria deixar você e mamãe muito infelizes se lhes dissesse o que acontecia. Foi-me contado que um compromisso anterior destruía todas as minhas perspectivas... Aliás, foi uma maneira da própria pessoa interessada forçar-me a me retirar. Pelo que pude perceber, tudo me foi dito com uma sensação de triunfo. Tive de me opor às suspeitas dessa pessoa aparentando indiferença por algo em que estava profundamente interessada. E não foi apenas uma vez; tive de ouvir várias vezes as esperanças e as alegrias dela. Fiquei sabendo que me achava separada de Edward para sempre, sem tomar conhecimento de pelo menos uma circunstância que me fizesse acreditar que deveria cortar relações com ele. Nada demonstrava que Edward não era digno, nada indicava que ele era indiferente a mim. Eu teria de lutar contra a indelicadeza da irmã e contra a insolência da mãe dele; teria de sofrer um castigo pela afeição que dedico a ele sem, no entanto, poder aproveitar as vantagens. E tudo isso aconteceu num momento em que, como você sabe muito bem, eu não era a única a ser infeliz. Se você me considera capaz de sentir, com certeza pode imaginar o que *sofri*. A atitude de compostura e elegância que mantenho enquanto falo nesses acontecimentos e o consolo que não procurei, porque não podia fazê-lo, são resultados de esforços contínuos e dolorosos... Essas coisas não surgiram por si mesmas, não apareceram logo no começo para me dar forças e apoio. Não, Marianne... *Naquele momento*, se eu não me visse obrigada a um silêncio absoluto, talvez nada teria conseguido me impedir... nem mesmo o carinho que tenho por meus melhores amigos... de mostrar a todos *quanto* eu estava infeliz.

Marianne estava então quase persuadida.

– Oh, Elinor! – exclamou. – Você faz com que eu me odeie para sempre. Como fui malvada com você! Logo com você, que foi meu único consolo, que me deu forças para suportar tanta miséria, que pareceu estar sofrendo apenas por mim! E este foi o meu agradecimento! Este é o único modo que tenho para recompensá-la? Você tem o direito de chorar no meu ombro, pois foi o que sempre fiz!

Os mais ternos afagos seguiram-se a esta confissão. No estado emocional em que Marianne se encontrava, Elinor não teve dificuldade para conseguir da irmã todas as promessas que queria; a seu pedido, Marianne prometeu que jamais falaria do caso com alguém demonstrando a mínima amargura; que se encontraria com Lucy sem dar a menor demonstração de não gostar dela; que quando visse Edward, caso o destino fizesse seus caminhos se cruzarem de novo, iria tratá-lo sem nenhuma diminuição da costumeira cordialidade. Estas eram grandes concessões, mas, quando Marianne acreditava ter magoado alguém, não se recusava a fazer nada que pudesse reparar seu erro.

E ela cumpriu a promessa de ser discreta com uma naturalidade digna de admiração. Ouviu tudo que a Sra. Jennings tinha a dizer sobre o caso, sem que sua expressão se alterasse nem uma vez, sem discordar dela em nada e apenas disse três vezes "Sim, madame". Escutou os louvores da boa senhora a favor de Lucy apenas mudando de uma cadeira para outra e, quando a Sra. Jennings falou da simpatia de Edward, o silêncio custou-lhe apenas um espasmo na garganta. Tais demonstrações de heroísmo por parte da irmã fizeram Elinor sentir-se mais forte que nunca.

A manhã seguinte trouxe uma prova ainda maior, com a visita do irmão delas, que chegou com o ar grave a fim de falar sobre o terrível acontecimento e trazer notícias da esposa.

– Acredito que já saibam – começou John Dashwood assim que se sentou, com muita solenidade – da descoberta chocante que se deu sob nosso teto ontem.

As irmãs assentiram com a cabeça; falar naquele momento era-lhes muito difícil.

– A cunhada de vocês – prosseguiu ele – está sofrendo terrivelmente. A Sra. Ferrars também... Em suma, tratou-se de uma cena de nervosismo muito desgastante... Mas espero que a tempestade tenha passado sem que tenha arrasado nenhum de nós. Pobre Fanny! Ontem ela ficou histérica. No entanto, não quero alarmá-las demais. Donavan garantiu que não há nenhum mal físico a temer; a constituição de minha esposa é muito boa e sua determinação é ainda mais forte. Conseguiu suportar tudo com a abnegação de um anjo! Afirma que jamais irá pensar bem de mais ninguém, daqui por diante, e não é de admirar, pelo muito que se decepcionou! Encontrar tanta ingratidão onde apenas havia sido demonstrada tanta doçura, em quem havia depositado tanta confiança! Foi apenas pela profunda benevolência de seu coração que convidou aquelas moças a se hospedarem em nossa casa; simplesmente, por achar que elas mereciam alguma atenção, jovens inofensivas e bem-educadas como pareciam ser, possivelmente agradáveis companheiras. Se assim não fosse, queríamos muito convidar você e Marianne para irem ficar conosco, enquanto a querida amiga de vocês precisasse cuidar da filha. Veja como fomos recompensados! "Eu preferia de todo coração", diz minha pobre Fanny com aquele seu jeito meigo, "ter convidado suas irmãs em vez delas!"

Nesse momento o Sr. Dashwood calou-se para receber os agradecimentos, que foram feitos, então continuou:

– E impossível descrever o que a pobre Sra. Ferrars sofreu quando Fanny lhe disse o que havia acontecido. Como essa mãe exemplar poderia supor que o filho estava noivo de outra pessoa enquanto ela, com a mais profunda afeição, planejava um casamento muito melhor para ele! Jamais uma suspeita como essa passaria pela cabeça dessa senhora! E se, por acaso, viesse a ter *alguma* desconfiança, jamais imaginaria que seria *daquele* lado. "*Com elas*, pode ter certeza", afirmou minha sogra, "eu pensei que estivéssemos a salvo." Ela passou por uma verdadeira agonia. Confabulamos em conjunto, no entanto, para decidir o que fazer e ficou determinado que chamaríamos Edward. Ele chegou. Causa-me grande emoção relatar o que houve em seguida. Não adiantou nada tudo que a Sra. Ferrars encontrou para dizer a fim de fazê-lo romper esse noivado, apoiada, como é de supor, pelos meus argumentos e pelas súplicas de Fanny. Dever e afeto foram desprezados. Nunca imaginei que Edward fosse tão teimoso, tão sem sentimentos. A mãe explicou-lhe suas generosas intenções, se ele se casasse com Lady Morton; disse-lhe que, quando casados, se instalariam na propriedade de Norfolk que, fora os impostos territoriais, rende bem umas mil libras por ano; quando o caso tornou-se desesperado, ofereceu-lhe uma pensão de mil e duzentas libras. Em oposição a tanta generosidade, se ele persistir naquele relacionamento inferior, a penúria irá esperar pelo casal. Suas próprias duas mil libras serão tudo que ele terá; a mãe nunca mais irá querer vê-lo e, além de não lhe oferecer a menor assistência, caso ele venha a dedicar-se a qualquer profissão, a Sra. Ferrars fará o que puder para impedir que ele obtenha êxito.

Ao ouvir tais ameaças, no auge da indignação, Marianne uniu as mãos e exclamou:

– Meu Deus amado! Será possível?

– Você bem pode imaginar, Marianne – replicou o irmão –, quanta obstinação é necessária para resistir a tais argumentos. É muito natural essa sua incredulidade.

Marianne ia retorquir, porém lembrou-se do que havia prometido e ficou calada.

– Portanto, todo esse esforço – continuou ele – foi em vão. Edward falou muito pouco. Todavia, quando o fez, foi com a maior determinação. Nada iria obrigá-lo a romper o compromisso. Manteria sua palavra, custasse o que custasse.

– Então – interveio a Sra. Jennings, em um impulso de sinceridade e incapaz de continuar calada –, ele agiu como um homem honesto! Peço-lhe que me perdoe, Sr. Dashwood, mas se o Sr. Edward houvesse agido de outra maneira, eu o consideraria um canalha. Tenho algum interesse no caso, assim como o senhor, porque Lucy Steele é minha prima e acredito que não existe moça melhor do que ela, nem moça que mereça mais do que ela um bom marido.

John Dashwood ficou atônito, porém sua natureza era calma, não era dado a provocações abertas e jamais tinha intenção de ofender alguém, principalmente se fosse uma pessoa de boa fortuna. Assim, sem nenhum ressentimento, ele respondeu:

– Eu não pretendia falar com desrespeito sobre uma parente da senhora, madame. A Srta. Lucy Steele é, atrevo-me a dizer, uma jovem dama cheia de méritos, mas, no presente caso, a senhora compreende, é impossível o casamento deles. E ter assumido um compromisso secreto com um jovem cavalheiro que se achava sob os cuidados de seu tio, com o filho de uma senhora que é dona de fortuna considerável, como a Sra. Ferrars, talvez seja uma atitude um tanto extraordinária.

Em resumo, não estou querendo emitir julgamentos a respeito das atitudes de nenhuma pessoa da sua estima, Sra. Jennings. Todos nós desejamos que ela seja muito feliz e a conduta da Sra. Ferrars diante desse impasse, em tais circunstâncias, foi a que toda boa e conscienciosa mãe deve adotar. Ela foi digna e generosa. Edward traçou seu próprio destino e temo que não seja o melhor.

Marianne suspirou, procurando acalmar a apreensão, e o coração de Elinor encheu-se de tristeza por Edward, que enfrentara as ameaças da mãe por uma mulher que não podia recompensá-lo.

– Bem, senhor – assentiu a Sra. Jennings –, e como tudo terminou?

– Sinto ter de dizer, madame, que terminou numa infeliz separação: Edward desapareceu para sempre da vista de sua mãe. Deixou a casa ontem, mas para onde ele foi, ou se ainda se encontra na cidade, eu não sei. Claro, a *nós* não cabe fazer perguntas.

– Pobre rapaz! O que irá acontecer com ele?

– Certamente, madame, esta é uma consideração bastante melancólica sobre alguém nascido com a perspectiva de uma vida na riqueza! Sinto-me incapaz de imaginar situação mais deplorável. Juros de duas mil libras, como um homem pode viver com isso?... E quando a este fato juntar-se a lembrança de que, por sua própria loucura, deixou de ganhar dentro de três meses um rendimento de duas mil libras, mais quinhentas por ano, uma vez que a Srta. Morton possui trinta mil libras... Não consigo sequer imaginar uma situação mais desditosa. Todos nós devemos sentir por ele, principalmente porque está além de nossas forças ajudá-lo.

– Pobre rapaz! – repetiu a Sra. Jennings. – Tenho certeza de que eu lhe daria cama e comida na minha casa, de todo coração. Vou dizer-lhe isto assim que me encontrar com ele. Não é justo que tenha de viver por conta própria, daqui por diante em casas alugadas ou em estalagens.

O coração de Elinor agradeceu por esse ato de bondade em relação a Edward, ainda que não pudesse impedir-se de rir da maneira como era apresentado.

– Se ele houvesse agido bem – ponderou John Dashwood –, todos os seus amigos estariam dispostos a estender-lhe a mão, ele agora estaria em boa situação e não lhe faltaria de nada. Mas com o rumo que os acontecimentos tomaram, ajudá-lo está fora da possibilidade de qualquer um de nós. E há mais uma coisa preparando-se contra ele, o que vai ser o pior de tudo. A Sra. Ferrars decidiu, com toda razão e clareza de espírito, passar aquela propriedade imediatamente para o nome de Robert, quando, em condições normais, deveria pertencer a Edward. Esta manhã deixei-a com seu tabelião, falando sobre esse assunto.

– Muito bem! – revoltou-se a Sra. Jennings. – É a vingança *dela*! Cada qual age a seu modo. Mas acredito que o *meu modo* não seria fazer apenas um filho independente porque o outro me contrariou.

Marianne ergueu-se e começou a andar de um lado para outro da sala.

– Pode algo ser tortura maior para a alma de um homem – comentou John – do que ver o irmão mais jovem tornar-se dono de uma propriedade que seria dele? Pobre Edward! Sinto muito por ele, sinceramente!

Depois de mais alguns minutos gastos nesse mesmo tipo de lamento, ele concluiu a visita. Com repetidas afirmações para as irmãs de que realmente acreditava não haver gravidade alguma nas indisposições de Fanny, que elas não precisavam preocupar-se a respeito, o Sr. Dashwood foi embora. Deixou as três damas unânimes em sentimentos, pelo menos naquele momento, no que se referia à conduta da Sra. Ferrars, dos Dashwood e de Edward.

A indignação de Marianne explodiu assim que o irmão saiu da sala e sua veemência tornou a reserva de Elinor impossível e a da Sra. Jennings, desnecessária. As três uniram-se em calorosas críticas a respeito daquelas pessoas.

38

A Sra. Jennings mostrava-se muito calorosa na apreciação da conduta de Edward, mas apenas Elinor e Marianne conheciam-lhe o mérito. Apenas *elas* sabiam quão pouco ele havia sido tentado a ser desobediente e como era pequeno o prêmio que receberia por tê-lo feito além da consciência de ter agido corretamente, que era a única coisa que poderia restar-lhe depois da perda de amigos e da fortuna. Elinor glorificava a integridade de caráter dele e Marianne perdoava-lhe todas as ofensas diante da compaixão que sentia pela magnitude do castigo. Mas, apesar da confiança entre eles ter sido restaurada ao seu estado inicial por essa descoberta pública, as irmãs Dashwood não gostavam de pensar nesse assunto quando não se encontravam juntas. Elinor evitava fazê-lo por princípio, porque, também por causa das ternas e seguras afirmativas de Marianne, tinha a tendência a acreditar cada vez mais que Edward nutria algum afeto por ela, fato esse que preferia esquecer para sempre; já com Marianne, sua coragem enfraquecia quando pensava no acontecido e tornava-se cada vez mais insatisfeita consigo mesma ao comparar a conduta de Elinor e a dela em casos tão semelhantes.

Sentia toda a força da comparação, mas esse fato não a fazia ter maior empenho em reagir, como sua irmã esperava; ao contrário, envolvia-se na amargura da autocensura, lamentando amargamente nunca ter-se esforçado de fato para sobrepujar a tristeza; em vez de incentivo, essa atitude trazia-lhe a tortura da penitência sem a esperança do perdão. Sua mente achava-se debilitada demais para que ela pudesse ao menos pensar em reagir e, em um círculo vicioso, desanimava-a ainda mais.

Durante um ou dois dias não souberam de nenhuma outra novidade, tanto da Harley Street, como do edifício Bartlett. Apesar de já saberem tudo que havia acontecido, a Sra. Jennings dera-se um trabalho incansável a fim de ampliar o máximo possível esse conhecimento, não conseguindo, no entanto, nada que fosse digno de atenção. Desse modo, decidiu fazer uma visita de conforto e investigação para as primas, assim que pudesse. Nada a impediu de ir vê-las logo, a não ser um número de visitantes maior do que o de costume.

O terceiro dia a partir daquele em que souberam do caso era um domingo tão bonito e ensolarado que levou muita gente para o jardim de Kensington, apesar de estarem apenas na segunda semana de março. A Sra. Jennings e Elinor faziam parte dessas pessoas, porém Marianne, que sabia da presença dos Willoughby na cidade, preferira ficar em casa a se aventurar em um local público.

Uma conhecida íntima da Sra. Jennings juntou-se a elas pouco depois de haverem entrado no jardim e Elinor gostou que a dama as acompanhasse na caminhada, uma vez que as duas poderiam conversar entre si deixando-a livre para pensar. Não viu os Willoughby, não viu Edward nem ninguém que a interessasse, fosse para ficar alegre ou triste. Passado algum tempo, para sua grande surpresa, viu-se de repente ao lado da Srta. Steele que, apesar de se mostrar um tanto sem jeito, expressou grande alegria por encontrá-las e, ao receber encorajamento da Sra. Jennings, separou-se de seu grupo por alguns momentos, a fim de caminhar junto com elas. Imediatamente, a Sra. Jennings sussurrou para Elinor:

– Tire tudo que puder dela, minha querida. A Srta. Anne irá responder a qualquer coisa que você lhe perguntar. Como vê, preciso continuar dando atenção à Sra. Clarke.

Foi uma sorte, tanto para a curiosidade da Sra. Jennings quanto para a de Elinor, que Anne Steele estivesse disposta a falar *sem* ser indagada, caso contrário não ficariam sabendo de nada.

– Estou tão contente por encontrar a senhorita! – declarou ela, dando familiarmente o braço para Elinor. – É a pessoa que eu mais queria encontrar neste mundo. – E, abaixando a voz: – Creio que a Sra. Jennings já sabe de tudo... Ela está muito zangada?

– Com a senhorita? Acredito que não.

– Isso é bom... E Lady Middleton, *ela* está zangada?

– Não creio que seja possível Lady Middleton se zangar.

– Fico enormemente satisfeita com isso. Graças a Deus! Estou tão cansada dessa confusão! Nunca na minha vida vi Lucy com tanta raiva. No começo, ela jurou que nunca mais me daria um chapéu novo, que não faria mais nada para mim enquanto vivesse; agora já se acalmou e voltamos a ser amigas como antes. Veja, ontem à noite ela fez este laço novo para o meu chapéu e colocou esta pena. Então agora, também vai rir de mim? Por que não posso usar uma fita cor-de-rosa? Pouco me importa se *essa* é a cor preferida do doutor. De minha parte, tenho certeza, eu nunca poderia saber que *ele* gosta mais dessa cor do que de outra qualquer, se o doutor não tivesse mencionado a preferência por acaso. Meus primos e primas caçoaram tanto de mim! Juro que, às vezes, nem sei como aparecer diante deles.

A jovem continuou tecendo considerações sobre esse assunto a respeito do qual Elinor nada tinha a dizer, até que voltou a falar sobre a irmã e o que havia acontecido.

– Bem, Srta. Dashwood – disse, com ar triunfante –, toda essa gente pode dizer o que quiser sobre a declaração do

Sr. Ferrars de que nunca se casaria com Lucy. Mas não são coisas que eu deva repetir. São uma vergonha os comentários mal-intencionados que andam espalhando por aí. Seja o que for que Lucy possa pensar sobre isso, compreende, não é da conta de ninguém dizer isto ou aquilo.

– Até agora não ouvi nenhum comentário desse tipo, posso assegurar-lhe – garantiu Elinor.

– Oh, não mesmo? Mas *andaram falando*, sei disso muito bem, e foi mais de uma pessoa que o fez. Por exemplo, a Srta. Godby disse para a Srta. Sparks que ninguém em seu juízo perfeito poderia esperar que a Sra. Ferrars desistisse de uma moça como Lady Morton, com trinta mil libras, para ficar com Lucy Steele, que nada tem. Eu mesma ouvi isso da boca da Srta. Sparks. E meu primo Richard, quando soube do acontecido, demonstrou seu receio de que o Sr. Ferrars desista; sou obrigada a confessar que também pensei isso quando Edward não apareceu para nos visitar por três dias. Acredito de coração que até mesmo minha irmã deu tudo por terminado, porque fomos para a casa de meu irmão na quarta-feira e, ao voltar, nada soubemos dele na quinta, na sexta-feira e nem no sábado. Não tínhamos ideia do que poderia ter-lhe acontecido. Lucy pensou em escrever-lhe, mas seu orgulho não lhe permitiu. Entretanto, nessa mesma manhã ele chegou no momento em que íamos sair para ir à igreja. Aí ficamos sabendo de tudo: como Edward fora chamado para ir à Harley Street na quarta-feira, o que a mãe e os outros disseram a ele, como ele se opusera a todos declarando que amava Lucy e a ninguém mais, que era com Lucy que iria se casar e com ninguém mais. Soubemos também como ele ficou muito aborrecido com tudo aquilo que se passara, montara em seu cavalo e cavalgara pelos campos, sem destino certo; ficou numa estalagem na quinta e sexta-feira inteirinhas, para poder pensar bem e com bastante calma. Depois de considerar tudo muitas vezes, ele disse que chegou à conclusão de que uma vez que já não tinha fortuna e nem nada de seu, seria reprovável exigir que minha irmã mantivesse o noivado; iria ser uma grande perda para ela, uma vez que ele possui apenas duas mil libras, sem nenhuma possibilidade de ter nada mais. Disse, também, que iria seguir a carreira eclesiástica, que não teria nada além de um presbitério pobre em alguma cidadezinha e perguntava-se como eles poderiam viver apenas com isso. Afirmou que não suportava obrigar Lucy a aceitar um futuro como esse, quando poderia perfeitamente arranjar uma situação melhor e, portanto, se ela ainda tinha alguma estima por ele, pedia-lhe que rompesse o compromisso e o deixasse cumprir seu destino. Ouvi-o dizer isto tudo com a maior simplicidade possível. Por respeito a *ela*, por consideração a *ela* Edward não pronunciou uma só palavra sobre estar disposto a desistir, nem deu a menor demonstração a respeito. Posso jurar que não foi dita uma só sílaba de que ele se cansara dela, que queria casar-se com a filha de Lorde Morton ou qualquer coisa parecida. Mas Lucy não quis absolutamente saber do que ele dizia e respondeu-lhe, de maneira direta, com todas as demonstrações de um doce amor e tudo o mais, a senhorita sabe; oh, é claro, há coisas que não se devem repetir, entende?... Bem, Lucy disse-lhe imediatamente que não tinha o menor desejo de romper o noivado, pois era capaz de viver em sua companhia, mesmo que tivessem uma ninharia, que quanto menos rico ele fosse, mais alegria teria em participar de sua vida... Então, ele ficou realmente feliz e falou durante algum tempo sobre o que iriam fazer; concordaram em que ele ingressasse na vida eclesiástica e em que esperariam que tivesse seu presbitério para se casarem. A partir de então eu não pude ouvir mais nada porque minha prima me chamou lá de baixo para avisar-me que a Sra. Richardson havia chegado com sua carruagem para nos trazer ao jardim de Kensington. Desse modo, vi-me forçada a entrar na sala e interrompê-los para perguntar se Lucy queria ir, mas ela não quis deixar Edward; eu subi a fim de pôr meias de seda e sair com a Sra. Richardson.

– Não entendi o que a senhorita quis dizer com interrompê-los – comentou Elinor. – Será que significa que não se encontrava na sala com eles?

– Não. Não é o nosso hábito. Ora, Srta. Dashwood! Acha que um casal pode namorar quando há mais alguém presente? Oh, que vergonha! A senhorita já devia saber dessas coisas! – E continuou, rindo com afetação. – Não, não. Eles se encontravam fechados na sala de visitas, sozinhos, e ouvi tudo escutando atrás da porta.

– Como? – Elinor não cabia em si de espanto. – A senhorita acaba de me repetir coisas que ficou sabendo por escutar atrás da porta? Sinto não ter ficado a par disso antes, pois com certeza não iria permitir que a senhorita me transmitisse particularidades de uma conversa da qual não participou pessoalmente. Como teve coragem de ser tão pouco leal com sua irmã?

– Oh, por favor! Não é nada *disso.* Apenas fiquei bem junto da porta e ouvi tudo que deu para ouvir. Tenho certeza de que Lucy faria a mesma coisa comigo, pois há um ou dois anos, quando Martha Sharpe e eu tínhamos nossos segredos, ela não hesitava em esconder-se dentro de armários ou junto da lareira para ouvir o que nós dizíamos.

Elinor ia fazer uma observação a respeito, porém a Srta. Steele não conseguia parar de falar por um minuto sequer do que não lhe saía da mente.

– Logo Edward estará indo para Oxford – continuou –, mas no momento ele mora na Pall Mall, número... Que mulher ruim a mãe dele, não acha? Seu irmão e a sua cunhada também não são lá muito bonzinhos! No entanto, não posso falar deles para *você.* Para terem certeza de que iríamos embora mesmo, os Dashwood mandaram o cocheiro nos levar na carruagem deles, e isso foi mais do que eu esperava. Quanto a mim, estava aflita pelo medo de que sua cunhada nos pedisse de volta as cestinhas de costura que nos dera havia uns dois dias; como nada foi dito a respeito, tratei de guardar a minha para que ninguém a visse. Edward disse que tem uns negócios a resolver em Oxford, que vai ficar lá por uns tempos e que depois, assim que se explicasse com o bispo, seria ordenado. Imagino como será o presbitério dele! Meu Deus! – ela dava uns risinhos enquanto falava. – Eu daria a vida para saber o que meus primos vão pensar quando ficarem sabendo. Garanto que me dirão que eu poderia escrever para o doutor, contando-lhe que Edward vai viver à custa do benefício eclesiástico de um presbitério. Sei que farão isso, mas tenho certeza de que eu não farei uma coisa destas por nada deste mundo. "Ora!", vou responder-lhes, "gostaria de saber de onde vocês tiraram essa ideia! *Eu* escrever para o doutor, imaginem!"

– Pelo menos – ponderou Elinor –, é um conforto estar preparado para o pior. A senhorita terá sua resposta pronta.

A Srta. Steele ia fazer algum comentário sobre o mesmo assunto, mas achou mais conveniente voltar para seu grupo.

– Oh! Aí vêm os Richardson. Tenho ainda muita coisa para contar-lhe, porém não posso ficar mais tempo longe deles. Posso assegurar-lhe que são pessoas muito gentis. Ganham bastante dinheiro e têm seu próprio coche. Ainda não tive ocasião de conversar com a Sra. Jennings sobre o que ocorreu pessoalmente, mas, por favor, diga-lhe que fiquei feliz ao saber que ela não está zangada conosco, assim como Lady Middleton. Diga, também, que, se algo fizer com que a senhorita e sua irmã tenham de ir embora, caso a Sra. Jennings precise de companhia, garanto que, teremos a maior das alegrias em ficar ao seu lado por quanto tempo ela desejar. Acredito que Lady Middleton não pretenda nos oferecer mais hospedagem nesta temporada. Até logo. Sinto muito a Srta. Marianne não estar também aqui. Mande-lhe carinhosas lembranças minhas. Ah! Vejo que está usando seu melhor vestido de musselina! Imaginava que a senhorita tivesse medo de estragá-lo!

Foi essa a maior preocupação dela ao despedir-se; em seguida, teve tempo apenas para cumprimentar rapidamente a Sra. Jennings antes que a Sra. Richardson reclamasse sua presença. Dessa maneira, Elinor ficou sabendo novos fatos que alimentariam sua meditação por algum tempo, embora, na verdade, houvesse sabido pouquíssima coisa que ainda não tivesse previsto ou imaginado. O casamento de Edward com Lucy estava então firmemente decidido, mas a data em que aconteceria permanecia ainda muito incerta. Tudo dependeria, como havia pensado, da ordenação e nomeação, detalhes que no momento não tinham nenhuma possibilidade de se concretizarem imediatamente.

Assim que voltaram para a carruagem, a Sra. Jennings demonstrou-se ávida por informações. Mas Elinor pretendia transmitir o menos que pudesse dos detalhes conseguidos de maneira tão imprópria; limitou-se a um resumo das particulares que considerou que a própria Lucy revelaria por achá-las inconsequentes. O prosseguimento do noivado e os meios adotados para que o casamento pudesse realizar-se foi tudo que passou adiante, o que provocou uma observação automática por parte da Sra. Jennings:

– Esperar por um presbitério! Ai, todos nós sabemos como isso acabará. Eles vão esperar um ano e, impacientes com a espera, acabarão por contentar-se com um cargo de coadjutor de cinquenta libras por ano e viverão com isso, mais os juros das duas mil libras dele e o pouco que o Sr. Steele e o Sr. Pratt possam dar a ela. Vão ter um filho por ano e, que Deus os ajude, serão muito pobres! Preciso ver o que posso oferecer-lhes... Vão precisar de duas criadas e dois criados, como eu já disse outro dia. Não... Será melhor se pegarem uma moça para todo o trabalho. *Agora*, a irmã de Betty não vai servir-lhes mais.

Na manhã seguinte, entregaram a Elinor uma carta de dois pence postais, escrita pela própria Lucy. Dizia o que se segue:

Edifício Bartlett, março

Espero que a minha querida Srta. Dashwood me perdoe pela liberdade de escrever-lhe, porque sei que a amizade que me dedica a deixará contente por receber notícias a meu respeito e de meu pobre Edward depois dos problemas que tivemos ultimamente, então deixarei de lado pedidos de desculpa para dizer que, graças a Deus!, embora tenhamos sofrido horrivelmente, agora estamos ambos bem e felizes como sempre deveremos estar um no amor do outro. Sofremos severos julgamentos e grandes perseguições; no entanto, ao mesmo tempo tivemos a alegria de conhecer grandes amigos, e a senhorita não é a última entre eles, cuja imensa bondade eu deverei sempre lembrar com gratidão, assim como Edward, com quem falei a respeito. Tenho certeza de que a senhorita ficará contente em saber, tanto quanto minha querida Sra. Jennings, que passei duas horas felizes com ele ontem à tarde e ele não quis sequer ouvir falar de nos separarmos, ainda que eu tenha sugerido, como era meu dever fazê-lo, que rompêssemos nosso compromisso para o seu bem, e, se ele houvesse aceitado, eu desapareceria da sua vida para sempre ao que ele respondeu-me que isso nunca iria acontecer, que não se importava com a raiva de sua mãe, desde que pudesse ter meu afeto. Nosso futuro não é muito promissor, com certeza, mas vamos aguardar e ter esperança de que tudo seja pelo melhor. Edward deverá ordenar-se logo e, se estiver no poder da senhorita recomendá-lo a alguém que precise de um pastor no presbitério de sua cidade, tenho certeza de que não se esquecerá de nós. Confio também em que a querida Sra. Jennings queira dizer uma boa palavra a nosso respeito para Sir John ou para o Sr. Palmer ou, ainda, para algum amigo que nos possa ajudar. A pobre Anne tem se penitenciado demais pelo que fez, mas agiu daquela maneira sem querer causar mal, por isso não a censuro. Espero que a Sra. Jennings não veja inconveniente em nos fazer uma visita, se por acaso ela estivesse aqui por perto uma manhã dessas e seria realmente uma grande alegria para mim e meus primos ficariam orgulhosos em conhecê-la. O papel obriga-me a encerrar e o faço enviando as mais profundas e respeitosas lembranças para ela, para Sir John e Lady Middleton, para as adoráveis crianças, quando a senhorita tiver oportunidade de vê-las, e meu amor à Srta. Marianne,

A sua etc., etc.

Assim que terminou de ler, ciente de qual era o real desejo da missivista, Elinor passou a carta para a Sra. Jennings, que entremeou a leitura com muitos comentários de satisfação e prazer.

– Muito bem, sem dúvida! Como ela escreve bem! Ah, muito digno deixá-lo à vontade para ficar livre se o quisesse. Assim é a pequena Lucy. Pobre alma! Eu queria tanto *poder* arranjar-lhes um presbitério, com todo o meu coração! Ela chamou-me de querida Sra. Jennings, você viu? É a jovem de coração mais bondoso que já passou por este mundo. Posso dar minha palavra sobre isso. Esta sentença está muito bem-construída... Sim, sim! É claro que irei visitá-la. Como ela é atenciosa, pensou em todos! Obrigada, minha querida, por ter me mostrado a carta. É a carta mais bonita que já vi e reflete bem o coração e a inteligência de Lucy.

39

As Srtas. Dashwood já estavam havia mais de dois meses em Londres e a impaciência de Marianne para ir embora aumentava a cada dia. Ela sentia falta do ar livre, da liberdade e do sossego do interior. Chegara à certeza de que se algum lugar pudesse lhe devolver a paz, esse lugar seria Barton. Elinor estava tão ansiosa quanto a irmã por ir embora e só não o fazia imediatamente porque tinha consciência das dificuldades de uma viagem tão longa, detalhes esses para os quais Marianne não dava importância. De qualquer maneira, começou a pensar seriamente em um meio de viajar e até mesmo transmitiu o desejo dela e da irmã à bondosa anfitriã, que resistiu à ideia com toda a eloquência de sua boa vontade. Por fim, foi sugerido um plano de viagem que pareceu a Elinor melhor do que qualquer outro, embora a obrigasse a ficar longe de casa por mais algumas semanas. Os Palmer iriam voltar para Cleveland em fins de março, antes dos feriados da Páscoa, e Charlotte convidou a mãe, com as duas hóspedes, para acompanhá-los. Por si só, este convite não seria o suficiente para que a Srta. Dashwood o aceitasse, devido às regras da boa educação; todavia, foi aceito com prazer ao ser reforçado com muita e verdadeira polidez pelo Sr. Palmer em pessoa, que mudara muito suas maneiras para com elas ao saber da infelicidade que atingira sua irmã.

Quando Elinor disse a Marianne o que havia feito, a primeira reação da jovem não foi muito auspiciosa.

– Cleveland? – indagou, presa de forte agitação. – Não. Não posso ir para Cleveland.

– Esqueceu-se – Elinor tentou acalmá-la, com suavidade – de que essa cidade não... não fica perto de...

– Mas é em Somersetshire. Não posso ir a Somersetshire. Lá, onde quer que eu esteja... Não, Elinor. Você não pode exigir que eu vá para lá.

Elinor não se dispôs a discutir sobre a necessidade de sobrepujar essa espécie de sentimento. Decidiu apenas enfraquecê-lo, procurando despertar outros, e tratou de realçar o fato de que, se fossem a Cleveland, diminuiria o tempo que teriam de esperar para voltar para junto da mãe delas, que Marianne tanto queria ver. Além disso, fariam a viagem do modo mais confortável, de maneira que nenhum outro plano poderia oferecer. Dessa cidade, que ficava a poucos quilômetros de Bristol, a viagem para Barton não durava mais que um dia, embora fossem muitas horas; o criado da mãe delas poderia facilmente ir esperá-las nessa cidade; a perspectiva era que permanecessem não mais de uma semana em Cleveland e, assim, poderiam estar em casa em um prazo inferior a três semanas. Como o amor de Marianne pela mãe era sincero, mesmo que com um pouquinho de dificuldade, iria triunfar sobre o mal imaginário que a ida a Cleveland despertava na jovem.

A Sra. Jennings achava-se tão longe de estar cansada de suas hóspedes que insistiu muito para que ficassem o tempo todo com ela na propriedade dos Palmer. Elinor sentiu-se grata por tão grande atenção, porém não alterou seu plano; como a concorrência foi facilmente vencida pela mãe das jovens, mais que depressa foi organizado todo o necessário para o retorno delas ao lar e Marianne encontrou algum consolo e coragem para esperar, já que iam diminuindo as horas que a separavam de Barton.

– Ah, coronel, não sei o que o senhor e eu iremos fazer sem as Srtas. Dashwood! – foi o lamento que a Sra. Jennings fez ao coronel Brandon na primeira vez em que ele foi visitá-la, depois que o regresso das irmãs a Barton ficara decidido. – Elas resolveram regressar para casa depois que chegarmos à propriedade dos Palmer. Como nós dois vamos ficar tristes quando eu voltar! Meu Deus! Iremos sentar aqui e ficar olhando um para o outro, bocejando como dois gatos preguiçosos.

Ao pintar em cores tão sombrias o futuro tédio deles, quem sabe a Sra. Jennings pretendesse provocar o cavalheiro a fazer o pedido que o livraria da solidão. E, desejando-o com intensidade, em pouco tempo ela teve uma boa razão para pensar que havia conseguido seu objetivo. Elinor deslocou-se até junto a janela, a fim de ter mais luz para ver uma gravura que copiava para uma amiga; o coronel a seguiu com expressão diferente no olhar e ficou conversando com a jovem por alguns bons minutos. O efeito das palavras dele não pôde escapar da observação da boa senhora. Como era muito honesta para ficar escutando, a Sra. Jennings até mudou de poltrona com o propósito de *não* ouvir e foi sentar-se perto do piano que Marianne tocava. Contudo, não pôde deixar de perceber que Elinor mudava de cor e prestava muita atenção no que Brandon dizia, o que a impediu de continuar pintando. Como para confirmar as esperanças da dona da casa, em um intervalo de silêncio em que Marianne passava de uma partitura para outra, foi inevitável que algumas palavras do coronel chegassem aos ouvidos dela; ele parecia estar se desculpando pelo mau estado de sua casa e isso colocava o fato como consumado, acima de quaisquer dúvidas. A Sra. Jennings imaginou se, de fato, a residência dele precisaria de reparos ou se se tratava apenas de uma atitude ditada pela etiqueta. Não conseguiu perceber a resposta de Elinor, mas, pelo movimento dos lábios dela, achou que *não* era uma objeção. Foi então que a Sra. Jennings lamentou consigo mesma por ser tão discreta e honesta. Os dois conversaram por alguns poucos minutos mais, sem que ela conseguisse ouvir uma sílaba, e então outra abençoada pausa na música de Marianne permitiu-lhe que ouvisse o cavalheiro dizer, com sua voz profunda e calma:

– ... temo que ainda demore um pouco.

Atônita e chocada pela falta de emoção nessas palavras, a boa senhora estava a ponto de gritar: "Meu Deus! O que está acontecendo, afinal?", mas se conteve e limitou-se a silenciosas elucubrações mentais.

"Que estranho!", pensou, "será que ele vai querer esperar até ficar velho?!"

Esse adiamento por parte do coronel Brandon, no entanto, parecia não ofender nem entristecer sua bela ouvinte, pois quando terminaram a conversa e se separaram, indo cada qual para um lado, a Sra. Jennings ouviu claramente Elinor falar em um tom que demonstrava estar sentindo de fato o que dizia:

– Eu creio que me sentirei agradecida ao senhor para sempre.

A Sra. Jennings ficou encantada com tanta gratidão e concluiu que depois de ouvir aquelas palavras, o coronel iria sentir-se pronto para deixá-las, o que ele fez logo em seguida, com o maior sangue-frio, sem dizer mais nada a Elinor! A boa dama jamais imaginara que seu amigo era um apaixonado tão controlado.

Na verdade, o que se passara entre os dois foi o seguinte.

– Ouvi falar – dissera ele, com profundo sentimento – da injustiça que a família de seu amigo, o Sr. Ferrars, infligiu a ele. Se entendi direito o que me contaram, o jovem cavalheiro foi castigado pelos seus por haver mantido o compromisso assumido com uma jovem merecedora de respeito. Fui bem-informado? Foi isso que aconteceu?

Elinor respondera-lhe que sim.

– Crueldade, a imprudente crueldade! – exclamara ele, revoltado. – Querer separar dois jovens tão apegados um ao outro é terrível. A Sra. Ferrars não deve saber o que está fazendo, nem no que poderá levar seu filho a fazer. Vi o Sr. Ferrars duas ou três vezes na Harley Street e simpatizei muito com ele. Não é um homem de quem se pode ficar íntimo em pouco tempo, mas observei-o o suficiente para desejar-lhe um bom futuro e, como é amigo da senhorita, desejo-o ainda mais. Ouvi dizer que ele pretende ordenar-se. A senhorita poderia ter a bondade de dizer-lhe que o presbitério de Delaford, vago atualmente, segundo fui informado por resposta a uma carta minha, será dele, caso queira aceitá-lo. Acredito, porém, que *isso* está fora de dúvida, na situação em que ele se encontra. Eu só queria que esse presbitério fosse mais valioso. Tem uma residência presbiteral não muito grande e acredito que o presbítero anterior não recebia mais do que duzentas libras por ano. Creio que é uma igreja capaz de crescer, mas temo que não a ponto de oferecer-lhe uma quantia muito confortável. De qualquer maneira, terei imenso prazer em apresentá-lo para o cargo, se o Sr. Edward quiser. Por favor, transmita isto a ele.

A perplexidade de Elinor diante dessa solicitação não teria sido maior se o coronel Brandon a tivesse pedido em casamento. O cargo que apenas dois dias atrás ela considerava sem esperança para Edward estava à disposição dele, permitindo-lhe que se casasse. E justamente *ela*, entre todas as pessoas do mundo, vira-se encarregada de comunicar-lhe esse fato! Sua emoção fora tanta que empalidecera a ponto de a Sra. Jennings atribuí-la a outro motivo. Mas fossem quais fossem os sentimentos inferiores menos puros e menos aceitáveis que pudessem haver nessa emoção, sua estima pela benevolência em geral e sua gratidão pela amizade em especial, ambas demonstradas pela admirável atitude do coronel Brandon, haviam-na emocionado profundamente e Elinor expressara o que sentia sem disfarces. Agradecera-lhe de todo coração, falara sobre os bons princípios de Edward e da alegria que, ela sabia, essa oferta iria despertar nele. Prometera dar o recado com todo o prazer, a não ser que o coronel preferisse passar o encargo para uma outra pessoa. Ao mesmo tempo que sugerira esta possibilidade, Elinor pensava que ninguém poderia desempenhar essa missão melhor que ela própria. Entretanto, se encarregar a outrem o oferecimento pudesse diminuir a dor que talvez Edward sentisse ao recebê-lo *dela,* declinaria com satisfação de fazê-lo. Porém, o coronel Brandon, por motivos de igual delicadeza, preferia não fazer a oferta pessoalmente e demonstrara-se tão desejoso de que ela o fizesse que não lhe fora possível opor-se. Acreditava que Edward ainda se encontrasse na capital e felizmente a Srta. Steele tinha dito o endereço dele. Assim, poderia fazer a oferta chegar até ele talvez no decorrer desse mesmo dia. Depois que tudo ficara combinado, o coronel Brandon passara a falar sobre a própria vantagem que teria, com um cavalheiro tão respeitável e agradável nas vizinhanças de sua propriedade e fora *então* que ele comentara, com desagrado, que a casa era pequena e precisava de reparos, mal esse que Elinor, como a Sra. Jennings imaginara que ela faria, garantira que não tinha a menor importância.

– Quanto à pequenez da casa – respondera ela –, não creio que haja algum inconveniente para eles, pois estará em proporção com o tamanho e a renda da família.

O coronel ficara surpreso ao perceber que *ela* considerava o casamento do Sr. Ferrars uma consequência certa da oferta que ele acabara de fazer; como não acreditava que o presbitério de Delaford pudesse suprir uma renda suficiente para o estilo de vida das pessoas que iriam morar nele, tratara de falar a respeito.

– Esse pequeno presbitério talvez não *possa* oferecer ao Sr. Ferrars mais conforto do que ofereceria a um homem solteiro; portanto, não tornaria possível que casasse. Sinto muito por ser obrigado a dizer que minha ajuda termina aí... Eu gostaria de poder fazer muito mais. Se, no entanto, por algum imprevisto estiver em meu poder ajudá-lo mais, deverei pensar do Sr. Edward de um modo diferente do que penso agora. Se, porém, não houver possibilidade alguma de ajudá-lo no futuro, gostaria sinceramente de dar-lhe um apoio no presente. Sem dúvida, o que lhe ofereço no momento parece-me nada, uma vez que o aproxima pouquíssimo do que creio ser o objetivo principal para a felicidade dele. Seu casamento pode ainda ser um bem distante. Quero dizer, temo que ainda demore um pouco.

Este foi o final de sentença que, dando lugar a um mal-entendido, tão justamente ofendeu os delicados sentimentos da Sra. Jennings. Mas depois desta narrativa do que de fato foi dito entre o coronel Brandon e Elinor, enquanto se encontravam de pé junto à janela, a gratidão demonstrada pela jovem ao se despedirem deverá parecer razoavelmente emocionada e bastante bem-expressa, ao contrário do que seria se houvesse sido provocada por uma proposta de casamento.

40

— Muito bem, Srta. Elinor – disse a Sra. Jennings, sorrindo de maneira insinuante, tão logo o coronel se retirou –, não vou perguntar o que o coronel Brandon lhe disse. Posso jurar por minha honra que eu fiz tudo que podia para *não* escutar, mas foi impossível não ouvir o suficiente para compreender o que estava se passando. Afirmo-lhe que jamais fiquei tão contente em minha vida e desejo, de coração, que você sempre se sinta feliz como está hoje!

– Muito obrigada, madame – sorriu Elinor. – De fato, ele me deixou muito feliz e tive a oportunidade de ter mais uma prova da imensa sensibilidade do coronel Brandon. Poucos homens no mundo fariam o que ele fez. Poucas pessoas demonstrariam tanta compaixão. Nunca fiquei tão agradecida em toda minha vida!

– Oh, Deus! Você é modesta demais, minha querida! Eu não fiquei surpresa de modo algum, porque sabia que cedo ou tarde isso iria acontecer.

– A senhora julgou como quem tem um conhecimento antigo da benevolência do coronel. Contudo, nem mesmo assim a senhora poderia adivinhar que ele iria ter tão cedo uma oportunidade para demonstrar sua bondade.

– Oportunidade! – repetiu a Sra. Jennings. – Oh! Quanto a isso, quando um homem enfia *isso* na cabeça, acaba sempre *arranjando* uma oportunidade. Bem, minha querida, desejo-lhe tudo de bom. E se um dia eu quiser ver um casal feliz neste mundo, saberei onde ir procurá-lo.

– Acredito que a senhora, então, deverá ir visitá-lo em Delaford. – O sorriso de Elinor era triste.

– Sim, minha querida. É o que sem dúvida farei. E quanto à casa não ser boa, não entendi o que o coronel quis dizer com isso, pois a casa é a melhor que já vi.

– Ele disse que está precisando de reparos.

– Sim? E de quem é a culpa? Por que ele não a conserta? Quem mais deveria fazê-lo a não ser ele?

Foram interrompidas por um criado que vinha avisar que a carruagem estava à espera e, preparando-se para sair, a Sra. Jennings justificou-se:

– Bem, minha querida, preciso ir, por isso sou obrigada a deixar esta nossa conversa inacabada. Mas haveremos de continuá-la mais tarde, pois com certeza ficaremos sozinhas. Não a convido para me acompanhar porque creio que sua cabecinha tem muita coisa em que pensar para querer companhia. Aliás, a senhorita deveria ir logo contar tudo a sua irmã.

Marianne havia saído da sala antes que aquela conversa se iniciasse.

– É claro que irei contar a minha irmã, madame, mas não devo mencionar esse fato para ninguém mais, por enquanto.

– Oh! Não se preocupe. – A Sra. Jennings parecia um tanto desapontada. – A senhorita, então, não quer que eu conte nada a Lucy, pois hoje pretendo ir até Holborn...

– Isso, madame. Por favor, não conte a ninguém, nem mesmo para a Srta. Lucy. Até que eu tenha escrito para o Sr. Ferrars, acredito que nada deva ser dito a qualquer outra pessoa. Preciso fazer *isto* imediatamente. É muito importante que eu não perca tempo em fazê-lo, pois com certeza ele tem muito a organizar para a ordenação.

Essas palavras intrigaram profundamente a Sra. Jennings, que não conseguiu entender por que Edward tinha de ser avisado com tanta pressa. Depois de refletir por alguns momentos, porém, teve uma ideia feliz e exclamou:

– Oh, oh! Já compreendi. O Sr. Ferrars é quem irá oficiar a cerimônia! Muito bem, ele vai ficar contente. E, claro, precisará ordenar-se o mais rápido possível. Estou satisfeita que a senhorita e ele estejam em tão bons termos. Mas, minha querida, isso não é um tanto esquisito? Não é o coronel que deveria escrever a ele, pessoalmente? Claro, *ele* é a pessoa mais indicada.

Apesar de não ter compreendido o comentário inicial da Sra. Jennings, Elinor achou que não deveria interrogá-la e respondeu de acordo com o que pensava.

– O coronel Brandon é um cavalheiro tão sensível que prefere que outra pessoa comunique suas intenções para o Sr. Ferrars.

– Quer dizer que você está sendo forçada a fazê-lo, então. Bem, confesso que *essa* é uma sensibilidade bastante estranha! De qualquer modo, não quero atrapalhá-la – e, vendo Elinor preparando-se para escrever, continuou: – A senhorita sabe o que é melhor para os dois... Até logo, minha querida. Não tive notícia tão agradável desde que Charlotte deu à luz!

A senhora saiu, animada, porém voltou dali a um momento dizendo:

– Acabo de me lembrar da irmã da minha criada Betty, querida. Eu ficaria muito contente se ela pudesse ter tão maravilhosa ama. Mas não posso afirmar se ela seria boa criada de quarto para uma lady. Todavia, peço-lhe que pense no assunto.

– Pensarei, madame.

Elinor respondeu, apesar de mal ter ouvido o que a senhora dissera, tão ansiosa se sentia por ficar sozinha para cumprir sua obrigação.

Como começar? A maneira como expressaria no bilhete que devia escrever para Edward era, no momento, a sua maior preocupação. A circunstância particular entre eles tornava difícil para ela fazer algo que outra pessoa faria como se fosse a coisa mais fácil do mundo; temia, principalmente, estender-se demais ou explicar-se de menos. Então, acabara de sentar-se diante do papel, determinada, com a pena na mão, quando foi surpreendida pela entrada de Edward.

Ao chegar para deixar um bilhete de despedida, ele encontrara a Sra. Jennings à porta e a dama, depois de se desculpar por não poder voltar com ele, dissera-lhe que a Srta. Dashwood encontrava-se em casa e precisava falar-lhe sobre um assunto muito particular.

Elinor acabara de felicitar a si mesma, em meio à própria perplexidade, dizendo-se que, por mais difícil que fosse expressar-se em uma carta, era muito melhor do que se tivesse de falar com ele pessoalmente, quando o visitante entrou, obrigando-a a fazer o maior esforço de sua vida. A surpresa e a confusão sentidas por Elinor eram imensas, diante desse aparecimento inesperado. Não o via desde antes do noivado dele se tornar público, ou seja, não se haviam falado depois que Elinor ficara sabendo publicamente desse fato. Ainda consciente do que estivera pensando e da dificuldade para encontrar como dizer o que devia, Elinor sentiu-se particularmente desconfortável por alguns minutos. Edward também se mostrava bastante nervoso e os dois sentaram-se, envoltos pelo mais profundo constrangimento. Ele teve consciência de que deveria pedir desculpa por ter irrompido na sala daquela maneira, mas não sabia de que jeito começar; por fim, determinando-se a permanecer em terreno firme, quando pôde falar, desculpou-se a seu modo, depois de sentar-se.

– A Sra. Jennings disse-me que a senhorita queria falar comigo... Ou, pelo menos, entendi que ela me disse isso... De qualquer modo, eu não devia ter interrompido a senhorita como fiz ao entrar aqui... porém, eu ficaria extremamente triste se tivesse de sair de Londres sem ver a senhorita e a sua irmã... sobretudo porque não tenho muito tempo disponível... e creio que não terei o prazer de encontrá-las novamente tão cedo. Partirei para Oxford amanhã.

– O senhor não deveria partir – respondeu Elinor, que recuperara a calma e decidira livrar-se o mais depressa possível daquilo que temia – sem receber nossos votos de boa viagem, mesmo que não pudéssemos expressá-los pessoalmente. A Sra. Jennings estava certa no que lhe disse. Tenho algo muito importante para comunicar ao senhor, tanto que estava a ponto de escrever-lhe uma carta. Fui encarregada da mais agradável missão – ela respirava mais rápido do que de costume ao dizer isso. – O coronel Brandon, que estava aqui mesmo há uns dez minutos, soube que o senhor está para ordenar-se e encarregou-me de lhe dizer que tem o maior prazer em oferecer-lhe o presbitério de Delaford, atualmente vago, e transmitir-lhe seus desejos de que preferia que ele fosse mais valioso. Permita-me que cumprimente o senhor por ter tão respeitável e justo amigo. Devo esclarecer-lhe, também, que ele gostaria muito que a renda do presbitério, cerca de duzentas libras por ano, fosse mais substancial. O coronel acredita que, mesmo que essa oferta o ajude, o presbitério talvez só possa servir de acomodação temporária para o senhor, enquanto procura alcançar as suas metas de felicidade.

Como o que Edward sentiu nesse momento não poderia ser explicado nem por ele mesmo, é de esperar que ninguém pudesse explicar por ele. *Pareceu* sentir todo o espanto que uma informação tão inesperada, tão fantástica, poderia suscitar, mas disse apenas duas palavras:

– Coronel Brandon!

– Sim. – Mais resoluta, agora que o pior havia passado, Elinor prosseguiu: – O coronel Brandon considera essa atitude uma prova da sua preocupação pelo que aconteceu ao senhor, devido à cruel situação em que a injustificável conduta da família o colocou... Uma preocupação que, tenho certeza, Marianne, eu própria e todos os seus amigos estão sentindo. O coronel espera, também, que seja uma prova da admiração que ele tem por seu caráter e da grande aprovação que concede ao comportamento do senhor na presente ocasião.

– O coronel Brandon *conseguiu-me* um presbitério! Será possível?

– A atitude indelicada dos seus parentes faz o senhor surpreender-se com provas de amizade que encontra nos outros.

– Não. – Edward conseguiu recuperar o equilíbrio emocional. – Que encontro na senhorita. Não posso deixar de compreender que é à senhorita, a sua bondade que devo tudo isso. Eu sinto... Eu gostaria de expressar o que sinto, se soubesse... Mas não sou um orador.

– O senhor está enganado. Devo afirmar-lhe que deve tudo, ou pelo menos quase tudo, ao seu próprio mérito e ao discernimento do coronel Brandon. Eu nada tive a ver com a decisão dele. Eu nem mesmo sabia, até que ele me disse que o presbitério se encontrava vago. Nem sequer me ocorreu que poderia haver um presbitério em suas terras. Sendo meu amigo e da minha família, talvez ele... Não. Sem dúvida, sei que ele teria... Não. Sei que *ele tem* o maior prazer em ajudá-lo, porém, dou-lhe a minha palavra, o senhor nada tem a me agradecer.

A honestidade obrigava-a a reconhecer que tivera uma pequena participação no acontecimento, mas ao mesmo tempo não lhe agradava aparecer como benfeitora de Edward, o que a fazia hesitar em reconhecer que o era, em parte. Provavelmente, deixou transparecer isso, o que contribuiu para fixar na mente de Edward o que ele desconfiava. Assim que Elinor terminou de dizer tudo aquilo, ele permaneceu imóvel por algum tempo, pensando. Afinal, falou como se tivesse que esforçar-se muito para isso:

– O coronel Brandon parece-me um homem de grande valor. Sempre ouvi falarem dele com respeito e sei que o irmão da senhorita o estima muito. Tenho certeza de que se trata de um homem sensível e de que é um perfeito cavalheiro.

– Sem dúvida – assentiu Elinor –, e creio que o senhor irá encontrar nele, à medida que o conhecer melhor, tudo que ouviu falar a seu respeito. Como o senhor será o mais próximo de seus vizinhos, pois ouvi dizer que o presbitério é bastante perto da mansão Delaford, é muito importante que ele *seja* tudo isso.

Edward nada respondeu, mas quando ela virou a cabeça, dirigiu-lhe um olhar tão sério, tão intenso, tão triste que parecia dizer que preferia que a distância entre o presbitério e a mansão do coronel fosse muito maior.

– Creio que o coronel Brandon pode ser encontrado na St. James Street – disse ela por fim, pondo-se de pé.

Elinor deu-lhe o número da casa.

– Vou imediatamente até lá, dar-lhe os agradecimentos que a senhorita não quer aceitar de mim e dizer-lhe que fez de mim um homem muito... muitíssimo feliz.

Como ela não fizesse um gesto para retê-lo, separaram-se com a dolorosa certeza *dela* de desejar a Edward toda felicidade em qualquer mudança de situação que pudesse ocorrer; *dele*, de tentar retribuir esses bons votos, assim como a força para expressá-los.

“Quando eu tornar a ver Edward”, Elinor disse a si mesma, “ele já será marido da Srta. Lucy.”

E com essa perturbadora antecipação, tornou a sentar-se para reconsiderar o passado, para lembrar-se das palavras ditas, das atitudes tomadas e para compreender todos os sentimentos de Edward; também para pensar nos seus próprios sentimentos com reprovação.

Quando a Sra. Jennings voltou, embora viesse da casa de pessoas que jamais havia visitado antes e das quais tinha uma porção de coisas a dizer, sua mente achava-se mais preocupada com o segredo que guardava. Portanto, antes de mais nada, foi nesse segredo que ela falou assim que viu Elinor.

– Muito bem, minha querida! Mandei que o jovem Edward subisse para falar com a senhorita. Fiz bem? Acredito que não tenha tido grandes dificuldades... Por acaso, achou-o com pouca vontade de aceitar o que lhe propôs?

– Não, madame. *Isso* não aconteceu.

– Então, para quando ele poderá estar pronto? Parece-me que depende da presença dele para tudo ser resolvido...

– Na verdade – garantiu Elinor –, não entendo muito desse assunto e só posso imaginar a preparação e o tempo que devem ser necessários. Mas acredito que em dois ou três meses ele terá a ordenação.

– Dois ou três meses! – sobressaltou-se a Sra. Jennings. – Meu Deus! Como pode falar nisso com tanta calma? E o coronel pode esperar três meses? Deus me abençoe! Tenho certeza de que *eu* enlouqueceria! Admiro muito essa atitude de querer fazer uma gentileza para o Sr. Ferrars, mas acho que não devem esperar dois ou três meses por ele. É claro que outro eclesiástico pode perfeitamente desempenhar a missão de casá-los, alguém que já tenha sido ordenado.

– Minha cara madame – estranhou Elinor –, o que a senhora está pensando? O único objetivo do coronel Brandon é ajudar o Sr. Ferrars.

– Que Deus a abençoe, minha querida! Espero que não esteja querendo me convencer que o coronel Brandon vai casar-se com a senhorita apenas para pagar alguns guinéus ao Sr. Ferrars!

Depois dessas palavras, o mal-entendido não pôde prosseguir e deu-se imediatamente uma explicação com a qual as duas damas se divertiram bastante por alguns momentos, sem que houvesse tristeza por parte da Sra. Jennings, que simplesmente passou de uma forma de alegria para outra, sem perder a primeira perspectiva.

– Sim, sim, então o presbitério é pequeno! – comentou, depois que se acalmou dos arroubos de surpresa e alegria. – E com certeza *precisa* de reparos. Mas me pareceu quase ridículo ouvi-lo se desculpando, como pensei que estivesse, por uma casa que sei possuir cinco salas de estar no térreo e, segundo me lembro que uma criada me contou, quinze quartos! Afinal, a senhorita está acostumada a morar no Chalé Barton... Mas, minha querida, precisamos levar o coronel a providenciar uma reforma no presbitério para que se torne confortável, antes que Lucy vá para lá.

– O coronel parece achar que o presbitério não oferece a mínima acomodação suficiente para acolhê-los depois de casados.

– O coronel é um tolo, minha querida! Como recebe duas mil libras por ano, ele pensa que ninguém pode se casar recebendo menos que isso. Dou-lhe a minha palavra que, se eu estiver viva, visitarei o presbitério de Delaford antes da festa de São Miguel.* E tenho certeza de que não iria, se Lucy não estivesse lá.

ELINOR CONCORDAVA plenamente com a Sra. Jennings, assim como também acreditava na probabilidade de não ter mais nada a esperar.

---

*Festejos realizados na Inglaterra, no dia 29 de setembro, dedicados ao arcanjo são Miguel. (*N. do T.*)

41

Depois de agradecer ao coronel Brandon, Edward dirigiu-se à casa de Lucy sentindo-se feliz. Era tanta sua felicidade ao chegar ao edifício Bartlett que, no dia seguinte, quando a Sra. Jennings foi apresentar seus parabéns à jovem noiva, pôde assegurar que jamais o vira tão animado.

A felicidade e a animação de Lucy não eram menores e ela concordou com a Sra. Jennings que antes da festa de São Miguel eles estariam confortavelmente instalados no presbitério de Delaford. Longe de sentir o embaraço que Edward sentira em demonstrar o agradecimento pelo que, ele *acreditava*, Elinor fizera por eles, Lucy falava livremente da amizade que as ligava com uma gratidão calorosa. Declarava-se devedora eterna da amiga e afirmava abertamente que não se surpreenderia com nenhum esforço que a Srta. Dashwood empreendesse, no presente ou no futuro, para ajudá-los, pois acreditava-a capaz de fazer qualquer coisa neste mundo pelas pessoas às quais realmente dava valor. Quanto ao coronel Brandon, não apenas se dispunha a venerá-lo como a um santo, mas também se sentia mais ansiosa ainda para que ele se ocupasse igualmente dos assuntos mundanos, estava aflita para que as posses de seu benfeitor aumentassem logo e muito, e secretamente resolvida a tirar proveito, assim que possível e depois que se instalasse em Delaford, dos criados, das carruagens, das vacas e das galinhas do coronel.

Fazia quase uma semana que John Dashwood estivera em Berkeley Street e, desde então, não haviam tido mais notícias do mal-estar da esposa dele, a não ser indiretamente. Elinor, portanto, começou a sentir-se na obrigação de fazer-lhe uma visita. Contudo, era uma obrigação que não apenas ia contra sua vontade, como também não recebia apoio algum de suas companheiras. Marianne, não se contentando com somente recusar-se à acompanhá-la, insistia muito para a irmã não ir; a Sra. Jennings, embora colocasse sua carruagem à disposição de Elinor, gostava tão pouco da Sra. John Dashwood que nem mesmo a curiosidade de saber como ela estava depois da arrasadora descoberta, nem mesmo seu forte desejo de enfrentá-la para defender Edward foram capazes de convencê-la a ir também. O resultado foi que Elinor teve de ir sozinha fazer uma visita para a qual não tinha a menor inclinação; além disso, ao ir visitar a cunhada, corria o risco de ter uma conversa direta com a mulher de quem tinha motivos para não gostar mais do que qualquer outra pessoa.

A Sra. Dashwood mandou avisar que não estava em condições de recebê-la e Elinor ia voltar, mas antes que sua carruagem se pusesse em movimento, o Sr. John Dashwood saiu da casa. Expressou seu enorme prazer em ver Elinor, disse que estava saindo justamente para ir à Berkeley Street, assegurou que Fanny ficaria muito alegre em vê-la e convidou-a para entrar.

Subiram a escada e foram para a sala de visitas. Não havia ninguém lá.

– Creio que Fanny está no quarto – disse ele. – Vou avisá-la de que você está aqui e tenho certeza de que ela não tem a menor objeção em *vê-la*. Longe disso, é claro. Principalmente *agora*... bem, você e Marianne são as favoritas dela. Por que Marianne não veio?

Elinor deu a desculpa que encontrou no momento.

– Na verdade, até acho bom você ter vindo sozinha – declarou John –, pois temos muito o que conversar. Isso do presbitério do coronel Brandon é verdade? Ele o deu a Edward mesmo? Ouvi isso ontem, por acaso, e ia justamente perguntar-lhe a respeito.

– É a mais pura verdade. O coronel Brandon ofereceu o presbitério de Delaford para o Sr. Edward.

– É verdade? Bem, é espantoso! Não há laço algum de amizade, relacionamento algum de parentesco entre eles! Hoje em dia, esses presbitérios têm cada preço! Qual é o valor do dele?

– Cerca de duzentas libras por ano.

– Muito bem... Supondo-se que o último pastor fosse velho, doente, e que deixou o presbitério vago depois de muito tempo, atrevo-me a dizer que, se fosse bem-cuidado, ele poderia valer umas mil e quatrocentas libras. Como se explica que não tenha sido providenciada a venda desse presbitério antes da morte do ocupante anterior? *Agora* é tarde demais para vendê-lo. Estranho muito um homem com o bom-senso do coronel Brandon agir de tal maneira! Imagino por que ele pôde ser tão imprevidente diante de uma providência tão comum, tão natural! Bem, estou convencido de que há um vasto nível de inconsistência em quase todos os seres humanos. Contudo, pensando bem, suponho que o caso provavelmente seja este: Edward foi convidado apenas para ocupar o cargo até que a pessoa a quem o coronel vendeu o benefício alcance idade suficiente para assumi-lo. Sim, sim. Com certeza foi o que aconteceu.

Elinor contradisse o irmão com firmeza, contando-lhe que ela própria fora encarregada pelo coronel Brandon para oferecer o presbitério a Edward e insistiu em que o cargo fora de fato dado e não vendido. O Sr. Dashwood teve de se submeter à autoridade dela.

– É espantoso! – pronunciou-se ele depois que a irmã terminou de contar tudo. – Qual terá sido a razão que levou o coronel a tomar essa atitude?

– Foi uma razão muito simples: ajudar o Sr. Ferrars.

– Bem, bem... Seja o que for que o coronel pretenda, Edward é um homem de muita sorte! Por favor, peço-lhe que não mencione esse assunto para Fanny. Apesar de ela ter reagido muito bem quando lhe contei, creio que prefere não ouvir falar nisso.

A essa altura Elinor teve dificuldade em se conter para não observar que achava que Fanny poderia suportar o fato de seu irmão ter adquirido algum bem sem que isso resultasse no empobrecimento dela ou de seu filho.

– A Sra. Ferrars – prosseguiu John, abaixando a voz como se fosse falar de algo muito importante – nada sabe até agora e acredito que seja melhor mantê-la na ignorância pelo máximo de tempo que pudermos. Todavia, depois do casamento, temo que ela fique sabendo de tudo.

– Mas por que deve-se tomar essa precaução? Como é possível supor que a Sra. Ferrars não tenha pelo menos um mínimo de satisfação ao saber que o filho terá dinheiro o suficiente para viver? Diga-me por que, depois do modo pelo qual essa senhora agiu, devemos achar que ela vai mostrar-se sensível agora? A Sra. Ferrars rompeu com o filho, mandou-o embora para sempre e impediu que todas as pessoas sobre as quais exerce um pouco de influência o ajudassem. Agindo dessa maneira, é de imaginar que ela não sentirá qualquer alegria ou tristeza a respeito de qualquer acontecimento que se refira ao filho mais velho. Não se espera que ela se interesse por coisa alguma que diga respeito a ele. É inacreditável que ela seja tão incoerente a ponto de negar seu apoio a um filho e, ao mesmo tempo, manter por ele a ansiedade própria de uma mãe!

– Ah, Elinor! – suspirou John. – Seu raciocínio é muito bom, porém se baseia na ignorância sobre a natureza humana. Quando esse infeliz casamento de Edward se realizar, é bem possível que a mãe dele venha a sentir-se como se não o tivesse rejeitado. De todo modo, por enquanto deve-se evitar o máximo possível toda e qualquer circunstância que possa piorar a situação que já se encontra bastante delicada. A Sra. Ferrars nunca poderá esquecer que Edward é seu filho.

– O que acaba de dizer me surpreende muito. Pensei que a esta altura ela já quase não se lembrasse mais dele.

– Creio que a está julgando erroneamente. A Sra. Ferrars é uma das mães mais afeiçoadas aos filhos que eu conheço.

Elinor manteve-se em silêncio.

– Já que tudo isso aconteceu, estamos pensando *agora* – voltou o Sr. Dashwood depois de longa pausa – que *Robert* poderá casar-se com Lady Morton.

Sorrindo diante do tom grave e pedante do irmão, Elinor comentou, calma:

– Acredito que a lady não terá escolha, no caso.

– Escolha? O que quer dizer?

– Quero dizer que pelo jeito que falou, à família parece a mesma coisa se Lady Morton se casar com o Sr. Edward ou com o Sr. Robert.

– Na verdade, não existe mesmo diferença, agora que Robert será considerado o filho mais velho, para todos os propósitos e situações. Além disso, ambos são jovens cavalheiros simpáticos e não vejo diferença alguma entre um e outro.

Como Elinor nada disse, John Dashwood também ficou silencioso por algum tempo, pensando. Sua meditação por fim resultou no comentário:

– Pelo menos, posso assegurar-lhe *uma* coisa, minha querida irmã – ele falava em um sussurro medonho e pegou com suavidade a mão dela. – E *vou* fazê-lo porque sei que será muito gratificante para você. Tenho boas razões para pensar... Na verdade, tenho a maior autoridade ou jamais diria o que vou lhe dizer, pois seria muito errado falar de algo sem ter conhecimento a respeito. Como disse, tenho a maior autoridade... Bem, não que o tenha ouvido diretamente da Sra. Ferrars, mas a filha dela *ouviu* e transmitiu-o a mim... Enfim, o fato é que qualquer objeção que a Sra. Ferrars pudesse ter contra um certo... um certo compromisso... você me entende... *esse* compromisso seria preferível para ela, não lhe teria causado metade do desgosto que *este* causa. Para mim, foi excepcionalmente agradável saber que a Sra. Ferrars vê o caso desta maneira... Essa circunstância é mesmo muito gratificante para todos nós, sabe? Ela afirmou: "Teria sido, sem comparação, o menor dos dois males"... Tenho certeza de que minha sogra ficaria feliz de aceitar, *agora,* esse algo que considera o menor dos dois males. No entanto, tal coisa está fora de questão... não deve ser pensada nem mencionada. Já que se trata de uma união que nunca irá acontecer... você sabe... deve ser completamente esquecida. Mas achei que devia dizer-lhe isto, porque sabia que você iria gostar muito de ouvir. Não creio que tenha motivos para lamentar-se, minha cara Elinor. Não há dúvida de que está tudo bem para você. Eu diria que assim é até melhor, considerando bem todos os pontos... O coronel Brandon tem ido visitá-la ultimamente?

Elinor já escutara o bastante, não para satisfazer sua vaidade e dar-lhe sensação de importância, mas para mexer-lhe com os nervos e com a cabeça. Ficou satisfeita com a chegada do Sr. Robert Ferrars, que a livrou da obrigação de responder ao que acabara de ouvir e afastava o perigo de ouvir coisas piores da boca de seu irmão. Depois de alguns momentos de conversa, John Dashwood pareceu lembrar-se de que Fanny ainda não fora informada da presença da cunhada e deixou a sala, para ir falar com a esposa. Elinor permaneceu ali e teve oportunidade de conhecer melhor Robert. Assim, pôde confirmar a desfavorável opinião que já havia formado a respeito da mente e do coração do jovem cavalheiro. Impressionou-a verificar a alegre irresponsabilidade e feliz autocomplacência com que Robert aceitava a injusta divisão que a mãe fizera de seu amor e da sua liberalidade em prejuízo do irmão banido; ele não se preocupava um mínimo com a integridade de Edward e dava importância apenas à própria vida de dissipação.

Estavam a sós havia apenas dois minutos quando Robert tratou de puxar conversa sobre o irmão, pois ouvira falar do presbitério e queria saber a respeito. Elinor deu-lhe os detalhes, como dera a John, e a reação do jovem cavalheiro, embora diferente da reação do cunhado, não foi menos chocante do que fora a de John Dashwood. Robert riu quase exageradamente. A ideia de seu irmão como clérigo, morando em um pequeno presbitério, divertiu-o muito mais do que era de esperar. E quando adicionou à imagem a figura de Edward lendo preces usando uma sobrepeliz branca, publicando proclamas de casamentos entre um John Smith e uma Mary Brown, achou impossível conceber algo mais ridículo.

Elinor, enquanto esperava, em silêncio e discreta seriedade, pela conclusão de tanta hilaridade, não pôde evitar que seus olhos, que mantinha fixos nele, espelhassem toda a aversão que sentia. Contudo, Robert Ferrars não percebeu o significado desse olhar, que proporcionava grande alívio a ela, pois, quando parou de rir, ele o fez porque se cansara, não porque compreendera a reprovação dela.

– Isso tudo pode parecer muito engraçado – disse ele por fim, encerrando as afetadas gargalhadas que haviam ultrapassado os limites de uma genuína alegria –, mas, por minha alma, é muito sério. Pobre Edward! Ele está arruinado para sempre. Sinto muito por meu irmão, pois o conheço bem e sei que é uma criatura de índole bondosa. Tem as melhores intenções. A senhorita não deve julgá-lo, pois o conhece muito superficialmente. Pobre Edward! Com certeza as maneiras dele não são das mais finas, porém nem todos nascemos, a senhorita sabe, com os mesmos dons, com as mesmas habilidades. Pobre amigo! É triste ir para o meio de estranhos! Pode acreditar, cara senhorita, que é algo digno de compaixão! Por minha alma, acredito que o caráter dele seja tão bom quanto seu coração e declaro, afirmo mesmo, que jamais fiquei tão chocado em minha vida como ao saber o que havia acontecido. Não conseguia acreditar. Minha mãe foi a primeira pessoa que me falou a respeito e eu, sentindo que devia tomar uma resolução, disse-lhe imediatamente: "Minha querida madame, não sei o que a senhora pretende fazer, mas, por mim, devo dizer que, se Edward se casar com essa jovem, *eu* nunca mais quero vê-lo." Foi o que declarei naquele mesmo momento, pois de fato eu acabara de sofrer um profundo choque! Pobre Edward!

Ele prejudicou-se eternamente, baniu a si mesmo para sempre da sociedade respeitável! Mas, como eu disse a minha mãe de maneira clara, essa atitude não me surpreendeu tanto assim, pois era o que se devia esperar do estilo da educação dele. Minha pobre mãe estava desesperada...

– O senhor alguma vez viu a jovem?

– Sim. Uma vez, quando ela estava hospedada nesta casa, aconteceu de eu passar aqui por dez minutos e deu para vê-la o suficiente. É uma jovem do interior, sem graça, sem estilo, sem elegância e até mesmo sem beleza. Lembro-me muitíssimo bem dela. É o tipo de moça perfeita para cativar um homem como o pobre Edward. Assim que fiquei sabendo dos fatos, ofereci-me a minha mãe para conversar com ele e tentar dissuadi-lo desse casamento; porém, descobri que *então* já era muito tarde para tomar qualquer atitude porque, infelizmente, eu não acompanhei o início do triste acontecimento e nada sabia até que a explosão já se dera havia bastante tempo. Não tinha, portanto, como interferir. Houvesse sabido um pouco antes, talvez fosse possível que minha intervenção desse algum resultado. Tenho certeza de que apresentaria os fatos a Edward com uma força devastadora. "Meu caro amigo", eu lhe diria, "pense bem no que está fazendo. Esse seu casamento está fadado a ser infeliz e ninguém da família o aprova." Enfim, não posso deixar de considerar que poderia influenciá-lo... De qualquer modo, é tarde demais. Ele deve estar desesperado, entende? Isso mesmo: completamente desesperado.

Robert acabava de fazer esta afirmativa com grande compostura quando a entrada da Sra. John Dashwood fez com que o assunto morresse. Embora *ela* jamais fizera a menor menção de tocar nessa questão, nem mesmo com a própria família, quando a cunhada entrou, Elinor percebeu algo como confusão em seu rosto e visível falta de naturalidade nos modos cordiais com que a tratou. Fanny apenas insinuou que sentia muito saber que Elinor e a irmã logo iriam embora da capital, que esperara poder vê-las mais vezes; isso tudo com um evidente esforço. O marido, fascinado como sempre por tudo que ela dizia e fazia, achava a atitude de Fanny a mais afetuosa e bem-educada do mundo.

42

Em uma outra breve visita que fez à Harley Street, Elinor recebeu do irmão elogios calorosos por ter dado um jeito de voltar para Barton sem nenhuma despesa e pelo fato do coronel Brandon dispor-se a ir encontrar-se com elas em Cleveland, dentro de um ou dois dias. Assim encerrava-se o contato entre irmão e irmãs na capital. Tudo que foi dito sobre um provável encontro deles no interior não passou de um superficial convite de Fanny para que elas aparecessem por Norland quando passassem por perto, coisa que era muito improvável de acontecer, e de John garantir com entusiasmo a Elinor, quando estavam a sós, que iria visitá-la em Delaford.

Elinor divertia-se observando que todos, conhecidos e parentes, pareciam determinados a enviá-la para Delaford, lugar que, entre todos os que conhecia, seria o último que escolheria para visitar ou para morar. Já antes do irmão, a Sra. Jennings e a Srta. Lucy haviam praticamente garantido que iriam fazer-lhe uma visita lá.

No começo de abril e em um horário toleravelmente cedo do dia, os dois grupos, de Hanover Square e da Berkeley Street, saíram de suas respectivas casas para ir encontrar-se na estrada. Para conforto de Charlotte e do bebê, iriam devagar e fariam a viagem em dois dias, ao passo que o Sr. Palmer e o coronel

Brandon, que viajariam mais depressa, sairiam mais tarde e iriam juntar-se a elas em Cleveland, logo depois que tivessem chegado lá.

Marianne, que tivera raras horas felizes em Londres e gostaria de já ter ido embora havia muito tempo, não pôde deixar de despedir-se com grande dor da casa que abrigara suas esperanças e fé em Willoughby, para em seguida vê-las extintas para sempre. Também não pôde separar-se sem derramar ardentes lágrimas da cidade em que Willoughby permanecia ocupado com novos compromissos e novos negócios.

Já a atitude de Elinor no momento da partida era muito mais positiva. Não tinha motivo algum para que seus pensamentos se fixassem na capital, assim como não deixava ninguém para trás, ninguém de quem estivesse se separando com pesar; sentia-se bem por ter liberdade para não continuar a amizade com Lucy, estava contente porque iria levar sua irmã embora sem que ela tivesse visto Willoughby depois de seu casamento e tinha certeza de que alguns meses de tranquilidade em Barton iriam devolver a paz a Marianne e reforçar a sua própria.

A viagem foi tranquila. No segundo dia, chegaram ao estimado, ou proibido, condado de Somerset, pois essa era a dúvida que a imaginação de Marianne mantinha acesa em seu peito. E, na manhã do terceiro dia, entravam em Cleveland.

Cleveland era uma mansão moderna, espaçosa, situada em uma alameda em aclive. Não era rodeada por um parque, porém o espaço verde, arborizado, no centro do qual se encontrava, era razoavelmente extenso. E, como todas as demais propriedades da mesma importância, tinha ao redor um amplo gramado com alamedas cobertas de cascalho que levavam para a mata e o bosque, caso se quisesse passear neles. A casa tinha como guardiões um imenso e velho abeto, uma altíssima sorveira e uma acácia, e a monotonia do gramado era rompida por grupos dessas enormes árvores intercalados com choupos-da-itália.

Marianne entrou na casa com o coraçao apertado pela emoção causada por saber que se encontrava a menos de cento e cinquenta quilômetros de Barton e a menos de cinquenta de Combe Magna.

Mal haviam adentrado a mansão e, enquanto todos os demais se ocupavam ajudando Charlotte a exibir o bebê para a governanta, Marianne saiu de novo e caminhou entre árvores e arbustos, que começavam a recuperar a beleza e a imponência. Quando chegou a uma pequena colina, parou em um caramanchão que lembrava um templo grego e seus olhos vaguearam pelo horizonte a sudeste; na paisagem ondulada por colinas, bem ao longe, imaginou ver Combe Magna.

Nesses momentos de completa e incalculável tristeza, derramava lágrimas de angústia por encontrar-se em Cleveland. Enquanto retornava para junto das companheiras de viagem, atarefadas dentro da casa, sentia todo o feliz privilégio que é ter a liberdade do campo, de poder passar de uma paisagem linda para outra em livre e preciosa solidão. Resolveu, então, que dedicaria uma boa parte dos dias que passasse na propriedade dos Palmer à indulgência de longos passeios solitários.

Chegou bem a tempo de juntar-se aos demais que saíam para dar uma pequena volta no terreno junto à mansão. O restante da manhã passou rápido enquanto visitavam a horta atrás da cozinha e o jardim à frente da casa, examinavam as plantas que prometiam estar lindas na primavera e ouviam as queixas e reclamações do jardineiro contra pulgões e ferrugem. Quando passaram por dentro da estufa, Charlotte começou a rir daquele seu modo particular, ao verificar que as suas plantas preferidas haviam sido descuidadamente expostas ao tempo e achavam-se queimadas pelo gelo; ao visitar o galinheiro, a dama encontrou novos motivos para rir e se divertir com o desapontamento da criada que cuidava dele ao contar-lhe que galinhas haviam abandonado o ninho, frangos e pintinhos haviam sido apanhados por uma raposa e exemplares que prometiam a melhoria da criação haviam morrido de repente.

Como o dia mostrava-se belo e seco, Marianne nem pensou que poderia haver uma mudança de tempo e, portanto, em seus planos de passeio enquanto estivesse em Cleveland. Por isso, foi com grande surpresa que se viu impedida de sair depois do jantar por uma chuva que caiu inesperadamente. Decidira ir apreciar o crepúsculo no templo grego e dar um pequeno passeio nos arredores; uma noite meramente fria ou úmida não a impediria de realizar esses planos, mas com a chuva pesada e contínua que caía, nem mesmo *ela* poderia criar para si a fantasia de que o tempo estava seco e agradável para um passeio.

O grupo era pequeno, então as horas passavam tranquilas. A Sra. Palmer tinha o bebê para dedicar-se, a Sra. Jennings, sua tapeçaria. Conversavam a respeito de amigos que haviam deixado para trás, falavam dos compromissos assumidos por Lady Middleton e opinavam sobre se o Sr. Palmer e o coronel Brandon iriam passar além de Reading nessa noite. Elinor, apesar de não muito interessada, participava das conversas e Marianne, que sempre tinha o dom de descobrir a biblioteca em qualquer casa em que se encontrasse, mesmo que não costumasse ser utilizada pela família, não demorou a estar com um livro nas mãos.

Nada mais era preciso do que o constante bom humor da Sra. Palmer para fazê-las sentirem-se queridas. A franqueza e a bondade dos seus modos compensavam amplamente sua falta de memória e elegância, que muitas vezes faziam-na parecer deficiente em cultura e educação. A bondade de Charlotte, aliada ao seu lindo rosto, conquistava as pessoas; sua superficialidade, ainda que evidente, não causava repulsa porque não era afetada. Elinor poderia perdoar tudo, menos as gargalhadas dela.

Os dois cavalheiros chegaram no dia seguinte na hora do jantar, transformando-o quase em uma alegre festa, e os temas diferentes de conversa que eles trouxeram foram muito bem-vindos, depois de um dia de chuva e dos mesmos assuntos, e tornaram o ambiente bastante animado.

Elinor vira pouquíssimo o Sr. Palmer e nessas poucas vezes houvera tanta variação no modo de ele dirigir-se a ela e à irmã que não sabia que atitude esperar dele em sua própria casa. No entanto, o anfitrião comportou-se como o mais gentil dos cavalheiros para com os hóspedes e ocasionalmente mostrou-se rude com a esposa e a sogra. Ela chegou à conclusão de que o Sr. Palmer poderia ser, em geral, um companheiro agradável e o que o impedia de ser sempre simpático era o fato de se considerar muito superior à maioria das pessoas, principalmente a Charlotte e à Sra. Jennings. Quanto ao restante de seu caráter e hábitos, não era marcado, como Elinor pôde perceber, por nenhum traço que fosse estranho ao sexo masculino e a sua idade. Era elegante ao comer, mas inconstante em horários; adorava o filho, apesar de fingir que não se importava com ele; dedicava algumas manhãs que deveriam ser de negócios ao jogo de bilhar. No entanto, Elinor gostou do Sr. Palmer mais do que esperava; não se censurava por não conseguir gostar ainda mais dele, porque, depois de observar sua inclinação para os prazeres da vida, seu egoísmo e sua presunção, por mais complacente que parecesse, concluíra que dava preferência a homens que tivessem o caráter generoso de Edward, com seu bom gosto simples, sentimentos profundos e natural modéstia.

Foi através de Brandon que ela teve notícias de Edward, ou pelo menos de alguns assuntos de seu interesse. O cavalheiro estivera em Dorsetshire e conversou com ela longamente sobre o presbitério de Delaford, tratando-a simplesmente como amiga do Sr. Ferrars e sua própria confidente. Descreveu as deficiências da casa e disse o que pretendia fazer para eliminá-las. A atitude do cavalheiro para com Elinor nesse sentido, como em todos os demais, de franca satisfação por encontrá-la depois de dez dias, a pressa de conversar com ela e a deferência que demonstrava por suas opiniões poderiam muito bem justificar a certeza da Sra. Jennings de uma ligação mais profunda entre os dois; poderia até provocar essa desconfiança na própria Elinor, se ela não soubesse, havia muito tempo, que Marianne era a preferida dele. Mas essa era uma ideia que jamais lhe teria passado pela cabeça, a não ser devido à sugestão da Sra. Jennings, e o fato a fez observar melhor o cavalheiro e a irmã. Elinor reparava no olhar do coronel Brandon, ao passo que a boa senhora reparava apenas nas atitudes dele; graças à ansiosa solicitude com que Brandon observava Marianne, ele veio a notar, antes de qualquer um, alterações no comportamento e na voz da jovem, descobrindo assim o início de um forte resfriado que não foi percebido pela atenta senhora porque a jovem não comentou que se sentia mal. Elinor, contudo, notou no coronel a agitação e o alarme de uma pessoa que ama.

Marianne dera dois deliciosos passeios à hora do crepúsculo, no terceiro e quarto dias em que estavam em Cleveland, não apenas pelos locais mais secos onde cresciam arbustos e capoeiras, mas também pelas partes mais cerradas da mata e do bosque, onde o ambiente era mais selvagem, as árvores mais antigas, a vegetação mais úmida. Esses fatos, agravados por ela não haver trocado os sapatos e as meias molhados ao voltar para casa, haviam provocado um resfriado tão violento que, por mais que ela negasse, o agravamento da doença despertou preocupação em todos e obrigou-a a reconhecer que estava mal. Surgiram de todos os lados sugestões de remédios e tratamentos, os quais, como sempre, foram recusados por ela. Marianne dizia que uma noite de descanso a deixaria boa, apesar do mal-estar febril, das dores nas pernas e braços, da tosse e da garganta inflamada. Foi com dificuldade que Elinor a convenceu, quando a irmã foi deitar-se, a experimentar um ou dois remédios caseiros mais comuns.

43

No dia seguinte, Marianne levantou-se na hora de costume. A todas as perguntas que lhe fizeram, respondeu que estava bem e, para prová-lo, inclusive para si mesma, fez o que sempre costumava fazer. Mas na verdade passou o dia ora sentada diante da lareira, sentindo um arrepio atrás do outro e com um livro nas mãos que não conseguia ler, ora acomodada em um sofá, cansada e sem ânimo, o que não comprovava que estivesse de fato melhor. Quando, por fim, foi deitar-se cedo, sentindo-se muito mais indisposta, já o coronel Brandon estava cada vez mais atônito com a tranquilidade de Elinor. Embora ela atendesse e cuidasse da irmã o tempo todo e a forçasse, apesar dos protestos, a tomar os remédios, pensava, como Marianne, que aquele mal-estar passaria com um bom repouso e não se alarmava.

Todavia, uma noite agitada e febril frustrou a esperança de ambas. Quando Marianne, depois de teimar em levantar-se, confessou que não conseguia permanecer de pé e voltou por vontade própria para a cama, Elinor resolveu aceitar o conselho da Sra. Jennings e mandar chamar o farmacêutico que atendia os Palmer.

O Sr. Harris chegou, examinou a doente e, apesar de encorajar a Srta. Dashwood dizendo que em poucos dias sua irmã estaria boa outra vez, declarou que a doença dela tinha tendência a piorar e a palavra "infecção", pronunciada rapidamente, alarmou a Sra. Palmer, por causa do bebê. Ao contrário de Elinor, a Sra. Jennings, que desde o princípio inclinara-se a achar que o mal de Marianne era mais sério, compreendeu pelas palavras do Sr. Harris que o estado de Marianne era bastante grave e, confirmando os temores e cuidados de Charlotte, insistiu para que a filha imediatamente fosse embora dali com o filhinho. O Sr. Palmer, embora demonstrasse achar que a preocupação da sogra era tolice, acabou se convencendo de que a ansiedade e inquietação de sua esposa eram grandes demais para serem ignoradas. Assim, marcou-se a partida da Sra. Charlotte e, cerca de uma hora depois da chegada do Sr. Harris, ela mudou-se com o bebê e a enfermeira para a casa de um amigo do Sr. Palmer, que morava a alguns quilômetros, do outro lado de Bath. O marido prometeu que iria juntar-se a ela o mais tardar em dois dias. Ainda que a Sra. Palmer indicasse que gostaria que a mãe a acompanhasse, a Sra. Jennings, demonstrando uma bondade tão profunda que fez Elinor realmente amá-la, declarou, resoluta, que permaneceria em Cleveland o tempo todo que Marianne continuasse enferma a fim de tentar substituir, oferecendo-lhe o máximo de atenção e carinho, os cuidados que a mãe da jovem enferma teria para com ela. De fato, a boa senhora demonstrou-se em todas as ocasiões uma companheira ativa e cheia de boa vontade, sempre pronta a partilhar as tarefas pesadas de Elinor e muitas vezes desempenhando-as melhor, por conta de sua maior experiência com doentes.

A pobre Marianne, lânguida e apática por causa da natureza de sua doença e sentindo-se terrivelmente mal, acabou por compreender que não estaria boa no dia seguinte, como esperava. A ideia de que o amanhã não lhe traria saúde, mas o agravamento da doença, a fazia sentir-se pior. Sem se falar no que mais a deixava triste, porque nesse dia deveriam estar iniciando a viagem de volta para casa. Na manhã seguinte, foi enviado um criado da Sra. Jennings a Barton a fim de avisar a Sra. Dashwood de que o regresso de suas filhas fora adiado.

O dia seguinte trouxe pouca ou nenhuma alteração no estado da enferma; se não houve melhora, sua situação também não piorou. O grupo encontrava-se bem reduzido, pois o Sr. Palmer, ainda que sem querer ir embora, em parte por seu bom coração, em parte por não gostar que o julgassem preocupado por estar longe da esposa, afinal deixou-se persuadir pelo coronel Brandon a ir juntar-se a ela. Enquanto ele se preparava para a viagem, o próprio coronel, com grande esforço, começou a falar em ir embora também. Contudo, a bondade da Sra. Jennings interferiu de maneira aceitável também nessa decisão, pois, imaginando que, se o coronel Brandon fosse embora enquanto sua amada se encontrava tão aflita por causa do estado de saúde da irmã, ambos iriam ficar impossibilitados de dar conforto um ao outro. Então, dizendo-lhe que a presença dele em Cleveland era necessária para si mesma, que poderia precisar dele para jogar cartas à noite enquanto a Srta. Dashwood ficava lá em cima cuidando da irmã etc., insistiu que ele ficasse. O coronel, sem demonstrar quanto lhe era grato, pois o maior desejo do seu coração era ficar, não teve outro remédio senão concordar, principalmente porque o pedido da Sra. Jennings foi apoiado pelo Sr. Palmer, que declarou estar indo embora mais sossegado, uma vez que deixava ali um cavalheiro capaz de ajudar a Srta. Dashwood e de tomar providências em caso de necessidade.

Marianne foi obviamente mantida na ignorância desses arranjos todos. Ela não tinha ideia de que estava fazendo os donos da casa irem embora sete dias depois de terem chegado. Não se mostrou surpresa por não ver mais a Sra. Palmer e, se isso lhe causou alguma preocupação, jamais mencionou o nome dela.

Passaram-se dois dias depois da partida do Sr. Palmer e o estado de Marianne continuou o mesmo, com pouquíssima variação. O Sr. Harris, que ia vê-la todos os dias, teve a audácia de falar em melhora rápida e a Srta. Dashwood também se mostrava sempre alegre. Mas as expectativas dos outros dois não eram nada animadoras. A Sra. Jennings havia vaticinado, assim que Marianne caíra doente, que ela nunca se recuperaria e o coronel Brandon, que ouvia muito o que a boa senhora dizia, não se encontrava em estado emocional de resistir à influência dela. Assim mesmo, tentou raciocinar e livrar-se dos medos que a tranquilidade do Sr. Harris parecia tornar absurdos. Porém, na maior parte do dia, que ele passava sozinho, era mais favorável à admissão de ideias tristes, melancólicas, e não conseguia livrar-se da ideia de que poderia nunca mais ver Marianne.

Entretanto, na manhã do terceiro dia as sombrias previsões de ambos foram quase completamente afastadas, pois, ao chegar, o Sr. Harris declarou que a paciente estava melhor. Sua pulsação tornara-se forte e todos os sintomas mostravam-se mais favoráveis do que quando da visita anterior. Vendo suas mais alegres esperanças confirmadas, Elinor sentiu-se feliz, principalmente porque na carta que enviara à mãe transmitira seu parecer, e não o dos amigos, tornando pouco importante a indisposição que as prendera por mais tempo do que esperavam em Cleveland; chegara quase a determinar a data em que Marianne estaria em condições de viajar.

No entanto, o dia não terminou auspiciosamente como havia começado. Ao cair da tarde, Marianne piorou outra vez, tornando-se cada vez mais febril, agitada e indisposta. Sua irmã, todavia sempre animada, atribuiu a mudança a nada mais que cansaço, porque Marianne se levantara para que a roupa de cama fosse mudada; depois de fazê-la tomar os cordiais prescritos pelo Sr. Harris, viu com satisfação que ela mergulhava por fim em uma sonolência que lhe pareceu benéfica. Esse sono durou um tempo considerável e, como não fosse tranquilo da forma que Elinor gostaria, permaneceu sentada à cabeceira da irmã desde que ela adormecera. Vendo que não havia modificação alguma no estado da doente, a Sra. Jennings foi deitar-se cedo; a criada dela dirigiu-se ao quarto da governanta, para conversarem, e Elinor ficou a sós com Marianne.

À medida que o tempo passava, a doente tornava-se cada vez mais agitada e Elinor, que observava atenta suas contínuas mudanças de posição e ouvia gemidos e queixumes inarticulados escapar-lhe dos lábios apertados, estava quase por acordá-la do sono inquieto quando Marianne foi subitamente despertada por um barulho qualquer na casa. Sentou-se e, ardendo em febre, perguntou:

– Mamãe chegou?

– Ainda não – respondeu Elinor, procurando esconder o terror que a dominou. Enquanto a irmã tornava a se deitar, prosseguiu: – Mas espero que logo ela esteja aqui. Você sabe, Barton fica muito longe.

– Mas mamãe não precisa passar por Londres – contrapôs Marianne, nervosa. – Eu nunca mais a verei se ela for a Londres!

Elinor percebeu, alarmada, que a enferma delirava e, procurando acalmá-la, mediu-lhe a pulsação. Estava fraca e mais rápida do que nunca! Marianne não parava de falar na mãe, com frases soltas, sem nexo, o que fez Elinor decidir que devia mandar chamar o Sr. Harris imediatamente e enviar um mensageiro a Barton. De imediato, pensou em perguntar ao coronel qual seria o melhor meio para mandar avisar a mãe. Tocou a campainha e, assim que a criada assumiu seu lugar ao lado da doente, encaminhou-se apressada para a sala de estar, onde sabia que ele poderia ser encontrado nas horas mais tardias da noite.

Não havia tempo para hesitação. Ela expôs ao coronel todos os seus medos e dificuldades. Os medos, ele não tinha coragem nem confiança para tentar acalmar, então ouviu-os em doloroso silêncio; já as dificuldades foram resolvidas no mesmo instante, como a situação exigia. Avaliando as possibilidades com a máxima rapidez, ele ofereceu-se para ser o mensageiro que traria a Sra. Dashwood. Os motivos apresentados para recusa por Elinor foram todos anulados, então ela agradeceu-lhe com uma breve, porém profunda gratidão, e enquanto Brandon apressava-se a enviar seu criado em busca do Sr. Harris e ia ordenar pessoalmente que preparassem a carruagem, ela escreveu um bilhete para a mãe.

Era gratificante poder contar com um amigo como o coronel Brandon nesse momento e com tal acompanhante para sua mãe; tratava-se de um companheiro cujo julgamento podia orientá-la, cujo apoio podia tranquilizá-la e cuja amizade podia fortalecê-la! Até mesmo o choque do que estava acontecendo *era* suavizado pela presença dele, por suas atenções e ajuda.

Enquanto isso, sentisse o que sentisse, *ele* agiu com a firmeza de quem está com a cabeça no lugar; tomou todas as providências necessárias para a inesperada viagem e calculou com exatidão dentro de quanto tempo Elinor poderia esperá-lo de volta. Nem um momento foi perdido por motivo algum. A carruagem encontrava-se diante da casa antes mesmo do que se esperava e, com um aperto de mão, um olhar solene e poucas palavras murmuradas, Brandon partiu.

Era quase meia-noite e Elinor voltou para junto da irmã a fim de esperar pelo senhor Harris e velar pela enferma durante todo o resto da noite. Foi uma noite igualmente dolorosa para as duas irmãs. Hora após hora passadas em sofrimento e delírio para Marianne e na mais cruel ansiedade para Elinor, até que o Sr. Harris chegasse. A apreensão dela foi crescendo demais, aumentada pelo anterior excesso de confiança. Por não querer acordar a Sra. Jennings, quem ficou em sua companhia foi uma criada, que torturava-a ao comentar de quando em quando que bem que sua ama havia temido aquilo.

O pensamento de Marianne continuava fixo na mãe e ela murmurava palavras incoerentes a todo momento, falando na Sra. Dashwood. Cada vez que isso acontecia, o coração da pobre Elinor apertava-se dolorosamente e ela censurava-se por não ter dado a devida importância à doença de Marianne todos aqueles dias; em determinados momentos procurava se consolar, em seguida dizia a si mesma que o consolo não existia, que alongara a situação por muito tempo e imaginava sua mãe chegando tarde demais para ver a querida Marianne viva e para encontrar a ela, Elinor, em seu juízo perfeito.

Achava-se a ponto de mandar de novo alguém atrás do Sr. Harris, mas controlou-se dizendo a si mesma que talvez *ele* não tivesse podido vir porque com certeza fora tratar de outro paciente.

Quando ele chegou, depois das cinco horas da manhã, suas recomendações fizeram pouca diferença no tratamento que vinha sendo aplicado até então; o estado da paciente sofrera uma alteração bastante grave e era preciso afastar o perigo fazendo a temperatura baixar por meio da aplicação de compressas frias; o farmacêutico demonstrou confiança nesse método e conseguiu transmiti-la a Elinor, só que em menor grau. Prometeu que voltaria dali a três ou quatro horas e foi embora, deixando a enferma e a irmã que cuidava dela um pouco menos agitadas do que as encontrara.

Na manhã seguinte, muito preocupada e reclamando por não a terem chamado para ajudar, a Sra. Jennings ficou sabendo o que se passara. Suas apreensões, que voltavam agora com maior força, não deram lugar a dúvidas e, ainda que tentando dar ânimo a Elinor, a convicção de que a vida de sua irmã achava-se em perigo não lhe permitia oferecer-lhe o conforto da esperança. Seu coração estava de fato desolado. A rápida decadência, a morte prematura de uma jovem adorável como Marianne teria abatido com a desesperança mesmo uma pessoa com menor ligação do que a boa senhora tinha com ela. Na compaixão da Sra. Jennings existia muito mais. Por três meses aquela moça fora sua companheira, ainda se achava sob seus cuidados e a senhora sabia quanto ela fora magoada, como era infeliz. O sofrimento de sua irmã mais velha, a quem a Sra. Jennings se apegara mais naqueles dias, estava ali a sua frente; havia também o sofrimento da mãe dela, para quem Marianne devia ser o que Charlotte era para *ela*. Eram verdadeiros seu carinho e a dor que sentia ao ver tanta tristeza.

O Sr. Harris foi pontual na segunda visita do dia, porém não correspondeu às esperanças que depositavam nele. Seus remédios haviam falhado, a febre permanecia alta e Marianne agora encontrava-se inerte, fora de si, mergulhada em uma espécie de pesado estupor. Elinor, reunindo todos os seus temores, e até mais do que todos, propôs procurarem outro farmacêutico para pedir-lhe conselho. Mas o Sr. Harris achou que não seria necessário, que ela devia continuar aplicando as compressas frias; tinha certeza de que a febre iria abaixar e terminou a visita com afirmativas encorajadoras que chegavam aos ouvidos de Elinor, porém não lhe atingiram o coração. Ela mostrava-se calma, a não ser quando pensava em sua mãe, contudo não tinha esperanças. E continuou nesse estado até o meio-dia, raramente afastando-se da cabeceira da irmã, os pensamentos vagueando de uma imagem de tristeza para outra, de um amigo angustiado para outro. Sentia-se ainda mais oprimida depois da conversa que tivera com a Sra. Jennings, que não demonstrara escrúpulos em atribuir a força arrasadora daquela doença às várias semanas de indisposição e desânimo que se haviam seguido à decepção sofrida por Marianne. Elinor achara a ideia razoável, o que tornou ainda mais angustiadas as suas reflexões.

À tarde, entretanto, ela começou a perceber uma levíssima melhora na pulsação da irmã, porém manteve-se cuidadosamente calada a respeito, até mesmo em relação à amiga, com medo de ser um doloroso engano. A todo momento verificava a pulsação e esperava até que, sentindo uma agitação mais difícil de disfarçar com calma forçada do que a angústia anterior, aventurou-se a revelar sua esperança. A Sra. Jennings procurou não alimentar demais a alegria da jovem, apesar de ter percebido uma melhora no estado da enferma, mas que poderia ser apenas temporária. Temerosa da dor maior que uma decepção poderia causar, Elinor dizia a si mesma que não devia ter esperança, porém era tarde demais. A esperança já havia entrado em seu coração e, sentindo seu ansioso adejo, ela inclinou-se sobre a irmã para olhar... nem mesmo ela sabia o quê. Passou-se meia hora e o sintoma favorável continuava a abençoá-la. Outros surgiram para confirmar a melhora. A respiração, a pele, os lábios, tudo evidenciava uma reação que animava Elinor e, por fim, Marianne fitou-a com o olhar novamente racional, apesar de cansado. A ansiedade e a esperança enchiam-lhe o peito de maneira igual e não lhe deram um instante de sossego até que o Sr. Harris chegou, às quatro horas da tarde. Quando ele confirmou a recuperação de sua irmã e felicitou-a, ultrapassando suas expectativas, Elinor chorou lágrimas de confiança, alívio e alegria.

Marianne estava melhor em todos os aspectos e o Sr. Harris declarou-a completamente fora de perigo. A Sra. Jennings, talvez satisfeita com a parcial justificação dos maus presságios que tivera e que se haviam baseado em seu alarme anterior, confiou no que ele afirmava, mostrou-se alegre e, em seguida, eufórica com a certeza de uma recuperação completa.

Elinor, entretanto, não podia ficar eufórica. Sua alegria era de uma espécie diferente, que se aproximava de tudo, menos da euforia. Marianne recuperando a saúde, voltando para a vida e para a sua dedicada mãe era uma ideia que preenchia seu coração com a sensação de um conforto agradável e o expandia em férvida gratidão, porém não a levava a demonstrações exteriores de alegria, com palavras ou sorrisos. Tudo que havia no peito de Elinor era uma satisfação imensa, silenciosa e forte.

Ela permaneceu, com pequenas intermissões, junto à cabeceira da irmã o restante do dia, acalmando-lhe os medos, respondendo a todas as perguntas provenientes do espírito enfraquecido, ajudando-a em tudo, vigiando cada olhar e cada respiração de Marianne. A possibilidade de que Marianne pudesse ter uma recaída a qualquer momento a fazia lembrar-se de como era terrível a ansiedade; porém, toda dúvida se desfazia quando ela via, em seus frequentes e cuidadosos exames, que os sintomas de recuperação continuavam e, por fim, às seis da tarde observou que a irmã dormia um sono sossegado, suave e confortavelmente profundo.

Aproximava-se a hora em que o Coronel Brandon deveria chegar. Às dez horas, confiava ela, ou não muito mais tarde, sua mãe seria libertada da horrível aflição que com certeza lhe fazia companhia na viagem. E o coronel também! Ele não era menos merecedor de compaixão. Oh, como passava devagar o tempo que os mantinha na ignorância!

Às sete da noite, deixando Marianne suavemente adormecida, Elinor juntou-se à Sra. Jennings na sala de estar para um chá. Ao café da manhã, ela fora impedida de comer direito pela angústia e, ao jantar, pela agitação causada na reversão do estado da doente. Por isso, graças ao contentamento com que vinha tomar aquele chá, este era particularmente bem-vindo. Depois de tomarem o chá, a Sra. Jennings tentara persuadi-la a deixá-la ficar em seu lugar, junto de Marianne, e a que fosse descansar um pouco até a chegada da mãe. Mas Elinor não sentia cansaço, era incapaz de dormir um só momento e não queria afastar-se da irmã, a menos que fosse necessário. Assim, depois de subir até o quarto da enferma a fim de verificar pessoalmente se tudo continuava bem, a Sra. Jennings deixou Elinor com seu fardo e seus pensamentos, dirigindo-se ao quarto onde pretendia escrever algumas cartas antes de dormir.

A noite foi fria e tempestuosa. O vento uivava ao redor da casa e a chuva golpeava as janelas; mas com a felicidade dentro de si, Elinor não reparava no que acontecia lá fora. Marianne dormiu, apesar dos relâmpagos e trovões; os viajantes tinham a sua espera uma rica recompensa pelo desconforto pelo qual passavam.

O relógio bateu oito horas. Se fossem dez as badaladas, Elinor teria certeza de que naquele momento ouvia uma carruagem aproximando-se da casa; tão forte foi essa impressão, apesar da *quase* impossibilidade de eles já estarem chegando, que ela aproximou-se do quarto de vestir contíguo e abriu um postigo da janela, a fim de verificar a verdade. Instantaneamente, percebeu que os ouvidos não a haviam traído. Os lampiões tremeluzentes indicavam a carruagem a alguma distância. Pela claridade incerta, pôde perceber a silhueta de quatro cavalos. Este fato, mais o imenso alarme de uma mãe, explicavam a rapidez com que haviam chegado.

Jamais em sua vida Elinor tivera tanta dificuldade em manter a calma como nesse momento. Era uma tortura saber o que sua mãe devia estar sentindo enquanto a carruagem se detinha à porta: as dúvidas, o temor, talvez o desespero dela! E Elinor poderia acabar com todo esse sofrimento! Assim, era-lhe impossível ter calma. Tudo que lhe restava era ser rápida e, esperando apenas que a criada da Sra. Jennings surgisse à porta para ficar com sua irmã, ela voou escada abaixo.

A agitação que percebeu no hall, enquanto atravessava o salão interno, assegurou-lhe que já estavam dentro da casa. Correu para a sala de estar, entrou e... viu apenas Willoughby.

44

Elinor recuou horrorizada assim que o viu, o coração disparado. Ia obedecer ao primeiro impulso, que era sair da sala, e já estava com a mão na maçaneta da porta quando imobilizou-se ao vê-lo adiantar-se e falar em voz que era mais de comando do que de súplica.

– Srta. Dashwood, peço-lhe que fique por meia hora... por dez minutos.

– Não, senhor – replicou ela, firme. – *Não* vou ficar. O senhor nada tem a falar *comigo*. Suponho que os criados tenham se esquecido de lhe dizer que o Sr. Palmer não está.

– Se eles me tivessem dito – afirmou ele, com veemência – que o Sr. Palmer e toda sua família haviam ido para o inferno, não me impediriam de entrar. Preciso falar com a senhorita, sim. Apenas com a senhorita.

– Comigo? – O espanto de Elinor não poderia ser maior. – Bem, senhor, seja rápido e, se puder, menos violento.

– Sente-se e serei as duas coisas.

Ela hesitou, sem saber o que fazer. Passou-lhe pela mente a possibilidade de o coronel Brandon chegar e encontrar o Sr. Willoughby. Mas prometera ouvi-lo e não apenas devia cumprir sua palavra, como também estava curiosa. Depois de um instante de reflexão, concluiu que a prudência aconselhava que aquela situação terminasse rapidamente; como sabia que boa parte disso dependia de sua aquiescência, caminhou em silêncio até a mesa e sentou-se. Ele acomodou-se na cadeira oposta à dela e por meio minuto nenhum dos dois falou.

– Por obséquio, seja breve, senhor – pediu Elinor, impaciente. – Não tenho tempo a perder.

Ele se encontrava em atitude de profunda meditação e pareceu não ouvi-la.

– Sua irmã está fora de perigo – declarou com rispidez, um momento depois. – Um criado me disse... Graças a Deus! Mas é verdade? É mesmo verdade?

Elinor não quis responder e ele, com ansiedade, tornou a perguntar:

– Pelo amor de Deus, ela está fora de perigo ou não?

– Esperamos que sim.

Willoughby se pôs de pé e começou a andar pela sala.

– Se eu tivesse sabido pelo menos meia hora antes... Mas, de qualquer maneira, *estou* aqui. – Ele voltou a sentar-se, falando com vivacidade forçada: – O que significa esse *esperamos que sim*? Pelo menos uma vez, Srta. Dashwood... que deverá ser a primeira e a única... vamos tentar nos alegrarmos enquanto estamos juntos. Estou inclinado a demonstrar alegria... Diga honestamente – enquanto falava, o rosto dele ruborizou-se –, considera-me um canalha ou um idiota?

Cada vez mais espantada, Elinor fitava-o, começando a imaginar se não estaria embriagado. Aquela visita estranha, as maneiras dele lhe davam o direito de pensar assim e ela ergueu-se, dizendo:

– Sr. Willoughby, aconselho-o a voltar imediatamente para Combe. Não tenho tempo para continuar aqui com o senhor. Seja o que for que tem a me dizer, acredito que é melhor deixar para amanhã.

– Compreendo... – O sorriso dele era expressivo e a voz, calma. – Sim, estou muito embriagado. Um caneco de *porter** que acompanhou um rosbife que comi em Marlborough foi o bastante para me alterar.

A firmeza da atitude e o brilho de inteligência nos olhos de Willoughby enquanto ele falava convenceram Elinor de que fosse qual fosse a loucura que o levara até Cleveland, não fora causada pela embriaguez. Depois de pensar um pouco, falou:

– Sr. Willoughby, *deve* saber, e tenho certeza de que *sabe*, que depois do que aconteceu, sua vinda aqui dessa maneira, forçando-me a atendê-lo, precisa de um bom motivo. Qual é ele, se é que existe?

– Eu quero – ele falava com seriedade e firmeza –, se puder, fazer com que a senhorita me odeie menos do que me odeia *agora*. Quero dar-lhe uma explicação e pedir-lhe desculpa pelo que aconteceu. Quero abrir-lhe meu coração e convencê-la de que, embora admita que sempre tenha sido um cabeça-dura, nem sempre fui um devasso. Quero conseguir o perdão de Ma... da sua irmã.

*Tipo de cerveja preta, muito forte. (*N. do T.*)

– É esse o verdadeiro motivo que o trouxe aqui?

– Por minha alma, é.

Essa resposta, dada com calor e sinceridade, fez com que Elinor se lembrasse do antigo Willoughby e, apesar da desconfiança, achou que ele estava sendo sincero.

– Se isso é tudo, pode dar-se por satisfeito, pois Marianne vai... Bem, ela *já* perdoou o senhor.

– Já me perdoou! – Ele continuava no mesmo tom enérgico. – Então, o fez antes de saber por que deveria fazê-lo. Mas ela deverá perdoar-me de novo e de maneira mais completa. *Agora*, a senhorita quer me ouvir?

Elinor fez que sim com a cabeça.

– Eu não sei... – começou Willoughby. Então fez uma pausa para pensar um pouco, o que aumentou a expectativa por parte dela. – Não sei como a *senhorita* me julgou pelo meu modo de agir com sua irmã ou a que diabólico motivo poderá ter atribuído as minhas atitudes. Dificilmente poderia ter pensado o melhor a meu respeito... De qualquer maneira, o seu foi um julgamento sem base e a senhorita precisa saber de tudo. Quando me tornei íntimo da sua família, eu não tinha outra intenção a não ser fazer amizades que tornassem mais agradável o tempo em que me via obrigado a permanecer em Devonshire. A adorável pessoa que é sua irmã e suas maneiras encantadoras só poderiam agradar-me. A atitude dela para comigo, pelo menos no começo, foi uma espécie de... Quando penso na maneira que Marianne me tratava e como ela *era*, acho espantoso meu coração ter conseguido ser tão insensível! Mas, no princípio, devo confessar, apenas a vaidade era importante para mim. Sem pensar na felicidade dela, pensando apenas em meu próprio divertimento e dando liberdade aos hábitos que criara havia muito tempo, procurei fazer com que ela gostasse de mim por todos os meios ao meu alcance, sem intenção alguma de retribuir seus sentimentos.

Nesse ponto, desviando os olhos do rosto dele em uma reação de repulsa, a Srta. Dashwood o fez calar-se, ao observar:

– É muito difícil para o senhor continuar falando e para mim continuar ouvindo, Sr. Willoughby. O que acaba de me dizer não pode levar a nada... Não me obrigue a suportar o sofrimento de ouvir mais a esse respeito.

– Insisto em que ouça tudo – exigiu ele. – Minha fortuna jamais foi grande e sempre gastei demais, com minha mania de andar com gente de renda mais alta do que a minha. Todos os anos, depois que atingi a maioridade e até mesmo antes, acredito, eu fazia dívidas dizendo a mim mesmo que a morte de minha idosa prima, a Sra. Smith, me permitiria saldá-las. No entanto, como esse acontecimento era incerto e poderia ainda estar muito distante, havia algum tempo eu tinha pensado em acertar minha situação financeira casando-me com uma jovem de fortuna. Portanto, nem poderia pensar em me apegar a sua irmã e... com uma crueldade egoísta, ignóbil, com uma atitude indigna, desprezível... que até a senhorita pode considerar imperdoável... agi de maneira a despertar em sua irmã um sentimento que eu jamais pensei em retribuir. Mas uma coisa pode ser dita a meu favor: mesmo que não me encontrasse naquele estado terrível de vaidade egocêntrica, eu não teria podido avaliar a extensão do mal que causava porque *então* não sabia o que era o amor. Será que alguma vez eu soube? É de duvidar, pois se tivesse realmente amado, será que eu seria capaz de sacrificar meus sentimentos à vaidade, à avareza? Ou, mais ainda, teria sido capaz de sacrificar os dela? O fato é que fiz isso. Para evitar uma relativa pobreza, que o afeto de Marianne e sua companhia teriam despido de todo horror, e fascinado pela riqueza, perdi tudo o que poderia tornar minha vida abençoada.

– Quer dizer, então – Elinor suavizara-se um pouco –, que em algum momento o senhor apegou-se a ela?

Como resistir aos encantos de Marianne? A tanta ternura? Não existe na face da Terra um homem capaz de se manter indiferente a ela! Sim, aos poucos e sem perceber, fui apegando-me a Marianne. Quando percebi que minhas intenções eram honradas e meus sentimentos respeitáveis, passei com ela as melhores horas da minha vida. Mesmo *então*, todavia, quando determinado a devotar-me a sua irmã, permiti-me ir adiando de um dia para outro o momento de revelar-lhe meus sentimentos, provavelmente levado pela hesitação em criar um compromisso, já que a minha vida estava bastante complicada. Não pretendo justificar nem obrigá-la a ouvir-me discorrer sobre o absurdo... pior ainda do que absurdo... que foi eu ter escrúpulos para professar minha fé em algo em que minha honra já se achava empenhada. Os acontecimentos vieram provar que eu era um idiota, que me julgava ladino, seriamente empenhado em descobrir uma possível oportunidade para me tornar desprezível e desgraçado para sempre. Por fim, tomei uma resolução: determinei-me a ficar noivo de Marianne assim que pudesse, para justificar as atenções que sempre lhe dedicara e poder demonstrar abertamente uma afeição que eu já sofrera bastante para admitir. Mas nesse ínterim... na verdade, no ínterim de poucas horas antes que eu tivesse oportunidade de falar com sua irmã em particular... ocorreu uma infeliz circunstância que anulou minha resolução e destruiu minha paz. Descobriram tudo...

Nesse ponto, ele fez uma breve pausa e baixou os olhos.

– De um jeito ou de outro a Sra. Smith foi informada, e imagino que por algum parente distante com interesses de que ela me deserdasse, de um caso, uma ligação... Bem, creio que não preciso me aprofundar a respeito, nem revelar intimidades... – Ele fitou-a com um olhar interrogador e o rosto corado de vergonha. – Provavelmente, a senhorita deve ter ouvido essa história.

– Sim, ouvi. – Elinor também ficou ruborizada e tratou de endurecer o coração para não sentir pena dele. – Ouvi tudo e confesso que não consigo entender como o senhor pretende explicar sua culpa diante de conduta tão horrível.

– Lembre-se – pediu Willoughby – de quem lhe contou o caso. Acredita que essa pessoa poderia ser imparcial? Reconheço que a situação e o caráter daquela moça deveriam ter sido respeitados por mim. Não estou querendo me justificar, porém, ao mesmo tempo, não posso deixar que a senhorita pense que nada tenho a dizer em minha defesa... Não se deve acreditar que, por ter sido ofendida, ela fosse irrepreensível, que por eu *ter sido* um libertino, ela tivesse de ser uma santa. Se a violência da paixão dessa jovem, a fraqueza do seu caráter... Bem, não pretendo me defender. De qualquer modo, o amor que ela me devotava a fazia merecer tratamento melhor e, muitas vezes, com grande arrependimento, lembrei-me daquela ternura, que tivera o poder de conseguir de mim alguma retribuição, ainda que por pouco tempo. Eu queria... queria de todo coração que aquilo tudo não houvesse acontecido. Entretanto, não foi apenas a ela que ofendi. Ofendi a outra moça cuja afeição por mim... será que posso falar deste modo?... dificilmente seria menor do que a dela e cuja mente era infinitamente superior!

– Contudo, a sua indiferença para com aquela infeliz moça... devo dizer isto por mais desagradável que seja para mim falar a esse respeito... A sua indiferença não é justificativa para a cruel negligência com que a tratou. Não acredite que possa ser desculpado por qualquer fraqueza ou defeito do caráter dela em comparação com a crueldade libertina tão evidente no senhor. Deveria saber que enquanto o senhor se divertia em Devonshire, procurando novos ambientes alegres, felizes, ela estava reduzida à mais extrema indigência.

– Por minha alma, eu *não* sabia disso – afirmou ele, com calor. – Não me lembrei de que ela não sabia o meu endereço e teria lhe bastado um pouquinho de senso comum para consegui-lo.

– Bem, senhor. O que disse a Sra. Smith?

– Primeiro, ela me acusou de violação e a senhorita pode imaginar que tamanha confusão. A ingenuidade de minha velha prima, o formalismo de suas ideias, a sua ignorância sobre o mundo... tudo estava contra mim. Mas eu não podia negar o que acontecera e seriam vãs quaisquer tentativas que fizesse para atenuar minha culpa. A Sra. Smith estava predisposta, creio eu, a duvidar da moralidade da minha conduta em geral e encontrava-se descontente por causa da pouca atenção e do pouco tempo que eu lhe dedicava durante aquela minha visita. Em resumo, tudo terminou em um rompimento total do nosso relacionamento. Sob determinada condição, todavia, eu poderia ter-me salvado. Do alto de seu moralismo, bondosa mulher!, ela ofereceu-se para perdoar o passado se eu me casasse com Eliza. No entanto, eu não poderia fazer isso, e então recusei formalmente a sua ajuda e a sua casa. Eu iria embora na manhã seguinte e passei a noite do dia em que se deram esses acontecimentos pensando em que conduta deveria seguir. A luta que travei comigo mesmo foi enorme, porém terminou logo. Minha afeição por Marianne, minha convicção da ternura que ela sentia por mim... foram insuficientes para contrabalançar o medo da pobreza ou sobrepujar a falsa ideia de necessidade absoluta de riqueza que, naturalmente, eu me inclinava a ter, e que a companhia de amigos bastante gastadores havia fortalecido. Eu tinha razões para acreditar que ficaria em segurança com minha atual esposa, se escolhesse casar-me com ela, e me convenci a pensar que nada mais me restava a fazer, dentro de uma prudência aceitável. Entretanto, uma cena dolorosa me estava reservada antes que deixasse Devonshire. A senhora sua mãe me havia convidado para jantar no dia seguinte, portanto era preciso que eu desfizesse esse compromisso. Se devia fazê-lo por meio de um bilhete ou pessoalmente foi a causa de longo debate interior. Eu sabia que seria terrível ver Marianne e duvidava se continuaria a manter minha resolução depois de vê-la. Nesse ponto, contudo, avaliei errado minha magnanimidade, pois fui vê-la, tornei-a infeliz e deixei-a infeliz... e levei comigo a certeza de que nunca mais a veria.

– Por que foi lá, Sr. Willoughby? – O olhar e a voz de Elinor o censuravam. – Um bilhete resolveria tudo. Por que achou necessário ir até lá?

– Era necessário para o meu orgulho. Eu não aceitava a ideia de ir embora de uma maneira que pudesse levar a senhorita e os demais vizinhos a desconfiarem pelo menos em parte do que se passara entre mim e a Sra. Smith. Assim, decidi passar pelo chalé em meu caminho para Honiton. Porém, a simples visão de sua irmã causou-me um sofrimento horrível. Para piorar a situação, encontrei-a sozinha. A senhorita, a senhora sua mãe e Margaret haviam saído. Na noite anterior, eu me despedira de Marianne tão feliz, tão firmemente resolvido a fazer o que era direito! Poucas horas a mais seriam necessárias para nos comprometermos para sempre, e lembro-me de como me sentia entusiasmado, alegre, enquanto voltava para Allenham. Estava contente comigo mesmo e com todo mundo! Mas naquele nosso último encontro, ao chegar diante dela, fui dominado por uma sensação de culpa tão grande que quase não consegui representar a farsa que imaginara. Jamais esquecerei a tristeza, a decepção e o profundo desgosto de Marianne quando lhe disse que era obrigado a deixar Devonshire imediatamente... E o apego, a profunda confiança que ela depositava em mim... Oh, meu Deus, que grande canalha eu fui!

Ficaram em silêncio por alguns instantes. Elinor falou primeiro:

– O senhor disse a ela que voltaria logo?

– Não sei o que eu disse – respondeu Willoughby, impaciente –, mas deve ter sido pouco perto do que deveria ser dito em relação ao passado e muito em comparação ao que seria justificável diante do futuro. Não posso pensar nisso. Não quero pensar. Então, para minha maior tortura, a senhora sua mãe chegou, com toda aquela bondade e confiança tão próprias dela. Ah, Deus, como *isso* me torturou! Eu me senti miseravelmente mal. Srta. Dashwood, não pode ter ideia do conforto que, em minha miséria, sinto ao olhar para trás. Mereço tanto rancor devido à estúpida, ignóbil loucura do meu coração que tudo o que sofri no passado por causa do que fiz torna-se triunfo e exultação para mim neste momento. Muito bem, eu fui embora. Deixei a todos que amava e fui para junto daqueles pelos quais, no máximo, eu sentia indiferença. Minha viagem para a capital, eu mesmo a conduzir os cavalos, decorreu tão tediosa sem ter ninguém com quem conversar... Minhas reflexões eram alegres quando eu olhava para a frente e o futuro me parecia atraente! Quando eu olhava para trás, para Barton, tudo se mostrava tão calmo, suave! Oh, sim, foi uma viagem abençoada!

Ele calou-se.

Embora sentisse compaixão, Elinor, impaciente para que ele se retirasse, perguntou:

– Bem, senhor. Isso é tudo?

– Tudo? Não. Esqueceu-se do que aconteceu na capital? Aquela carta infame... Ela mostrou-a para a senhorita?

– Eu vi tudo, cartas e bilhetes.

– Quando o primeiro bilhete chegou-me às mãos, o que aconteceu imediatamente, uma vez que eu me encontrava na cidade o tempo todo, o que senti foi... Uma frase comum não conseguiria expressar, mas talvez uma bem simples consiga transmitir toda a emoção... Meus sentimentos foram muito, muito dolorosos. Cada uma das linhas e cada palavra eram... numa metáfora que pego emprestada de um dos escritores preferidos dela e que se Marianne estivesse aqui proibiria... eram como uma adaga no meu coração. Saber que ela estava na cidade era... na mesma linguagem... como um raio me atingindo. Raios e adagas! Como ela iria me censurar! Seu gosto, suas opiniões, acredito que sejam mais conhecidos por mim do que os meus próprios. E tenho certeza de que são mais apreciados.

O coração de Elinor, que passara por várias emoções no decorrer dessa extraordinária conversa, enterneceu-se de novo. Contudo, ela achou que devia evitar que o cavalheiro dissesse palavras como as que acabava de dizer.

– Isso não é correto, Sr. Willoughby. Lembre-se de que é casado. Diga-me apenas o que sua consciência achar que é necessário que eu ouça.

– O bilhete de Marianne despertou meu remorso ao demonstrar que ainda gostava de mim como antes e que, apesar das muitas, muitas semanas que tínhamos permanecido separados, ela mantinha constantes seus sentimentos e igualmente acreditava na constância dos meus. Eu disse *despertou* porque o tempo, a agitação e a vida dissipada de Londres haviam de certo modo aquietado meu remorso e eu me tornara um vilão empedernido, fingindo-me indiferente a Marianne e preferindo imaginar que ela também devia ter-se tornado indiferente a mim. Eu dizia a mim mesmo que o nosso apego havia sido apenas uma brincadeira superficial, sem importância, e sacudia os ombros como prova disso, silenciando cada acusação, sobrepujando cada escrúpulo, repetindo sem parar: "Vou ficar feliz de todo coração se souber que ela está bem casada..." Mas aquele bilhete fez com que conhecesse melhor a mim mesmo. Senti que a queria mais do que a qualquer outra mulher neste mundo e que a havia usado de maneira infame. Porém, a essa altura já estava tudo acertado entre mim e a Srta. Grey. Era me impossível voltar atrás. Tudo que eu podia fazer era evitar encontrar-me com a senhorita e sua irmã, pretendendo assim proteger-me de uma possível aproximação. Resolvi que não iria por algum tempo à Berkeley Street, porém acabei por decidir que seria mais sábio agir como se eu fosse apenas um frio e distante conhecido. Passei a vigiá-las até que as vi sair, certa manhã, e fui até a casa, deixando lá meu cartão de visita.

– O senhor nos espionou, fora da casa?

– Muito e repetidamente. A senhorita ficaria surpresa ao saber quantas vezes eu as vigiei e quantas vezes estive a ponto de ser descoberto. Entrei em várias lojas para evitar que me vissem, quando a sua carruagem se aproximava. Hospedado como eu estava na Bond Street, era difícil o dia que não percebia a presença da senhorita ou de Marianne. A não ser uma vigilância constante de minha parte, uma imperiosa determinação de evitar um encontro, nada poderia ter nos mantido separados por tanto tempo. Evitei os Middleton o mais que pude, assim como todas as pessoas que pudessem ser nossas conhecidas comuns. Todavia, sem saber que eles já se encontravam na capital, deparei com Sir John, acredito, no dia de sua chegada, e no dia seguinte fui convidado para ir à casa da Sra. Jennings. Ele convidou-me para uma festa uma noite, para um baile na casa dele. Mesmo que Sir John *não* tivesse me dito, como fez para incentivar-me, que a senhorita e sua irmã estariam lá, eu saberia que isso era certo, o que me proibia de aproximar-me dele. A manhã seguinte trouxe-me outro bilhete de Marianne, onde ela ainda se mostrava afetuosa, franca, natural, confiante... Essas atitudes dela tornavam *minha* conduta ainda mais odiosa. Não consegui responder. Tentei, porém não pude formar nem uma frase sequer. Mas eu pensava nela, acredito que a cada momento do dia. Se a senhorita *pode* sentir pena de mim, tenha pena da minha situação *naqueles momentos.* Com a mente e o coração preenchidos por sentimentos por sua irmã, eu era forçado a fingir que amava outra mulher e que era feliz! Aquelas três ou quatro semanas foram as piores. Bem, por fim... creio que nem preciso contar... nós nos encontramos. E que doce figura eu vi! Que noite de agonia foi aquela! De um lado, Marianne, linda como um anjo, chamando-me Willoughby com tanta ternura! Oh, meu Deus! Ela estendeu a mão para mim, pedindo-me uma explicação com aqueles olhos hipnotizantes, atentos a cada expressão do meu rosto!

Do outro, Sophia, ciumenta como um demônio e observando tudo que se passava. Bem, isso não quer dizer nada; terminou. Que noite! Fugi da senhorita e de Marianne assim que pude, mas não antes de ver o rosto lindo dela tornar-se pálido como o de uma morta. Esta foi a última, a derradeira imagem que tive dela... a última imagem que apareceu diante de meus olhos. Foi uma visão horrível! No entanto, hoje, quando pensei que ela estava morrendo, foi uma espécie de consolo para mim imaginar que eu sabia exatamente como Marianne seria vista pelas últimas pessoas que estariam a seu lado neste mundo. Eu a via sempre diante de mim, ela permanecia constantemente diante de mim com aquele mesmo olhar e aquela mesma palidez.

Fez-se uma pausa durante a qual ambos ficaram pensativos. Willoughby então refez-se e rompeu o silêncio:

– Bem, é melhor eu ir logo embora. Sua irmã está melhor, está fora de perigo?

– Estamos certas de que sim.

– E a senhora sua mãe já sabe disso? Ela adora Marianne...

– Mas a carta, Sr. Willoughby. A sua própria carta, tem algo a dizer sobre ela?

– Sim, sim. Principalmente sobre *ela*. Sua irmã escreveu-me de novo, a senhorita sabe, na manhã seguinte. Viu a carta e sabe o que ela dizia. Eu tomava o café da manhã com os Ellison e a carta, juntamente com outras, foi-me entregue com outras correspondências minhas da pousada onde estava. Aconteceu que a carta de Marianne chamou a atenção de Sophia antes de chamar a minha; o tamanho do envelope, a elegância do papel e a letra que o endereçava despertou suspeitas nela. Vagas informações sobre meu apego a uma jovem que morava em Devonshire haviam chegado aos ouvidos da minha noiva e naquela noite em que nos encontramos não faltou quem a informasse quem aquela moça era, deixando-a mais enciumada que nunca. Fingindo aquele ar de brincadeira, que é delicioso na mulher que se ama, ela abriu a carta e leu-a. Pagou caro pelo atrevimento. O que leu a fez ficar miserável. Sua infelicidade eu até poderia tolerar, mas sua fúria, sua maldade... Diante do acontecido, foi preciso acalmá-la. Em suma, o que a senhorita achou do estilo da escrita de minha esposa? Delicado, terno, verdadeiramente feminino, não acha?

– Sua esposa? A carta está escrita com a letra do senhor!

– Sim, mas eu me limitei apenas a copiar servilmente as sentenças que tive até vergonha de assinar. O original foi escrito por ela... traduzia os felizes pensamentos e modo gentil de se expressar de minha esposa. O que eu poderia ter feito? Estávamos noivos, os preparativos estavam sendo feitos, o dia praticamente marcado... Estou falando como um tolo! Preparativos! Dia! A verdade, de fato, é que eu precisava do dinheiro dela e, numa situação igual a minha, um homem faz tudo para evitar um rompimento. E, além do mais, o que importaria para o meu caráter a opinião de Marianne e de seus amigos, o estilo no qual minha resposta estava escrita? O fato é que eu iria declarar-me um salafrário e para mim não tinha a menor importância se o faria com boa educação ou com grosseria. "Estou condenado para sempre na opinião dela", disse a mim mesmo. "Estou expulso para sempre do seu círculo de amizades; todos já me consideram um homem sem princípios e esta carta apenas irá fazê-los ter certeza de que sou vil e desprezível." Eram esses os meus pensamentos quando, numa espécie de desesperada indiferença, copiei as palavras de minha esposa e enviei-as com as relíquias de Marianne. Infelizmente, os três bilhetes dela encontravam-se em minha agenda ou eu teria escondido sua existência e os guardaria para sempre. Fui obrigado a colocá-los no envelope, sem nem sequer poder dar-lhes um beijo. Também o cacho de cabelos, que eu carregava sempre comigo dentro da mesma agenda, foi encontrado pela madame. E todas as lembranças... o cacho de cabelos que eu adorava... foram tiradas de mim com a mais graciosa virulência.

– O senhor está errado, Sr. Willoughby, e merece severa censura. – Ainda que tentasse se controlar, a voz de Elinor demonstrava emocionada compaixão. – O senhor não tem o direito de falar dessa maneira da minha irmã e nem da sua esposa. O senhor fez sua escolha. Ninguém o forçou a fazê-la. A Sra. Willoughby merece sua consideração, seu respeito, enfim. Ela deve amá-lo muito ou não teria se casado com o senhor. Tratá-la com descortesia, falar dela com desprezo não é uma compensação para Marianne e acredito que também não traga alívio algum a sua consciência.

– Não me fale da minha esposa – implorou ele com um suspiro. – Ela não merece a sua compaixão, pois sabia que eu não a amava quando nos casamos. Bem, mas estamos casados, iremos para Combe Magna para sermos felizes, depois voltaremos à capital demonstrando alegria... E agora, sente pena de mim, Srta. Dashwood, ou lhe contei isso tudo sem a menor finalidade? Por acaso sou... em um nível mínimo que seja... menos culpado para a senhorita agora do que era? Nem sempre minhas intenções foram erradas. Será que expliquei pelo menos uma parte da minha culpa?

– Sim, sem dúvida, o que me contou removeu parte muito pequena da sua culpa... O senhor demonstrou-se, em conjunto, menos culpado do que eu o julgava. Provou que seu coração não é tão depravado, que é muito menos depravado do que imaginei. Mas sou obrigada a reconhecer... por mais difícil que seja... que tudo isso torna ainda pior o sofrimento que infligiu.

– Por favor, quando sua irmã estiver recuperada, poderá repetir-lhe o que lhe contei? Ajude-me a parecer menos pior para ela como pareço agora para a senhorita. Disse-me que Marianne já me perdoou... Deixe-me acreditar que, ao conhecer melhor meu coração e meus atuais sentimentos, o perdão que ela me deu se tornará mais espontâneo, mais natural, para que eu me torne mais digno. Conte-lhe quanto estou infeliz, quanto sofro... diga-lhe que o meu coração jamais foi inconstante para com ela e, se a senhorita quiser, que neste momento ela me é mais querida do que nunca.

– Vou contar a ela tudo que eu achar necessário para que, comparativamente, sua maneira de agir se justifique. Mas o senhor não me explicou qual o motivo que o trouxe aqui e nem quem lhe contou sobre a enfermidade de Marianne.

– Na noite passada, na entrada do Drury Lane, esbarrei com Sir John Middleton. Ao me reconhecer, falou comigo pela primeira vez depois de dois meses. Sem surpresa e sem ressentimento, aceitei que ele tivesse cortado relações comigo, desde pouco antes do meu casamento. Mas naquele momento, por sua boa natureza, honestidade e alma bondosa, que devia se encontrar repleta de indignação contra mim e de compaixão por sua irmã, ele não resistiu à tentação de me dizer o que supunha que poderia, ou ele pensasse que de fato iria, me atormentar profundamente... embora não pudesse imaginar até que ponto! Assim, o mais brutalmente que pôde, Sir John disse-me que Marianne Dashwood estava morrendo de febre perniciosa, em Cleveland. Uma carta que ele havia recebido da Sra. Jennings naquela mesma manhã declarava o perigo de morte iminente e contava que os Palmer haviam saído da casa etc. Fiquei chocado demais para fingir-me insensível, até mesmo diante do crédulo Sir John. O coração dele enterneceu-se quando viu meu sofrimento e toda sua inimizade desapareceu, tanto que, ao despedir-se, ele quase apertou-me a mão enquanto me recordava a antiga promessa de dar-lhe um filhote da minha *pointer*. Foi esmagador o que senti ao saber que sua irmã estava morrendo, mais ainda ao lembrar-me que morria considerando-me o maior vilão sobre a Terra, que me desprezava e odiava em seus últimos momentos de vida, pois como eu saberia que horrendas ações poderiam ter-me atribuído diante dela? Eu tinha certeza de que pelo menos *uma* pessoa me apresentaria como sendo capaz de qualquer coisa... Foi terrível como me senti! Tomei uma resolução imediatamente e às oito horas da manhã já me encontrava em minha carruagem. Agora, a senhorita sabe de tudo.

Elinor nada disse. Seus pensamentos estavam fixos no mal irreparável que uma independência prematura demais e seus consequentes hábitos de preguiça, boemia e luxo haviam feito ao caráter e à felicidade de um homem que, com todas as vantagens de inteligência e talento, tinha tendência a ser naturalmente franco e honesto, sensível e afetuoso. O mundo o tornara extravagante e vaidoso... Tais características haviam feito dele uma pessoa de coração duro e egoísta. A vaidade, que o levara a procurar um triunfo culpado à custa de outrem, envolvera-o em uma afeição verdadeira, que a extravagância, ou talvez os seus resultados, e a necessidade exigiram dele que sacrificasse. Cada falta cometida que o dirigia para o mal levara-o também para o castigo. Todos os seus pensamentos eram governados pelo relacionamento, agora mais do que nunca impossível, que rompera indo contra a honra, seus sentimentos e todas as boas qualidades que ainda conservava em si. E o casamento, que, feito sem o menor escrúpulo, levara Marianne a tornar-se miseravelmente infeliz, esse mesmo casamento transformara-se também para ele em uma fonte de infelicidade, da qual jamais poderia se livrar.

Foi dessa espécie de sonho acordada que o Sr. Willoughby despertou Elinor, tendo ele mesmo acordado de um sonho muito mais doloroso. Ergueu-se para se despedir e disse:

– Já não tenho o que fazer aqui. Preciso ir embora.

– Vai voltar para a capital?

– Não, vou para Combe Magna. Tenho coisas a resolver por lá. Irei para Londres dentro de um dia ou dois. Adeus.

Estendeu a mão e Elinor não pôde recusar a dela, que o jovem cavalheiro segurou com afeto.

– A senhorita já pensa em mim de um modo *melhor* do que pensava?

Willoughby soltou a mão de Elinor e foi apoiar-se no consolo da lareira, como que esquecido de que precisava ir embora.

Ela assegurou-lhe que sim, que o perdoava, que sentia compaixão por ele, que lhe desejava o bem e acrescentou alguns conselhos delicados sobre que comportamentos lhe seriam favoráveis dali em diante. Essa resposta não foi muito encorajadora.

– Quer dizer, então, que devo me arrastar pelo mundo como puder... – concluiu Willoughby. – Felicidade conjugal está fora de questão. Se, no entanto, eu puder pensar que a senhorita e sua família interessam-se pelo meu destino e minhas ações, terei um apoio... um estímulo que me levará a tomar cuidado... Enfim, terei algo pelo que viver. Perdi Marianne para sempre. Se, no entanto, eu tiver a bênção de me tornar um homem livre outra vez...

Com um gesto de censura Elinor o interrompeu.

– Está bem – assentiu Willoughby. – Mais uma vez, adeus. Vou embora e viverei o terror de um acontecimento futuro.

– O que o senhor quer dizer?

– O casamento da sua irmã.

– O senhor está muito enganado. Ela jamais estará mais fora do seu alcance do que já se encontra agora.

– Porém, outro homem pode ganhá-la. E se ele for, dentre todos os demais, aquele que menos posso suportar... Bem, não quero continuar abusando da sua compassiva boa vontade demonstrando-lhe que aqueles que eu mais magoei são os que menos poderei perdoar. Adeus... Que Deus a abençoe!

E com estas palavras ele saiu da sala quase correndo.

45

Durante algum tempo, depois que ele havia ido embora e o ruído de sua carruagem morreu a distância, Elinor ficou oprimida demais por um amontoado de ideias muito diferentes umas das outras, mas que despertavam nela uma tristeza tão profunda que a impediu até mesmo de pensar na irmã.

Willoughby acabava de se retirar para sempre da vida dela e da sua família. Apenas meia hora antes ela o abominava como o mais desprezível dos homens pelas faltas que cometera e agora sentia compaixão pelo profundo sofrimento dele, que era causado por essas mesmas faltas. Teve de admitir para si mesma que pensava em Willoughby com uma ternura e um pesar proporcionais não aos méritos, mas aos desejos dele. Elinor deu-se conta de que a impressão que o jovem cavalheiro causara em sua mente era intensificada por detalhes que não deveriam, por razão alguma, ter importância: a personalidade, que exercia uma atração pouco comum, as maneiras francas, afetuosas e alegres que não era mérito algum possuir. Mas, principalmente, ele a impressionara pelo amor ainda ardente que nutria por Marianne, que nem mesmo a maior inocência poderia ignorar. Ela teve certeza de que demoraria um bom tempo até que deixasse de sentir a impressão que ele lhe causara.

Quando, por fim, retornou para junto de Marianne, que jamais poderia imaginar tudo o que se passara, encontrou-a acordando, refeita por um sono profundo e tranquilo, como ela havia esperado. O coração de Elinor estava pesado. O passado, o presente, o futuro, a visita de Willoughby, a segurança de Marianne, a expectativa pela chegada da mãe, tudo isso contribuía para agitar-lhe o espírito e manter a distância qualquer indicação de cansaço; apenas temia o risco de trair-se diante da irmã. Foi curto, porém, o tempo durante o qual o medo pôde afetá-la, porque meia hora depois de Willoughby ter ido embora, Elinor foi mais uma vez impelida a descer para o andar térreo pelo ruído de outra carruagem. Ansiosa por evitar à mãe mais alguns desnecessários e horríveis momentos de incerteza, correu de imediato para o hall e alcançou a porta de entrada bem a tempo de recebê-la e ampará-la.

Enquanto se aproximava da casa, o terror da Sra. Dashwood tornara-se tão intenso que provocara a certeza de que Marianne já não vivia. Abalada, não teve voz para indagar da filha caçula, nem para cumprimentar Elinor que, sem esperar por saudações ou perguntas, no mesmo instante deu a feliz notícia. Sua mãe recebeu a boa-nova com seu habitual entusiasmo e imediatamente deixou-se dominar pela felicidade, assim como antes deixara-se dominar pelas lágrimas. A filha mais velha e o amigo levaram-na para a sala de visitas onde, derramando lágrimas de alegria, abraçou Elinor várias vezes. Por um momento apenas largou da filha para apertar a mão do coronel Brandon, dirigindo-lhe um olhar que expressava gratidão e a convicção de que ele partilhava com ela o júbilo daquele momento. De fato, ele partilhava esse júbilo, porém em um silêncio ainda maior que o dela.

Assim que a Sra. Dashwood se refez, seu primeiro desejo foi ver Marianne. Em dois minutos encontrava-se com a sua criança adorada, que se tornara ainda mais querida que nunca pela separação, pela infelicidade e pelo perigo. O prazer de Elinor ao ver quanto a mãe e a irmã se alegravam com o reencontro só foi toldado pela apreensão de ver tal alegria roubando o sono tão necessário para Marianne. Mas a Sra. Dashwood sabia ser calma, e até prudente, quando a vida de uma filha estava em perigo. E a enferma, satisfeita em saber que a mãe achava-se a seu lado e consciente de estar fraca demais para conversar, submeteu-se prontamente ao silêncio e ao repouso prescrito por todas as cuidadoras que a cercavam. A Sra

Dashwood passaria a noite toda com ela e Elinor, aceitando a oferta da mãe, foi para a cama. No entanto, o descanso exigido por uma noite de vigília e por várias horas da mais exaustiva ansiedade foi mantido afastado por uma irritação que não deixava seu espírito em paz. Willoughby, o "pobre Willoughby", como Elinor se permitia chamá-lo agora, não lhe saía do pensamento. Não tivera outra opção além de ouvir-lhe as justificativas e ora culpava-se, ora se redimia por tê-lo julgado com tamanha dureza. Mas a promessa de relatar tudo à irmã era invariavelmente dolorosa. Temia a tarefa a cumprir, temia seu efeito sobre a jovem doente; duvidava da possibilidade de a irmã ser feliz com outro depois de ouvir as explicações; por um instante desejou que Willoughby enviuvasse. Em seguida, lembrando-se do coronel Brandon, reprovou-se por ter pensado tal coisa. Tinha certeza absoluta de que o sofrimento e a constância do coronel eram maiores que os de seu rival, que sua irmã merecia ser recompensada e desejou qualquer coisa menos a morte da Sra. Willoughby.

Para a Sra. Dashwood, o choque do aparecimento do coronel Brandon em Barton fora suavizado por seu próprio alarme. Tão grande era a preocupação com Marianne que naquele mesmo dia ela já havia decidido partir para Cleveland, sem esperar receber novas informações. Assim, já estava tudo de tal modo arranjado para a sua partida mesmo antes da chegada do coronel. Ela apenas esperava pelos Carey, que iriam hospedar Margaret, pois a Sra. Dashwood não queria levar a filha, sabendo do risco de contágio.

Marianne continuou a melhorar dia após dia e o luminoso contentamento visível no semblante e no humor da Sra. Dashwood provou que ela era, como gostava de dizer, uma das mulheres mais felizes do mundo. Elinor não podia ouvir tal declaração nem testemunhar suas provas sem às vezes imaginar se a mãe ainda se recordava de Edward. Mas a Sra. Dashwood, confiando no relato tranquilo que a filha lhe fizera da própria decepção, deixava-se levar pela exuberância de sua alegria e pensava apenas em coisas capazes de aumentá-la. Marianne lhe fora devolvida de um perigo ao qual havia sido exposta, como agora a Sra. Dashwood começava a perceber, pelo seu próprio erro de julgamento ao encorajar a infeliz ligação da filha com Willoughby. E nesse processo de recuperação, a boa senhora tinha uma outra fonte de júbilo da qual Elinor nem suspeitava. Tal fonte foi revelada assim que ela teve a oportunidade de conversar a sós com a filha.

– Finalmente estamos a sós. Elinor, você não imagina quanto estou feliz. O coronel Brandon ama Marianne, ele mesmo me contou.

Sentindo-se ao mesmo tempo alegre e triste, surpresa e não surpresa, Elinor era toda silêncio e atenção.

– Você nunca foi como eu, querida Elinor, caso contrário a sua compostura neste momento me assombraria. Se eu tivesse parado para desejar algum bem a minha família, com certeza pensaria no casamento do coronel Brandon com uma de vocês como o objetivo mais aprazível. E creio que, das duas, Marianne é a que pode ser mais feliz com ele.

Elinor quase perguntou que motivo fazia sua mãe acreditar nisso, visto que nenhuma consideração imparcial da diferença de idade, personalidade e sentimentos entre ambos parecia justificar tal crença. Mas a boa senhora sempre se deixava levar pela imaginação no que dizia respeito a qualquer assunto de seu interesse. Portanto, em vez de fazer a indagação, a jovem limitou-se a sorrir.

– O coronel Brandon abriu o coração para mim ontem, enquanto viajávamos. Foi tudo tão inesperado, tão imprevisto! Eu, como você bem pode imaginar, não conseguia falar de nada além da minha filha e ele mal era capaz de disfarçar a própria aflição. Vi que a angústia do coronel Brandon equivalia à minha, e ele, quem sabe pensando que uma mera amizade não poderia justificar tamanho sofrimento, ou melhor, sem pensar em nada, suponho... deu vazão aos sentimentos e me falou de sua sincera, terna e constante afeição por Marianne. Ele a ama, Elinor, desde a primeira vez que a viu.

Nesse ponto, contudo, Elinor percebeu não a linguagem ou a confissão do coronel Brandon, mas o embelezamento natural da imaginação ativa de sua mãe, que moldava tudo o que lhe agradasse a seu bel-prazer.

– A estima do coronel Brandon por Marianne, infinitamente superior à que Willoughby sentiu ou fingiu sentir, e também muito mais calorosa, sincera e constante... seja lá como queiramos defini-la... perdurou mesmo durante a infeliz inclinação de Marianne por aquele jovem sem valor! E sem egoísmo, sem ter a menor esperança! Ele foi capaz de conformar-se em vê-la feliz com outro... Que alma nobre! E que franqueza, que sinceridade! Ele é incapaz de desapontar alguém.

– O excelente caráter do coronel Brandon é indiscutível – assentiu Elinor.

– Eu sei – respondeu a Sra. Dashwood, séria. – Caso contrário, depois do sinal de advertência que recebi, eu seria a última a encorajar tal afeição ou a considerá-la aprazível. Mas o modo como o coronel Brandon se aproximou de mim, com uma amizade tão pronta e viva, é suficiente para provar que ele é um homem de valor.

– O caráter do coronel Brandon, no entanto – argumentou Elinor –, não reside em *um* ato de bondade ao qual a afeição dele por Marianne, ou um mero gesto de humanidade, poderia tê-lo levado. A Sra. Jennings e os Middleton o conhecem intimamente há bastante tempo; e eles igualmente o admiram e respeitam. Até mesmo o *meu* próprio afeto pelo coronel Brandon é considerável, embora muito recente. E tanto o estimo e admiro que, se Marianne puder ser feliz com ele, estarei tão pronta quanto a senhora a considerar uma ligação dele com a nossa família a maior bênção do mundo. Que resposta a senhora deu a ele? Permitiu-lhe ter alguma esperança?

– Oh! Meu amor, na ocasião eu não pude dar esperança a ele e nem a mim mesma. Marianne podia estar morrendo naquele momento. Mas o coronel Brandon não pediu esperança ou encorajamento. Sua confissão foi involuntária, um desabafo irreprimível diante de uma amiga consoladora, e não um pedido de casamento diante de uma mãe. Depois de algum tempo, porém, tomada pela emoção, eu disse a ele que, se Marianne sobrevivesse, como eu acreditava que fosse acontecer, minha maior felicidade residiria em incentivar o casamento dos dois. E desde a nossa chegada, desde a nossa deliciosa segurança, repeti isso ao coronel Brandon com mais firmeza, oferecendo-lhe todo o encorajamento possível. Disse-lhe que o tempo, pouquíssimo tempo, resolverá tudo. O coração de Marianne não sofrerá para sempre por causa de um homem como Willoughby. Os próprios méritos do coronel irão encarregar-se de apressar a cura.

– A julgar pela disposição demonstrada pelo coronel, contudo, a senhora não o deixou muito animado.

– Não. Ele acha que a afeição de Marianne tem raízes profundas demais e que só poderá mudar depois de muito, muito tempo. E, mesmo supondo que o coração dela volte a ficar livre, o coronel é modesto demais em relação a si próprio para acreditar que seja capaz de conquistar Marianne, por causa da diferença de idade e de personalidade que existe entre os dois. Todavia, nesse ponto ele está enganado. A idade dele é maior do que a dela apenas o suficiente para transformar-se em uma vantagem, pois torna seu caráter e seus princípios muito mais definitivos. E a disposição do coronel, estou convencida, é exatamente a necessária para tornar sua irmã feliz. A pessoa e as maneiras dele lhe são favoráveis. Minha parcialidade, contudo, não me cega e reconheço que o coronel Brandon com certeza não é tão bonito quanto o Sr. Willoughby. Por outro lado, existe algo muito mais agradável em suas feições. Você deve lembrar que sempre houve algo no olhar do Sr. Willoughby que me desagradava.

Elinor não se lembrava disso, mas a Sra. Dashwood, sem esperar que ela concordasse ou não, prosseguiu:

– E as maneiras do coronel não apenas são mais agradáveis para mim do que as do Sr. Willoughby eram; são, também, de um tipo que tornam o coronel Brandon capaz de conquistar Marianne de uma forma mais sólida. Sua gentileza, a genuína atenção para com todas as pessoas, a simplicidade máscula estão muito mais de acordo com a real disposição de Marianne do que a vivacidade frequentemente artificial e fora de hora daquele rapaz. Mesmo que o Sr. Willoughby houvesse provado ser um amigo verdadeiro, na mesma proporção que demonstrou ser o contrário, tenho certeza de que Marianne jamais seria feliz com ele como será com o coronel Brandon.

A Sra. Dashwood fez uma pausa. A filha não concordava com ela, mas o seu desacordo foi mudo e, portanto, não ofendeu a mãe.

– Em Delaford, Marianne estará próxima de mim – acrescentou a Sra. Dashwood –, mesmo que eu permaneça em Barton. E, como ouvi dizer que a vila é grande, provavelmente existirá por perto uma pequena morada ou chalé que nos será tão conveniente quanto a casa que ocupamos agora.

Pobre Elinor! Ali estava um novo projeto para levá-la a Delaford! Mas seu espírito resistiria.

– E a fortuna do coronel? – animou-se a Sra. Dashwood. – Você sabe, na minha idade todo mundo se preocupa com esse tipo de coisa. E embora eu não saiba, nem queira saber, quanto dinheiro o coronel realmente tem, estou certa de que é uma boa quantia.

Nesse momento as duas foram interrompidas pela entrada de uma terceira pessoa. Elinor retirou-se para refletir em particular sobre tudo o que ouvira, para desejar sucesso ao seu amigo embora, ao mesmo tempo, lamentasse a sorte de Willoughby.

46

A doença de Marianne, embora debilitante, não durara o bastante para tornar lenta a sua recuperação. E com a presença da mãe, mais a juventude e a força natural para ajudá-la, ela melhorou o bastante para ser transferida, apenas quatro dias após a chegada da Sra. Dashwood, para o quarto de vestir da Sra. Palmer. Uma vez lá, ansiosa para agradecer ao coronel Brandon por ter ido buscar sua mãe, ela pediu que o mandassem chamar.

A emoção dele ao entrar no aposento, ao observar a aparência modificada de Marianne e ao pegar a mão pálida que ela lhe estendeu de imediato foi tal que, na opinião de Elinor, devia ter sido causada por algo mais que a sua afeição pela jovem ou pelo fato de saber que outros tinham conhecimento dessa afeição. Ela não demorou a descobrir no olhar melancólico e no semblante alterado com que o coronel fitava sua irmã a provável lembrança de muitas cenas tristes do passado, provocada pela já mencionada semelhança entre Marianne e Eliza, no momento reforçada pelos olhos fundos, a pele sem brilho, o aspecto de fraqueza e a calorosa gratidão por um favor peculiar.

A Sra. Dashwood, não menos observadora da situação que a sua filha mais velha, mas com a mente influenciada por pensamentos bem díspares – portanto, vendo tudo por um prisma diferente –, não notou no comportamento do coronel nada além de algo despertado pelas mais simples e evidentes sensações. Ao mesmo tempo, o que observou nas ações e palavras de Marianne persuadiram-na de que algo além de gratidão havia surgido.

Depois de um ou dois dias, com Marianne tornando-se cada vez mais forte a cada doze horas, a Sra. Dashwood, incentivada pelo seu próprio desejo e pelo desejo de sua filha, começou a falar em voltar para Barton. Da sua decisão dependia a dos amigos. A Sra. Jennings não podia deixar Cleveland durante a estada das Dashwood e o coronel Brandon logo foi instado a considerar a sua permanência lá decisiva, se não indispensável. Diante da insistência da Sra. Jennings e do coronel Brandon, a Sra. Dashwood foi convencida a aceitar o uso da carruagem dele na viagem de volta, para maior conforto da jovem convalescente. Atendendo aos pedidos conjuntos da Sra. Dashwood e da Sra. Jennings, cuja natureza bondosa a tornava amigável e hospitaleira tanto em nome de outras pessoas quanto do seu próprio, o coronel Brandon concordou com prazer em ir visitá-las e buscar sua carruagem dentro de poucas semanas.

O dia da separação e da partida chegou. Marianne despediu-se carinhosa e demoradamente da Sra. Jennings, demonstrando gratidão e respeito proporcionais a sua desatenção anterior. Depois de despedir-se do coronel Brandon com a cordialidade de uma amiga, foi ajudada por ele a entrar na carruagem, da qual ele parecia determinado em vê-la ocupar pelo menos a metade. A Sra. Dashwood e Elinor entraram em seguida. Os outros ficaram para trás, conversando sobre as viajantes e sentindo-se melancólicos, até que a Sra. Jennings entrou em casa e foi sentar-se em sua cadeira preferida a fim de consolar-se, comentando com a sua criada particular a partida das duas jovens companhias. Logo a seguir o coronel Brandon iniciou sua viagem solitária para Delaford.

As Dashwood passaram dois dias na estrada. Marianne aguentou o trajeto sem cansar-se em demasia. Tudo que o mais zeloso afeto e a mais solícita atenção podiam fazer para que ela estivesse sempre confortável foi utilizado por suas companheiras, que foram recompensadas pelo bem-estar físico e pela tranquilidade de espírito da convalescente. Para Elinor, foi particularmente gratificante observar essa tranquilidade. Vira a irmã sofrer semana após semana, oprimida por uma angústia sobre a qual não tinha coragem para falar nem forças para esconder e agora via, com uma alegria inigualável, que ela alcançara uma grande calma espiritual. Elinor confiava que essa tranquilidade era o resultado de uma profunda e séria reflexão e acabaria por fazer Marianne retornar às habituais vivacidade e alegria de sempre.

De fato, à medida que iam se aproximando de Barton e avistando paisagens onde cada campo e cada árvore despertava alguma recordação peculiar ou dolorosa, Marianne tornava-se mais silenciosa e pensativa. Ela virou o rosto para esconder da mãe e da irmã o que sentia, fingindo-se concentrada em olhar pela janela. Elinor não pôde culpá-la por agir assim e quando, ao ajudar Marianne a descer da carruagem, notou que ela estivera chorando, viu naquelas lágrimas apenas o resultado de uma emoção natural, que provocava mais ternura que piedade, e que em sua moderação merecia até ser elogiada. E, no comportamento subsequente da irmã, pôde verificar que sua mente se tornara aberta a um esforço razoável, pois, mal haviam entrado na sala de estar da família, Marianne olhou ao redor com expressão de resoluta firmeza, como que determinada de uma vez por todas a acostumar-se à visão de cada objeto que poderia ser ligado a lembranças de Willoughby. A jovem convalescente falou pouco, mas cada sentença tinha como alvo a alegria. E embora de vez em quando um suspiro lhe escapasse, era logo compensado por um sorriso. Depois do jantar, Marianne sentou-se ao piano para tocar. Mas a partitura sobre a qual seus olhos pousaram foi a de uma ópera que Willoughby lhe comprara e que continha alguns de seus duetos preferidos; na capa, seu nome estava escrito com a letra do jovem cavalheiro. Isso já era demais! Ela balançou a cabeça, colocou a partitura de lado, dedilhou algumas teclas e, em seguida, reclamando de fraqueza nos dedos, fechou a tampa do instrumento – mas não sem antes declarar que no futuro iria praticar bastante.

A manhã seguinte não produziu nenhuma diminuição nesses auspiciosos sintomas. Ao contrário, com a mente e o corpo fortalecidos pelo descanso, Marianne agiu e conversou com mais vivacidade, antecipando o prazer da volta de Margaret, o que tornaria a família completa outra vez; observou que a única felicidade que valia a pena desejar residia na certeza de que em breve o pequeno grupo familiar estaria reunido para prosseguir na busca de seus objetivos comuns.

– Quando o tempo firmar e eu tiver recuperado as forças – disse ela –, faremos longos passeios juntas, todos os dias. Iremos até a fazenda perto da colina, para ver como estão as crianças. Vamos caminhar até as novas plantações de Sir John em Barton-Cross e visitar Abbeyland. Iremos com frequência às ruínas do convento e vamos tentar localizar os muros que delimitavam a propriedade. Sei que estaremos felizes. Sei que o verão será alegre. Tenho a intenção de me levantar sempre antes das seis horas e desde a manhã até o jantar pretendo dividir cada momento entre a música e a leitura. Planejei tudo e estou determinada a seguir um curso de estudo sério. Nossa biblioteca já é bem conhecida por mim para que eu a consulte para algo além de mero entretenimento. Mas existem obras que vale a pena ler, em Barton Park, e há outras, mais modernas, que sei que posso pedir emprestadas ao coronel Brandon. Lendo apenas seis horas por dia, no decorrer de um ano ganharei boa parte da instrução que desejo.

Elinor parabenizou a irmã por ter elaborado um plano tão nobre como esse. No íntimo, sorriu ao ver a imaginação da irmã, que antes a estivera levando para um extremo de indolência e autorrecriminação egoísta, voltada agora a um planejamento exagerado de emprego racional do tempo disponível e à busca de um virtuoso autocontrole. O sorriso íntimo, contudo, apagou-se quando lembrou-se de que ainda não cumprira a promessa feita a Willoughby. Temia, caso tocasse no assunto, perturbar outra vez a mente de Marianne e destruir, mesmo que apenas por algum tempo, a tranquilidade atual. Decidiu, por fim, adiar o momento da revelação, preferindo esperar que a saúde da irmã estivesse totalmente restabelecida antes de cumprir a promessa. Tal resolução, porém, foi tomada apenas para ser quebrada.

Só dois ou três dias após a volta de Marianne para casa foi que o tempo melhorou o suficiente para que uma convalescente como ela pudesse aventurar-se a sair. O dia amanheceu claro o bastante para tentar a vontade da filha e a confiança da mãe. Marianne, apoiada no braço de Elinor, foi autorizada a passear no caminho diante do chalé, com a condição de não se cansar demais.

As irmãs estabeleceram um passo lento por causa da fraqueza de Marianne, que não se exercitava desde que adoecera. As duas avançaram para longe de casa, mas só até o local de onde podiam avistar a colina. Fitando-a e indicando a colina ao longe com um gesto, Marianne declarou com calma:

– Foi lá, exatamente lá, naquela saliência do terreno, que caí e vi Willoughby pela primeira vez.

Sua voz baixou de tom ao pronunciar o nome do rapaz, mas logo em seguida voltou ao normal, quando ela acrescentou:

– Sinto-me contente ao perceber que posso olhar com tão pouca mágoa para aquele local! Será que devemos tocar nesse assunto, Elinor? – perguntou, hesitante. – Ou seria melhor que não? Agora já *posso* falar sobre tudo que aconteceu, espero, como creio que devo fazer.

Ternamente, Elinor estimulou-a a abrir a alma.

– No que se refere a Willoughby, já cansei de me lamentar – afirmou Marianne. – Não pretendo falar com você sobre quais eram os meus sentimentos por ele, mas sobre quais são os meus sentimentos *agora*. No presente momento, se eu pudesse ter certeza de uma única coisa, se eu tivesse permissão para pensar que nem sempre ele estava fingindo ou me enganando... Acima de tudo, se eu pudesse ter certeza de que nem sempre ele foi *tão* perverso quanto os meus medos me fizeram imaginar, desde que ouvi a história daquela pobre moça...

Marianne calou-se.

– Se pudesse ter certeza disso, acha que iria sentir-se melhor? – indagou Elinor, esperando ansiosa pela resposta.

– Sim. Minha paz de espírito depende duplamente disso, pois o terrível não é apenas suspeitar da maldade de alguém que representou o que ele representou para mim, mas também a maneira como eu mesma me vejo. Numa situação igual a minha, o que, além de ser um afeto tão vergonhosamente imprudente, poderia ter me deixado exposta a...

– Se você tivesse a certeza que procura, como justificaria o comportamento dele? – perguntou-lhe a irmã.

– Eu teria consideração por ele... Oh, com que alegria eu o consideraria apenas volúvel... Muito, muito volúvel!

Elinor não disse mais nada. Debatia-se entre mil pensamentos sobre a conveniência de começar a contar a história de modo direto ou de adiá-la até que a saúde de Marianne melhorasse mais. As duas caminharam em silêncio por alguns minutos.

– Não estou desejando o melhor para Willoughby quando desejo que as reflexões dele não sejam tão desagradáveis quanto as minhas – declarou Marianne, por fim, com um longo suspiro. – Ele estará sofrendo bastante, se sofrer como eu.

– Você compara a sua conduta à dele?

– Não, eu a comparo à conduta que deveria ter tido. Comparo-a à sua, Elinor.

– As nossas circunstâncias têm pouca semelhança.

– As nossas circunstâncias envolvem mais do que uma questão de conduta. Minha querida Elinor, não permita que a sua bondade defenda aquilo que sei que o seu julgamento deve condenar. A minha enfermidade me fez pensar, proporcionou-me oportunidade e calma para refletir seriamente. Muito antes de estar recuperada o bastante para falar, eu já era capaz de ponderar. Refleti sobre o passado. No meu próprio comportamento, desde o começo de nossa amizade com Willoughby no último outono, não vi nada além de imprudência em relação a mim mesma e falta de gentileza em relação aos outros. Percebi que os meus próprios sentimentos foram responsáveis pelo meu sofrimento e que minha falta de coragem diante do sofrimento quase me levou ao túmulo. Eu sabia muito bem que a minha doença fora provocada por mim mesma, por negligência com a minha saúde; negligência que, desde o início, sabia ser errada. Se eu tivesse morrido, minha morte teria sido um ato de autodestruição. Só percebi o perigo que corria quando ele foi afastado. Não entendo como consegui me recuperar sentindo as emoções que tais reflexões despertaram em mim. Surpreende-me que a força do meu desejo de viver, de ter tempo para me redimir diante do meu Deus e de todos vocês, não tenha me matado na mesma hora. Se eu tivesse morrido, em que miséria teria deixado você, minha enfermeira, minha amiga, minha irmã! Você, que testemunhara o horrível egoísmo dos meus últimos dias, que conhecera todos os murmúrios do meu coração! Ah, que lembrança *você* teria guardado de mim? Minha mãe, também! De que maneira você poderia tê-la consolado? Não consigo expressar a repugnância que sinto por mim mesma. Sempre que olho para o passado, vejo algum dever negligenciado ou alguma falha tolerada. Todos haviam sido, de algum modo, magoados por mim. À afabilidade, à contínua afabilidade da Sra. Jennings, respondi com um desprezo ingrato. Com os Middleton, os Palmer, as Steele, com todos os nossos conhecidos, fui insolente e injusta. Meu coração estava endurecido contra os méritos deles e irritava-me até mesmo a atenção que me dispensavam. Para John, para Fanny... Sim, até para eles, por menos que mereçam... dei menos que o devido. Mas você, você acima de todos, acima até de minha mãe, foi injustiçada por mim. Eu, só eu, sabia o que se passava no seu coração e conhecia o seu sofrimento. Mas que influência isso teve sobre mim? Não experimentei compaixão alguma que pudesse ajudá-la ou ajudar a mim mesma. O seu exemplo encontrava-se a minha frente, mas que serventia teve? Por acaso passei a ter mais consideração por você ou pelo seu conforto? Baseei-me em sua paciência ou diminuí a sua carga de deveres, tomando parte nas demonstrações gerais de consideração ou agradecimento que até então você desempenhara sozinha? Não. Não a ajudei em nada quando você estava infeliz, assim como não a ajudei quando julgava que se sentia feliz. Deixei de lado as obrigações e a amizade, mal permitindo que a tristeza existisse em outro lugar que não dentro de mim, afligindo-me apenas por *aquele* coração que me abandonara e me fizera mal, deixando você, por quem professo uma afeição ilimitada, sofrer por minha causa.

Aqui interrompeu-se o apaixonado impulso do espírito autoacusador de Marianne. Elinor, ansiosa por consolar a irmã e como sua honestidade a impedia de mentir, adulando-a, ofereceu de imediato os elogios e o apoio que a franqueza e o arrependimento da irmã tanto mereciam. Marianne apertou-lhe a mão, enquanto dizia:

– Você é muito boa. O futuro deverá ser a prova de que mudei. Estabeleci um plano e, se for capaz de segui-lo, meus sentimentos serão controlados e meu temperamento será aperfeiçoado. Assim, não serão mais motivo de preocupação para os outros, nem irão me torturar. Viverei agora apenas para a minha família. Daqui por diante, você, mamãe e Margaret serão o mundo para mim. Dividirei o meu afeto entre vocês. Nunca mais serei tentada a afastar-me de vocês e do meu lar. E se eu voltar a frequentar a sociedade, será apenas para mostrar que meu espírito tornou-se humilde, que meu coração está corrigido e que posso praticar as regras da sociedade, as obrigações menores da vida, com gentileza e paciência. Quanto a Willoughby... Seria inútil dizer que conseguirei esquecê-lo logo ou algum dia. Nenhuma mudança de circunstância ou opinião pode superar as lembranças que tenho dele. Mas essas lembranças podem ser controladas, reguladas pela religião, pela razão, por ocupações constantes.

Marianne fez uma pausa antes de acrescentar, em tom mais baixo:

– Se eu pudesse saber o que se passa no coração *dele*, tudo seria mais fácil.

Por algum tempo Elinor já vinha refletindo sobre a conveniência ou inconveniência de arriscar-se a iniciar sua narrativa sem conseguir sentir-se mais próxima de uma decisão. Ao ouvir isso, e percebendo que, se a reflexão não levara a nada, a resolução poderia levar a tudo, pôs-se em ação.

Esforçou-se por fazer tudo da maneira correta. Preparou a sua ansiosa ouvinte com cuidado. Relatou simples e honestamente os pontos principais sobre os quais Willoughby baseara suas desculpas. Fez justiça ao arrependimento do jovem cavalheiro e suavizou apenas as afirmativas que ele fizera de ainda ter profunda estima por ela. Marianne não disse uma palavra. Estremeceu, com o olhar fixo no chão, e seus lábios tornaram-se ainda mais pálidos do que a doença os deixara. Milhares de perguntas invadiram-lhe o coração, mas ela não proferiu nenhuma. Escutou cada sílaba com ofegante ansiedade; sua mão, como que por vontade própria, apertava a mão da irmã e lágrimas cobriram-lhe o rosto.

Elinor, temendo que Marianne estivesse fatigada, conduziu-a na direção do chalé. E até alcançarem a porta, foi capaz de imaginar quanto a irmã devia estar curiosa, e, embora nenhuma indagação tivesse sido feita, não falou de mais nada a não ser de Willoughby e da conversa que tiveram. Narrou tudo oferecendo detalhes de palavras e olhares, nos pontos em que julgou que uma descrição minuciosa não seria prejudicial

Assim que entraram no chalé, Marianne deu-lhe um beijo de gratidão e murmurou: "Conte à mamãe." Foram as duas únicas palavras que ela conseguiu articular por entre as lágrimas. Em seguida, separou-se da irmã e subiu lentamente a escada

Elinor nem pensou em perturbar a justa solidão que a irmã procurava. Com ansiedade, prevendo desde já qual seria o resultado dessa solidão e decidida a retomar o assunto, caso Marianne não o fizesse, dirigiu-se à sala para atender ao pedido da irmã.

47

Foi impossível para a Sra. Dashwood ouvir a defesa de seu antigo favorito sem se comover. Alegrou-se ao vê-lo livre de parte da culpa que lhe fora imputada. Sentiu pena dele. Desejou que fosse feliz, mas sabia que os sentimentos do passado não podiam ser trazidos de volta. Nada poderia devolvê-lo a Marianne com a fé intacta, com um caráter sem mácula. Nada poderia apagar o sofrimento pelo qual sua filha passara por sua causa ou remover a culpa pelo comportamento dele em relação a Eliza. Nada poderia, portanto, fazer com que ela voltasse a estimá-lo, prejudicando assim os interesses do coronel Brandon.

Se a Sra. Dashwood houvesse, como sua filha mais velha, ouvido a história contada pelo próprio Willoughby... Se houvesse testemunhado a angústia do jovem cavalheiro e sofrido a influência de suas maneiras e de seu aspecto abatido, provavelmente teria uma compaixão bem maior. Mas não estava ao alcance de Elinor e nem era sua vontade provocar em outra pessoa, com a sua narrativa, a compaixão que ela própria sentira de início. A reflexão acalmara seu julgamento e dera sobriedade a sua opinião sobre os méritos de Willoughby. Ela desejara apenas contar a simples verdade e expor devidamente os fatos que se referiam ao caráter dele, sem nenhum adorno proporcionado pela ternura que deformasse a realidade.

À noite, quando as três estavam juntas, Marianne começou voluntariamente a falar de Willoughby outra vez. Mas não sem um certo esforço, conforme haviam demonstrado o inquieto silêncio no qual permanecera antes, a cor que lhe subiu às faces e o tremor na voz quando começou a falar.

– Quero assegurar a vocês duas – disse ela – que posso enxergar tudo, da maneira como vocês desejam que eu enxergue.

A Sra. Dashwood a teria interrompido imediatamente com ternas palavras de consolo se Elinor, que realmente desejava conhecer a opinião da irmã sobre o assunto, não lhe tivesse feito um sinal para que permanecesse calada. Marianne prosseguiu devagar:

– O que Elinor me contou esta manhã causou-me grande alívio. Ouvi exatamente o que desejava ouvir.

Sua voz falhou por um instante, mas, recuperando-se e com calma maior do que antes, ela acrescentou:

– Estou agora perfeitamente satisfeita e conformada. Eu nunca poderia ter sido feliz com ele depois de tomar conhecimento de tudo isso, como teria acontecido mais cedo ou mais tarde. É algo que eu já deveria ter sabido antes. Não teria sido mais capaz de confiar nele, de estimá-lo. Nada poderia conseguir manter intactos os meus sentimentos por ele.

– Eu sei, eu sei! – exclamou a mãe. – Como ser feliz com um homem de práticas libertinas? Com alguém que perturbou a paz do mais querido dos nossos amigos, do melhor dos homens? Não, a minha Marianne não teria coração para ser feliz com um homem assim! Sua consciência, sua sensível consciência, iria sofrer por tudo aquilo que a faltasse à consciência de seu marido.

Marianne suspirou e repetiu:

– Estou conformada.

– Você está considerando a questão do modo como uma mente sadia e uma consciência sã devem considerá-la – afirmou Elinor. – Atrevo-me a dizer que percebe, tão bem quanto eu, e não apenas nesta mas em muitas outras circunstâncias, razão suficiente para estar convencida de que o seu casamento com o Sr. Willoughby a teria envolvido, certamente, em sérios problemas e decepções. E você não teria o menor apoio ou afeto por parte do seu marido para lidar com eles. Caso houvesse se casado, teria sido sempre pobre. Ele mesmo reconheceu que vive fazendo gastos excessivos e toda sua conduta revela que compreende muito mal a palavra "economizar". As exigências de Willoughby, aliadas a sua ingenuidade e a um rendimento pequeno, muito pequeno, teriam provocado angústias que iriam perturbá-la bastante, minha irmã, por lhe serem absolutamente desconhecidas e nem sequer imaginadas. Assim que você tomasse ciência da verdadeira situação, sei que o *seu* senso de honra e honestidade a teriam levado a fazer toda sorte de economia que lhe fosse possível. E além disso, talvez seria capaz de praticá-la, pelo menos enquanto a frugalidade estivesse afetando apenas o seu conforto. Mas quando fosse além disso... Imagine quão pouco poderia fazer a sua gerência solitária para impedir a ruína que já começara antes do casamento! E, além *disso*, com o decorrer do tempo, se você tivesse tentado conter os gastos *dele*, mesmo que com argumentos lógicos, não acha que, em vez de prevalecer sobre sentimentos egoístas e convencê-lo a economizar, você veria a sua influência sobre ele diminuir a ponto de fazê-lo arrepender-se de uma ligação que o envolvia em dificuldades financeiras?

Os lábios de Marianne tremeram e ela disse a palavra "egoísta" algumas vezes, em um tom que parecia indagar: "Acha mesmo que ele é egoísta?"

– Todo o comportamento de Willoughby, do começo ao fim do relacionamento entre vocês, foi baseado no egoísmo

– declarou Elinor. – Foi o egoísmo que primeiro o fez brincar com os seus sentimentos. E, mais tarde, quando os sentimentos dele também estavam envolvidos, foi o egoísmo que o fez adiar a confissão do que sentia e o afastou de Barton. Sua própria diversão, seu próprio bem-estar, nos menores detalhes, eram o princípio dominante dele.

– É verdade. A *minha* felicidade nunca foi o objetivo de Willoughby.

– No presente momento, ele se arrepende do que fez. Mas por que se sente arrependido? Porque está insatisfeito. O que fez não o deixou feliz. Sua situação agora é boa. Ele não tem mais problemas financeiros e pensa apenas estar casado com uma mulher de temperamento menos amável que o seu, minha irmã. Mas será que isto significa que ele estaria feliz casado com você? As inconveniências teriam sido diferentes. Willoughby teria sofrido por dificuldades financeiras que agora, como foram removidas do caminho, ele passou a desconsiderar totalmente. Ele teria tido uma esposa de cujo temperamento não poderia reclamar, mas estaria sempre passando necessidades; seria sempre pobre. E, sem nenhuma dúvida, logo teria aprendido a considerar os inúmeros confortos de uma propriedade livre de dívidas e de um bom rendimento os mais importantes para a felicidade doméstica do que o mero temperamento de uma esposa.

– Não tenho a menor dúvida disso – declarou Marianne – e não me arrependo de nada além da minha própria falta de juízo.

– Além da imprudência da sua mãe, minha filha – disse a Sra. Dashwood. – *Eu* também sou responsável pelo que houve.

Marianne não a deixou prosseguir. E Elinor, satisfeita em ver que cada uma assumia o próprio erro, desejou evitar qualquer outra conversa sobre o passado que pudesse enfraquecer o espírito da irmã. Voltando ao primeiro assunto, continuou:

– Creio que uma conclusão pode ser tirada dessa história: todas as dificuldades de Willoughby começaram a partir de uma primeira ofensa à virtude, no modo como ele se comportou em relação a Eliza Williams. Este crime está na origem de todos os outros e de todo o descontentamento atual dele.

Marianne aquiesceu com veemência. No mesmo instante a Sra. Dashwood começou a enumerar os sofrimentos e os méritos do coronel Brandon, de forma tão calorosa que só a amizade e um objetivo estabelecido, juntos, poderiam ditar. Sua filha, no entanto, não pareceu ouvi-la com muita atenção.

De acordo com suas expectativas, Elinor viu que nos dois ou três dias seguintes Marianne não continuou a ganhar forças como antes. Por outro lado, as resoluções que tomara permaneciam firmes e ela continuava tentando mostrar-se alegre e à vontade, fazendo com que a irmã confiasse com segurança nos efeitos do tempo sobre a saúde dela.

Margaret retornou e a família voltou a ficar calmamente reunida no chalé e, ainda que não prosseguissem os estudos de sempre, nem com o mesmo vigor da época da mudança para Barton, pelo menos foram feitos para o futuro planos de estudos mais constantes.

Elinor começou a ficar impaciente com a falta de notícias de Edward. Não ouvira nada a respeito dele desde que partira de Londres; não sabia nada de novo sobre o que pretendia fazer, nada de certo sobre o seu paradeiro atual. Ela trocara algumas cartas com o irmão, como consequência da enfermidade de Marianne. Na primeira das cartas de John, estavam escritas estas frases: "Não sabemos nada sobre o desafortunado Edward, e não tocamos nesse assunto proibido. Podemos apenas concluir que ele ainda está em Oxford." Esta foi a única informação sobre ele que Elinor obtivera através da correspondência com o irmão, pois o nome do jovem cavalheiro não fora mencionado em nenhuma das cartas subsequentes. Porém, não estava destinada a ignorar por muito tempo o que acontecera a Edward.

O criado da família Dashwood fora mandado a Exeter, certa manhã, para resolver alguns assuntos. Já de volta, enquanto servia à mesa, respondeu às perguntas que a patroa lhe fez sobre a viagem e depois comentou:

– Suponho que já saiba, senhora, que o Sr. Ferrars se casou.

Marianne sobressaltou-se e encarou Elinor; ao notar que a irmã empalidecia, recostou-se na cadeira, histérica. A Sra. Dashwood, que também olhara para Elinor ao ouvir a informação do criado, ficou chocada quando percebeu pelas feições da filha mais velha quanto ela sofria. Por um momento, perturbada também pela reação de Marianne, não soube a qual filha acudir primeiro.

O criado, notando apenas que a Srta. Marianne passava mal, teve o bom-senso de chamar uma das criadas. Esta, com a ajuda da Sra. Dashwood, levou a jovem para a outra sala. Assim que Marianne recuperou a calma, com Margaret e a criada na sala lhe fazendo companhia, a Sra. Dashwood retornou para junto de Elinor que, embora ainda desorientada, recuperara-se o suficiente para raciocinar. Pôde, também, dominar a voz e começou um rodeio para perguntar a Thomas como obtivera a informação. A Sra. Dashwood interferiu e encarregou-se de fazer as perguntas, assim Elinor teve o benefício de conseguir as informações que desejava sem ter de forçar-se a pedi-las.

– Quem lhe disse que o Sr. Ferrars se casou, Thomas?

– Eu mesmo vi o Sr. Ferrars hoje de manhã em Exeter, senhora. Ele estava com a esposa, uma das Srtas. Steele. Os dois estavam numa carruagem parada à porta da hospedaria de New London quando fui entregar uma carta de Sally, de Barton Park, para o irmão dela, que trabalha lá. Observei o interior da carruagem e vi a mais nova das Srtas. Steele. Quando tirei o chapéu para cumprimentá-la, ela me reconheceu e me chamou. Perguntou pela senhora e pelas suas filhas, em especial pela Srta. Marianne. Pediu-me que lhes enviasse seus cumprimentos, assim como os do Sr. Ferrars, e disse que sentia muito por não ter tempo de vir fazer-lhes uma visita, pois ela e o marido estavam com pressa de seguir viagem. A Sra. Ferrars afirmou também que, quando passasse por Exeter na volta, daria um jeito de vir até aqui com o marido.

– Ela lhe falou que estava casada, Thomas?

– Sim, senhora. Amável, também sorriu e contou que havia mudado de sobrenome desde a última vez que estivera por estes lados. A Sra. Ferrars sempre foi uma jovem afável e conversadora, de comportamento muito gentil. Sendo assim, tomei a liberdade de desejar-lhe felicidade pelo casamento.

– O Sr. Ferrars estava na carruagem com a esposa?

– Sim, senhora, eu o vi lá dentro, mas ele não falou comigo. O Sr. Ferrars nunca foi um cavalheiro de muita conversa.

O coração de Elinor logo arranjou uma explicação para o fato de Edward não ter conversado com Thomas. A Sra. Dashwood, com certeza, pensou na mesma explicação.

– Não havia mais ninguém na carruagem?

– Não, senhora, só os dois.

– Você sabe de onde eles estavam vindo?

– Direto da cidade, conforme a Srta. Lucy... ou melhor, conforme a Sra. Ferrars me contou.

– E eles iam seguir viagem na direção oeste?

– Sim, senhora. Mas parece que não vão passar muito tempo por lá. Logo estarão voltando e virão até aqui para uma visita.

A Sra. Dashwood olhou para a filha. Elinor, porém, sabia que não deviam contar com uma visita do casal. Ela reconheceu Lucy no teor da mensagem e teve certeza de que Edward jamais retornaria a Barton outra vez. Em voz baixa, comentou com a mãe que o casal devia estar indo para a casa do Sr. Pratt, perto de Plymouth.

Thomas parecia não ter mais nenhuma informação a oferecer. Elinor, contudo, mostrava-se ansiosa por saber mais.

– Você os viu partir antes de voltar para cá? – indagou a Sra. Dashwood.

– Não, senhora. Uma nova parelha de cavalos já estava sendo atrelada à carruagem, mas não quis me demorar mais, por medo de chegar atrasado para o almoço.

– A Sra. Ferrars estava bem?

– Sim, madame. Ela mesma disse que estava muito bem. Na minha opinião, sempre foi uma jovem muito bonita e hoje parecia estar bastante contente.

A Sra. Dashwood não conseguiu pensar em nenhuma outra pergunta para fazer. Thomas e a toalha de mesa, ambos igualmente inúteis, foram dispensados. Marianne já mandara avisar que não comeria mais nada. O apetite de Elinor e da Sra. Dashwood também desaparecera. Margaret, por sua vez, considerou-se afortunada – afinal, as irmãs estavam enfrentando tantos problemas ultimamente, o que com frequência as fazia descuidar de suas refeições, mas, quanto a ela, seu apetite e seu jantar estavam garantidos.

Depois que a sobremesa e o vinho foram servidos, a Sra. Dashwood e Elinor ficaram a sós. Por algum tempo, permaneceram pensativas, ambas em silêncio. A Sra. Dashwood temia fazer qualquer comentário e não se aventurou a oferecer consolo. Percebeu que havia agido errado ao confiar na aparente força de Elinor. Concluiu, com justiça, que a filha suavizara a própria tristeza para impedi-la de sofrer mais do que já havia sofrido com a doença de Marianne. Notou que, devido à cuidadosa representação de Elinor, fora levada a acreditar que os sentimentos dela, os quais compreendera tão bem no passado, eram muito menos superficiais do que imaginara. Temeu ter sido injusta, desatenciosa e quase grosseira com sua querida Elinor. A aflição de Marianne, por ser mais evidente e estar mais perto dos seus olhos, absorvera-lhe por completo a atenção, fazendo-a esquecer que Elinor era uma filha que também sofria muito, embora com menos demonstrações de dor e com mais coragem.

48

Agora Elinor sabia a diferença entre a expectativa por um acontecimento desagradável e a certeza de que ele já se concretizara, por mais que a mente houvesse sido preparada para aceitá-lo. Acabara de perceber que, apesar de tudo, sempre alimentara a esperança de que algo pudesse acontecer, enquanto Edward estivesse solteiro, para impedir que ele se casasse com Lucy – alguma decisão própria, a interferência de amigos ou alguma oportunidade melhor de casamento para a jovem... Enfim, que algo ocorresse para garantir a felicidade de todos. Mas agora Edward estava casado e Elinor condenou seu coração por ter alimentado fantasias tolas que serviam apenas para aumentar a dor provocada pela informação recebida.

Que Edward se casasse tão cedo, antes de ser ordenado – ela imaginava – e, portanto, antes de ter algum meio de vida, surpreendeu-a um pouco de início. Mas não tardou a compreender quanto era provável o fato de que Lucy, em seu egoísmo e em sua pressa de garantir um marido, houvesse resolvido afastar toda e qualquer possibilidade de risco de um possível adiamento do matrimônio. Eles haviam se casado na capital e agora estavam indo às pressas para a casa do tio de Lucy. O que Edward não devia ter sentido, estando a pouco mais de seis quilômetros de Barton, ao ver o criado de sua mãe e ouvir o recado de Lucy!

Elinor supôs que em pouco tempo o casal estaria estabelecido em Delaford. Delaford, o lugar que tanto conspirava por despertar-lhe o interesse, o lugar que ela ao mesmo tempo já desejara conhecer e evitar. Por um instante imaginou o casal na casa do presbitério; viu Lucy, a ativa e sagaz administradora, conseguindo em um piscar de olhos unir o desejo de uma decoração elegante à mais extrema simplicidade, sentindo vergonha de que alguém suspeitasse de suas táticas para economizar. Viu-a perseguindo os próprios interesses, cortejando os favores do coronel Brandon, da Sra. Jennings e de todos os amigos ricos. Quanto a Edward, Elinor não sabia imaginar de que maneira gostaria de vê-lo. Feliz ou infeliz? Como nenhuma das duas opções a agradasse, procurou afastar da mente qualquer imagem dele.

Consolou-se pensando que algum dos seus amigos de Londres escreveria para anunciar o acontecimento e dar maiores detalhes. Mas os dias passaram sem que chegasse carta alguma. Embora não pudesse culpar ninguém, Elinor ficou magoada com eles, considerando-os todos insensíveis ou indolentes.

A impaciência, a enorme vontade de que algo acontecesse levou-a a perguntar para a Sra. Dashwood:

– Quando vai escrever para o coronel Brandon, mamãe?

– Escrevi para o coronel a semana passada, querida, e creio que, em vez de responder por escrito, ele irá preferir nos fazer uma visita. Eu não me surpreenderia de vê-lo chegar aqui hoje, amanhã ou qualquer dia desses.

Aquilo já era melhor que nada, pois com certeza o coronel Brandon *teria* informações para dar.

Elinor mal havia pensado nisso quando a figura de um homem montado a cavalo atraiu o seu olhar para a janela. O cavaleiro parou diante do portão do chalé. Seria um cavalheiro, seria o coronel Brandon, e a expectativa a fez estremecer. Mas... *não era* o coronel Brandon! O cavaleiro não tinha a aparência dele, nem a altura... Se fosse possível, ela diria que era Edward.

Olhou de novo. O homem acabara de descer do cavalo. Ela não podia estar enganada, *era* Edward.

Elinor afastou-se da janela e sentou-se, pensando: "Ele veio da casa do Sr. Pratt para nos visitar. *Vou* me manter calma. *Preciso* ser dona de mim."

No mesmo instante, ela logo notou que as outras também se davam conta do engano. Viu que a mãe e Marianne empalideciam, que se entreolhavam e trocavam frases sussurradas. Ela teria dado o mundo para conseguir dizer algo e fazê-las entender que não queria que tratassem Edward com frieza. Foi, porém, incapaz de dizer uma única palavra e, assim, deu às duas completa liberdade de ação.

Nem uma sílaba foi pronunciada em voz alta. As quatro aguardaram em silêncio a entrada do visitante. Os passos de Edward foram ouvidos no caminho de cascalho; no momento seguinte, ele se encontrava no hall e logo apresentou-se diante delas.

Sua aparência, no momento em que entrou na sala, não era de felicidade. Seu semblante mostrava-se pálido de agitação e ele parecia temer a recepção que teria, como se tivesse consciência de que não merecia muita consideração. No entanto, conformando-se com o que supunha ser a vontade da filha mais velha, por quem desejava de todo coração ser guiada nesse instante, a Sra. Dashwood recebeu Edward com um olhar de complacência forçada, ofereceu-lhe a mão e desejou-lhe felicidades.

Ele enrubesceu e gaguejou uma resposta ininteligível. Os lábios de Elinor haviam se movido ao mesmo tempo que os da mãe e, quando o momento de ação passou, ela desejou também ter trocado um aperto de mão com Edward. Mas já era tarde demais e, com um gesto afetando naturalidade, voltou a sentar-se e começou a falar do clima.

Marianne procurou ficar fora de vista para esconder a sua perturbação. Margaret, compreendendo apenas em parte o que acontecia, julgou melhor adotar uma postura fria, manteve-se calada e foi sentar-se o mais longe possível de Edward.

Quando Elinor cessou de falar sobre a falta de chuvas, um silêncio incômodo tomou conta do aposento. O silêncio foi interrompido pela Sra. Dashwood, que se sentiu na obrigação de perguntar se Edward deixara a Sra. Ferrars com boa saúde. De modo apressado, ele respondeu que sim.

Mais um instante de silêncio.

Elinor, embora temendo o som da própria voz, decidiu empenhar-se em ser educada e indagou:

– A Sra. Ferrars ficou em Longstaple?

– Longstaple? – repetiu Edward, surpreso. – Não, minha mãe continua na capital.

– Eu estava me referindo à Sra. *Edward* Ferrars – corrigiu Elinor, pegando um trabalho manual de cima da mesa.

Ela não se atrevia a fitar o jovem cavalheiro, mas tanto sua mãe quanto Marianne o olharam. Ele corou, parecendo perplexo, confuso, e depois de um longo momento de hesitação, declarou:

– Talvez a senhorita se refira à esposa de meu irmão... à Sra. *Robert* Ferrars.

– Sra. Robert Ferrars?! – exclamaram Marianne e a Sra. Dashwood, em tom de absoluto espanto.

Embora Elinor não conseguisse falar, seus olhos atônitos fixaram-se em Edward. Ele se levantou da poltrona e caminhou até a janela, aparentemente sem saber o que fazer. Pegou uma tesoura que se encontrava no parapeito da janela e, enquanto estragava a tesoura e sua bainha cortando-a em tiras, disse apressadamente:

– Talvez as senhoras ainda não saibam... Talvez ainda não tenham sido informadas de que meu irmão se casou com a jovem... com a Srta. Lucy Steele.

Suas palavras foram recebidas com indizível espanto por todas, exceto por Elinor, que continuou sentada com a cabeça voltada para o trabalho que tinha nas mãos, em um tal estado de agitação que, se lhe perguntassem, não saberia dizer onde estava.

– Sim – afirmou Edward –, os dois se casaram na semana passada e agora estão em Dawlish.

Elinor não podia mais permanecer sentada. Saiu quase correndo da sala e, assim que fechou a porta atrás de si, explodiu em lágrimas de alegria, tendo a impressão de que nunca mais cessariam. Edward, que até então olhara em todas as direções, menos na da Elinor, viu-a sair apressada e talvez tenha notado – ou ouvido – sua emoção. Assim que ela se retirou da sala, ele entregou-se a um devaneio do qual nem as observações e as perguntas, nem os chamados afetuosos da Sra. Dashwood foram capazes de arrancá-lo. Por fim, sem falar nada, Edward saiu da casa e caminhou na direção da aldeia, deixando as mulheres atônitas e perplexas com a mudança na situação dele, uma mudança ao mesmo tempo tão maravilhosa e repentina. Era uma perplexidade que elas não tinham como diminuir senão apelando para suas próprias conjeturas.

49

Por mais que as circunstâncias de Edward parecessem inexplicáveis à família toda, o certo é que ele estava livre. E para qual objetivo essa liberdade seria utilizada, ninguém teve dificuldade em adivinhar. Após experimentar as "bênçãos" de *um* noivado imprudente, que contraíra quatro anos antes sem o consentimento da mãe, era perfeitamente de se esperar que ele contraísse outro, depois do rompimento desse primeiro compromisso.

O motivo da ida de Edward a Barton, de fato, era bem simples: pedir a mão de Elinor. E considerando-se que o jovem cavalheiro já era experiente em tais questões, parecia estranho que se sentisse tão constrangido, como demonstrava estar no presente caso. Também era estranho que precisasse de encorajamento e ar fresco.

Quanto tempo ele gastou caminhando até tomar uma decisão, quanto tempo demorou para pôr em ação tal decisão e de que maneira se expressou, nada disso precisa ser relatado em detalhes. Basta dizer que às quatro da tarde, três horas depois da sua chegada, quando todos se sentaram à mesa para o chá, ele já pedira a mão de sua eleita, recebera o consentimento da mãe dela e, na condição de noivo oficial, à luz da razão e da verdade, sentia-se o mais feliz dos homens. Sua situação era, de fato, mais do que simplesmente jubilosa. Edward conseguira mais que o mero triunfo de ser aceito pela mulher amada: conseguira livrar-se, sem qualquer ato desonroso, de uma circunstância que havia muito o incomodava, de uma mulher que havia muito deixara de amar. E fora elevado, praticamente no mesmo momento, à condição de noivo de uma jovem na qual pensava quase com desespero, desde que passara a desejá-la. Ele saíra não da dúvida ou do suspense, mas da angústia, levado diretamente para a felicidade. Essa mudança completa de situação foi expressa através de uma alegria cheia de gratidão genuína, fluente. Até então, suas amigas nunca o tinham visto desse jeito.

O coração de Edward agora estava aberto para Elinor em todas as suas fraquezas, todos os seus erros confessados, todo o seu apego juvenil por Lucy tratado com a dignidade filosófica dos vinte e quatro anos.

– Foi uma inclinação tola e vã de minha parte – explicou ele –, uma consequência da ignorância que eu tinha do mundo e do fato de não ter o que fazer. Se minha mãe houvesse me dado uma profissão ativa quando saí de sob os cuidados do Sr. Pratt, aos dezoito anos, acho que... Ou melhor, tenho certeza de que nada disso teria acontecido. Pois, embora eu tivesse partido de Longstaple com o que imaginava, na época, ser uma insuperável preferência pela sobrinha do Sr. Pratt, se eu possuísse um objetivo que me ocupasse o tempo e me mantivesse afastado de Lucy por alguns poucos meses, sem dúvida teria superado a atração fantasiosa que sentia por ela... Principalmente se eu houvesse tido a oportunidade de conhecer melhor o mundo, como deveria ter feito. Mas em vez de ter algo para fazer, em vez de ter uma profissão escolhida para mim ou a chance de escolher uma profissão por conta própria, voltei para casa a fim de viver no mais completo ócio. Durante um ano inteiro, não tive nem mesmo a ocupação nominal que pertencer à universidade teria me dado, pois só fui matriculado em Oxford aos dezenove anos. Ou seja, eu não tinha nada no mundo para fazer além de me acreditar apaixonado. E por não me sentir à vontade na residência de minha mãe, por não ver meu irmão como um amigo ou companheiro e por fugir de novas amizades, nada mais natural para mim do que retornar com frequência para Longstaple, onde me sentia em casa e era sempre bem-recebido. Como resultado disso, dos dezoito aos dezenove anos passei a maior parte do meu tempo na casa do Sr. Pratt, onde Lucy era amigável e atenciosa para comigo. Ela era bonita, também; pelo menos era isso que eu pensava na época. E como nunca havia tido muito contato com outras senhoritas às quais pudesse compará-la, não via defeitos em Lucy. Considerando tudo, portanto, tolo como foi o nosso noivado, tolo como o que aconteceu veio a provar que era, creio que minha atitude não foi anormal ou indesculpável.

A mudança que algumas horas haviam causado no espírito das Dashwood era tamanha que, a princípio, nenhuma delas conseguiria dormir naquela noite. A Sra. Dashwood, feliz demais para se sentir confortável e sossegar, não sabia o que fazer para demonstrar quanto gostava de Edward e não se cansava de glorificar Elinor. Parecia incapaz de expressar, sem mostrar-se indelicada, quanto apreciara o rompimento do noivado do jovem cavalheiro com Lucy. E, ao mesmo tempo que queria deixá-los a sós para que pudessem conversar, queria permanecer perto deles para aproveitar a companhia de ambos e deliciar-se com o perfeito entendimento dos dois.

Marianne não conseguia expressar a *sua* felicidade senão através das lágrimas. Comparações lhe ocorriam, pesares ressurgiam. E sua alegria, embora tão sincera quanto o amor que sentia pela irmã, era do tipo que lhe roubava as palavras e as forças.

Quanto a Elinor... Como poderiam ser descritos os *seus* sentimentos? Do momento em que soubera que Lucy estava casada com outro e que Edward achava-se livre, até o instante em que o jovem cavalheiro justificara suas esperanças subsequentes, sentira-se tudo, menos tranquila. Em seguida, porém, ao ver suas dúvidas dissipadas e ao comparar a situação atual com a dos últimos tempos – ao ver Edward dispensado de seu compromisso anterior de maneira honrosa, ao vê-lo aproveitar de imediato a própria liberdade para pedi-la em casamento e declarar-lhe uma afeição terna e constante –, sentiu-se oprimida, sufocada pela felicidade. E propensa como é a mente humana para familiarizar-se com facilidade a qualquer mudança para melhor, Elinor precisou de apenas algumas horas para tranquilizar o espírito e o coração.

Edward aceitou o convite para permanecer no chalé pelo menos durante uma semana. Quaisquer que fossem os outros compromissos sociais que tivesse, uma semana era o mínimo de tempo necessário para aproveitar a alegria de ter a companhia de Elinor e falar sobre o passado, o presente e o futuro – pois embora algumas poucas horas dedicadas à cansativa tarefa de conversar incessantemente sejam suficientes para colocar em dia todos os assuntos concernentes a duas criaturas racionais, entre os apaixonados a situação é diferente. Entre *eles* nenhum assunto se esgota, nenhuma comunicação é feita a menos que seja repetida vinte vezes.

O casamento de Lucy e a surpresa que tal notícia provocara em todo mundo haviam sido, é claro, o primeiro tema de conversa do casal apaixonado. E o fato de Elinor conhecer a versão de cada pessoa envolvida nessa história fez com que ela a considerasse a mais extraordinária que já ouvira. Não conseguia entender por que Robert se casara com Lucy, o que o levara a contrair matrimônio com uma moça de cuja beleza falara sem admiração, uma moça que estava noiva de seu irmão e que o fizera ser banido do seio da família. Para o coração de Elinor, tal história era maravilhosa; para a sua imaginação, o acontecimento era até ridículo; mas para o seu raciocínio, o ocorrido era incompreensível.

Edward só podia explicar o que acontecera supondo que, talvez depois de um primeiro encontro acidental, a vaidade de Robert houvesse sido tão estimulada pelas lisonjas de Lucy que o final da história só poderia mesmo ser esse. Elinor lembrou-se do que Robert lhe dissera em Harley Street, da opinião que ele tinha sobre qual viria a ser o resultado da sua própria interferência na vida particular do irmão, caso houvesse sido avisado a tempo. Ela relatou a conversa a Edward.

– *Isso* é típico de Robert – foi o comentário imediato do jovem cavalheiro. Em seguida, acrescentou: – Creio que isso talvez *estivesse* na cabeça *dele* quando se aproximou de Lucy. Pode ser que em princípio Lucy estivesse pensando apenas em conquistar a simpatia dele em nosso favor. Outros objetivos podem ter surgido depois.

Por quanto tempo Lucy e Robert haviam mantido contato, porém, era algo que Edward nem ao menos conseguia supor. Isto porque em Oxford, onde permanecera por escolha própria desde que partira de Londres, só tivera notícias de Lucy através da própria moça e as cartas que ela lhe enviara não haviam sido menos frequentes nem menos afetuosas do que de hábito. Sendo assim, nenhuma suspeita surgira para preparar Edward para o que acontecera a seguir. E quando fora informado do casamento através de uma das cartas de Lucy, passara algum tempo sentindo uma mescla de espanto, horror e, por fim, alegria, por ter sido liberado do compromisso. Ele colocou a carta nas mãos de Elinor.

> Caro senhor,
> Com a certeza de ter perdido há tempo a sua afeição, considerei-me livre para ofertar o meu afeto a outro cavalheiro e não tenho dúvida de que serei tão feliz com ele quanto imaginei, um dia, que viria a ser feliz com o senhor. Seria desprezível de minha parte aceitar a mão de alguém cujo coração pertence a outra. Desejo-lhe, sinceramente, que seja feliz com sua escolha e a culpa não será minha se não nos tornarmos bons amigos, como seria adequado, tendo em vista o parentesco próximo que agora temos. Posso garantir que não lhe desejo nada de mau e estou certa de que o senhor será generoso demais para tentar nos prejudicar. Seu irmão conquistou por completo a minha afeição e, como não podíamos viver um sem o outro, acabamos de retornar do altar e seguiremos agora para Dawlish, que seu querido irmão está muito curioso para conhecer, e onde passaremos algumas poucas semanas, mas antes de partirmos para lá, preocupei-me primeiro em escrever-lhe estas poucas linhas. Permanecerei sempre
>
> Sua sincera amiga e irmã,
>
> Lucy Ferrars.

P.S.: Queimei todas as suas cartas e devolverei o seu retrato na primeira oportunidade. Por favor, destrua os meus rabiscos, mas sinta-se à vontade para conservar o anel com a mecha dos meus cabelos.

Elinor leu a carta e devolveu-a sem fazer comentários.

– Não pedirei sua opinião a respeito da carta como composição – disse Edward. – Por nada neste mundo eu teria deixado você ler uma das cartas de Lucy, antes do que aconteceu. Se saber que uma cunhada escreve desse jeito já é bastante ruim, que dirá uma esposa! Não imagina quantas vezes me senti envergonhado ao ler as cartas de Lucy! Posso afirmar que desde o primeiro semestre do nosso tolo compromisso esta é a única carta que recebi dela cujo conteúdo compensa as falhas de estilo.

– Não importa como o fato tenha ocorrido, Lucy e Robert agora estão casados – comentou Elinor, após uma pausa. – E a senhora sua mãe recebeu a punição que ela mesma provocou. A independência financeira que a Sra. Ferrars deu a Robert para castigar você permitiu que ele fizesse a escolha que lhe pareceu melhor. No fim, ela subornou um filho com mil libras por ano para que ele fizesse exatamente aquilo que o outro filho iria fazer e que o levou a ser deserdado. Acredito que a senhora sua mãe não esteja se sentindo menos magoada com o casamento de Robert com Lucy do que teria se sentido se você tivesse se casado com ela.

– Creio que minha mãe está muito mais magoada, pois Robert sempre foi o favorito dela. E a mesma razão que a fez ficar mais magoada é que a levará a perdoá-lo mais cedo.

Edward não tinha ideia da situação em que se encontrava o relacionamento entre a mãe e o irmão, pois ainda não tentara comunicar-se com ninguém de sua família. Tendo em mente o objetivo único de seguir para Barton, ele deixara Oxford vinte e quatro horas após a chegada da carta de Lucy e não tivera tempo de planejar como se portaria em relação à própria família, com quem não possuía ligações muito profundas. Não se sentia capaz de fazer coisa alguma antes de decidir o seu destino com Elinor. E diante da sua presteza em procurar conhecer esse destino, é de supor que ele não esperava uma recepção muito fria, apesar do ciúme que chegara a sentir por causa do coronel Brandon, apesar da modéstia em relação às próprias qualidades e da polidez com que falara das suas dúvidas. Mas era sua obrigação afirmar que esperava ser recebido com frieza e ele o fez de maneira bastante elegante. O que Edward teria a dizer sobre esse assunto dali a um ano deve ser deixado à imaginação de maridos e esposas.

Ficou bastante óbvio para Elinor que, ao conversar com Thomas, Lucy tivera a intenção de enviar uma mensagem errada, de despedir-se dela com um toque de malícia contra Edward que, agora a par do verdadeiro caráter de Lucy, não tinha o menor escrúpulo em acreditar que ela fosse capaz das maiores vilanias. Embora seus olhos já estivessem abertos bem antes de ter conhecido Elinor, ele havia atribuído a ignorância e a falta de generosidade de Lucy ao fato de a jovem não ter recebido uma boa educação. Até ter em mãos a última carta da ex-noiva, sempre a julgara uma moça bem-disposta, de bom coração, totalmente afeiçoada a ele. Tal era o julgamento que o impedira de pôr fim a um compromisso que se tornara para ele uma fonte contínua de inquietação e arrependimento, bem antes de ter provocado a fúria de sua mãe.

– Quando minha mãe me deserdou e, pelo menos aparentemente, perdi todos os amigos que tinha no mundo, pensei que meu dever era deixar os meus sentimentos de lado e dar a Lucy a opção de continuar ou não o noivado. Numa situação dessas, em que nada parecia tentar o interesse ou a vaidade de qualquer criatura, como eu poderia deixar de pensar que Lucy estava ligada a mim apenas pela mais desinteressada afeição, se a vi insistindo em partilhar o meu incerto destino? Mesmo agora, não consigo entender o motivo que a fez permanecer ligada a mim ou as vantagens imaginárias que ela viu em continuar com um homem que possuía apenas duas mil libras e nada mais. Lucy não podia prever que o coronel Brandon me arranjaria um meio de vida.

– Não, mas ela podia supor que algo aconteceria em seu favor, que a sua família acabaria por perdoá-lo. De qualquer modo, Lucy não perdeu nada ao dar prosseguimento ao noivado, pois já havia comprovado que ele não comprometia nem os desejos, nem as ações dela. A ligação com você era respeitável e granjeava-lhe a consideração dos amigos. E, se nenhuma oportunidade mais vantajosa aparecesse, era melhor para ela casar-se com você do que permanecer solteira.

Claro que Edward se convenceu de imediato de que nada poderia ter sido mais natural na conduta de Lucy, cuja motivação era óbvia.

Elinor o repreendeu, com a dureza que as damas sempre utilizam para repreender uma imprudência que lhes é elogiosa, por ter passado tanto tempo com elas em Norland, uma vez que ele deveria ter sentido as inconstâncias dos próprios sentimentos.

– O seu comportamento foi muito errado – ralhou ela – porque, mesmo sem levar em conta as minhas convicções, o nosso relacionamento foi guiado pela fantasia e pela expectativa de algo que jamais poderia acontecer em razão da situação *naquele* momento.

Edward pôde usar como argumento para a sua defesa apenas a ignorância do próprio coração e uma crença errônea na força de um compromisso.

– Fui tolo o bastante para pensar que por estar comprometido com outra não haveria perigo em permanecer na sua companhia, que meu coração e minha honra estariam seguros. Percebi que admirava você, mas dizia a mim mesmo que o que sentia era apenas amizade. Só notei quanto estava apaixonado quando comecei a fazer comparações entre você e Lucy. Depois disso, aí sim agi *mal* ao permanecer tanto tempo em Sussex. E os argumentos que eu usava para justificar o meu comportamento eram simples: só eu corro perigo, não estou fazendo mal a ninguém além de mim.

Elinor sorriu e balançou a cabeça.

Edward recebeu com prazer a notícia de que o coronel Brandon estava sendo esperado no chalé, pois desejava não apenas conhecê-lo melhor, mas ter também a oportunidade de convencê-lo de que não estava mais ressentido por causa da oferta de trabalho em Delaford.

– Depois de eu ter agradecido ao coronel de modo tão indelicado na ocasião, ele deve estar pensando que nunca o perdoei por ter-me feito tal oferta – comentou Edward.

Só *então* o jovem cavalheiro caiu em si e surpreendeu-se por nunca ter estado em Delaford. Demonstrara tão pouco interesse pelo presbitério que Elinor precisou informá-lo sobre tudo – como era a casa, o jardim, a gleba, o tamanho da paróquia, as condições da propriedade e das rendas. A jovem já falara várias vezes com o coronel Brandon a respeito de Delaford e prestara tamanha atenção às palavras dele que dominava totalmente o assunto.

Apenas uma questão ficou indeterminada pelo casal de noivos, faltando apenas uma dificuldade a ser resolvida. Ambos haviam decidido viver juntos devido a uma afeição mútua, contavam com a aprovação de seus verdadeiros amigos e se conheciam bem o suficiente para terem certeza de que seriam felizes casados. Só lhes restava saber se teriam meios para sobreviver. Edward possuía duas mil libras e Elinor, mil; somando a receita de Delaford, isso era tudo o que eles tinham de seu, pois sabiam que a Sra. Dashwood não podia dar-lhes nada. E o amor não os cegara a ponto de fazê-los acreditar que trezentas e cinquenta libras por ano lhes proporcionariam uma vida muito confortável.

Edward ainda tinha esperança de que sua mãe mudasse de atitude em relação a ele e era nisso que confiava para completar o orçamento doméstico. Mas Elinor não alimentava a mesma esperança do noivo, pois temia que a ofensa de Robert servisse apenas para enriquecer Fanny, uma vez que Edward continuava impedido de casar-se com a Srta. Morton e o fato de que, na linguagem lisonjeira da Sra. Ferrars, o casamento do jovem cavalheiro com Elinor era apenas um mal menor do que o casamento dele com Lucy Steele.

Quatro dias depois da chegada de Edward, o coronel Brandon apareceu para completar a satisfação da Sra. Dashwood e para dar-lhe a alegria de ter, pela primeira vez desde que se mudara para Barton, mais hóspedes do que o chalé podia comportar. Edward manteve o privilégio de ter chegado primeiro e o coronel Brandon ia dormir todas as noites nos seus antigos aposentos em Barton Park, de onde retornava pela manhã, cedo o bastante para interromper o primeiro encontro a sós do casal de apaixonados antes do café da manhã.

Depois de uma estada de três semanas em Delaford, onde, pelo menos durante a noite, o coronel não tinha nada para fazer além de calcular a desproporção entre as idades de trinta e seis e dezessete anos, trouxeram-no para Barton em um estado de espírito deplorável. Só ao ver quanto a aparência de Marianne havia melhorado, só ao ser recebido com gentileza pela jovem e só ao ouvir palavras encorajadoras da mãe dela foi que o humor do coronel tornou-se mais alegre. Entre amigos tão atenciosos, ele pareceu reviver. Nenhum rumor sobre o casamento de Lucy chegara aos ouvidos do coronel Brandon. Ele não sabia de nada do que acontecera e, consequentemente, as primeiras horas da sua visita foram dedicadas a escutar as novidades com crescente espanto. Tudo lhe foi explicado pela Sra. Dashwood e ele encontrou novas razões para alegrar-se por ter oferecido ajuda ao Sr. Ferrars, uma vez que tal ajuda contribuíra para os interesses de Elinor.

Desnecessário dizer que a estima entre os dois cavalheiros cresceu no decorrer dos dias e nem poderia ter sido de outra forma. Os bons princípios, o bom-senso, a disposição e a maneira de pensar de ambos já teriam sido suficientes para torná-los amigos. Mas o fato de os dois estarem apaixonados por duas irmãs que se gostavam muito contribuiu para que a amizade entre ambos fosse ainda mais inevitável e imediata, sem que fosse necessária a ação do tempo para aproximá-los.

As cartas vindas de Londres, que alguns dias antes teriam feito vibrar de ansiedade os nervos de Elinor, eram lidas agora com menos emoção e mais jovialidade. A Sra. Jennings escreveu para relatar o surpreendente evento, para expressar a sua indignação contra a volúvel Lucy e para demonstrar a compaixão que sentia pelo pobre Sr. Edward. A boa senhora tinha certeza de que o jovem cavalheiro era apaixonado pela endiabrada jovem e que agora devia estar em Oxford, com o coração partido. Em sua carta, a Sra. Jennings dizia:

> Acredito que ninguém jamais agiu com tamanha dissimulação. Dois dias antes do casamento, Lucy veio me visitar e ninguém suspeitou do que ela iria fazer; nem mesmo Nancy, que veio me procurar chorando no dia seguinte. A pobrezinha estava morta de medo da Sra. Ferrars e não sabia como ir até Plymouth, pois Lucy pegara todo o dinheiro dela antes de fugir para casar-se, deixando-a com menos de sete xelins na bolsa. Fiquei contente em poder emprestar cinco guinéus a Nancy, para que ela pudesse ir para Exeter, onde ficará hospedada por três ou quatro semanas na casa da Sra. Burgess e onde espero que ela consiga reatar com o doutor. Devo acrescentar que a indelicadeza que Lucy cometeu ao não levar a irmã consigo na carruagem é inominável. Pobre Sr. Edward! Não consigo tirá-lo do pensamento. Convidem-no para passar uma temporada em Barton, onde a Srta. Marianne poderá tentar consolá-lo.

As lamentações do Sr. Dashwood foram mais solenes. A Sra. Ferrars era a mais infeliz das mulheres; a sensibilidade da pobre Fanny sofrera horrores; ele considerava um milagre o fato de as duas ainda estarem vivas. A ofensa de Robert era imperdoável, mas a de Lucy era infinitamente pior. Nunca mais Robert e Lucy deviam ser mencionados na presença da Sra. Ferrars. E mesmo que um dia ela fosse convencida a perdoar o filho, a esposa dele jamais seria reconhecida como sua filha, nem teria permissão para aparecer na sua presença. A discrição com que Robert e Lucy haviam agido apenas tornava maior o crime cometido, porque, se alguém houvesse desconfiado de algo, teriam sido tomadas as medidas apropriadas para impedir o casamento. O Sr. Dashwood apelava a Elinor para que se juntasse a ele a fim de lamentar que o noivado de Lucy e Edward tivesse sido rompido, permitindo que a moça trouxesse ainda mais tristeza à família. Ele continuava, na carta:

> A Sra. Ferrars ainda não voltou a mencionar o nome de Edward, o que não nos surpreende. Mas, para nosso grande espanto, ainda não recebemos nenhuma linha dele comentando o ocorrido. Talvez meu cunhado esteja evitando se comunicar conosco por medo de cometer alguma ofensa. Pretendo enviar uma mensagem para Edward, em Oxford, dizendo-lhe que uma carta pedindo perdão – endereçada talvez a Fanny, para ser depois mostrada à Sra. Ferrars – poderia ser bem-vinda. Todos conhecemos a bondade do coração da Sra. Ferrars e sabemos que mais que tudo ela deseja estar em bons termos com os filhos.

Este último parágrafo era de alguma importância para os planos e para a conduta de Edward. Ele decidiu fazer uma tentativa de reconciliação com a mãe, mas não nos termos ditados pelo Sr. Dashwood.

– Uma carta pedindo perdão! – exclamou Edward. – Por acaso querem que eu implore o perdão de minha mãe pela ingratidão de Robert em relação a *ela* e pelo que ele fez *comigo*? O que aconteceu não me deixou nem humilde nem arrependido. Deixou-me apenas feliz, mas creio que isso não interessa a minha família. Não sei por que eu deveria mostrar-me submisso.

– Talvez você possa pedir para ser perdoado por ter cometido uma ofensa – sugeriu Elinor. – Talvez *agora* você possa demonstrar algum pesar por haver contraído o noivado que despertou a ira da senhora sua mãe.

Edward concordou que talvez pudesse fazer isso.

– E quando a senhora sua mãe o tiver perdoado, talvez seja conveniente você se mostrar humilde ao comunicar que contraiu um segundo noivado que, aos olhos dela, é quase tão imprudente quanto o primeiro.

Sem ter argumento algum contra tal sugestão, Edward de qualquer modo resistiu à ideia de escrever uma carta pedindo perdão. Portanto, para tornar-lhe as coisas mais fáceis – pois ele declarou que estava mais disposto a fazer concessões orais que por escrito –, ficou acertado que em vez de enviar uma carta para Fanny, ele iria a Londres e falaria pessoalmente com ela, pedindo-lhe que intercedesse em seu favor.

– Se sua família aceitar uma reconciliação – disse Marianne, com uma candura que lhe era recente –, creio que até mesmo John e Fanny merecerão algum mérito por isso.

Depois que a visita do coronel Brandon se prolongou por uns três ou quatro dias, os dois cavalheiros partiram juntos de Barton. Seguiram direto para Delaford, a fim de que Edward conhecesse o seu futuro lar e ajudasse o patrão e amigo a decidir quais as melhorias que teriam de ser feitas no local. Deveriam passar juntos duas noites em Delaford, então Edward seguiria viagem até Londres.

50

Depois de uma apropriada resistência por parte da Sra. Ferrars – resistência essa violenta e teimosa o suficiente para preservar-se de ser acusada de um erro no qual temia incorrer: ser amigável demais –, Edward foi admitido na presença dela e aceito novamente como seu filho.

A família da Sra. Ferrars andara muito flutuante nos últimos tempos. Durante vários anos de sua vida ela tivera dois filhos. O crime e a aniquilação de Edward, algumas poucas semanas antes, a haviam privado de um rebento. A semelhante aniquilação de Robert a deixara por duas semanas sem filho algum, e eis que voltava a ter um descendente, através da ressurreição de Edward.

Contudo, apesar de ter recebido permissão para voltar a viver, Edward não sentiu a continuação de sua existência como algo seguro, pois ainda faltava-lhe revelar que ficara noivo outra vez. O jovem cavalheiro temia que a revelação de tal fato se voltasse contra ele e o afastasse novamente da família. Portanto, foi com apreensiva cautela que ele deu a notícia do noivado, a qual foi ouvida com a mais perfeita calma. Em princípio, a Sra. Ferrars procurou convencê-lo com todos os argumentos de que dispunha a não se casar com a Srta. Dashwood. Disse ao filho que na Srta. Morton ele encontraria uma esposa de posição social melhor e fortuna maior. Reforçou o argumento observando que a Srta. Morton era filha de um nobre e possuía trinta mil libras, ao passo que a Srta. Dashwood era apenas a filha de um cavalheiro e tinha apenas três mil libras. Edward admitiu que a mãe tinha razão, mas não se mostrou inclinado a deixar-se conduzir pelos conselhos dela. Ao perceber isso, a Sra. Ferrars recordou-se das experiências do passado e achou melhor não insistir. Depois de uma pausa longa o suficiente para preservar a sua dignidade, mas não longa o bastante para demonstrar má vontade, acabou por consentir que Edward desposasse Elinor.

O tema seguinte foi o que Sra. Ferrars poderia fazer para aumentar a renda anual do futuro casal. Nesse momento ficou bastante claro que Edward, embora fosse agora seu único filho, deixara de ser o herdeiro mais velho. Por enquanto, Robert receberia, inevitavelmente, mil libras por ano, mas nenhuma objeção foi feita à quantia de duzentas e cinquenta libras que Edward receberia a cada doze meses. E nada foi prometido, para o presente ou para o futuro, além das mesmas dez mil libras que Fanny recebera de dote.

A quantia acertada não era desprezível, na verdade era até mais do que Edward e Elinor esperavam. A Sra. Ferrars, com suas desculpas e evasivas, foi a única que pareceu surpreender-se por não ter dado mais.

Depois de garantido um rendimento suficiente para prover as suas necessidades, os jovens noivos não precisavam esperar mais nada para celebrar o matrimônio. Ou melhor, os dois deviam esperar que a casa ficasse pronta. O coronel Brandon, ansioso por acomodar Elinor, já dera início às reformas. Depois de aguardar algum tempo pelo fim dos trabalhos e experimentar, como de hábito nesses casos, milhares de decepções e atrasos, Elinor decidiu esquecer a decisão de não se casar até que a casa ficasse pronta. A cerimônia matrimonial aconteceu na igreja de Barton, no início do outono.

Elinor e Edward passaram o primeiro mês de casamento hospedados na casa do coronel Brandon, de onde podiam supervisionar o progresso dos trabalhos na paróquia e conduzir a reforma a seu gosto. Tiveram tempo para escolher papéis de parede, projetar o jardim e inventar um caminho de cascalho no centro do gramado. As profecias da Sra. Jennings, embora meio embaralhadas, completaram-se a contento; em vinte e nove de setembro, dia da festa de são Miguel, ela pôde visitar os recém-casados na paróquia e constatar que Elinor e Edward formavam o casal mais feliz do mundo. Os dois nada mais tinham a desejar, a não ser que o coronel Brandon e Marianne se casassem e também um pasto melhor para as vacas que estavam criando.

Assim que o jovem casal terminou de se acomodar em seu próprio lar, recebeu a visita de quase todos os parentes e amigos. A Sra. Ferrars foi inspecionar a felicidade que quase sentia vergonha por ter autorizado. Até os Dashwood deixaram Sussex por alguns dias para ir prestar homenagens a Elinor e Edward.

– Não posso dizer que estou desapontado, minha cara irmã – afirmou John certa manhã, quando caminhava com Elinor diante dos portões de Delaford House. – Certamente você é uma das jovens mais afortunadas do mundo. Confesso, porém, que sentiria imenso prazer se pudesse chamar o coronel Brandon de irmão. A propriedade dele aqui, a casa, as terras estão em condições respeitáveis, até excelentes! E a floresta que cerca o terreno da casa? Nunca vi madeira de tão boa qualidade em Dorsetshire como estou vendo em Delaford! E, pensando bem, talvez Marianne possa não parecer o tipo que atrai um homem como o coronel, mas seria aconselhável que você recebesse com frequência os dois na sua casa. Notei que o coronel Brandon tem passado bem mais tempo na casa daqui do que na da capital e ninguém sabe o que pode acontecer. Afinal, quando duas pessoas vivem se encontrando, sem ver mais ninguém... Talvez caiba a você arranjar um bom casamento para sua irmã. Em resumo, você pode dar uma oportunidade a ela, se é que me entende...

Embora a Sra. Ferrars *tenha ido* visitar Edward e Elinor, sempre tratando-os com um fingido afeto, os dois nunca foram insultados pelos favores e pela preferência dela. Os favores e a preferência da Sra. Ferrars *foram* dedicados à extravagância de Robert e à esperteza da mulher dele, que acabou por conquistar a rígida senhora depois de alguns poucos meses. A sagacidade egoísta de Lucy, que primeiro atraíra Robert para a armadilha do casamento, foi o principal instrumento da libertação dele. Com respeitosa humildade, atenções assíduas e lisonjas infindáveis, em pouco tempo ela conseguiu fazer com que a Sra. Ferrars aceitasse a escolha do filho e se reconciliasse com ele.

O comportamento de Lucy no decorrer desses acontecimentos e a prosperidade que o coroou poderiam ser considerados um exemplo daquilo que uma incessante atenção aos próprios interesses – embora às vezes o progresso pareça estar obstruído – pode fazer para assegurar uma fortuna sem que seja necessário sacrificar algo mais do que tempo e consciência.

Quando Robert a procurara pela primeira vez, indo fazer-lhe uma visita particular no edifício Bartlett, tinha em mente a visão da jovem fornecida pelo irmão. Ele queria apenas fazer com que Lucy rompesse o noivado. E como não havia nada mais a ser superado além do afeto que unia Lucy e Edward, Robert calculara que uma ou duas visitas resolveriam o caso perfeitamente. Nesse ponto, porém, e apenas nesse, ele cometeu um erro, pois, embora Lucy lhe desse esperanças de que a eloquência e os argumentos dele iriam acabar por convencê-la, sempre exigia que ele lhe fizesse outra visita para que em uma conversa futura pudessem tratar do caso. Toda vez que conversavam, no momento da despedida sobravam na mente da jovem dúvidas que necessitavam de mais meia hora de discurso por parte de Robert. Com essa artimanha, ela assegurara a presença constante do jovem cavalheiro e as coisas foram acontecendo. Em vez de conversarem a respeito de Edward, gradualmente haviam começado a falar apenas a respeito de

Robert. Aliás, esse era um assunto sobre o qual ele tinha muito mais a dizer do que sobre o outro, e Lucy não tardara a demonstrar um interesse igual ao dele, se não ainda maior, pelo tema. Em suma, não demorou a ficar evidente para ambos que Robert havia suplantado completamente o irmão.

Ele ficara orgulhoso da sua conquista, orgulhoso por sobrepujar Edward e mais orgulhoso ainda por se casar às escondidas, sem o consentimento da mãe. O que se passara a seguir já é bem conhecido. O casal vivera alguns meses de imensa felicidade em Dawlish, local em que Lucy tinha muitos parentes e velhos amigos para hospedá-los – onde ele desenhara várias plantas para magníficos chalés. Então, de volta à capital, instigado por Lucy, ele procurara o perdão da Sra. Ferrars, simplesmente apresentando-se diante da mãe e pedindo-o. Em princípio, é claro, e também compreensivelmente, o perdão havia sido concedido apenas para Robert; Lucy, que não tinha obrigação alguma ou dever para com a mãe dele e, portanto, não cometera nenhuma transgressão, permanecera sem perdão por algumas semanas. Todavia, a perseverança da jovem esposa em uma conduta humilde, os seus bilhetes – nos quais condenava a si própria pela ofensa perpetrada por Robert – e a gratidão que demonstrava apesar da dureza com que era tratada e que se acusava de ter provocado, foram agindo com o tempo. A meiguice acabou por derrotar a arrogância e pouco depois foi surgindo, já então com rapidez, a influência de Lucy que fez a repulsa se transformar em afeição.

Lucy tornou-se necessária para a Sra. Ferrars tanto quanto Robert ou Fanny; Edward jamais foi cordialmente perdoado por ter um dia pretendido casar-se com ela, e Elinor, ainda que superior a Lucy por fortuna e nascimento, era tratada como uma intrusa, sendo Lucy considerada a nora preferida, em todos os aspectos e abertamente. Montaram residência na capital, com a assistência completamente generosa da Sra. Ferrars, e se encontravam nos melhores termos possível com os Dashwood. Colocando-se de lado os ciúmes e a má vontade que subsistiam imutáveis entre Fanny e Lucy, nos quais seus maridos tomavam partido, é claro, e os frequentes desentendimentos domésticos entre Robert e Lucy, nada poderia ser maior que a harmonia na qual todos eles conviviam.

O que Edward havia feito para perder os direitos de filho mais velho devia causar admiração em muita gente e o que levara Robert a sucedê-lo devia ter provocado maior admiração ainda. Entretanto, tratava-se de um arranjo justificado por seus efeitos e não por suas causas, pois nada transpareceu no estilo de vida ou em comentários de Robert que oferecesse qualquer indício de que ele lamentasse o montante de sua renda, nem por ter deixado tão pouco para o irmão ou por receber tanto. E caso deva-se julgar Edward pelo desempenho de seus deveres em todos os particulares, pelo crescente apego a sua esposa e a seu lar, assim como pelo ânimo e disposição sempre alegres, é de supor que ele também se achava contente com a sua parte e que não tinha desejo algum de mudar a situação.

O casamento de Elinor separou-a da família apenas o mínimo possível; embora o Chalé Barton não se tivesse tornado completamente sem uso, sua mãe e irmãs passavam muito mais do que a metade do tempo com ela. A Sra. Dashwood agia, com a frequência de suas visitas a Delaford, não apenas por motivos de bom-convívio, mas também de prazer, uma vez que seu desejo de unir Marianne e o coronel Brandon não era menos determinado, ainda que fosse muito mais liberal, do que o mesmo desejo expresso por John. No momento, era seu objetivo mais caro. Apesar da companhia da filha ser-lhe preciosa, a boa senhora seria capaz de prescindir dela com alegria em favor de seu querido amigo. Ver Marianne instalada na mansão da propriedade era também o desejo de Edward e

Elinor. Cada qual enfrentava suas tristezas, suas obrigações e Marianne, por consenso geral, era a recompensa por tudo.

Diante da conspiração de todos os que conheciam a bondade do coronel Brandon, que tinham certeza do profundo apego que ele sentia por ela, e que – como afinal havia muito os outros tinham percebido – já tocara seu coração, o que Marianne poderia fazer?

Marianne Daswhood havia nascido para um destino extraordinário. Havia nascido para descobrir a falsidade das próprias opiniões e para ir contra suas convicções por sua própria conduta. Ela nascera para sobrepujar uma afeição surgida em sua jovem vida de dezessete anos e para, com um sentimento não superior a uma alta estima e profunda amizade, dar voluntariamente sua mão a outro homem! E esse *outro* era o homem que havia sofrido não menos do que ela por causa de uma afeição anterior, o homem que, dois anos antes, ela havia considerado velho demais para se casar e que ainda usava o tradicional protetor da saúde: o colete de flanela!

Pois assim foi. Em vez de entregar-se ao sacrifício da mesma forma que se entregaria a uma irresistível paixão – como certa vez afirmara com sinceridade que era o que a esperava –, em vez de permanecer para sempre em companhia de sua mãe, entregue apenas aos prazeres do retiro e dos estudos – como determinara mais tarde quando já podia julgar os acontecimentos com maior calma e sobriedade –, aos dezenove anos viu-se entregue a um novo afeto, dedicada a novos deveres, estabelecida em um novo lar como esposa, mãe de família e senhora de um presbitério.

Assim, o coronel Brandon tornou-se feliz como todos que o amavam acreditavam que deveria ser. Em Marianne encontrou o consolo para suas antigas aflições; as atenções e a proximidade dela despertaram-lhe animação e alegria em seu espírito.

E os amigos, que observavam, encantaram-se e regozijaram-se com a felicidade que Marianne demonstrava: ela jamais soubera amar pela metade e seu coração foi devotado por inteiro ao marido, como outrora fora devotado a Willoughby.

Willoughby não pôde ouvir falar no casamento dela sem uma dor profunda. E seu castigo logo foi completado pelo perdão voluntário da Sra. Smith que, baseando sua clemência no casamento dele com uma jovem de caráter, deu-lhe motivos para acreditar que, se tivesse mantido sua palavra de honra para com Marianne, poderia ter sido ao mesmo tempo feliz e rico. Não há dúvida de que o arrependimento dele pelo modo tão errado de agir era sincero, nem que pensou por muito tempo no coronel Brandon com inveja e em Marianne com remorso. Mas também não é o caso de pensar que ele tenha permanecido inconsolável para sempre, que se refugiou na inconstância da sociedade, que viveu toda a sua vida triste e sombrio ou que morreu de coração partido, pois nada disso aconteceu. Ele viveu para ter alegria e demonstrá-la. Não faltava bom humor a sua esposa, nem sempre sua casa era desconfortável e ele encontrou uma considerável felicidade doméstica criando seus cavalos e praticando esportes.

Quanto a Marianne, no entanto – apesar de ter sobrevivido à perda dela –, ele sempre se manteve interessado em tudo que dizia respeito a ela e tornou-a seu padrão secreto da perfeição feminina; nenhuma beleza das maiores belezas em ascensão, nos dias que se seguiram, nem sequer podiam comparar-se à beleza da Sra. Brandon.

A Sra. Dashwood era prudente o bastante para permanecer no chalé, sem fazer tentativa alguma de ir morar em Delaford. Felizmente para Sir John e a Sra. Jennings, quando Marianne foi tirada deles, Margaret já havia chegado a uma idade adequada para ir a bailes e não muito distante de já permitir que se começasse a pensar em um namorado.

Entre Barton e Delaford havia aquela comunicação constante que é naturalmente ditada por uma forte afeição familiar. E entre os méritos de Elinor e Marianne é preciso que se mencione, como o mais considerável, que apesar de serem irmãs e viverem quase coladas uma à outra, jamais houve um desentendimento entre elas, nem qualquer frieza entre seus maridos.

fim

EDIÇÕES
BestBolso

Este livro foi composto na tipologia Minion Pro, em corpo10,5/13, e impresso em papel off-set 56g/m² no Sistema Cameron da Divisão Gráfica da Distribuidora Record.